Alice Buk
Reimling Buk
Thesaurus Buk
Aristosophus Buk
Typografica Buk
Schlemmer Buk

Die magische Bibliothek der Buks
Band 1: Das Verrückte Orakel

Die mehrfach ausgezeichnete internationale Bestsellerautorin **Nina George,** geboren 1973 in Bielefeld, schreibt seit 1992 Romane, Sachbücher, Essays, Reportagen, Kurzgeschichten, Blogs und Kolumnen. Ihr Roman *Das Lavendelzimmer* wurde in 36 Sprachen übersetzt und eroberte weltweit die Charts, so etwa die New-York-Times-Bestsellerliste in den USA. Sie lebt in Berlin und in der Bretagne. Nina George ist Ehrenpräsidentin des European Writers' Council, dem Dachverband von 46 europäischen Schriftstellerinnen- und Schriftstellerverbänden.

Jens J. Kramer, Jahrgang 1957, studierte in Berlin Ethnologie und Publizistik. 1999 debütierte er mit einem historischen Roman über das koloniale Afrika (*Die Stadt unter den Steinen*), dem zwei weitere folgten (*Das Delta, Der zerrissene Schleier*). Als Jo Kramer schrieb er romantische Komödien, als Mike Schulz Krimikomödien und zusammen mit seiner Ehefrau, der Bestsellerautorin Nina George, ist er Jean Bagnol, der Erfinder des provenzalischen Ermittlers »Commissaire Mazan«.

Mehr über unsere Bücher, Autor:innen und Illustrator:innen unter: www.thienemann.de

Nina George   Jens J. Kramer

Die magische Bibliothek der Buks

Das verrückte Orakel

mit Illustrationen von Hauke Kock

Der Sturm heulte schaurig um das alte, vergessene Haus. Die Fensterscheiben bebten, morsche Balken knarzten. Die dichten, hohen Bäume, die das Haus mit der geheimen Bibliothek umstanden, ächzten im Wind. Immer wieder schlugen ihre Zweige heftig gegen die vermoosten Mauern.

Im großen Lesesaal huschten unruhige, kugelrunde Lichter zwischen den meterhohen Regalen umher.

Was würde geschehen, wenn der Wind so lange an den Bäumen zerrte, bis er die versteckte Villa tief in dem verwilderten Garten für alle Welt sichtbar gemacht hatte?

»Was, wenn die Fenster brechen?«, jammerte Schlemmer Buk. Immer wieder strahlte er prüfend mit seinem hellsten Blick die Scheiben an, hinter denen die peitschenden Zweige der Bäume wie tobende Gespenster hin und her tanzten.

»Oder das Dach einstürzt und der Regen alle, alle Bücher zerstört?!«, rief Alice Buk entsetzt.

»Wenn es in die Suppe hagelt, ist das Dach wohl schlecht genagelt«, stellte Reimling Buk mit tiefer Grabesstimme fest.

Schlemmer Buk und Alice Buk schauten den Reimling bestürzt mit ihren Scheinwerferaugen an. Der konnte aber nichts dafür, er sprach immer in Reimen, das war seine Natur.

Alice huschte trotzdem rasch in eines der Regale und hinter

einen Stapel ledergebundener Atlanten, sodass nur noch ihre leuchtenden Augen zu sehen waren.

Schlemmer Buk legte entschlossen den Deckel auf den Kessel. »Regen, von wegen. Nicht in meine Buchstabensuppe«, murmelte er.

Attila Buk beugte sich zu Alice herab. Er musste sich ganz schön tief bücken in seiner gegürteten Weste, denn er war der allergrößte der Buks, bestimmt fast einen Meter groß.

»Was machst du da?«, fragte er neugierig. Die Enden seines langen Schnurrbarts schaukelten dabei fröhlich hin und her.

»Mich verstecken?«, wisperte Alice Buk ängstlich.

»Vor dem Dach?«

»Ja! Nein … ach, frag nicht immer so blöd!«

»Gar nicht frage ich immer blöd! Hältst du mich für Attila den Dummenkönig?« Er legte empört eine Hand auf den Schaft seiner Axt, die er am Gürtel trug.

Alice Buk war nun wirklich nicht nach dieser Konversation. Attila war immer so wahnsinnig empfindlich, wenn es um seine Bildung ging. Aber wo sollte er die denn herhaben, hm? Er war auf den Seiten von Schlachtfeldern und Feldzügen zu Hause! Und Alice würde ihm gerne helfen, sich besser zu fühlen, aber nicht jetzt. Jetzt stürzte bestimmt gleich das Haus ein!

Romantika Buk kam mit wehenden Gewändern und vor Aufregung rülpsend zu ihnen getrippelt.

»Aber, aber! Keinen Streit! – *börps*, pardon – Wir sollten einander umarmen, meine Lieben«, trällerte sie. »Lasst uns in größter Not unsere *börps*, unsere Herzen spüren!«

»Rückzug!«, wehrte Attila Buk sie ab. Das störte Romantika

Buk rein gar nicht. Sie hob ihm die Arme entgegen und plinkerte mit ihren Lidern. Was in Anbetracht der kullerrunden Augen so wirkte, als hätte eine Eule ein Eichhörnchen ins Auge bekommen.

Und Attila? Natürlich, er war der größte und stärkste aller Buks. Aber ein kleines bisschen hatte er auch Schiss vor Romantika und ihren Schmuse-Attacken. Also schwang er sich behände die nächstbesten Regale hoch und verschwand im Dunkeln, Romantika Buk kraxelte mit wehenden Gewändern hinterher.

»Gibst du ihr 'nen Schlummerkuss, ist mit ihrem Kummer Schluss«, rief der Reimling ihnen hilfreich nach. Dann verschwand er mit dem Kopf voran unter dem nächstbesten Tisch und hielt sich die Augen zu.

»Spielen wir Verstecken?«, fragte Spielothekus Buk den Reimling hoffnungsvoll.

Eine heftige Sturmböe schlug krachend gegen die Mauern. Hoch oben erklang ein KRACKS, Putz rieselte von der Decke herab.

»Jetzt ist es so weit«, piepste Alice Buk aus ihrem Versteck. »Das Dach stürzt ein!«

»Meine schöne Suppe«, rief Schlemmer Buk.

»Noch ein Kracher, letzter Lacher.«

»SSSCHT!! ALLE BUKS, HABT ACHT!«

Schlagartig verstummten die Buks. Sämtliche kullerrunden Scheinwerferaugen richteten sich flackernd auf Queen Buk, die gemessen in die Mitte des Lesesaales schritt. Das königliche Gewand war ihr ein wenig zu groß, die Ärmel tausendfach genäht, und auf ihrem Kopf thronte eine gewaltige, gepuderte

Königinnenperücke. Doch ihr Gesicht war stolz und alt und weise, ihre leuchtenden Augen hatten viel gesehen in ihrem Leben als oberste Wächterin der Bücher, und ihre Ohrenspitzen waren elegant und hoheitsvoll in die Höhe gestreckt.

Einen Schritt hinter ihr folgte Adlatus Buk, ihr Ratgeber. Oder ihr »ausgelagertes Gedächtnis«, wie Adlatus sagen würde. Was er sich allerdings in der Nähe der Queen nicht erlaubte. Queen Buk hatte erstaunlich spitze Ellenbogen und zögerte nicht, sie einzusetzen.

Als die Queen in der Mitte des Scheinwerferlichts aus Dutzenden Buks-Augen stehen blieb, hielt sogar der Wind für einen Moment seinen zornigen Atem an. Denn wenn die Queen SSSCHT machte, wagte wirklich niemand mehr, einen Buks-Mucks zu tun.

Es wurde ganz, ganz still.

»Kein Buk wird zu Schaden kommen«, verkündete die Queen mit fester Stimme. »Das Haus wird uns und unsere Bücher schützen. So, wie es das immer getan hat. Das Haus und der Garten und seine Bäume und alle Wesen, die ihn bewohnen. Sie alle werden uns behüten und vor der Welt da draußen unsichtbar machen. Wie immer.«

»Na ja«, murmelte Adlatus neben ihr. »Immer ist relativ.«

»Ssscht!« Die Queen rummste ihren Ratgeber-Buk mit dem Ellenbogen an.

Queen Buk setzte ihre allerzuversichtlichste Miene auf. Das war wichtig. Die Buks verließen sich auf sie. Vor allem die Jungbuks, die nicht ahnten, was eine Entdeckung des Hauses und der geheimen Bibliothek für sie alle bedeuten würde.

Also sagte sie laut: »Denkt nur an den Sturm vor zwölf Jahren!«

Ratlose Stille. Dann merkte Adlatus Buk vorsichtig an: »Eure Majestät meinen: vor *fast* zwölf Jahren.«

»So, meine ich das?«, fragte Queen Buk.

»Gewiss. Vor fast zwölf Jahren. Um genau zu sein, elf Jahre, zweihundertneunundfünfzig Tage und fünfunddreißig Minuten.«

»Nun gut.« Queen Buk räusperte sich, warf Adlatus Buk einen warnenden Blick zu und setzte mit getragener Stimme fort: »Denkt an den Sturm *vor fast ziemlich genau* zwölf Jahren!«

Alle dachten angestrengt nach.

»Und jetzt?«, fragte Attila Buk schließlich, weil ihm schon ein bisschen der Kopf wehtat vom Nachdenken.

»Nun«, Queen Buks Blick gleißte auf, »der ging vorbei.«

»Pfhh«, machte Attila Buk. »Das ist jetzt aber nicht so hilfreich. Also, finde ich.«

Queen Buk stemmte die Fäuste in die Hüften. »Du schnurrbärtige Steppenkröte willst mir widersprechen?«

»Ich mein ja nur.«

»*Du* meinst ja *nur?* Ich werd' dir jetzt mal sagen, was ich nur meine. Ich …«

Der Wind hatte die Pause zum Atemholen genutzt. Und blies jetzt noch mal kräftig aus. Eine noch heftigere Böe schlug auf das Haus ein und ließ in den Tiefen der Kellergewölbe eine Tür mit einem Donnerschlag zuknallen.

Augenblicklich war es vorbei mit der gefassten Stille, alle Buks rannten durcheinander, wollten sich verstecken, die Regale rauf und runter und dahinter und hinauf.

»Du sitzt auf den Atlanten, Reimling.«

»Ich war zuerst am Platze, geh zu deiner Grinsekatze!«

»Nicht doch, nicht in die Suppe!«

»Wir sollten uns … *börps!*«

Die Queen war mit einem Satz hinter einem verschlissenen Ohrensessel in Deckung gegangen. Adlatus Buk robbte sich zu ihr. Die Queen schnaubte.

»Adlatus, manchmal frage ich mich wirklich, wie wir das noch die nächsten Jahrhunderte durchhalten sollen.«

»Gewiss, Majestät, aber was bleibt uns anderes übrig? Das Orakel spricht nicht mehr zu uns. Der Buchmeister ist verschollen seit fast neun Jahren. Wir wissen nicht, was jenseits dieser Mauern in der Welt der Menschen seither geschah. Also müssen wir ganz allein tun, was zu tun ist. Auch wenn diese letzten aller Bücher hier ihre Wörter verlieren und es ungewiss ist, ob unsere Spezies all das überlebt …« Er verstummte. Selbst erschrocken über den Ernst der Lage.

»Oh, diese Bleichkrankheit …«, murmelte Queen Buk gepeinigt. Diese Krankheit war wie ein Wurm, der sich in die Bücher fraß und die Worte und Welten langsam, aber sicher auslöschte. Die Schrift verschwand einfach, und bisher hatte nicht mal Typografica Buk, die alte Heilerin, ein Gegengift gefunden. Es war nur eine Frage der Zeit, bis diese Pest womöglich auf die Buks übersprang, und dann … die Königin schauderte. Es war ihr unmöglich, sich eine Welt ohne Bücher und ohne Buks auch nur vorzustellen. Und unter den

Menschen? Ach, ach, da war niemand, der ihnen helfen konnte! Mehr noch: Menschen waren gefährliche Wesen, man konnte ihnen nicht trauen!

Die Buks, die Bücher, dieses vergessene Haus – ja, dachte die Queen Buk, sie waren wie ein einsames Schiff, zurückgelassen in einem ewigen Nebel auf einem unendlichen Meer. Aber sie durften nicht untergehen. Sie mussten retten, was zu retten war!

Doch das Orakel, dieses unzuverlässige Ding! Es schwieg sich trotz all dieser Gefahren weiterhin aus! Und wo war überhaupt Thesaurus Buk in diesem Tohuwabohu? Schließlich versuchte der vielsprachigste der Buks seit Jahrzehnten, das Verrückte Orakel zu mehr als nur unverständlichem Genuschel zu bewegen. Sie könnten jetzt wirklich mal etwas Unterstützung gebrauchen von diesen trotzig gewordenen Würfeln!

Die Queen erspähte Thesaurus' Schatten oben auf der Empore über dem Lesesaal. Gebeugt und murmelnd unter seiner Kapuzenkutte, wie immer. So, als gäbe es gerade keinen Orkan, der das Dach wie eine Frisbee-Scheibe abheben und durch die Gegend schleudern könnte.

»Und wenn wir mal nachschauen?«, rief nun eine helle Stimme.

Alle richteten ihre Scheinwerferaugen auf Rebella Buk, die zögernd in die Mitte des Saales trat. Sie war die jüngste der Buks, zu Hause zwischen den Seiten von Geschichten aus Widerstand und Abenteuer. Sie trug ein rotes, gegürtetes Wams, im Gürtel einen Dolch, um das Haar ein Lederband, die Beine steckten in Schaftstiefeln.

»WAS nachschauen?«, fragte Queen Buk, als sie hinter dem Sessel hervorkam, gestützt auf Adlatus' Arm.

Sie sah streng auf die Jungbuk herab. Obwohl das nicht so einfach war, denn Rebella Buk war nicht nur quietschjung, kaum zweihundert Jahre alt vielleicht, sondern außerdem ein klitzekleines bisschen größer als die Queen.

»Na, den Sturm …?«, gab Rebella Buk zurück.

»Den Sturm *anschauen?*«, quiekte Schlemmer Buk.

»Schauen? Welch Grauen!«, rief der Reimling Buk.

»Also, ich sehe was, was du nicht siehst, fände ich besser …«, merkte Spielothekus an.

»Ach ja. Und wo? Etwa … *draußen?*«, hakte Queen Buk nach.

»Na ja. Vielleicht durch einen Spalt in der Tür gucken?«, gab Rebella Buk schüchtern zurück. Und dann, mutiger: »Ich würde so gerne mal rausschauen. Nur ein Mal! Ihre Majestät, ich könnte doch …«

»SCHT! SSSSCHT!!«

Rausschauen! Nach draußen! Nein, das ging nicht! Niemand hatte sich je dieses Draußen angeschaut. Von diesem Draußen, da kam nie etwas Gutes!

Aufgeregtes Buk-Getuschel allüberall.

Draußen. – Also bitte! – Warst du schon mal in diesem Draußen? – Ich bin vielleicht dumm, aber doof bin ich nicht! – Was kommt da noch mal her? – Nix Gutes. – Ach ja. Stimmt. – Auf mutig folgt meist blutig – Börps.

Queen Buk straffte ihren Rücken. Mit der ganzen Kraft ihrer Autorität verkündete sie: »Noch NIE war ein Buk draußen, und das wird auch NIE geschehen. Rebella, ich verbiete dir, davon zu sprechen. Ja, auch nur daran zu denken!«

Rebella Buk klappte ihre spitz zulaufenden Öhrchen nach unten und schlich davon. Es kam selten vor, dass ein Buk so harsch von Queen Buk zurechtgewiesen wurde.

Die Queen begegnete den Wächtern des kostbarsten Schatzes der Welt stets mit Wärme – gut, mit strenger Wärme. Sie hatten eine Bürde zu tragen, sie alle. Und an der Queen war es, ihnen den Weg zu zeigen und dafür zu sorgen, dass sie gewissenhaft ihrer Aufgabe nachkamen: die Bücher zu schützen. Als die guten Geister, die sie seit Jahrtausenden für den größten Schatz der Menschheit gewesen waren.

Wenn sie sich selbst doch nur in letzter Zeit nicht so seltsam fühlen würde. Die Queen begann, Dinge zu vergessen. Daten. Ereignisse. Es war, als rutschte in einer Ecke ihres Seins der Boden weg, rieselnd wie Sand. So, wie auch die Buchstaben in den Büchern durch die Bleichkrankheit … nein, daran durfte sie jetzt nicht denken!

Von seiner Empore in der Ecke verfolgte der weise Thesaurus Buk die Tadel von Queen Buk und wie die widerspenstige Rebella geknickt in eine Regalecke krabbelte.

»Ach, ach. Diese unvernünftigen Jungbuks«, murmelte er seufzend. Seine Augen, die halb von der Kapuze seiner Kutte verdeckt waren, schimmerten nur leicht, denn er brauchte ja nicht weit zu gucken. Tief beugte Thesaurus sich wieder zu dem mit grünem Samt bespannten Brett herab, das vor ihm auf dem großen Tisch stand. Aberhunderte geschnitzte Würfel aus dem seltenen Oraclineum, die auf allen sechs Seiten mit

Lettern aus verschiedenen Sprachen bemalt waren, lagen vor ihm in mehreren Haufen. Einst hatten diese Lettern, wenn er sie auf die alte, ewige Art warf, ganze Wörter ergeben. Wichtige Sätze, die den Buks Aufgabe und Schicksal verrieten. Doch diese Sätze waren schon vor langer Zeit verstummt. Das Orakel hatte seine Stimme verloren.

Und seit langer Zeit suchte Thesaurus nach ihr und drehte Würfel um Würfel, denn er kannte alle Sprachen dieser Welt. Und nicht nur das, er kannte außerdem alle Synonyme und Antonyme und kannte auch all die vergessenen Alphabete und die untergegangenen Dialekte. Doch kein Wurf ergab einen Sinn. Hatte das Orakel ihm seine Gunst entzogen? Das wäre nicht auszudenken …

Die Fenster vibrierten. Den geduldigen Thesaurus Buk störte der Sturm nicht sonderlich. Stürme kamen und gingen.

Doch der Sturm, der kommen würde, wenn es ihm nicht gelang, dem Orakel seine Stimme wiederzugeben, würde sie alle auslöschen. Darum beschäftigte Thesaurus Buk sich mit nichts anderem als damit, das Geheimnis der heiligen Buchstaben zu entschlüsseln. Tag um Tag. Jahr um Jahr.

»Vielleicht sollte ich es doch noch mal mit dem alten Spanisch des 16. Jahrhunderts probieren«, murmelte er und sortierte behutsam einen Würfel neben den anderen.

Ein lauter Donnerschlag ließ Thesaurus erschrocken aufspringen. Dabei rummste er gegen den Tisch. Die Würfel fielen klackernd zu Boden und kullerten in alle Richtungen davon. Er stieß einen alt-aramäischen Fluch aus und stellte den Tisch ächzend wieder auf. Dann richtete Thesaurus seinen

Scheinwerferblick auf den Boden, um nur ja nicht einen einzigen entflohenen Würfel zu übersehen. Er bückte sich stöhnend, um sie sorgsam aufzusammeln.

Moment. Was war denn das?!

»Da!«, stieß er hervor und zeigte mit zitterndem Finger auf die Würfel. »Das … das Orakel!«

Doch niemand hörte ihn. Der Sturm heulte, das Haus knarzte, die Buks weinten und reimten.

Thesaurus Buk las mit zitternder Unterlippe die Zeilen, die sich aus den Würfeln am Boden von selbst geformt hatten.

Und las sie wieder. Wollte das Orakel ihn etwa verschabernacken? Die Queen. Er musste die Queen rufen!

»Eure Majestät! Hierher! Das Orakel … es hat eine Botschaft! Oder so etwas Ähnliches.«

Die Queen hob ihren Rock an und marschierte entschlossen auf die Wendeltreppe der Empore zu.

Unbemerkt von allen pirschte sich Rebella Buk leise, leise, wirklich leise aus dem Saal und in Richtung Eingangsportal.

Finn saß am Fenster seines Zimmers und starrte in die wild gewordene Nacht hinaus. Er war von einem heftigen Donnerschlag aus dem Schlaf gerissen worden, tief und laut wie eine schwere Eisenglocke. Sein Herz raste immer noch wie ein Zug, er presste die Stirn an das Fensterglas und sah staunend auf das Treiben der aus den Fugen geratenen Welt. Der Sturm peitschte durch die Nacht, riss sie mit Blitzen entzwei. Finn hatte die Achtung-Wetter!-App auf dem Tablet aufgerufen, aber das Gerät reagierte nicht. Kein Empfang? Das war noch nie vorgekommen.

Finn hörte zwar nicht, wie sich die Tür öffnete, aber ein leichter Luftzug verriet ihm, dass seine Schwester zu ihm ins Zimmer glitt. Nola konnte sich so leise und geschmeidig bewegen wie eine Katze.

»Der Wahnsinn«, flüsterte seine Zwillingsschwester, als sie sich neben Finn im Pyjama auf das Fensterbrett kniete und genau wie er nach draußen schaute, die Hände links und rechts neben dem Gesicht, ganz dicht am Glas, um nichts zu verpassen, was dort draußen vor sich ging.

Die Büsche in dem sorgfältig gepflegten Vorgarten unter ihnen krümmten sich unter dem Ansturm der Naturgewalt. Blätter und Zweige wirbelten durch die Luft. Die Wipfel der gestutzten Bäume schlugen hin und her. Der Himmel war schwarz, schwärzer als die Zwillinge es je gesehen hatten. Als ob er alles Licht in sich hineinsaugte und dabei sein dunkler Kern immer größer wurde. Obwohl krachende, gleißende Blitze dieses tiefe schwarze Nichts spalteten und er mit dumpfem donnerndem Grollen sein Missfallen kundtat.

Wann würde der Regen kommen? Oder eine Sturzflut?

Eine Böe warf sich ans Fenster und ließ die Scheibe vibrieren. In dem Heulen des Windes, dem Donnern und dem Krachen hätten sie schreien können, ohne dass ihre Eltern etwas mitbekämen. Aber das Dunkle, Tobende da im Himmel, das ließ sie andächtig werden. Oder … vorsichtig.

»So einen Orkan habe ich noch nie gesehen«, wisperte Finn.

»Wieso flüstern wir?«, fragte Nola ebenso leise.

»Damit der Orkan uns nicht entdeckt?«

»Hast du etwa Schiss?«, neckte Nola ihren Bruder.

Finn schaute seiner Zwillingsschwester in die vergnügt funkelnden Augen, die seinen so sehr glichen, dass es war, als blickte er in einen Spiegel.

»Ich weiß nicht mal, wie man Schiss buchstabiert«, meinte er grinsend. »Ist nur so …« Finn zögerte. Sah wieder auf den dunklen, grollenden Sog über ihnen. »… als wenn es ihn nicht geben dürfte. Nicht so laut. Nicht so … seltsam.«

Wieder ein Blitz, der mit seinem Gleißen die Nacht durchschnitt. Kurz darauf ein heftiges, splitterndes Krachen, ganz nah.

Sie sahen sich an.

Dann hob Nola eine Augenbraue. »Ob man dem das nicht verbieten kann? Schließlich gibt es *Regeln*«, hauchte seine Schwester mit einem kleinen Glucksen in der Stimme.

»Was ist das nur für ein *Benehmen?*«, erwiderte Finn todernst. »Schlimm.«

»Voll schlimm.« Sie hoben grinsend gleichzeitig die rechte Hand und verschränkten ihre kleinen Finger miteinander. Es war ihr Zwillings-Geheimnis, dass sie einen Pakt geschlossen hatten. Oder mehr einen Wettbewerb: Wer schaffte es öfter, die *Regeln* zu übertreten? Ihre kleinen Finger zu verhakeln, war ihr geheimes Zeichen, mit dem sie den Pakt immer wieder erneuerten. Die Einzigen, die das Zeichen kannten, waren ihre Freunde, Mira und Thommy. Ob die beiden wohl jetzt auch hellwach in das Toben starrten? Mira vielleicht. Voller Sorge, ob die Vögel aus den Nestern fielen. Und Thommy? Dem war zuzutrauen, dass er sich Butterpopcorn machte und dem Orkan zusah wie einem Erdkundefilm.

»Der Strom ist übrigens ausgefallen«, raunte Nola.

»Nur bei uns?«

»Keine Ahnung. Schauen wir halt nach.« Sie hatte ihr unternehmungslustiges Lächeln aufgesetzt.

»Das wär aber schon schlimm.«

»So was von.«

»Dann müssen wir eben extraleise sein.«

»Wie die Geister.«

»Geister gibt's doch gar nicht.«

»Also so leise, als ob's uns nicht gäbe.«

Wieder das Fingerhakeln.

Nola eilte in ihr Zimmer zurück, um sich ihren Hoodie über den Pyjama anzuziehen.

Kaum eine Minute später trafen sich die Zwillinge auf dem

Flur. Finn legte den Finger an die Lippen. Nola nickte. Im Dunkeln tasteten sie sich die Treppe hinunter und vergaßen nicht, die vorletzte Stufe auszulassen. Die knarzte nämlich ziemlich laut.

Nola zog Finn zur Hintertür. Klug, dachte er, der Wind stand auf der anderen Seite und sie hätten niemals die Vordertür aufbekommen. So war seine Schwester: Sie dachte immer erst nach, bevor sie was machte. Er war da komplett anders. Finn machte erst und fragte sich danach, ob er sich überhaupt etwas dabei gedacht hatte.

Als sie sich, dicht an die Fassade des Hauses gedrückt, der Hausecke näherten und voll in die Böen traten, warf der Wind sie fast um. Gerade noch schnappte sich Finn die Hand seiner Schwester. Geduckt und mit festgehaltener Kapuze über der Stirn kämpften sie sich bis zur Straße vor. Im Schutz einer raschelnden Hecke hockten sich die Zwillinge atemlos nieder. Der Wind strich wütend über ihre Köpfe. Vielleicht, weil sie sich vor ihm verbargen? Oder weil sie es wagten, ihm ins Gesicht zu sehen?

»Und jetzt?«, fragte Nola dicht an Finns Ohr.

Finn spähte die Straße auf und ab. Der vertraute Anblick hatte sich vollkommen aufgelöst. Er dachte an die fleißigen Autowascher und die gewissenhaften Rasensprenger, die täglich ihren Schulweg säumten. Jetzt waren da nur er und Nola. Und die Bäume, die sich schüttelten und bogen. Die Luft war voller unbekannter Gerüche und Geräusche, und alles, was nicht befestigt war, hatte seinen angestammten Platz verlassen. Die Liegestühle und Gießkannen, die Dekotiere, Campingstühle,

Mülltonnen, vergessene Kissen von der Veranda, alles verteilte sich in den Gärten und auf der Straße und wurde von den Windböen trudelnd vorangetrieben.

Aber alle Häuser und Fenster waren dunkel. Dort lebten Menschen, die Finn kannte. Denen er fast jeden Tag begegnete. Er war sich sicher, dass sie alle aufgewacht waren von dem Donnerschlag und nun unter ihren Decken darauf warteten, dass das Unheil an ihnen vorüberzog. Darauf warteten, dass ein neuer, ordentlicher Tag anbrach und sie ihre Autos waschen und ihre Rasen sprengen konnten.

Sie warteten, dass sie wieder Empfang hatten und die Achtung-Wetter!-App ihnen sagte, was sie anziehen sollen, und die ihnen erklärte, was da draußen los war.

Er und Nola aber waren *hier draußen*. Das war echt. Aufregend echt. Über ihnen wölbte und krampfte sich der schwarze Himmel.

»Lass uns zum Park«, sagte er dicht an ihrem Ohr.

Nola schaute ihn groß an. »Warum?«

Auch wenn er es nie zugeben würde, aber ein bisschen Schiss hatte er schon. Gleichzeitig zog es ihn aber unwiderstehlich in diese wilde Nacht. Finn hatte Lust darauf, die großen Bäume zu erleben. Ohne Häuser und Menschen, die Angst hatten. Er wollte wissen, wie die Stadt aussah, wenn niemand sie anguckte. Er wollte einfach inmitten des Sturms sein.

»Ich weiß nicht«, gab er zurück. »Wegen allem.«

Sie zuckte mit den Schultern. »Okay. Alles ist genug.«

Finn wusste, dass Nola sonst ziemlich stinkig wurde, wenn er die Richtung vorgab. Vor allem, wenn er nicht groß darüber nachgegrübelt hatte, sondern einfach losrannte. Nola war vor zwölf Jahren genau drei Minuten vor Finn auf die Welt gekommen und rieb ihm gerne unter die Nase, dass sie die Ältere war. Aber sie war oft genauso bereit mitzumachen.

Im Schutz der Hecken suchten sie sich ihren Weg durch das Häuserviertel zum Park. Sie mussten unterwegs rollenden Mülltonnen ausweichen, und einmal flog ein losgerissener Sonnenschirm so dicht an ihnen vorbei, dass er sie beinahe aufgespießt hätte.

Sie rannten, keuchend, mal mit, mal gegen den Wind. Die Böen wehten Nola unaufhörlich die roten Haare ins Gesicht, Finn hatte es leichter mit seinen kurzen Strubbeln, dafür blinzelte er immer wieder gegen den Staub an, der ihm ins Gesicht getrieben wurde.

Und doch: Finn fühlte sich herrlich.

»Der Strom ist echt überall weg«, rief Nola und zeigte auf die dunklen Straßenlaternen. Auch in den angrenzenden Häusern war alles dunkel, und sogar die großen Bildschirme an den Kreuzungen waren leer und erloschen.

Finn drehte sich so gegen den Wind, dass er sein Handy hervorziehen und einen Blick darauf werfen konnte. »Geht auch nicht. Das Telefonnetz ist tot.«

Sie schauten sich an. Wenn sogar das Telefonnetz weg war, dann funktionierte auch das »HierBinIch« nicht. Die App auf ihrem Handy, die Finns und Nolas Eltern immer anzeigte, wo ihre Zwillinge gerade steckten.

»Wow. Als ob jemand die Zeit anhält«, sagte Nola langsam.

»Und wir sind unsichtbar. Komm«, rief Finn.

Schließlich rannten sie durch das schmiedeeiserne hoch gebogene Tor des Parks. Der war superordentlich angelegt und wurde täglich gepflegt. Aber von der schönen Ordnung war jetzt nicht mehr viel zu erkennen: Laub und Zweige bedeckten die Wege und verstreuten sich auf dem Rasen und den Beeten. Die Wipfel der hohen, alten Buchen und Eichen tanzten im Sturm und gaben empörtes Ächzen von sich. Der schwarze Himmel grollte auf sie herab. Ein krachender Blitz entlud sich aus den Wolken, zersplitterte in mehrere grelle Arme.

»Ich glaube, wir kriegen gleich ein Problem«, rief Nola. Sie zählte laut. »Eins. Zwei. Dr…«

Sie hatte die letzte Zahl nicht mal ausgesprochen, da krachte es polternd direkt über ihnen.

»Es ist über uns!«

Der Regen schwallte als Sturzbach aus den Wolken. Im Nu waren sie bis auf die Haut durchnässt und das kalte Wasser rann ihnen in den Nacken und in die Schuhe.

»Wir müssen Schutz suchen«, brüllte Nola.

»Nicht zu den Bäumen«, warnte Finn.

Hand in Hand rannten und rutschten die Zwillinge über die schlammigen Grasflächen, bis sie an den steinernen Pavillon kamen.

Sie verbargen sich an einer der Säulen und lehnten sich dicht aneinander. Die Hosen und Hoodies klebten ihnen kalt und nass an der Haut.

Um sie herum tobte das Gewitter.

»Und? Hast du jetzt Bammel?«, fragte sie.

Finn war froh, dass sie das fragte. Er kabbelte sich ständig mit seiner Zwillingsschwester, aber er wusste, dass sie in den wichtigen Dingen immer auf seiner Seite war.

»Nein. Und ja. Beides. Ich hab so komische Gedanken in letzter Zeit«, antwortete er deswegen ungewohnt offen.

»Du? Was denn für komische Gedanken?«

»Na ja, ich will Abenteuer erleben.«

»Sag mir was, was ich nicht weiß.«

»Verstehst du nicht? Ich will *wirkliche* Abenteuer. Auf einem richtigen Schiff in einem richtigen Sturm. Nicht nur in den Hologramm-Realstunden, wo wir im Klassenzimmer sitzen und nicht mal nass werden. Ich möchte wissen, wie es sich wirklich anfühlt in einer Wüste ohne Wasser. Ich will Berge hinaufklettern und nicht nur die Drohnenbilder von oben sehen. Und die Affen nachts am Amazonas kreischen hören. So was halt. Ich will mich fühlen, wie ich mich jetzt gerade fühle.«

Nola schwieg. Dann sagte sie langsam: »Ich glaub, ich weiß, was du meinst. Ich möchte zum Beispiel nicht einfach nur ein Mädchen sein. Eines, das auf den ersten Kuss wartet oder sich schon in der sechsten Klasse einen Beruf aussucht. Ich will auch auf Berge klettern. Ich will heute nicht wissen, wie der Tag morgen wird, aber wir wissen ja eh immer, wie es morgen wird. Und übermorgen. Aber deine kreischenden Affen am Amazonas sind mir egal. Ich würde lieber echten Krokodilen begegnen!«

»Aber die wollen dich vielleicht fressen …?«

»Ich weiß, wie man sie reinlegt.«

»Wie denn?«

»Weglaufen und wenn sie hinterherrennen, immer kleinere Kreise laufen.«

Es dauerte, bis es bei Finn ankam. Dann fing er an zu glucksen. Nola kicherte. Und schon verfielen sie in einen Lachanfall, den sie nicht mehr stoppen konnten.

»Okay«, keuchte Finn, als er wieder zu Atem kam. »Dann lass uns Abenteuer erleben! Die echten. Und nicht nur die kleinen Regeln brechen. Auch die großen.«

Sie schaute ihn an. Ihre Augen funkelten.

»Versprochen?« Nola hielt ihm den kleinen Finger hin.

Finn verhakte seinen. »Versprochen«, sagte er.

Der Pakt war geschlossen.

Da zuckte ein Blitz durch den schwarzen Himmel, fuhr direkt in die große Eiche mitten auf dem Rasen, und der halbe Wipfel fiel krachend und Funken sprühend zu Boden.

Die Zwillinge sprangen auf und rannten um ihr Leben.

Niemand achtete auf Rebella, die rückwärts aus dem großen Lesesaal schlich. Die Jungbuk nutzte die Aufregung der Buks über die Verkündung des Orakels, um sich unbemerkt in die verlassene Eingangshalle davonzumachen. Sie schämte sich, dass sie von der Queen vor allen Buks geschurigelt worden war. Aber es ärgerte sie auch. Was war denn an ihrer Frage so schlimm gewesen? Es war ja nun nicht so, als hätte Rebella einen Aufstand zum Sturz der Königin anzetteln wollen!

Mit aufgerissenen, leuchtenden Augen stand Rebella nun vor der schweren Holztür, die sie und das Draußen voneinander trennte. Der Sturm war gar nicht viel lauter hier. Aber der Gedanke, dass er und das ganze unbekannte Draußen nur noch wenige Zentimeter entfernt waren, ließ ihn bedrohlicher werden.

»Was würde Mulan jetzt tun?«, murmelte sie. Mulan war eine von Rebellas Lieblingsfiguren. Und sie hatte von ihr das Kämpfen gelernt. Und die Entschlossenheit.

Ganz klar: Rebella war bis hier gekommen, nun würde sie auch den letzten Schritt tun. Und die Tür öffnen.

Was leichter gedacht war als getan. Die kleine Buk kam nämlich nur an die Klinke heran, wenn sie sich auf die Zehenspitzen stellte. Und den großen Schlüssel in dem massiven

Schloss bekam sie zwar zu fassen, konnte ihn aber mit einer Hand nicht drehen.

Sie packte ihn mit beiden Händen, versuchte es mit aller Kraft – aber er rührte sich nicht. »Komm schon, du alter Eumel!«, murmelte sie und mühte sich weiter.

Nichts. Das Schloss war so lange nicht benutzt worden, dass es bestimmt rostig und verklemmt war.

»Saumatziges Mistschloss«, schnaubte Rebella trotzig.

Das beeindruckte den Mechanismus offenbar gar nicht.

Und jetzt? Einfach aufgeben? Ein gewaltiger Donnerschlag schien Rebella seine empörte Antwort zu geben: Nein!

Sie lauschte in den Lesesaal hinein. Dort wurde buksig getuschelt und gepispert und niemand kümmerte sich um sie. Gut.

Was sie brauchte, war ein Hebel. Ja, damit sie mehr Kraft ausüben konnte. Sie schaute sich um … nein, da war nichts, was sie verwenden konnte. Angestrengt starrte sie wieder auf den Schlüssel. Irgendetwas Längliches, was sie in den ringförmigen Griff stecken konnte. Einen Stock oder eine Stange. Rebella huschte zurück zum Lesesaal, blieb aber in den Schatten in der Nähe der Flügeltüren, damit die anderen sie nicht entdeckten. Hier lief sie lautlos die Bücherregale ab und hielt nach etwas Brauchbarem Ausschau. In irgendeinem Buch musste doch was Nützliches stecken!

Aha! Da, eine mehrbändige Schmuck-Ausgabe über Kurzmenschen, die in eine Zauberschule gingen. Hm, Zauberer, die hatten doch einen Zauberstab, das könnte es sein. Rebella griff einen der Bände heraus und blätterte ihn geschwind durch. Wie alle Buks erfasste sie das, was auf einer Seite geschrieben stand, mit einem Blick. Einmal zwinkern, schon hatte sie eine ganze Seite gelesen.

Sie musste sich das Kichern verbeißen, als sie die vertraute Erzählung wiederfand. Es war niedlich, was in dieser Schule gelehrt wurde. Also echt, Menschen hatten schon seltsame Vorstellungen von Magie. In echt war sie doch viel größer … Da! Sie verharrte an der Stelle, an der eines der Kinder, ein Ron, seinen Zauberstab bekam.

Genau den brauchte sie jetzt.

»Heraus«, flüsterte Rebella. Aus den Seiten schob sich erst eine Spitze und dann der Rest des Zauberstabs. Rebella hielt ihn prüfend zwischen den Fingern. Er sah ziemlich dünn und zerbrechlich aus. Also, mit dem Pipikram würde sie das Schloss wohl kaum aufbekommen.

»Husch«, befahl sie ihm leise. Gehorsam schrumpelte der Stab wieder zurück in sein Buch. Missmutig schob Rebella es ins Regal. Ihr fiel einfach kein Buch ein, in dem ein Stock oder eine Stange vorkam. Jedenfalls keins, das sie in den letzten zweihundert Jahren gelesen hatte.

Sie beobachtete, wie Queen Buk und Thesaurus sich oben auf der Empore in die Wolle bekamen. Na, das Verrückte Orakel schien sie noch eine Weile zu beschäftigen.

Trotzdem, sie konnte nicht ewig suchen! In Gedanken ging Rebella all die Seiten durch, die sie je gelesen hatte. Zauberer, Zauberschule – Zauberlehrling!

Das war es! Der Zauberlehrling hatte einen total durchgeknallten Besen, und dessen Stiel würde es tun, da war sie sich sicher.

Rebella wusste genau, wo sie ihn finden würde. Der Zauberlehrling und sein renitenter Wischmopp waren in einem schmalen Band, grüner Umschlag, genau! Und weit genug von der Empore entfernt, in der Abteilung der Lyrik. Und der Reimling saß immer noch unter einem Tisch und hielt sich die Augen zu, er würde gar nicht bemerken, wenn sie sich rasch eines seiner Bücher auslieh.

Außerdem war es ein starkes Buch. Natürlich nicht so stark wie die Bücher im … Rebella schauderte kurz, als sie an die Bücher im verschlossenen Kellergewölbe dachte. Nur ganz, ganz wenige Buks konnten diese Bücher im Zaum halten, und sie selbst gehörte nicht dazu.

Gerade als Rebella nach einem grünen Einband griff, donnerte es draußen wieder so heftig, dass sie das Beben der Mauern spürte. Vor Schreck ließ sie das Buch fallen. Es klatschte auf den Boden und blieb mit aufgeschlagenen Seiten liegen. Hatte das jemand gehört? Als sie sich bückte, um es aufzuheben, sprang ein kleiner Funke aus den aufgeschlagenen Seiten. »Hey«, sagte sie. »Wo kommst du denn her?« Der Funke tanzte ein wenig in der Luft herum, als wüsste er erst mal nicht, wohin. Dann zischte er davon, als hätte er einen furchtbar wichtigen Termin.

»Lustiger Funke«, murmelte sie.

Sie überprüfte den Titel und stellte fest, dass es ohnehin nicht der richtige grüne Band war. Merkwürdig, das Buch gehörte nicht einmal in die Lyrik. Es hieß: *Fahrenheit 451,* mit einem Feuerwehrmann namens Montag. Na ja, kein Wunder, dass es Funken gesprüht hatte. Kurz fragte sie sich, ob sie versehentlich ein Feuer manifestiert hatte? Sie schnupperte. Nein. Also, rasch weiter, sie schob das Buch zurück und griff nach dem nächsten grünen. Ja! Das war es. Rebella blätterte vor und fand die Stelle. Na also!

Mit dem Buch im Gewand pirschte Rebella, so schnell sie konnte, in die Eingangshalle und legte die Ballade mit dem Zauberlehrling vor die massive Tür.

»Besen! Besen! Seid's gewesen«, las sie halblaut vor. »Heraus!«

Der Besen tat sich deutlich schwerer als der Zauberstab. Rebella musste ordentlich ziehen, um ihn vollständig aus dem Buch zu kriegen.

»Nun hab dich nicht so, komm raus, es gibt hier was zu tun«, lockte sie. Da gab er nach. Sie wog den Stiel in der Hand. Perfekt. Der Besen schien zu beben vor Aufregung, als ob er einen Schabernack im Sinn hätte.

»Na, na, na. Schön brav sein«, murmelte Rebella und steckte den Stiel durch den Schlüsselring. Sie stellte sich wieder auf die Zehenspitzen und packte je ein Ende des Stabs. Auweia, dachte sie, als sie ein verräterisches »Knriks« hörte. Dass nur nicht der Schlüssel abbrach. Sonst wären sie vielleicht für immer gefangen in dem alten Haus.

Erst tat sich nichts. Der Holzstiel bog sich sogar ein wenig durch. »Entschuldigung«, wisperte sie. Und dann, als sie schon sicher war, es würde nicht gelingen, gab das Schloss endlich nach. Rost rieselte aus dem Schlüsselloch, der Schlüssel drehte sich in kleinen Rucken. Rasch zog Rebella den Besen heraus. Mit einem ratschenden Geräusch schob sich etwas zurück.

Rebella hielt den Atem an, sprang hoch und drückte, ohne weiter nachzudenken, entschlossen die Klinke herunter.

Es war, als hätte der Sturm nur darauf gewartet. Die Tür schwang so heftig auf, dass sie gegen Rebella stieß und die kleine Buk einfach umwarf. Auf dem Hosenboden sitzend und mit offenem Mund starrte Rebella zutiefst erschrocken und fasziniert auf die wilde Welt dort draußen.

Die Bäume, die sich wie gequälte Riesen im Wind bogen, ein zorniger Himmel, der jeden Moment herabzustürzen drohte. Eine um die andere Böe wehte sie an, fauchend, ungestüm. Sie blinzelte, ihre Augen tränten.

Das war Wind! Echter Wind! Und Regen, der hereingewischt wurde. Wie er wohl schmeckte? Ob sie einen der Tropfen vor ihr auf der Schwelle probieren konnte?

Ihre Nasenflügel blähten sich aufgeregt, als sie die Gerüche wahrnahm. Modrige Erde, süße Fruchtigkeit in tausend Variationen, herbes Gras, der unbestimmbare Duft des Regens … oh, wie intensiv das alles war. Bebend hielt Rebella Buk dem Ansturm der Eindrücke stand. Das war etwas völlig anderes als Bücher.

Gerade als sie sich erhob, flog etwas ganz knapp an ihrem spitzen Ohr vorbei. Der kleine Funke aus dem Feuerwehrmann-Buch schwirrte zielsicher durch die offene Tür nach draußen.

»Hey, kleiner Funke«, rief sie ihm hinterher. »Du wirst dich verirren. Komm zurück in dein Buch! Husch!«

Aber der Funke hörte nicht auf sie. Im Nu war er in der Schwärze verschwunden. Rebella spähte ihm nach. Vielleicht war es gar kein Feuerfunke, sondern ein Irrlicht? Würde es außerhalb seiner Geschichte überleben? Na, hoffentlich hatte sie jetzt keinen Blödfug angerichtet.

Aber was das Fünkchen konnte, konnte sie doch auch. Einfach raus! Sie trat einen Schritt vor. Jetzt spürte sie ihren Herzschlag bis in den Hals. Wieder wollte ein Böe sie zurückstoßen. Rebella tat noch einen Schritt, bis sie mit einem Fuß jenseits der Schwelle stand. Halb drin. Halb draußen.

Auf einmal klatschten ihr die Regentropfen wie ein Schwall ins Gesicht. Rebella blinzelte, ihre großen runden Augen waren schlierig und ihr Licht half ihr in diesem Draußen nicht weiter. Sie wollte so entsetzlich gerne alles erkunden. Aber wo sollte sie hingehen? Was, wenn sie den Weg zurück nicht mehr fand? Oder ihr ein Ast auf den Kopf fiel. Oder … Sie blieb in der offenen Tür stehen. Wie schön das alles war. Schön und fremd und laut und beängstigend und großartig. Bäume und Regen, Duft und Melodien der Elemente. Fühlte, staunte, bebte, sie hatte noch nie solche Empfindungen gehabt.

Da zuckte ein gewaltiger Blitz schräg durch die mächtigen Wolken. Keine drei Herzschläge später folgte das krachende Donnern. Mit einem erschrockenen Fiepen sprang Rebella zurück. Packte die Tür und drückte sie entschlossen zu. Einen Moment lang hatte sie geglaubt, der Blitz zielte auf sie. Das taten die Götter bekanntlich, sie schmissen mit Blitzen nach den Ungehorsamen. Oder? Galt das auch im Draußen oder nur in Geschichten? Mit dem Rücken lehnte sie sich gegen die Tür. Ihre Knie zitterten. Sie blinzelte mehrfach, um das

Regenwasser aus den Augen zu bekommen. Vorsichtig brachte sie ihre Iris wieder zum Leuchten.

»Oh verflixte Lektorin«, entglitt es ihr, der ärgerlichste Ausruf aller Buks. Wie sah es denn hier aus! Überall Blätter, Zweige, Geröll und der Regen hatte patschige Pfützen hinterlassen.

»Nein, nein, nein, nein, nein!«, rief Rebella panisch.

Wenn das Queen Buk mitbekam, dann, dann – würde sie Rebella womöglich wieder an-sssschen oder wer weiß was viel Schlimmeres.

»Und nun komm«, murmelte sie, griff nach dem Zauberbesen und fegte rasch alles zusammen. Dem Besen schien das außerordentlich zu gefallen. Ihr war, als würde er beginnen, ihre Hände zu lenken und dabei vergnügt zu summen. Er wischte sogar die Feuchtigkeit vom Boden. Rebella starrte ratlos auf den säuberlichen Haufen herab. Und wohin nun damit?

Wenn sie die verflixte Tür wieder aufmachte, um es hinauszufegen, würde der Wind wieder alles verteilen. Und dem wahrscheinlich noch etwas hinzufügen.

Da zuckte der Besen in ihrer Hand. Immer wieder, als wollte er sie in eine Richtung ziehen. Dort stand aber nur die große Vase in der Ecke. Die stand schon immer da. Einst hatten darin sicher prächtige Blumen die Besucher begrüßt. Aber seit Rebella denken konnte, waren keine Besucher mehr gekommen.

Dann begriff sie. Natürlich! Die Vase.

Entschlossen schaufelte Rebella mit den Händen den Haufen in die Vase. Sie kontrollierte noch einmal mit ihrem hellsten

Blick jeden Winkel, dass nur Queen Buk nichts Verdächtiges entdecken konnte.

Dann brachte sie den Besen eilig zurück zu seinem Buch, das noch aufgeschlagen auf dem Boden lag.

»Husch, husch, zurück«, befahl Rebella streng. Gehorsam verschwand der Fegeknecht wieder in seinem Gedicht.

»Und danke«, sagte Rebella leise, bevor sie das Buch unauffällig zurück in das Revier des Reimlings trug. Leise, leise, schob sie es in das Fach.

Uff! Geschafft.

»Und?«, fragte auf einmal eine Stimme neben ihr.

Da stand Typografica Buk. Die Buchheilerin, die jene Bücher wieder gesund machte, deren Einband oder Seiten brüchig geworden waren.

»Und was?«, piepste Rebella.

»Was hältst du von dem Orakel?«

Queen Buk, Thesaurus und Adlatus waren immer noch auf der Empore. Die Verkündung des Orakels hatte sich offenbar herumgesprochen. Aufgeregt steckten die Buks die Köpfchen zusammen und rätselten über die Bedeutung. Nur leider wusste Rebella überhaupt nichts davon.

»Ich find's … äh … unglaublich?«, versuchte Rebella es.

»Allerdings. Wenn es wahr spricht, dann wird nichts wieder sein wie zuvor. Gar nichts.«

Finn hatte Seitenstechen. Sie liefen im Zickzack durch den Park. Der Himmel schüttete Blitze aus den Wolken.

Den Funken, der ihnen zielsicher nachstob, den bemerkten sie nicht.

»Warte …«, keuchte Finn gepresst, aber Nola riss ihn an der Hand mit sich.

Der ganze Himmel grollte ihnen, und immer wieder rutschten sie fast aus, denn der Sturzregen hatte die Wege in schlammige Bäche verwandelt.

Endlich erreichten die Zwillinge die Straße. Hier waren keine hohen Bäume mehr, nur die sorgfältig gestutzten Gartenbäume. Als sie sich umwandten, war es, als tobte das Gewitter über dem Park und weiter unten bis zum Alten Fluss. In der Stadt selbst hatten die Böen sich gelegt.

»Sieh nur! Die Straßenlaternen!«

Nola hatte recht: Sie flackerten und eine nach der anderen begann wieder zu leuchten. Der Strom kam zurück.

»Wir müssen schneller sein!«

»Warum?«

Damit sie in ihrer Straße waren und zu Hause, bevor der Strom sie erreichte. Es hörte sich unlogisch an, das wusste Finn, aber … es war so. Denn wenn der Strom zurückkam,

kam damit auch die Welt, wie sie sie kannten. Und das wollte Finn nicht.

»Damit das HierBinIch-Programm auf unseren Handys nicht aufzeichnet, wo wir gewesen sind«, sagte er. »Wir müssen schneller als das Netz sein.«

»Dann los!«, rief Nola entschlossen.

Das grelle Licht der Laternen, der aufflackernden Bildschirme, der Reklamezeichen und Ampeln folgte ihnen in immer geringer werdendem Abstand, während die Zwillinge wie gejagt nach Hause rannten. Da war ihre Straße … die Einfahrt … sie wichen umherliegenden Ästen aus, sprangen über verirrte Mülltonnen, und: Endlich!

Sie hatten es geschafft.

Gerade als sie die Hintertür hinter sich geschlossen hatten, flammte auch das Licht in der Einfahrt wieder auf.

»Ich glaube nicht, dass ich je wieder schlafen kann«, stöhnte Finn, als sie sich von innen an die Hintertür lehnten, langsam auf den Boden rutschten und um Atem rangen.

Nola legte die Finger an die Lippen. Lauschte. Im Haus rührte sich nichts. »Ich auch nicht«, flüsterte sie dann.

Aber Finn konnte schlafen, kaum dass Nola und er sich auf dem Flur ihrer Zimmer im Obergeschoss wortlos getrennt hatten. Er öffnete nur noch einmal kurz das Fenster, um tief die frisch gewaschene, leicht nach elektrischer Entladung duftende Nachtluft einzusaugen. Dann pellte Finn sich aus den nassen Sachen und schlang sich fest in seine weiche Decke.

Bevor er die Augen schloss, war ihm, als tanzte immer noch ein Funke durchs Zimmer. Das war bestimmt, weil er direkt in die Blitze geschaut hatte, dachte er noch und schlief auch schon ein. Finn wanderte durch tiefste, stumme Träume, bis er auf einmal dieses Raunen hörte.

»Finde mich …«

Das fremde, ferne Flüstern war wie ein Jucken im Ohr.

Und dabei wusste Finn sogar, dass er träumte. Wie seltsam, im Traum sicher zu sein, dass es ein Traum war.

Er lief durch eine eigenartig verformte Landschaft. Der Boden war trocken, nirgendwo wuchs etwas. Doch auf der Erde waren in Knöchelhöhe unzählige rote Schnüre gespannt, die ein Labyrinth aus Wegen bildeten. Finn hätte problemlos über die roten Fäden drübersteigen können.

Doch das durfte Finn nicht. Es gab ja Regeln.

Aber gilt das auch für Träume? Haben Träume Regeln?

»Finde mich …«

Immer schneller folgte Finn dem schmalen Weg zwischen den Schnüren, der mal nach links, mal nach rechts führte. Gab es überhaupt ein Ziel in diesem Fadenland?

Wenn nur sein Ohr nicht so jucken würde!

Was würde schon passieren, wenn er einen kleinen, winzigen Schritt außerhalb der Leitschnüre machte. Nur einen kleinen …

»Finde mich…«

Finn blieb stehen. Überall verliefen kreuz und quer die roten Fäden. Er legte die Hände über die Augen. Nein, ein Ziel war definitiv nicht zu erkennen. Nirgends!

Je länger Finn sich anstrengte, schärfer zu sehen, desto verschwommener wirkte der Horizont. Und was war das Dunkle dahinten in dem Traumnebel? Hatte es nicht daher gerufen? Oh, oh. Der dunkle Fleck kam näher. Und wurde immer größer! Der Drang, dem Geheimnisvollen entgegenzulaufen, einfach über die roten Fäden zu springen, wurde unwiderstehlich.

Jetzt entdeckte er, dass in dem Schattennebel ein Funke tanzte. Der auf ihn zukam.

Er MUSSTE wissen, was das war!

Finn hob den rechten Fuß, trat über den Leitfaden, zog den anderen nach. Wie eine heftige Woge stieg das schlechte Gewissen in ihm empor, rief: Nein, nein, nein! Aber Finn …

… wurde urplötzlich an die Oberfläche gesaugt.

Mit Herzklopfen und weit aufgerissenen Augen lag Finn hellwach in seinem Bett.

»Wow«, murmelte er und checkte das HalloWach auf seinem Nachttisch. Das Netz war jedenfalls wieder da. Er knipste die Nachttischlampe ein. Der Strom ging auch wieder. Alles war also wie immer. Wie immer … aus irgendeinem Grund bedauerte Finn es. Und gleichzeitig ließ es die vergangene Nacht im Park ebenfalls wie einen fernen Traum erscheinen.

Das kleine elektronische Männchen des HalloWach-Digitalweckers hatte die Augen noch geschlossen, und an der Uhrzeit auf seinem digitalen Bauch sah Finn, dass er noch eine halbe Stunde schlafen könnte. Er sprang trotzdem aus dem Bett, zog Jeans, T-Shirt und Turnschuhe an und öffnete leise das Fenster. Er wollte nicht über den Flur schleichen, weil ihre Eltern, die sicherlich schon wach waren, ihn sofort ins Bad schicken würden. Rasch kletterte Finn hinaus, schlich über das

Vordach über der Eingangsterrasse zum Fenster des Zimmers nebenan. Er spähte durch die Scheiben. Schlief Nola?

Natürlich nicht. Seine Zwillingsschwester hatte ihre roten Haare hochgebunden und stand in ihrem schneeweißen Turnanzug vor dem Spiegel und übte Schattenboxen.

So Zeug machte sie andauernd. Nola ging auch zum Karate, und in der Schule spielte sie in der Fußballmannschaft. Als Stürmerin, was sonst!

Als Finn das Fenster aufstieß, fuhr Nola herum, die Fäuste wie Waffen erhoben, bereit, ihn zu attackieren.

Sie tänzelte auf ihn zu, in Box-Haltung. »Los, du Würmling, kämpfe! Banzaii!«

Finn ging auf das Spiel ein. Sie verpassten sich gegenseitig ein paar Knuffs auf die Arme. Dann wollte Nola ihn zu Boden ringen. Finn floh zum Bett und warf ihr ein Kissen an den Kopf. Das brachte seine Schwester so richtig in Fahrt. Sie waren auf dem besten Weg, Nolas Zimmer zu verwüsten, als auf einmal die Tür aufging.

»Was ist denn hier los?«, rief ihre Mutter streng.

Finn zeigte im selben Moment auf Nola wie sie auf ihn.

»Er war's! Sie war's!«, sagten sie gleichzeitig.

»Kein Geschwisterstreit vor dem Frühstück! Los, ab jetzt ins Bad, aber flott«, befahl ihre Mutter.

Nola räumte rasch das verwüstete Bett auf, während ihr Bruder über den Flur ins Bad flitzte.

Erst als Finn die Tür hinter sich schloss, fiel ihm ein, dass er gar nicht mit Nola über seinen Traum geredet hatte, die Fäden, der Funke, die Rufe, etwas oder jemanden zu finden.

Während des Frühstücks, bei dem auf dem großen Küchenbildschirm die Nachrichten liefen und von dem Orkan berichteten, sah Nola Finn nicht mal an.

»... kein Grund zur Beunruhigung, der Orkan zog in weitem Abstand vorbei ...«

Hä? Merkwürdig. Das stimmte doch gar nicht. Finn stupste Nola unter dem Tisch mit dem Fuß an. Sie reagierte nicht.

Ungewohnt schweigsam fuhren sie mit dem Elektrobus in die Schule. Der hatte keinen Fahrer und glitt lautlos dahin. Auch da starrte Nola aus dem Fenster und ignorierte den Bildschirm vor ihr, der in jeden Sitzrücken eingelassen war. Die Ministerin wünschte jedem Schüler und jeder Schülerin wie jeden Morgen einen tollen Tag und erinnerte sie daran: »Gutes Benehmen ist der Schlüssel zum Glück!« Danach kamen wieder die Nachrichten mit den künstlichen Moderator-Avataren, die das Neueste berichteten.

Finn warf Nola einen Blick zu und rollte mit den Augen.

Nola knetete abwesend ihr Ohr und reagierte nicht.

Es machte Finn wahnsinnig.

In der Mathestunde konnte Finn es nicht mehr aushalten.

»Gilt der Pakt noch?«, flüsterte er Nola zu, die über ihr Schultablet gebeugt mit ihrem Zeigefinger über den Aufgaben die Lösungen aus einer Reihe von Wahlmöglichkeiten anklickte.

»Ich weiß nicht, wovon du redest«, murmelte seine Schwester. Nola sah auf und begegnete Finns fassungslosem Blick. Dann rollte auch sie mit den Augen. Und zeigte, ohne dass es jemand mitbekam, auf diese Weise auf ihr Tablet.

Und auf das rote sanft pulsierende Licht an ihren Schul-Apparaten.

Finn hatte sich schon so daran gewöhnt, dass er es völlig vergessen hatte: Die Schultablets waren ja mit Mikrofonen ausgestattet! Das war sinnvoll, wenn sie Sprachstunde hatten und die Vokabeln nachsprechen mussten, die ihnen das Gerät mit seiner angenehmen Roboterstimme sanft korrigierte. Aber das half auch den Lehrern, während der Tests mitzubekommen, falls die Schüler tuschelten oder sich gar Lösungen zuflüsterten.

Finn nickte kaum merklich. Jetzt verstand er. Nola hatte Sorge, dass jemand sie abhören könnte. Aber wer könnte das sein, außer vielleicht ein Lehrer? Wen interessierte schon, was Kinder zu besprechen hatten?

Erst als sie nach der Mathestunde auf den Pausenhof kamen, versuchte Finn es wieder. Überall auf den Flur-Bildschirmen liefen »Die neuesten Nachrichten für Kinder« und die verschiedenen Beaufort-Stärken von Wind wurden erklärt. Wobei die Nachrichten-Avatare wieder und wieder behaupteten, der Orkan hätte die Stadt gar nicht erreicht …

»Wir müssen reden«, wisperte Finn erst Nola, dann Thommy und Mira zu. »Alleine. Schließt eure Tablets weg.«

»Was ist los?«, fragte Thommy, Finns bester Freund, während sie die Apparate in ihren Spinden verstauten. »Hast du wieder jemandem ein Furzkissen untergeschoben?«

Finn grinste. In der dritten Klasse, als sie gerade Benimm-Stunde hatten, war er auf eine etwas blöde Idee gekommen: Er hatte Geraldine, der Tochter der Ministerin, heimlich ein

Furzkissen auf den Stuhl gelegt. Er wusste auch nicht wieso. Es hatte ihn einfach gereizt.

»War doch lustig, oder?«, erwiderte er.

»Allerdings«, antwortete Nola. »Bloß nicht für Geraldine.«

»Die ist so rot wie eine Tomate geworden«, erinnerte sich Thommy. »Mann, ich hätte mich das nicht getraut.«

»Wieso? Weil sie die Tochter der Ministerin ist?«, fragte Finn.

»Weil Thommy eben nachdenkt, bevor er etwas tut«, schaltete sich Nola wieder ein.

Finn zog seiner Zwillingsschwester eine Grimasse.

»Das war schon fies«, stimmte Mira zu. »Sie will doch immer so perfekt sein.«

»Deswegen hat es mich wohl auch gereizt«, meinte Finn. »Gerade weil sie immer so auf perfekt macht.«

»Aber das muss sie ja auch irgendwie sein«, versuchte es Mira noch mal. »Ich meine, ihre *Mutter* ist die Ministerin. Da gucken alle gleich noch genauer hin, meint ihr nicht? Das muss voll anstrengend sein.«

»Ministerin von was, noch mal?«, fragte Finn.

»Von Erziehung und … äh …«

»Bildung«, half Thommy aus.

»Ja, aber ihre Mutter ist die Ministerin von was auch immer«, fuhr Finn fort. »Nicht Geraldine. Die führt sich auf, als stehe sie über allen. Sie kann ja meinetwegen perfekt sein, wie sie will, aber kann sie die anderen dann nicht einfach in Ruhe lassen? Immer will sie alles bestimmen, sich den besten Platz aussuchen und wehe, jemand wagt es, außer ihr Klassensprecherin werden zu wollen. Das nervt doch total.«

Das stimmte. Geraldine war außerdem die volle Kontrolletti. Ständig schnüffelte sie allen in der Schule hinterher, und bei jeder kleinen Verfehlung verpetzte Geraldine sie. Deswegen mochte sie auch niemand. Aber alle hatten Muffe vor ihr und bemühten sich, sich in ihrer Nähe zu benehmen und bloß keinen Mist zu bauen. Außer Finn, Nola, Mira und Thommy, die interessierte das nicht die Bohne und sie akzeptierten Geraldine einfach nicht als die Chefin aller Kinder – was die Ministerin-Tochter ihnen außerordentlich übel nahm. Das, und die Sache mit dem Furzkissen. Tja, und seitdem lauerte sie darauf, ihnen allen endlich mal einen einzuschenken und sich zu rächen.

»Also, was geht?«, sagte Thommy, als sie sich auf den kleinen Bänken zwischen den Blumenkübeln in der entferntesten Ecke des Pausenhofs niedergelassen hatten. Die Blumen blühten prächtig und boten ein sicheres Versteck.

Finn sah sich aufmerksam um, ob sie jemand beobachtete. Die Lehrer mochten es nicht, wenn Kinder sich »absonderten« in den Pausen. Er hatte immer angenommen, damit sich niemand allein fühlen musste. Aber irgendwas stimmte daran nicht. Genauso wenig wie es stimmte, was die Kindernachrichten da verbreiteten. Der Sturm war sehr wohl über die Stadt hergefallen.

»Also«, begann Finn, »erstens: Nola und ich waren gestern Nacht draußen. Im Sturm. Der war echt da, glaubt den Nachrichten kein Wort. Zweitens: Ich habe einen ziemlich, ziemlich seltsamen Traum gehabt.« Unwillkürlich fasste er sich ans Ohr. Das fing schon wieder an zu jucken.

»Was?«, quietschte Mira. »Ihr wart draußen? Mitten in der Nacht?«

Nolas Blick glühte. »Und es war toll«, wisperte sie.

»Ihr seid ja krass! Aber was war an dem Traum seltsam?«, fragte Thommy. »Und wie kommst du überhaupt zu einem Traum?« Er hörte sich neidisch und begeistert gleichzeitig an.

Finn wusste, dass Thommy auch gerne so ein Draufgänger wie er wäre. War er aber nicht. Und Träume, na ja, das war auch so eine Sache. Davon sprach man einfach nicht, das war sehr schlechtes Benehmen. Für Erwachsene waren Träume irgendwie – albern. Jedenfalls nichts, das man ernst nahm oder über das man redete. Als Finn und Nola noch im Kinderhort gewesen waren und Finn einmal von seinen nächtlichen Erlebnissen berichten wollte, hieß es: Das bedeutet nichts. Hör auf, den anderen davon zu erzählen. Und kurz darauf hatten die Erzieherinnen mit ihren Eltern gesprochen, und die hatten Nola und Finn rasch ihre ersten Tablets geschenkt, auf denen sie Spiele spielen und die ersten Aufgaben lösen lernten. Das sei sinnvoller als Träume.

Nun beugten sie sich alle vier dicht zueinander.

Nola erzählte von der Nacht ohne Strom, wie die Blitze gezuckt hatten und die Welt aus den Fugen geraten war.

Schon klingelte die Vorwarnglocke der Schule. Sie kündigte das baldige Ende der Pause an. Sie hatten noch fünf Minuten.

Während Finn von den Traumfäden berichtete, dem »Finde mich«, dem Nebel mit dem kleinen Funken, der irgendwie so ausgesehen hatte wie der, den er kurz vor dem Einschlafen bemerkt hatte – da war er echt froh, dass er mit Nola, Thommy und Mira einfach über alles reden konnte. Unter ihnen vier war nichts verboten oder albern.

»Aber du weißt nicht, wer da gerufen hat?«, fragte Thommy, als Finn geendet hatte.

»Brauchte jemand Hilfe?«, bohrte Mira nach. Ihr ging es immer sehr zu Herzen, wenn jemand hilflos war. Wenn sie könnte, würde sie sogar Fliegen wiederbeleben.

»Also, von deinem Traum solltet ihr euren Eltern lieber nichts erzählen«, meinte Thommy.

»Komisch, oder?«, sinnierte Finn laut. »Dass Träume haben nicht normal ist.« Er zuckte mit den Schultern, und ein lauter elektronischer Gong rief alle Kinder zurück in die Klassen.

Im Biologie-Unterricht konnte Finn sich kaum auf den Lehrfilm konzentrieren. Schwertwal, Zahnwal, Glattwal, Buckelwal. Na und? Sie würden nie einen Wal in echt sehen, ganz gleich wie beeindruckend das Hologramm war, das sich gerade durch den Klassenraum pflügte und vorgab, sie mit Gischt zu besprühen, sodass die Kinder in der ersten Reihe sich wegduckten. Nur nicht Geraldine, natürlich, sie saß kerzengerade da und spielte an ihrem Ohrring. Nur einmal drehte sie sich um und durchbohrte Finn mit einem wütenden Blick. Oh ja, sie war echt nachtragend, dachte er.

Als die Stunde endlich zu Ende war, überraschte sie der große Tafelbildschirm mit einer guten Nachricht: Der Chemie-Unterricht von Herrn Stefansson fiel aus.

Finn, Nola, Thommy und Mira hatten zwei Stunden früher Schulschluss geschenkt bekommen!

»Lasst uns zum Alten Fluss runtergehen«, schlug Finn vor.

»Vielleicht ist ein Boot beim Sturm, der angeblich nicht hier war, zerschellt.«

»Meinst du, da sind noch Menschen an Bord?«, fragte Mira entsetzt.

»Jaah«, antwortete Thommy mit grabestiefer Stimme. »Aber jetzt sind es Wasser-Zombies und sie werden uns ausschlürfen.« Er imitierte einen Zombie und torkelte schmatzend auf Mira zu. Die schrie auf und versteckte sich hinter Finn.

Auf dem Pfad zum Alten Fluss verwandelten sie sich alle vier in Wasser-Zombies und torkelten grunzend hin und her.

»Hey, seht mal!«, rief Nola plötzlich und zeigte nach vorne.

Vor ihnen war ein Baum entwurzelt und über den Wassergraben gestürzt, der den Weg flankierte. Seine Krone lag direkt auf einer alten hohen Mauer, die sich hinter dem Graben entlangerstreckte. »Das muss der Sturm gewesen sein«, fügte sie hinzu.

»Vielleicht liegt unter den Wurzeln ein Schatz der Flusspiraten«, sagte Thommy begeistert und lief darauf zu.

Sie untersuchten das Loch, in dem noch ein Teil der Wurzeln steckte. Aber da waren nur Erde und Regenwürmer.

Nola spähte zu der Baumkrone empor. »Wir könnten da raufklettern«, meinte sie nachdenklich.

»Wozu das denn?«, fragte Mira.

»Um zu schauen, was hinter der Mauer ist?«, antwortete Nola.

»Aber wozu?«, echote Thommy.

Sie schauten alle vier ein wenig verwundert zu der alten

Mauer hoch. Die war bestimmt schon immer da gewesen. Aber sie hatten sie nie richtig wahrgenommen. So wie ein Möbel, das irgendwo stand und keine Funktion hatte. Man gewöhnte sich daran und beachtete es nicht mehr. Heute sahen sie die Mauer zum ersten Mal *richtig*.

»Komisch«, flüsterte Finn. »Ich hab mich nie gefragt, warum sie dort ist.«

»Und schon gar nicht, was dahinter sein könnte«, ergänzte Nola.

»Oder ob überhaupt irgendetwas dahinter ist«, kommentierte Thommy.

»Deswegen sollten wir ja nachgucken«, beharrte Nola.

»Das ist bestimmt verboten«, meinte Mira.

»Wieso?«, fragte Finn. »Hat jemand gesagt, dass wir das nicht dürfen?«

»Nee«, gab Thommy zurück. »Es hat ja auch noch nie irgendjemand irgendetwas über die Mauer gesagt.«

»Na also.« Finn breitete die Arme aus. »Wenn es niemand verboten hat, ist es erlaubt. Oder, Nola?« Er wandte sich zu seiner Zwillingsschwester um. Aber die war weg. »Nola? Nola!«

»Es geht«, ertönte ihre Stimme aus dem Geäst des Baumes. »Hier kommt man durch.«

»Meine Schwester«, seufzte Finn und kletterte auf den Baumstamm.

»Na komm«, ermunterte Thommy Mira, die zweifelnd auf den schiefen, glitschigen Baumstamm guckte. »Die beiden machen nur Unsinn, wenn wir nicht auf sie aufpassen. Träumen von Fäden und rennen durch Orkane.«

»Genau. Und weil wir auch so prima sind im Aufpassen«, seufzte sie und nahm dankbar Thommys Hand, damit dieser die zierliche Mira hoch auf den Stamm zog.

Mira und Thommy folgten auf allen vieren den Zwillingen auf dem schräg liegenden Baumstamm in den Wipfel hinein. Es war nicht ganz einfach, weil ihnen immer wieder Äste im Weg waren. Und unter ihnen war der Wassergraben mit Schlick und Würmern.

Aber schließlich erreichten sie die Stelle, wo der Baum auf der Mauer auflag. Sie drückten sich durch das Laub und auf die Mauerkrone. Dort standen Nola und Finn und starrten mit offenen Mündern auf etwas, das hinter der Mauer lag.

»Was ist denn? Ist da was?«, rief Thommy.

»Das könnte man so sagen«, murmelte Finn.

Thommy und Mira folgten ihrem Blick. Hinter der Mauer wucherte dichtes, wildes Gestrüpp, das fast bis zur Mauerkrone emporspross. Ein wilder, saftiger Dschungel, hier und da unterbrochen von Lichtungen. Hinter diesem verwilderten Buschland standen dicht an dicht hohe Linden und Ulmen. Und hinter ihnen – da war es. Dort erhob sich das seltsamste Haus, das die vier Freunde je gesehen hatten.

Es war vier Stockwerke hoch, besaß Türmchen und unzählige Winkel und Erker. Das Dach hing in der Mitte leicht durch, als wäre es müde, die Schieferschindeln zu tragen. An den Mauern rankten sich Efeu und Weinreben empor. Die zahlreichen hohen Fenster waren wie dunkle Augen, die nichts vom Inneren preisgaben.

»Was ist DAS denn?«, fragte Mira verblüfft.

»Was ist DAS denn?«, hatte Queen Buk letzte Nacht verblüfft gefragt.

»Ich hatte gehofft, Ihre Majestät, Sie könnten mir diese Frage beantworten.«

»Sehe ich aus wie ein Tempel der Offenbarung?«, hatte die Höchste aller Buks geschnappt.

Tja, und seither grübelten die Buks über das nach, womit das Verrückte Orakel in der Orkannacht um sich geworfen hatte. Die Empore durfte auf Befehl von Queen Buk niemand betreten außer ihr selbst, Thesaurus und Adlatus. Damit niemand die Würfel durcheinanderbrachte. Aber natürlich hatte es sich in Windeseile herumgesprochen. Und immer wieder wisperte eine Stimme zwischen oder in den Regalen die geheimnisvolle Offenbarung.

Fünf Kinder müssen kommen,
mit dem Schlüssel wird das Spiel gewonnen.

»Ein wahrer Könner, das Orakel, schafft einen Reim ganz ohne Makel«, kommentierte Reimling Buk das Ereignis.

»Ich mag keine Kinder«, knurrte Attila Buk.

»Also ich schon«, piepste Alice Buk. »Die sind nicht so groß.«

»Bist du denn schon mal einem begegnet?«

»Na ja, nicht in echt. Aber in allen Büchern steht, dass sie klein sind.«

»Da steht aber auch, dass sie schwach sind. Mit denen kann man keinen anständigen Kampf gewinnen.«

»Also, in meinen Büchern steht, dass Kinder vielleicht schwach sind, aber dafür können sie noch Sachen, die große Menschen eben nicht mehr können.«

»Ach ja, und was bitte sehr?«

»In Kaninchenhöhlen klettern und Geister sehen, und außerdem sind sie viel mutiger als Erwachsene.«

Attila Buk schnaubte verächtlich.

»Bist du erwachsen, vergisst du die Faxen«, reimte sich der Reimling daraufhin zusammen.

Alice Buk schaute zu der Empore hoch, wo Queen Buk, Thesaurus und Adlatus immer noch berieten. »Worüber sie wohl gerade reden?«, fragte sie.

Attila und Reimling Buk folgten ihrem Blick.

»Hoffentlich über richtig schlaue Sachen«, grummelte Attila.

Tatsache war, dass Queen Buk, Thesaurus und Adlatus nicht nur nicht über schlaue Sachen sprachen. Sie sagten eigentlich gar nichts. Weil sie keine Idee hatten, was dieser Spruch bedeuten sollte.

Es war schließlich Adlatus Buk, der das angestrengte Schweigen brach. »Also, das kann es nicht ernst meinen«, versuchte er es.

»SSCHT!«, machte die Queen.

Adlatus konnte es nicht leiden, wenn sie ihn an-sschte, schwieg aber gehorsam.

»Konzentriert euch«, verlangte die Queen zum bestimmt hundertsten Mal. »Was für Kinder? Warum Kinder? Wieso fünf? Welches Spiel? Und welcher Schlüssel?«

»Vielleicht ist das Orakel ja verrückt geworden«, meldete sich Adlatus erneut zu Wort, weil ihn das Sscht immer noch ärgerte.

»Das Orakel war schon immer verrückt«, nuschelte Thesaurus. »Deswegen heißt es ja das ›Verrückte Orakel‹.«

»Schluss jetzt! So kommen wir nicht weiter«, verkündete Queen Buk und richtete sich auf. »Wir berufen den Großen Rat ein.« Sie wandte sich an Adlatus. »Ruf alle Buks zusammen. Schau nicht wie ein Troglodyt, spute dich! Hop, hop!«

Kurz darauf fanden sich die Buks auf dem freien Platz im Lesesaal unterhalb der Empore ein. Stühle waren im Kreis aufgestellt, nur Queen Buk saß in dem alten Polstersessel, der sich jedes Mal, wenn sie das tat, stolz in ihren Thron verwandelte.

Queen Buk wartete, ungeduldig mit ihrem Fächer fächelnd, bis alle saßen. Wobei ihr auffiel, dass einige Stühle leer blieben. Sie runzelte die Stirn.

»Es sind nicht alle da«, sagte sie leise zu Adlatus, der neben ihrem Sessel stand.

»Manche haben vielleicht noch zu tun«, antwortete der. »Und Schönaufpassa Buk …«

Queen Buk winkte ab. »Jaja, ich weiß. Ihr Keller ist ihr Ein und Alles.« Zum Glück, dachte sie nur für sich.

Die Queen räusperte sich vernehmlich, und Adlatus rief: »Silentio, bitte!«

Das Getuschel und Gebukse erstarb. Alle kullerrunden Buk-Augen wandten sich der Königin der Bücher zu.

»Wie ihr mittlerweile wisst, hat nach langer, langer Zeit das Orakel endlich zu uns gesprochen. Thesaurus, bitte.«

Thesaurus Buk erhob sich und zitierte noch einmal die Offenbarung des Orakels.

»Bedauerlicherweise«, fuhr Queen Buk fort, nachdem Thesaurus sich wieder gesetzt hatte, »können wir uns keinen Reim auf diesen Reim machen. Deswegen habe ich den Großen Rat einberufen. Hat jemand Ideen oder Vorschläge, was das bedeuten könnte?«

»Also, fünf heißt ja schon mal, dass es keinesfalls vier sind. Oder sechs. Sieben scheidet völlig aus«, rief Algebra Buk beflissen.

»Vielen Dank, Algebra«, sagte die Königin geduldig.

»Es ist vielleicht ein Brettspiel«, krähte es aus der hinteren Reihe. »Oder Brennball! Oder Teekesselchen. Vielleicht Sackhüpfen?«

Die Queen massierte sich die Schläfen. »Danke, Spielothekus«, meinte sie gereizt.

»Also, fünf ist ja DIE Zahl der Liebe«, begann Romantika salbungsvoll, »deswegen sollten wir uns alle … *börps* … umarmen und …«

»Von wegen Liebe. In den alten Schriften der Magie und der Religion ist der fünfzackige Stern das Pentagramm, der Drudenfuß, und er schützt vor bösen Geistern. Wir brauchen ein Pentagramm!«, rief Thea Buk dazwischen, die eigentlich Theologica hieß und die Bücher aus der Abteilung der ältesten Glaubensschriften und Hexer-Handbücher hütete.

»Unsinn! Fünf ist die Leitzahl des Merkur«, dozierte Astronomus, dessen Revier die Astronomie war. »Wir sollten den Himmel befragen.«

»Ochsenfurz! Vielleicht hat ja jemand an den Würfeln getrickst«, mutmaßte Attila Buk und bedachte Thesaurus mit einem finsteren Blick.

Der lief rot an und sprang auf, weil Attila Buk offenbar ihn verdächtigte. »Wie kannst du es wagen, du kurzbeiniger Pferdequäler«, rief er mit vor Empörung zitternder Stimme.

Jetzt sprang auch Attila Buk auf. Zorn blitzte in seinen Augen. »Du versuchst doch seit Ewigkeiten, das Orakel zum Sprechen zu bringen. Hast wohl gedacht, dass man da ein bisschen nachhelfen kann, du … du … Siebensortenflegel.« Leider fiel ihm kein schöneres Schimpfwort ein, also guckte er nur barbarisch.

Die Aufregung steckte die anderen Buks an, und während Thesaurus und Attila Buk sich weiter beschimpften, riefen sie verärgerte oder besänftigende Kommentare dazwischen: »Fliegen die Worte, nimm lieber Torte!« – »Aber, aber, ihr müsst die Herzen öffnen …« – »Die Zahl fünf bedeutet Pentagramm! Wir brauchen ein Pentagramm!« – »Also, wenn der Jupiter im Trigon zur Venus steht, dann …«

Queen Buk hatte sich in ihrem Sessel zurückgelehnt und betrachtete erschöpft ihre streitlustigen Buks. Natürlich, sie debattierten gerne und immer wieder, das war ihre Natur und man konnte sich ausgezeichnet damit die Jahrhunderte vertreiben. Denn niemand war im Besitz der absoluten Wahrheiten. Das war das Erste, was einen Bücher lehrten. Aber die Königin wusste auch, dass Angst die Buks befallen hatte. Und Angststreit, so wie dieser hier – der war nicht gut.

Mit dem Finger winkte sie Adlatus heran. Der beugte sich zu ihr. »Wo ist denn unser famoser Rätsellöser?«, fragte sie.

Adlatus schien angestrengt nachzudenken. Dann fragte er: »Wen meinen, Majestät?«

Queen Buk rollte mit den Augen. »Sherlokko Buk, natürlich«, rief sie lauter als beabsichtigt.

Prompt verstummte der Tumult, alle schauten sie an.

Adlatus hob ratlos die Achseln. »In der Abteilung für Schwerverbrecher, denke ich«, meinte er dann.

»Also los, los. Hol ihn her!« Adlatus wandte sich gerade um, als eine näselnde Stimme aus einem der Gänge her erklang.

»Das wird nicht nötig sein, *Madam.*«

Die Köpfe der Buks wandten sich dem Gang zu, wo nun mit gemächlichen Schritten Sherlokko aus den Schatten auftauchte. Seine Pfeife hielt er in der Hand und steckte sie erst in den Mund, als er sich mitten in die Runde stellte und sich sicher sein konnte, dass er im Licht sämtlicher Scheinwerferaugen war. Wie immer zeigte seine Sir-John-Pfeife mit dem offenen Ende des Kopfes nach unten. Rauchen war in der Bibliothek strengstens verboten. Dass der Hüter der Kriminal- und Detektivromane sie auf diese Weise dennoch benutzte, war Sherlokkos stiller Protest gegen das Verbot.

Queen Buk ärgerte das maßlos, aber sie sagte nichts. Insgeheim hatte die Königin eine Schwäche für Widerständler und Rebellinnen. Aber das durfte sie natürlich nicht zeigen. Deswegen war sie auch so streng mit Rebella Buk gewesen. Diese Jungbuk imponierte ihr. Sherlokko ging ihr allerdings meist auf den königlichen Keks.

»Wie reizend, dass der Herr Meisterdetektiv uns beehrt. Kann uns denn das geniale Hirn eine Erklärung für dieses seltsame Phänomen liefern?«, fragte sie betont höflich.

Sherlokko paffte leere Luft, bevor er sich dazu herabließ, mitzuteilen: »Ich denke, ich habe das Rätsel gelöst.«

Wieder hob aufgeregtes Tuscheln an, das Queen Buk mit einer knappen Handbewegung beendete.

Ja, dieser spitzfindige Denk-Lackel war ihre letzte Hoffnung. Aber das musste er ja nun wirklich nicht so auskosten!

»Und sei er geneigt, dies mit uns zu teilen?«, verlangte die Königin. Oh, ging Sherlokko ihr auf den Drucksatz!

Sherlokko klopfte seine leere Pfeife aus, steckte sie in die Jackentasche seines Tweed-Anzugs und musterte gemächlich einen Buk nach dem anderen. Schließlich richtete er seinen mäßig leuchtenden Blick auf Queen Buk. Wenn ihm ihre gereizte Ungeduld auffiel, ließ er es sich nicht anmerken.

»Also, dass es Kinder sein sollen, ist ja sonnenklar, dazu braucht man weder den Himmel noch hüpfende Säcke zu befragen. Dass es ausgerechnet fünf sein sollen, nicht vier und keinesfalls sieben, erkläre ich noch. Mit dem Spiel ist offensichtlich das Ereignis vor fast neun Jahren gemeint.«

Die Buks hielten den Atem an.

Fast neun Jahre! Er meinte doch nicht etwa jene verhängnisvolle Nacht? Vor fast neun Jahren war ihnen der Buchmeister verloren gegangen. Sollte das Orakel wirklich das gemeint haben?

Queen Buk rutschte unruhig auf ihrem Sessel hin und her. »Mag sein, mag nicht sein«, lenkte sie ab, »nun aber weiter.«

»Das Orakel sagt, dass Kinder kommen müssen, aber es sagt nicht, dass sie von selbst kommen.«

»Häh?«, machte Attila Buk.

»Ist das eine Gleichung?«, fragte Algebra misstrauisch.

»Das ist ein Wortspiel!«, trumpfte Spielothekus auf.

»Weder noch«, erwiderte Sherlokko gelassen. »Dieses Haus und sein Garten sind für Menschenaugen unauffindbar. Wir haben die riesige Mauer, einen zornigen Dornengarten und eine fest verschlossene Eingangstür. Wie sollen Kinder das denn alleine schaffen?«

Verschlossene Eingangstür? In Rebella Buk krampfte sich ein Schreckball zusammen. Oh, verflixte Lektorin! Hatte sie die Tür vergangene Nacht wieder abgeschlossen? Sie war so beschäftigt gewesen mit dem Zusammenkehren des Laubs, dass sie es vergessen hatte. Die Hitze stieg ihr in die Wangen. Sie musste es beichten. Sofort!

Oder … eben nicht? War es das, was das Orakel wollte? Dass die Tür offen *blieb?*

»Im Übrigen«, fuhr Sherlokko gelassen fort, »kommen Kinder nie von alleine irgendwo hin. Die muss man ständig nach hier oder dort bringen oder …«, er reckte den Zeigefinger in die Luft, »man muss sie abholen!«

»Aha«, sagte Queen Buk. »Und wer soll sie abholen?«

»Nun, wir natürlich. Von draußen. Und um nach draußen zu kommen, müssen wir den Schlüssel benutzen – der Eingangstür!«

Ein erschrecktes Stöhnen ging durch die Runde.

»Natürlich nicht wir alle«, schränkte Sherlokko ein, »sondern ein paar tapfere, fähige und kluge Mitglieder unserer

Gemeinde. Natürlich«, er verbeugte sich vor Queen Buk, »zähle ich mich selbst dazu und wäre bereit, die diffizile Aufgabe der Gruppenleitung zu übernehmen.«

Das Lächeln von Queen verbreiterte sich. So breit, bis es aussah wie das von einem Haifisch. Mit großen Augen, deren Leuchtschimmer jetzt etwas von rötlichen Funken bekamen.

»Verstehe ich das richtig?«, fragte die Königin in gefährlicher Freundlichkeit. »Du willst mit ein paar anderen Buks in die Welt hinaus und dort fünf Kinder *abholen*. Wie willst du das anstellen? Willst du sie von der Straße pflücken?«

»Da hat uns das Orakel einen wichtigen Hinweis gegeben: fünf Kinder! Ganz offensichtlich handelt es sich um Geschwister. Wir brauchen also nur eine Familie mit fünf Kindern suchen, und schon haben wir sie. Attila kann sie tragen. Das wird er ja wohl noch hinbekommen.«

»Attila kann was?«, fragte Attila perplex.

»Oh, Attila, du bist sooo stark!«, rülpste Romantika hingerissen.

Queen Buk stemmte sich langsam in ihrem Sessel hoch.

»Das ist ja wohl«, begann sie mit normaler Stimme, bevor sie den Satz mit energischer Kraft fortsetzte, »DER ALLERGRÖßTE LEIM, DEN ICH JE GEHÖRT HABE!«

»Aber, aber … Majestät«, stotterte Sherlokko.

»Ich trag hier übrigens nix«, rief Attila Buk dazwischen. »Gibt's nicht so was wie Schulkutschen?«

»So war das nicht gemeint, das Orakel hat anders gereimt.«

»Aber Majestät, glauben Sie mir, Kinder können nicht von allein hierherfinden. Es ist unmöglich! Und wie der größte

Detektiv von allen schon ganz richtig feststellte: Wenn man das Unmögliche ausschließt, ist das Verbleibende das einzig Mögliche, selbst wenn es sich unmöglich anhört!«

Wieder riefen alle durcheinander. Es kamen sogar Vorschläge, wie man am besten Kinder fängt.

»Der Rattenfänger von Hameln hat Flöte gespielt, und alle Kinder sind brav hinterhergetrottet.«

»Kann jemand Flöte spielen?«

»Ich kann Kontrabass.«

»Ich kann selbstverständlich auch ein Hexen-Lebkuchenhaus backen«, warf Schlemmer Buk hilfreich ein.

»Mit Zimt«, ergänzte sein Sous-Chef, Ooht-Kwisien. »Ich kenne da ein ganz hervorragendes Rezept, von den Gebrüdern Grimm.«

»Wir könnten ihnen einen Leitstern schicken! Der nächste kommt schon in dreiundachtzig Jahren!«, dozierte Astronomus.

»Also, ich verlasse mich da wirklich lieber auf einen schönen, altmodischen, brennenden Dornbusch, der zu ihnen spricht«, meinte Thea Buk und verschränkte die Arme. »Der funktioniert immer.«

Queen Buk ließ sich wieder in den Sessel sacken und schüttelte verzweifelt den Kopf.

Sherlokko redete auf Attila ein. Der hatte die Arme verschränkt und eine Trotzmiene aufgesetzt.

Romantika tätschelte seinen Arm. »Aber Attilein, denk doch nur, welch Akt der Liebe dies ist …«

Rebella wand sich auf ihrem Stuhl, weil sie unbedingt die Tür wieder abschließen wollte. Alle redeten durcheinander.

Doch mit einem Mal vernahmen sie ein Geräusch, das sie schlagartig zum Schweigen brachte. Es war ein Geräusch, das sie seit Ewigkeiten nicht mehr gehört hatten. Das sie aber sofort wiedererkannten: das Knarren der Eingangstür!

Einen Umblätterschlag lang rührte sich keiner.

Dann sprang Queen Buk aus ihrem Sessel und zischte: »SSSSCHT! Alle in die Regale! Und keinen Buks-Mucks!«

Nola hatte einen Weg ausgekundschaftet, wie sie auf der anderen Seite der Mauer hinabsteigen konnten. An einer Stelle hatte der Efeu so dicke Ranken gebildet, dass sie sich die vier Meter hohe Mauer hinabhangeln konnten.

»Und was jetzt?«, fragte Thommy, als sie vor dem dichten Buschwerk voller Stauden und dorniger Ranken standen.

Finn suchte den Boden an der Mauer ab, bis er schließlich einen Ast fand, den er wie eine Keule schwang. Damit begann er, ihnen eine Bresche zu schlagen. »Nehmt dies, ihr schurkischen Dornen«, rief er dabei.

Es war mühsam und sie kamen nur langsam voran. Außerdem mussten sie sich ständig vor den Dornenranken in Acht nehmen, die anscheinend nicht wollten, dass die Eindringlinge weiterkamen, und die immer wieder in die bereits geschlagene Bresche zurückschwangen.

»Garstiges Zeug«, schimpfte Mira, als eine Ranke sich in ihrem Shirt und in ihren beiden langen dunklen Zöpfen verhakte und sie partout nicht loslassen wollte.

»Die mag dich«, feixte Thommy.

»Die kann von mir aus lieber dich und deine Locken mögen«, maulte Mira, während Nola ihrer Freundin half, sich von den aufdringlichen Stacheln zu befreien.

Doch nach einiger Zeit wurde es leichter. Das Gebüsch ließ Lücken frei und die Ranken blieben hinter ihnen zurück. Staunend tasteten die vier Freunde sich durch den verschatteten wilden Urwald aus ineinandergewuchertem struppigem Gebüsch.

Sie hielten inne, als tief in dem Dickicht ein Knacken und Rascheln zu hören war.

»Was war das?«, flüsterte Mira erschrocken.

»Bestimmt nur ein kleines Tier«, beruhigte Finn sie, gefasster, als er sich fühlte, in dem doch etwas unheimlichen Garten.

Kurz darauf versperrte ihnen ein riesiges Spinnennetz den Weg, in dessen Mitte deren große schwarze Wächterin hing und bei jedem Luftzug hin- und herschwang.

»Gruselig«, raunte Thommy. »Findet ihr nicht, die guckt uns so hungrig an?«

»Ach was«, sagte Mira, immer bereit, auf der Seite der Schwächeren zu stehen, »die findet uns bestimmt auch gruselig.«

»Genau«, meinte Finn, »für die sind wir voll ekelige Zweibeiner. Ungenießbar.«

»Und ihr Netz ist toll«, meinte Nola. »Das dürfen wir nicht zerstören.«

Darum krochen die vier nacheinander vorsichtig unter der riesigen Spinnwebe hindurch.

Wenig später blieb Finn, der voranging, so abrupt stehen, dass erst Nola, dann Thommy und schließlich Mira gegen den Rücken des Vorderen prallten.

»Was ist denn?«, fragte Nola verärgert und rieb sich die Nase, die sie sich an Finns Hinterkopf gestoßen hatte.

»Da!«, rief der nur und zeigte nach vorne.

Jetzt entdeckten auch die anderen die bedrohliche Gestalt, die vor ihnen, noch halb verdeckt, aufragte. Mira schrie auf.

Finn wandte sich halb um. »Schon gut«, sagte er mit fester Stimme, vielleicht auch, um sich selbst ein wenig zu beruhigen. »Das ist nur eine Statue.«

»Ja, aber weiß die das auch?«, fragte Mira, sie war blass geworden. Sie näherten sich vorsichtig der Gestalt aus grün geflecktem grauem Stein.

»Ich glaube, der beobachtet uns«, flüsterte Thommy.

»Nee. Der sieht nur seltsam aus«, meinte Nola, als sie schließlich direkt davor standen.

Die Figur war groß, größer als ein Erwachsener. Sie trug ein altmodisches Hemd und eine riesige, etwas zu lange Weste, die über der Hüfte gegürtet war. In der Hand hielt sie eine zweischneidige Axt, als ob sie im nächsten Moment die Kinder damit niedermähen wollte. Das Seltsamste aber war der Kopf mit dem grimmigen Gesicht. Die Augen waren viel zu groß, außerdem kreisrund. Auch die Ohren waren riesig und wuchsen spitz nach oben. Das Gesicht besaß noch einen Schnurrbart, dessen Spitzen bis unter das Kinn reichten.

»Da hat sich der Bildhauer aber vertan«, meinte Thommy.

»Gibt es nicht eine Krankheit, von der man Glubschaugen bekommt?«, fragte Nola.

»*Und* große Ohren?«, gab Thommy zweifelnd zurück.

»Mein Opa hat auch ziemlich große Ohren«, gab Mira zu bedenken. »Aber seine Augen sind ganz normal.«

Sie gingen weiter, aber Nola wurde das Gefühl nicht los, dass

Augenpaare sie beobachteten. Waren das wirklich nur Tiere? In ihrem Bauch ballte sich knisternde Furcht. Aber Nola wusste, sie musste sie verbergen, sonst steckte sie die anderen noch damit an. Und dann würden sie niemals Abenteurer werden.

Die Kinder fanden noch andere merkwürdige Dinge im Garten: einen von einer kleinen Steinmauer umfassten Teich, dessen Oberfläche vollständig von Seerosen bedeckt war. Als Finn sie mit einem Stock beiseiteschob, sahen die vier rotgoldende Fische durch das Wasser zucken.

»Sind die echt?«, fragte Nola.

»Sieht so aus.«

»Aber wer füttert die denn?«, fragte Mira besorgt.

»Die Statue mit den Glubschaugen«, flüsterte Thommy mit Gruselstimme direkt in Miras Ohr, worauf er sich einen kleinen Hieb auf seine Schulter von ihr einfing.

Sie passierten einen kribbeligkrabbeligen Ameisenhaufen, fast so groß wie die Statue, den sie respektvoll umrundeten. Mühsam schlängelten sie sich an aufgetürmten Felsbrocken vorbei, zwischen denen Eidechsen umherhuschten.

»Wahnsinn, was hier los ist«, flüsterte Finn. »Ich mein, in der Stadt gibt es so was nicht.«

»Was stinkt denn hier so?«, fragte Mira auf einmal.

Sie schnüffelten in die Luft und verzogen, einer nach dem anderen, das Gesicht.

»Ich war das nicht, ehrlich«, versicherte Thommy nervös.

Der Gestank kam von einem Busch oder eher von dessen Blüten. Die vier Freunde hielten sich die Nase zu, als sie eilig daran vorbeiliefen.

Schließlich erreichten sie die hohen Bäume, die das alte, seltsame Haus umstanden.

»Die sehen aus, als ob sie uns nicht leiden können«, sagte Mira, den Blick zu den Baumkronen gerichtet.

»Macht nichts«, meinte Finn. »Bäume tun nix.«

»Außer ab und zu umfallen«, ergänzte Thommy.

»Aber das ist ja nicht die Frage«, sagte Finn.

»Und was ist die Frage?«

»Wie wir da reinkommen!«

»Aber das ist bestimmt nicht erlaubt«, wandte Mira ein.

Finn suchte bereits die Fassade des Hauses ab. Seltsam. Die Fenster im Erdgeschoss waren allesamt vergittert. Das Haus wirkte so abweisend wie eine Festung.

»Schaut mal!« Er zeigte nach oben. »Wenn wir den Baum da hochklettern, kommen wir auf das Dach. Da können wir bestimmt durch eines der Fenster einsteigen!«

»Oder wir versuchen es einfach durch die Tür«, verkündete Nola und drückte die Klinke herab.

Prompt schwang die Portaltür auf, gab dabei aber ein grässliches Knarzen von sich.

»Tataa. Frag einfach öfter mal deine große Schwester.«

»Drei Minuten älter, das zählt nicht.«

»Zählt wohl!«

Mira, Thommy und Finn versammelten sich um Nola vor der geöffneten Tür.

»Also, gehen wir jetzt rein, oder was?«, fragte sie.

»Wenn wir schon mal hier sind«, antwortete Finn und marschierte los. Ihm klopfte das Herz bis zum Hals, aber anmerken ließ er sich davon nichts. Pff, drei Minuten jünger, er würde Nola beweisen, dass das gar nichts war!

So betraten die vier Kinder mit wild pochenden Herzen das dunkle geheime Haus.

Stille umfing sie. Eine tiefe, abwartende Stille. Kaum wagten sie noch zu atmen, geschweige denn etwas zu sagen.

Sie befanden sich in einer hohen Eingangshalle. Voraus führte eine breite Doppeltreppe links und rechts ins Obergeschoss. Aber sie war irgendwie schief. Die linke Seite schien länger zu sein als die rechte, was eigentlich unmöglich war. Denn die Balustrade oben, zu der die Treppen führten, war gerade.

Unwillkürlich neigte Finn den Kopf und bemerkte aus den Augenwinkeln, dass seine Freunde es ebenso machten.

Das war jedoch nicht die einzige Seltsamkeit.

Auf beiden Seiten der Eingangshalle gab es hohe geschlossene Doppeltüren, die ebenfalls schief wirkten. Außerdem war die linke Tür deutlich kleiner als die rechte. Am merkwürdigsten aber war die Doppeltür, die vor ihnen lag, zwischen den beiden Treppen. Sie stand offen und war so schief, dass der eine Türflügel einen halben Meter kleiner war als der andere. Dahinter: Dunkelheit.

»Das … sieht ziemlich schräg aus«, flüsterte Thommy.

»Ach wirklich?«, gluckste Finn leise.

»Na ja«, meinte Thommy, »der Architekt hat sich offenbar mit dem Bildhauer da draußen einen Spaß …«

»Leise«, zischte Nola. »Hier wohnt jemand.«

»Wie kommst du darauf?«, fragte Thommy.

»Guck mal«, hauchte sie und wies auf den Boden hinter ihnen.

Doch da war nichts, nicht mal ihre Fußspuren.

»Da ist doch nichts.«

»Eben! Alles sauber«, wisperte Nola. »Hier müsste doch überall dicker Staub liegen, wenn niemand hier wäre.«

Das stimmte! Die alten Dielen glänzten in dem Licht, das durch die offene Eingangstür einfiel. Auch die große Blumenvase in der Ecke zeigte keine Staubschicht. Nur die Fenster, die machten den Anschein, als ob sie seit Jahren nicht geputzt worden waren.

»Dann sollten wir besser wieder verschwinden«, flüsterte Thommy.

»Vergiss es«, entschied Nola wispernd. »Ich will wissen, was das hier ist.«

»Ich auch«, bestätigte Finn leise. »Lasst uns mal dort langgehen. Da ist, glaube ich, ein Licht an.«

Er deutete zum Flur vor ihnen zwischen den Treppen. Und das stimmte: Wo gerade noch undurchdringliche Dunkelheit geherrscht hatte, war nun ein leichtes Glimmen zu sehen.

Warum flüstern sie?«, fragte Romantika Buk, die sich mit Attila Buk in einem der oberen Regale im Großen Saal versteckte. Damit fühlte sich Attila Buk nicht besonders wohl, aber es war keine Zeit geblieben, sich etwas anderes zu suchen, als die alte, doch stets verschlossene Eingangstür auf einmal aufgeschwungen und samtenes Tageslicht in das Haus gefallen war.

»Weil diese Giftzwerge Böses im Schilde führen«, gab er knurrig zurück. »Man müsste sie in Scheibchen schneiden.«

»Ach herrje«, hauchte Romantika Buk. »Da bin ich aber froh, dass du hier bist, um mich zu beschützen.« Sie drückte sich ganz dicht an ihn und plinkerte mit ihren großen Augen.

Attila Buk lag einiges auf der Zunge, um dem zu widersprechen, aber es war nicht der Moment dafür.

»Gnarf«, raunte er deswegen nur mürrisch.

Romantika Buk konnte nichts dagegen tun, sie war einfach zu aufgeregt. Sie rülpste.

BÖRPS!

»Habt ihr das gehört?«, fragte Mira leise, als sie gerade vorsichtig durch die Tür in den großen Saal traten.

»Nee«, antwortete Finn. »Was denn?«

»Da war so ein unheimliches Geräusch.«

»Was denn für ein Geräusch?«

»Ich weiß nicht! So ein … Rülpsen?«

»Das war Thommy.«

»Ey! Ich find das überhaupt nicht lustig, dass ich immer der Geräuschemacher sein …«

Doch da erstarrten alle vier bei dem Anblick, der sich ihnen bot, als sie über die Schwelle traten.

»Das ist ja unglaublich«, flüsterte Nola. Sie legte den Kopf in den Nacken, den Mund verblüfft halb geöffnet.

Ein riesiger dunkler Saal tat sich vor ihnen auf, kreisrund und sicher drei Stockwerke hoch oder sogar höher, die Decke war nicht zu erkennen. Auch konnten sie das Ende nicht sehen, da der Saal mit Säulen, Palisaden und anderen riesigen Kästen vollgestellt war. Alle hatten sie Anbauten, die diagonale Stufen bildeten oder um die Säulen rundum aufwärtsstrebten. Außerdem gab es hoch oben Verbindungsstreben, schmale gewölbte Stege, die zwischen den Etagen verliefen. Es wirkte genauso verwuchert wie der verwilderte Garten. Zu einer Empore führte eine gewundene Wendeltreppe.

Es fiel nicht viel Tageslicht durch die trüben Fenster. Dennoch schien von irgendwoher ein Lichtschimmer zu kommen.

Neugierig näherten sie sich diesem seltsamen Labyrinth.

»Das sind Regale«, wisperte Finn schließlich. »Vollgepackte Regale.«

Nola griff in das nächstbeste Fach.

»Nola!«, warnte Thommy.

Sie zog etwas hervor - eine längliche flache Kiste. Sie schüttelte sie. Da klappte die Kiste auf und Nola starrte hinein.

»Was ist da drin?«, fragte Finn und trat neben sie.

Das Kistchen war kein Kistchen. Zwischen zwei Pappdeckeln war lauter Papier geheftet.

»Was ist das denn?«, fragte Finn weiter.

Nola besah sich das unbekannte Dings von allen Seiten.

»Keine Ahnung.«

»Ich glaub, das ist ein Buch«, flüsterte Thommy aufgeregt.

»Ein Buch?«, wunderte sich Nola.

»Ja, davon haben mir meine Großeltern erzählt«, erklärte Thommy und nahm Nola das Buch vorsichtig aus der Hand. Er schlug es auf und hob einen Papierstreifen an, um ihn umzublättern. »Schaut, hier sind Buchstaben. Und da drin steht eine Geschichte. Laut meinen Großeltern haben früher die Menschen aus Büchern etwas über die Welt erfahren. Also, bevor es Videos und Hologramme und so gab.«

»Echt? Und das musste man dann alles lesen? Aber was erfährt man denn da über die Welt?« Finn zog fragend die Nase kraus.

Thommy klappte das Buch wieder zu. Er zeigte auf den Deckel. »Das steht immer vorne drauf.«

»*Die Nebel von Avalon*«, las Nola vor.

»So viele Wörter über Nebel?«, wunderte sich Mira.

»Und wo liegt dieses Avalon?«, wollte Finn wissen.

»Keine Ahnung«, gab Thommy stirnrunzelnd zurück. »Aber anscheinend ist es da oft neblig.«

»Ein Buch über Wetterberichte. Na ja. Nebel ist megalangweilig«, stellte Finn fest. »Man sieht einfach nix.«

»Also, ich sehe im Nebel was«, behauptete Mira.

»Schaut doch mal«, meinte Nola nun. »Das sind alles diese … Buchlinge.«

Sie starrten die Regalwände entlang, mit in den Nacken gelegten Köpfen.

»Bücher«, korrigierte Thommy. »Ein Buch, zwei Bücher. Nicht Buchlinge.«

»Das müssen mindestens eine Million sein«, flüsterte Thommy andächtig.

»Hundert Millionen«, setzte Finn drauf.

»Gibt es so viel über die Welt zu sagen?«, zweifelte Nola.

»Hoffentlich geht es da nicht nur um das Wetter«, meinte Finn.

»Los, das schauen wir uns an«, schlug Nola vor.

»Wartet«, mahnte sie Mira. »Müssen wir nicht bald nach Hause?« Sie zog ihr Handy hervor und schaute drauf. »Oh nee, kein Empfang!«

»Ist doch toll«, begeisterte sich Finn. »Dann weiß niemand, wo wir sind, wenn die HierBinIch-App dann auch nicht geht! Los, wir teilen uns auf und gucken, ob da noch mehr ist, irgendwas mit Sturm oder Zombies.«

»Wartet!«, rief Mira. Sie hatte völlig vergessen, leise zu sprechen. »Da steht was am Regal!« Laut las sie ein Messingschild vor: »Wenn einer eine Reise tut.«

»Hier auch«, rief Thommy, der vor der nächsten Regalreihe angehalten hatte. »Fantastische Welten.«

»Wieso *Welten?* Gibt es mehr als eine Welt?«, fragte Nola verwirrt.

»Und was heißt überhaupt fantastisch?«, wollte Mira wissen.

»Das kommt von Fantasie«, erklärte Thommy. »Und das bedeutet: was nicht wirklich ist. Früher hieß es sogar: Traumgespenst.«

»Wow«, machte Nola. »Woher weißt du das alles? Das hatten wir nie in der Schule.«

Thommy zuckte verlegen mit den Schultern. »So halt«, murmelte er. »Weil manchmal, da mache ich …«

Aber da war Nola schon weitergegangen, bevor Thommy ihr gestehen konnte, was er noch so alles im Kopf hatte.

Die einzelnen Regalwände und Säulen waren mit einem solchen Spruch versehen. »Herzen lügen nicht«, stand an einem. Oder »Über alle Grenzen hinweg«.

Die Kinder wurden immer aufgeregter. Jedes suchte sich nun einen Weg in dem Labyrinth aus Regalen. Und sie tauchten ein in die ihnen so unbekannte vergessene Welt der Bücher.

»Ohoh ... Die Kurzmenschen schwärmen aus«, stellte Sherlokko Buk fest, der mit Algebra Buk ganz oben auf einem Regal hockte.

»Welch Sinn macht nur diese Gleichung?«, fragte die Mathematikerin unter den Buks.

»Würde ich auch so machen, um zu ermitteln.«

»Aber du bist doch nur einer. Wie kannst du denn ausschwärmen?«

Sherlokko Buk verdrehte die Augen. Diese Mathematik-Buk hatte es nicht mit Logik, das war klar. Dabei achtete er nicht darauf, dass sein Blick schimmernd über den Boden strich.

»Hier ist ein Buch über Steine«, rief Finn. »Aber da ist das Bild eines Jungen auf dem Deckel. *Harry Potter und der Stein der Weisen*. Bestimmt ein Gebirgsführer oder Geologie und so.«

»Und hier eines über Geflügel«, erklang Thommys Stimme. »*Und abermals krähte der Hahn*.«

»Hier sind Bücher mit Bildern drin«, verkündete Nola. »Aber die sehen echt seltsam aus. Ist das Schattenboxen?« Sie stellte es vor sich auf das Regal und versuchte, die Posen nachzuahmen.

Mira ging langsam um eine Säule herum und kam an ein Regal, das wie ein Halbkreis geformt war. Sie nahm keines der Bücher heraus, strich nur mit den Fingern darüber und las staunend mit schief gelegtem Kopf die Titel auf den Buchrücken. Ihre Großeltern hatten nur einmal über Bücher gesprochen. Das hatte Mira ganz vergessen. Bis heute. Das war, als Mira mal nicht schlafen konnte und ihr ihre Oma eine Geschichte erzählt hatte. Eine Geschichte war etwas Ausgedachtes, keine Schule oder Nachrichten. Und es war auch nur ein einziges Mal gewesen – eine Geschichte über ein kleines Mädchen mit orangefarbenen Zöpfen, das mit einem Äffchen und einem Pferd allein in einem ganz bunten Haus lebte. Genau, Oma hatte gesagt: »Ich wünschte, ich hätte ein Buch, aus dem ich dir vorlesen könnte, dann würdest du ganz schnell ganz fest schlafen. So wie früher, als die Großen noch den Kleinen jeden Abend vorgelesen haben.« Miras Mutter mochte es aber gar nicht, wenn Opa und Oma von den Früher-Zeiten sprachen.

»Früher war alles schlimmer«, behauptete ihre Mutter, als Mira sie einmal darauf ansprach. »Es gab noch keine Regeln wie heute. Die Leute hatten zu viel Unsinn im Kopf und haben rumgeträumt. Das hat nur zu großem Chaos geführt.«

Mira würde ihrer Oma so gerne von diesem Haus erzählen. Bestimmt wüsste sie, was man genau damit machte, mit so einem Buch. Und welche am besten waren, wenn man nicht schlafen konnte. Mira schaute hoch zu den obersten Regalbrettern, die sie noch sehen konnte. Darüber ging es immer weiter und weiter, wie unter einer Kuppel einer großen Kirche. Das hier war … ja, wie eine Bücherkirche.

Wie man wohl ganz oben hinkam? Da fiel ihr Blick wieder auf die seltsamen Auswüchse, die in schrägen Reihen an den Regalen angebracht waren, und mit einem Mal verstand Mira.

»Das sind Treppen«, sagte sie nur zu sich.

»Da sind ja winzige Stufen!«, rief Nola von irgendwoher. »So gelangt man nach oben.«

Mira hatte keine Lust, diese Mini-Stufen auszuprobieren. Sie hatten kein Geländer. Das war ihr viel zu gefährlich.

Unten reichten die Regalböden bis eine Handbreit über dem Boden. Manchmal gab es aber auch eine Lücke zwischen den Büchern.

Während Mira nur mit halber Aufmerksamkeit dem aufgeregten Flüstern ihrer Freunde lauschte, weil Nola und Finn natürlich versuchten, in die oberen Etagen der Regale zu klettern, musterte sie die Buchrücken und versuchte die Ordnung zu verstehen. Also, nach dem Abc war das schon mal nicht sortiert.

Da fiel Mira mit einem Mal ein Schimmer auf, der aus einem der unteren Regale kam. Hatte jemand ein Licht angelassen?

Sie beugte sich herab. Auch dort war ein halb leeres Fach. Als sie auf die Knie ging und hineinschaute, dachte Mira im ersten Moment, dass dort zwei schwach leuchtende kugelrunde Lampen hingen.

Dann zwinkerten die Lampen – es waren zwei Augen!

Sie schauten sich an, das Wesen, zu dem sie gehörten, und Mira, beide mit weit geöffnetem Mund.

Mira vergaß völlig, Angst zu haben, denn das Wesen war ziemlich klein, trug ein putziges blaues Kleid, hatte zwei dunkle Zöpfe, so wie Mira sie auch trug, sogar eine ähnliche Nase – und schien sehr, sehr große Angst zu haben.

»Hey«, flüsterte Mira. »Wer bist du denn?«

Das Wesen blinzelte, was komisch aussah, weil die Augen so groß waren und die Lider länger brauchten, um herab- und wieder hochzugleiten.

»Ich bin Alice Buk«, hauchte das Wesen dann. Es hörte sich wirklich sehr, sehr furchtsam an.

»Hab keine Angst«, sagte Mira genauso leise. »Ich tue dir nichts. Ich bin Mira.«

»Mira ... die Wunderbare! Du heißt Wunderbare!« Die Augen leuchteten kurz auf, wurden jedoch rasch wieder scheu. »Aber …«, Alice Buk reckte den Kopf etwas vor, »wollt ihr den Büchern was tun?«

»Den Büchern? Natürlich nicht! Bücher sind toll zum Einschlafen.«

Das schien Alice Buk zu beruhigen. Ihre langen spitzen Ohren wandten sich Mira etwas weniger misstrauisch zu.

Und an irgendjemanden erinnerte Mira das kleine Wesen.

Genau! An die Steinstatue im wilden Garten! Kullerrunde Augen, spitz zulaufende Ohren … Doch sie sah nicht so finster aus und hatte keine Axt in der Hand.

»Hey, Leute, kommt mal her!«, rief Thommy irgendwo aus der Tiefe des Regallabyrinths.

Das kleine Köpfchen zuckte sofort wieder zurück. Der Schimmer von Alice' Augen wurde noch schwächer und ihre Ohren lagen flach an. Ja, fast schien sich Alice Buk unsichtbar machen zu wollen.

»Bitte, Wunderbare, ich bin gar nicht hier«, flehte die bebende Stimme.

»Genau, du bist nicht hier«, flüsterte Mira. »Und ich habe dich nicht gesehen, einverstanden?«

Etwas schien in ihrer Brust ganz warm zu glühen.

Wunderbare! Alice hatte sie Wunderbare genannt!

Mira lief zum Ende des Ganges, wo Thommy, Nola und Finn sich bereits eingefunden hatten.

»Schaut mal!« Thommy deutete vor sich. »Sieht aus wie in einem Kindergarten.«

Sie standen auf einer freien runden Fläche inmitten des Kuppelsaals. Ihnen gegenüber setzten sich die Regale weiter fort. Doch auf diesem Platz waren kleine Bänke und Hocker in einem Kreis zusammengestellt. Als sei es für eine Versammlung hergerichtet. Oder eben für einen Kindergarten.

Finn setzte sich auf eine der winzigen Bänke und hatte prompt seine Knie unterm Kinn.

»Also, das ist sogar für Erstklässler zu niedrig«, meinte er.

»Vielleicht eine Puppenstube?«, schlug Nola vor.

Mira kaute auf ihrem Zopf. Alice Buk war offenbar nicht das einzige dieser kleinen Wesen! Eigentlich müsste sie jetzt ihre Freunde aufklären. Aber Alice hatte sie so sehr darum gebeten, dass sie gar nicht hier sei ... und Versprechen zu brechen, war nicht nett! Und sie hatte Mira »Wunderbare« genannt. Voller Vertrauen. Andererseits war ein Geheimnis auch nicht nett.

»Vielleicht war der Tischler auch mit dem Typ befreundet, der die Statue im Garten gebastelt …« Thommy kam nicht dazu, seinen Satz zu Ende zu bringen, weil Nola auf einen der Gänge zeigte, die ihnen gegenüber lagen.

»Was ist das?«, rief sie, ihre Stimme hörte sich panisch an.

Etwas kam näher. Oder jemand! Jemand mit einer sehr starken Taschenlampe. Oder vielmehr: zwei. Es sah aus wie ein Zug, der in Hüfthöhe auf sie zurollte.

»'tschuldigung, stören wir …?«, kiekste Nola.

»Wir wollten eh grad gehen!«, rief Thommy.

Sie rückten näher zusammen und wichen dabei unwillkürlich alle einen Schritt zurück. Und noch einen. Und noch einen!

»HÖRET!«, rief eine knarrende Stimme. Das Licht kam immer näher und wurde immer größer.

»Wir sollten jetzt sehr schnell sehr weit weg laufen«, flüsterte Thommy.

»HÖRET!«, ertönte es erneut.

Da trat der Jemand mit den Leuchten in die Mitte des Kuppelsaals mit den winzigen Hockern und Tischchen.

Nola keuchte. Nein! Es waren keine Leuchten. Es waren

Augen! Riesige, kreisrunde, leuchtende Augen. Sie gehörten zu einem Wesen in einer Kutte mit Kapuze. Es hatte beide Arme drohend erhoben. Wie die Statue im Garten. Nur ohne Axt.

»DIE PROPHEZEIUNG ERFÜLLT SICH!«, rief es mit lauter, knarrender Stimme.

Dann richteten sich die unheimlichen Scheinwerferaugen direkt auf die vier Kinder und stellten sie in gleißendes Licht.

Nola, Finn, Mira und Thommy schrien geblendet auf.

Sherlokko und Algebra Buk in ihrem unfreiwillig geteilten Regalfach erschraken fürchterlich über das Gekreische der Kinder unter ihnen. Bei dem Versuch, nicht herunterzuplumpsen, stießen sie Bücher aus dem Regal. Diese segelten krachend und polternd zu Boden, schwere Ledereinbände, und es klang wie eine Reihe von dumpfen Schüssen.

»Wir werden angegriffen!«, brüllte Finn. »Nichts wie weg!«

»Wir werden angegriffen!«, rief Romantika Buk aus dem gegenüberliegenden Regal voller Angst und klammerte sich an Attila Buk. Der versuchte verzweifelt, sich aus ihrer Umarmung zu befreien. Dabei trat er noch mehr Bücher aus dem Fach, die auf die davonrennenden Kinder herabfielen.

»Sie sind überall!«, schrie Nola und wich einem herabsausenden Buch aus. »Sie verfolgen uns!«

Hinter ihnen brüllte der unheimliche Leuchtmönch: »Bleibt stehen, Kinder. Bleibt sofort stehen!«

Die Panik erfasste nicht nur die Kinder, sondern auch alle Buks, die versuchten, sich vor den kreischenden Kurzmenschen in Sicherheit zu bringen. Dabei rutschten immer mehr Bücher aus den Regalen und prallten klatschend auf den Boden. Rattadaflatsch!

Die Kinder schrien noch lauter, die Buks wurden immer panischer und das Gepolter nahm zu. Bis …

… die Kinder die Eingangshalle erreichten und schreiend durch die Haustür nach draußen verschwanden.

Als die schrillen Schreie endlich verklungen waren, befreite sich Attila Buk aus der schraubzwingenhaften Umarmung Romantika Buks.

Ein allerletztes Buch fiel zu Boden, dann tauchten nach und nach die Köpfe der Buks aus den Regalen auf.

»Wer war das denn?«, fragte Attila Buk mit ungewohnt hoher Stimme.

Romantika börpste.

»Falsche Frage«, dozierte Sherlokko Buk genüsslich. »Die richtige Frage lautet: Wieso waren es nur vier?«

Was um alles in der Welt sollte das denn?« Queen Buk hatte die Hände in die Hüften gestützt und sah mit blitzhellen Augen auf Thesaurus Buk herab, der wie ein Häufchen Elend auf einem Stuhl zusammengesackt war. Nachdem die Kinder geflohen waren und sie sich alle wieder beruhigt hatten, waren die Buks erneut in ihrer Versammlungsrunde zusammengekommen. Einige Buks saßen, andere standen in Grüppchen zusammen und tüsterten aufgeregt.

Sherlokko Buk lief nervös auf und ab und paffte an seiner leeren Pfeife.

»Ich wollte sie doch nur begrüßen«, jammerte Thesaurus mit kläglicher Stimme. »Hallo sagen. Willkommen heißen!«

»Na, das ist dir ja bestens gelungen.« Queen Buk runzelte die Stirn. »Die Eingangstür«, raunte sie dann. »Wie haben diese Kinder die Tür aufbekommen?«

Sherlokko Buk unterbrach sein Hin- und Herlaufen. »Nun, das ist doch offensichtlich«, näselte er. Obwohl er natürlich wusste, dass das für die Buks alles andere als offensichtlich war, was ihm noch mehr Genuss bereitete.

Das Buks-Getuschel hörte auf und alle kullerrunden Augen richteten sich auf ihn. Es war ihm anzumerken, dass er das Licht genoss.

»Tatsache eins«, dozierte Sherlokko. »Sie kamen durch die Tür. Tatsache zwei: Die Tür war nicht wie sonst verschlossen.«

»Nein!«, schallte es von den Buks.

»Doch«, sagte er zufrieden.

»Oooh …«, seufzten die Buks.

»Tatsache drei: Es gibt nur einen Schlüssel zu dieser Tür, und der steckte innen, nicht außen. Das bedeutet?«

Als niemand antwortete, murrte Queen Buk: »Kannst du nicht einfach zum Punkt kommen?«

»Genau«, schloss Sherlokko seine Beweisführung ab. »Das bedeutet, jemand hat die Tür aufgeschlossen – von innen, mit eben jenem Schlüssel, mit dem das Spiel gewonnen wird! Aber dieser Jemand kann nur … ein Buk sein!«

Erschrocken wechselten die Buks Blicke untereinander. Einer von ihnen!

»Nicht der Zwietracht gib je die Macht!«, krähte der Reimling.

»Also so Pi mal Daumen kann das ja fast jeder sein«, stellte Algebra fest.

»Sollen wir Schere-Stein-Papier spielen und der Verlierer war's?«, schlug Spielothekus aufgeregt vor.

»Ich mach uns vielleicht erst mal Tee?«, wagte sich Ooht-Kwisien vor.

Jetzt hielt es Rebella Buk nicht mehr aus. Sie hatte sich neben Alice auf einen Stuhl gehockt. Der Schreck, was sie mit ihrer Nachlässigkeit angerichtet hatte, steckte ihr gewaltig in den Gliedern. Entschlossen stand sie auf. »Ich war's!«, rief sie mit zittriger Stimme.

Alle Scheinwerferaugen richteten sich auf die Jungbuk.

»Es tut mir so, so leid«, stieß Rebella kläglich hervor. »Ich wollte nur mal gucken, was auf der anderen Seite der Tür ist. Ich wollte einfach verstehen, warum wir hier sind. Und vor was wir uns fürchten. Ich wollte doch nur mal schauen. Und dann habe ich vergessen, wieder abzuschließen.«

Mit gesenktem Kopf stand sie da und wartete auf ihre Strafe. Das Schlimmste, was sie sich vorstellen konnte, war, dass Queen Buk sie in den Keller verbannte zu Schönaufpassa Buk. Sodass sie nie mehr nach draußen schauen konnte.

»Das war ganz und gar unverantwortlich!«, sagte Queen Buk streng. Und dann leiser, als sei sie sehr müde: »Du hast alles und alle hier in Gefahr gebracht, ist dir das denn nicht klar?«

Rebella schluckte und versuchte, nicht zu weinen. Jeanne d'Arc hatte auch nie geweint. Oder Ronja Räubertochter. Und Katniss Everdeen auch nur ganz wenig.

»Aber …«, begann sie, »aber warum?«

Alle Scheinwerferaugen richteten sich nun auf Queen Buk.

»Ja, warum eigentlich?«, fragte Ooht-Kwisien Buk, ein Teekesselchen in der Hand.

»Wollte ich auch schon mal längst wissen«, pflichtete Attila bei.

»Oh…oh«, sagte Adlatus Buk.

»Warum? Das wollt ihr jetzt gerade hören, nach all den Jahrhunderten? Warum wir hier sind?! Was wir hier eigentlich tun? Warum die Tür immer abgeschlossen ist? Ich verrate es euch, und zwar so, dass ihr alle es versteht: Weil es dort

DRAUSSEN *Menschen* gibt! Und die hassen Bücher! *Sie* sind es, vor denen wir die Bücher schützen müssen! Sie und alles, was sie sind, so!«

»Ehm …«, machte Thesaurus Buk.

»Was emhst du da, du Kinderbegrüßer?«

»Ich wollte Ihre Majestät nur daran erinnern, dass aber genau das geschehen ist, was das Orakel vorausgesagt hat.«

Da hatte er allerdings recht. Herrje, Queen Buk kam ganz durcheinander. Erst der Sturm, dann das Orakel, und nun tauchten prompt die prophezeiten Kinder auf. Die dann von dem alten Thesaurus gleich wieder verjagt wurden. Sie ließ sich in den Thronsessel sacken.

Ihr passierte das in letzter Zeit häufiger. Dass es drunter und drüber in ihrem Kopf ging und Dinge, die sie eben noch wusste, davonrieselten. Was war nur mit ihr los? Hatte die Bleichkrankheit sich tatsächlich schon in ihr breitgemacht?

»Pardon, das stimmt nicht ganz«, ließ sich Sherlokko vernehmen.

»Was ist denn jetzt schon wieder?«, stöhnte Queen Buk.

»Nun ja«, Sherlokko hatte seine Pfeife wieder hervorgeholt und zeigte mit dem Mundstück auf Thesaurus, »das Orakel sprach von *fünf* Kindern. Es waren aber nur *vier* Kinder.«

Zufrieden über diese geniale Beobachtung steckte er die kalte Pfeife in den Mund und paffte daran.

Thesaurus hatte die Stirn gerunzelt. »Vielleicht hast du nur vier gesehen. Das fünfte war vielleicht …«, er wedelte mit der Hand zu den Regalen, »irgendwo versteckt.«

Sherlokko schüttelte den Kopf. »Es waren nur vier.«

»Meint jener Schlaubuk«, mischte sich Attila jetzt ein, »der felsenfest behauptet hat, dass Kinder niemals nicht alleine hierherkommen können.«

Das ärgerte Sherlokko natürlich. »Ich habe nicht erwartet, dass ein krummbeiniger Steppendackel wie du bis vier zählen kann«, erwiderte er hochnäsig.

Attila Buks Gesicht wurde dunkel. Seine Schnurrbartenden zuckten. »Du dürrer Gockel im Anzug, ich werde dir ...«, grollte er los, aber Queen Buk bremste ihn.

»Schluss damit«, sagte sie nur. Dann wandte sie sich an die ganze Runde. »Hat noch jemand nachgezählt?«

Die Buks tauschten wieder untereinander Blicke.

»Ich glaube, es waren vier«, wandte Schlemmer Buk ein.

»Als Expertin kann ich das bestätigen«, stellte Algebra fest.

»Ich habe auch nur vier gezählt«, piepste Alice Buk. »Eine davon heißt Mira. Das heißt die Wunderbare.« Da fiel ihr ein, dass sie das eigentlich gar nicht hatte erzählen wollen. »Upsibuksi«, machte sie und hielt sich die Hand vor den Mund.

Queen Buk richtete ihren Scheinwerferblick auf Alice. »Und woher weißt du das?«, fragte sie lauernd.

Alice Buk stand nun auch auf, lächelte verlegen. »Sie hat es mir verraten.«

»Du hast mit dem Kind geredet?« Queen Buk war entsetzt.

»Ja, und sie war gar nicht böse. Im Gegenteil, sie war sehr nett. Und sie wollen den Büchern nichts tun, ehrlich!«

Rebella Buk schaute ihre Freundin Alice erstaunt an. Die anderen Buks starrten sie ebenfalls an und tüsterten miteinander. Es war aber auch zu aufregend. Erst hatte eine das

Draußen angeschaut, dann die andere mit einem Kind, einem Kurzmenschen, wahrhaftig gesprochen …

»Also, Alice, du bist 'ne echte Heldin«, meinte Rebella Buk mit einem schiefen, anerkennenden Lächeln und nahm die Hand der zierlichen Buk.

»Dürfte ich noch mal auf den nicht ganz unwesentlichen Umstand der falschen Zahl zurückkommen?«, übertönte Sherlokkos Stimme die Begeisterung der Buks.

»Es gibt keine falsche Zahl«, stellte Algebra Buk klar.

Sherlokko fasste sich mit Zeigefinger und Daumen an die Nasenwurzel. Dann sagte er: »Der Umstand, dass die Zahl der Kinder nicht mit der Zahl im Orakel übereinstimmt.«

»Vielleicht hat das Orakel sich ja verzählt«, schlug Romantika Buk vor. »Zahlen sind doch unwichtig, es sind die Gefühle, die zählen.«

»Also, da muss ich widersprechen«, fuhr Algebra Buk dazwischen. »Es gibt keine gefühlte Mathema…«

»Das Orakel verzählt sich nicht«, unterbrach Thesaurus. »Wir müssen es nur besser auslegen, es spricht doch nie direkt, sondern immer mit einer zweiten Bedeutung.«

»Woher willst du das wissen?«, brummte Attila Buk.

»Weil …«

»Was ist denn nun meine Strafe?«, unterbrach ihn Rebella Buk, die immer noch Alice' Hand hielt.

»Was für eine Strafe?«, fragte Sherlokko irritiert.

»Dafür, dass ich die Tür nicht abgeschlossen habe und alles und jeden in Gefahr gebracht habe.«

Queen Buk hatte die ganze Zeit zurückgelehnt in ihrem

Sessel gesessen und die muntere Unterhaltung verfolgt. Jetzt beugte sie sich vor. »Rebella Buk«, rief sie majestätisch, und Rebella straffte sich, »als Strafe für dein Vergehen wirst du von nun an …«, sie machte eine Pause. Rebella drückte Alice' Hand ganz fest. »… die Aufgabe übernehmen, die Eingangstür zu bewachen. Zusätzlich zu deinen sonstigen Pflichten. Nur dir ist es erlaubt, den Schlüssel zu drehen.«

Rebella stand der Mund offen.

»Und du wirst nur den *vier*«, die Königin machte wieder eine Pause und warf dabei Sherlokko einen Seitenblick zu, »Kindern den Zutritt gewähren. Dabei wirst du das Haus nicht verlassen. Hast du das verstanden?«

Rebella nickte so heftig, dass ihr fast der Kopf abbrach. »Ja, Queen Buk.«

Sie würde an der Eingangstür stehen! Sie würde jederzeit hinausschauen können. Das war gar keine Strafe, das war eine Belohnung. Außerdem könnte sie unauffällig das Laub aus der Vase entsorgen.

»Was die Kinder angeht«, fuhr Queen Buk fort, »ist es mir gerade völlig egal, ob es vier oder fünf sind.«

»Aber …«, wandte Sherlokko ein. Doch ein vernichtender Blick von Queen Buk ließ ihn verstummen.

»Was zählt, ist, dass sie die Mauer überwunden haben, sie haben den wilden Garten durchquert. Und sie haben den Schritt ins Haus gewagt. Sollen wir etwa warten, bis fünf Kinder das Gleiche schaffen? Wir haben lange gewartet, dass das Orakel wieder zu uns spricht. Und wir werden ihm folgen. Denn das Orakel ist heilig. Es ist allerdings auch verrückt. Alles, was es sagt, werden wir erst verstehen, wenn wir ihm folgen. Und ein anderes Orakel haben wir nicht. Thesaurus steht immer noch in seiner Gunst.«

Thesaurus schwoll die Brust. Sein Ruf war wiederhergestellt!

»Ich möchte allerdings, dass wir uns diesmal vorbereiten auf den erneuten Besuch der Kinder. Dass wir nicht wieder wie die verschreckten Lesebändchen in unseren Regalen herumflattern. Ich möchte, dass wir sie *würdevoll* empfangen. Wem das Wort nicht geläufig ist, kann sich an Thesaurus wenden.«

»Ich hätte da eine fabelhafte Idee«, rief Schlemmer Buk. »Ooht-Kwisien und ich werden eine Festtafel errichten!«

»Gut«, Queen Buk nickte, »wir brauchen viele Ideen. Denn das Spiel, was immer es ist, muss gewonnen werden. Das ist jetzt unsere Aufgabe.«

Sie verschwieg ihren Buks, was sie befürchtete, wenn sie dieses unbekannte Spiel verlören. Queen Buk ließ ihren Blick über die hohen Regale, die stumpfen Fenster, die gewölbten Decken und Fächer voller Bücher aller Zeiten und Länder wandern.

Dies war ihr Reich.

Ihr Zuhause.

Dies war jenes vergessene Zauberland, zu dem Menschen keinen Zutritt besaßen. Aus dem Kinder, Alte, Böse, Schöne, Arme, Reiche und Kluge ausgeschlossen waren.

So, wie sie, die Buks, seit Langem von der Menschenwelt aus…

Ausgeschlossen! Moment mal.

Die Königin dachte an Sherlokkos so grauenhaft schiefe

Analyse des Rätsels. Er hatte mit allem falschgelegen. Das bedeutete auch, dass der Schlüssel der Prophezeiung nicht der war, der in der Eingangstür von innen steckte.

Es war ein ganz anderer.

Es war *der* Schlüssel.

Wie hatte sie das nur vergessen können?

»Wir müssen bereit sein, wenn die Kinder wiederkommen«, wiederholte Queen Buk nun ruhig, aber in der Stille tropfte jedes Wort in die spitzen aufmerksamen Ohren der Bücherhüter.

»Sofern sie wiederkommen und wir nicht bereits völlig versagt haben«, fügte Adlatus leise seufzend hinzu.

»Jemand Tee?«, piepste Ooht-Kwisien, und diesmal nickten alle und ließen sich erschöpft nieder, während die Queen gemessenen Schrittes den Saal verließ.

Erst als sie sich sicher war, dass kein Spielothekus, keine Algebra oder irgendeiner der anderen Buks sie mehr sehen konnte, raffte die Queen den königlichen Rocksaum und beeilte sich, durch eine fast vergessene Tür zu schlüpfen. Eine, die den meisten der Buks streng verboten war.

Es war lang her gewesen, seit die Königin den tiefsten Keller aufgesucht hatte. Um genau zu sein: das letzte Mal vor fast neun Jahren, als sich dieser schreckliche Vorfall ereignet hatte. Damals hatten sie diese Tür oben verriegelt, und nur Queen Buk, Typografica und Thesaurus besaßen einen Schlüssel. Und natürlich Schönaufpassa Buk, die Kellerhüterin, die sich entschlossen hatte, allein in dem tiefsten Raum des Hauses zu bleiben, und das zu tun, was sie besonders gut konnte: Schön aufpassen.

Niemand anderer durfte die Gewölbe betreten, denn sie hüteten den größten und wichtigsten Schatz der Buks. Und auch den gefährlichsten. Nur Schönaufpassa und die Queen verfügten über die Fähigkeiten, mit dieser Gefahr umzugehen. In diesem Keller war aber auch noch etwas anderes verwahrt: der Schlüssel. Der, von dem die Queen jetzt sicher war, dass das Orakel ihn gemeint haben musste. »Der Schlüssel des Buchmeisters«, flüsterte sie.

Schon mit dem Öffnen der verbotenen Tür wurde in den Tiefen des Kellers ein Warnmechanismus ausgelöst. Ungebetene Besucher würden eine äußerst unangenehme Überraschung erleben, sollten sie es wagen, unangemeldet in die alten Verliese zu tapsen. Daher leuchtete die Queen suchend die Wände der Treppe an. Wo war denn diese Nische? Weiter oben etwa? Ah, da!

Queen Buk langte in eine schmale Spalte hinein, umfasste einen Glöckchenstrang und zog vier Mal an ihm. Irgendwo in der Tiefe bimmelte es. Das war das geheime Zeichen, das Schönaufpassa Entwarnung gab.

»Queen Buk begehrt Einlass!«, rief sie. Ihre Stimme hallte in dem Wendelgang wider.

»Hallöchen!«, schallte es fröhlich von unten.

Erst jetzt stieg die Königin die restlichen Stufen hinab.

Die Weite des Kellergewölbes war von mächtigen Stützpfeilern durchbrochen. Zwischen zwei massiven viereckigen Säulen war ein hohes schmiedeeisernes Gitter angebracht, mit einem Tor darin, das Schönaufpassa Buk gerade geschäftig von der anderen Seite aufschloss.

»Queenie!«, rief sie erfreut. »Wie schön, dich zu sehen, wir haben es uns gerade gemütlich gemacht!« Sie öffnete weit die Gittertür. »Komm rein, komm rein, kümmere dich nicht um das Chaos, ich hatte dich nicht erwartet …«

»Warum auch?«, murmelte die Queen. Sie konnte es nicht leiden, Queenie genannt zu werden. Das war irgendwie unköniginnenlich! Aber Schönaufpassa war erstens die Einzige, die es sich herausnahm, und zweitens auch die Einzige, der es die Queen nicht übel nehmen konnte. Immerhin war Schönaufpassa Buk seit fast neun Jahren hier unten völlig allein. Wenn auch auf eigenen Wunsch. Sie hatte einfach keine Lust, nach oben zu kommen.

Die Königin der Buks wusste aber auch, dass sich Schönaufpassa nie einsam gefühlt hatte. Sie war umgeben von den ältesten Geschichten und mächtigsten Büchern, die es gab. Schriften, deren Kraft so enorm war, dass sie vor der Welt verborgen werden mussten. So wie die Welt vor ihnen beschützt sein musste.

Zudem war es außerordentlich praktisch, hier unten unbeobachtet zu sein. Da konnte Schönaufpassa nämlich alles, was sie wollte – und auch wen sie wollte –, aus den Büchern manifestieren, ohne dass es irgendjemanden in Gefahr brachte. Und Queen Buk war es wichtig, dass die anderen Buks nicht auf dumme Gedanken kamen und alle naslang irgendwas aus Büchern hervorholten. Nur Schönaufpassa war imstande, diese Kräfte zu beherrschen. Da bemerkte Queen Buk den Mann, der weiter hinten im Schneidersitz auf einem Teppich saß.

»Oh«, sagte sie verdutzt, »und wer ist … DAS?«

»*Suprabhat, Memsahib*«, erwiderte der Mann etwas blasiert.

»Das heißt: Guten Morgen, ehrenwerte Dame«, übersetzte Schönaufpassa munter. »Es ist Hindi.«

»Ach«, fuhr die Queen fort, »und … was macht ihr beide so?«

»Es war Zeit für unsere Partie Tschaturanga«, flötete Schönaufpassa mit einem unschuldigen Augenaufschlag.

»Mein … Gast heißt Sessa ibn Dahir und hat das Schachspiel erfunden«, erklärte sie dann. »Also, damals hieß es noch nicht so, und die Figuren sahen auch anders aus. Er kommt aus diesem alten Folianten, weißt du?«

Neugierig trat Queen Buk näher an das alte Spielbrett.

»Der König hieß Radscha«, erläuterte Schönaufpassa begeistert, »und die Dame Mantri. Die Türme sind Streitwagen und …«

»Wäre es möglich«, unterbrach Queen Buk den Vortrag, »dass ihr beide dieses Tschutscha…dings später fortsetzt? Ich brauche etwas aus den Archiven. Dringend.«

»Natürlich, natürlich, pardon«, beeilte sich Schönaufpassa zu versichern und hielt Sessa den Folianten hin. »Husch, Sessa! Namaste und so weiter, und ich weiß genau, wo deine Streitwagen stehen, versuch ja nicht, zu schummeln.«

»Pff«, machte der Schach-Erfinder, »das ist wirklich eine Pest, dieses Rein und Raus.« Aber gehorsam tauchte er in die Seiten ein und war in dem alten ledergebundenen Buch verschwunden.

Unglaublich, dachte die Queen. Für jeden anderen Buk wäre das lebensgefährlich, Menschen aus Schriften herauszumanifestieren, aber Schönaufpassa schien das alles rein gar nichts auszumachen.

»Einen Tee?«, fragte Schönaufpassa nun und griff nach einem sichtbar abgegriffenen Kochbuch.

»Dafür habe ich keine Zeit. Ich brauche den Schlüssel«, verlangte die Queen. »Den Schlüssel des Buchmeisters.«

»Natürlich«, seufzte Schönaufpassa. »Ich habe auch ihn gut verwahrt.«

Als die Queen Schönaufpassas enttäuschten Blick bemerkte, schalt sie sich innerlich. Was stürmte sie hier rein, nach fast neun Jahren, und wollte gleich wieder gehen.

»Ein Tee wäre wunderbar«, schob die Königin der Buks deswegen sanft nach. Und sie entschied sich, nicht danach zu fragen, wen Schönaufpassa sonst noch alles aus den Büchern manifestierte und sich offenbar bestens mit ihren Buch-Besuchern amüsierte.

Für alle anderen Buks galt: Melonen, in Ordnung, Haushaltswaren, unbedingt. Aber Wesen? Figuren? Gar einst lebende Menschen wie Schacherfinder Sessa aus Büchern herausmanifestieren? Das war nicht erlaubt. Es konnte zu heillosem Chaos führen, wenn Fiktionale auf Reale trafen. Nein, nein, nein, das hatte vor Jahrhunderten schon große Krisen ausgelöst, man denke nur an die ganzen Marien-Erscheinungen oder Vampire. Das waren alles Wesen aus Büchern, die unvorsichtige Buks oder allzu neugierige, frühere Buchmeister erst herbeigebukst, und dann nicht ordentlich wieder hinter Seiten und Umschlag gebracht hatten. Die Queen dachte an die drei Tiere, die der verschollene Buchmeister einst aus den

Kraftbüchern geholt hatte. Irgendwo lebten die vermutlich immer noch im wilden Garten. Erstaunlich, dass sie die Kinder hatten passieren lassen … aber gut, ein Problem nach dem anderen.

Nun machte es sich Queen Buk auf dem flauschigen Sitz-Teppich bequem, trank den dampfenden, natürlich aus einem Buch herausgezogenen Tee, und erzählte Schönaufpassa Buk von dem Orakel. Und warum sie glaubte, es könne nur der Schlüssel des Buchmeisters sein, der gemeint war.

»Aber du weißt doch, das Orakel stammt noch aus Aesops Zeit«, meinte Schönaufpassa. »Und der sprach immer so verschwurbelt und alles hatte noch einen weiteren Sinn hinter dem Sinn. Ein Schlüssel kann auch eine Erkenntnis sein. Oder ein Wesen. Oder …«

»Versuchen wir einfach erst mal das Naheliegendste. Wo ist des Buchmeisters Schlüssel eigentlich?«

»Oh, ich sitze drauf.« Vergnügt zog Schönaufpassa den Schlüssel unter ihrem aufgeplatzten Sitzkissen hervor. »Und du glaubst, wir könnten den Meister eines Tages wiederfinden?«, fragte sie sehnsüchtig und mit Blick zu dem Altar in der Ecke, bevor sie den antiken Schlüssel in Queen Buks Hand gleiten ließ.

»Ich weiß es nicht«, sagte Queen Buk. »Vielleicht will uns das Orakel auch auf eine ganz andere Katastrophe vorbereiten.«

Das ist ein Geisterhaus«, flüsterte Thommy, als sie am nächsten Tag zwischen den Blumenkübeln auf dem Schulhof ganz dicht die Köpfe zusammensteckten. Sie mussten vorsichtig sein. Geraldine und ihre Freundinnen Cassie und Penny nutzten jede Gelegenheit, Kinder zu observieren. Und diesmal hätte es tatsächlich etwas zu hören gegeben. Zu Hause hatten sie alle dieselbe abgesprochene Geschichte erzählt: Sie hatten am Alten Fluss gespielt, kein Netzempfang, deswegen zeigte die HierBinIch-App auch nichts an. Entschuldigung, tut uns leid, voll schlimm, kommt nicht wieder vor, sollen wir unser Zimmer aufräumen? Alle bekamen sie die Mahnung, das nicht noch mal zu machen. Das war's. Und das war das Seltsame: Keiner der Erwachsenen glaubte ihnen *nicht*. Lügen war schlechtes Benehmen, und offenbar hatten ihre Mütter, Väter und Großeltern vergessen, dass Kinder trotzdem schwindeln konnten. Die vier fühlten sich elend deswegen. Gleichzeitig eröffnete es ungeahnte neue Möglichkeiten: Wenn man ihnen nicht zutraute zu lügen, dann konnten sie das erst recht tun! Und das war gleichzeitig furchtbar aufregend und furchtbar falsch.

»Das waren keine Geister«, wisperte Mira entschieden.

»Aber dieser komische kleine Mönch und seine Augen«,

meinte Thommy, »und wie auf einmal die Bücher nach uns geworfen wurden. Das war ganz klar ein Geisterangriff.«

»Die hatten bestimmt nur Angst vor uns«, beharrte Mira auf ihrem Standpunkt. »Und außerdem … außerdem habe ich mit einer von ihnen gesprochen.«

»Du hast was?!«

»Nicht so laut«, ermahnte Finn seine Zwillingsschwester.

Rasch erzählte Mira ihnen von Alice. »Sie hatte wirklich furchtbare Angst, dass wir den Büchern was tun.«

»Was sollen wir denn den Büchern tun? Wieso glaubt sie das?« Finn runzelte die Stirn.

»Und genau das sollten wir sie fragen«, meinte Mira aufgeregt. »Und deswegen noch mal hingehen.«

Wow. Nola konnte es nicht fassen. War das noch die Mira, wie sie sie kannten? Sie war doch sonst immer die Extra-Vorsichtige von ihnen, Mira-lieber-Nicht. Für die mutigen Sachen war Nola zuständig. Nola-volle-Kanne. Oder Finn. Bei dem sie manchmal das Gefühl hatte, er war nicht drei Minuten, sondern drei Jahre jünger, weil er so abenteuerlustig wie ein junger Wolf war. Keine Lust, nachzudenken, immer gleich zack, bums, los.

»Bin ganz deiner Meinung, Mira«, sagte der prompt. »Lasst uns auf jeden Fall noch mal hingehen!«

Dieses Vorpreschen durfte sich Nola natürlich nicht bieten lassen. Sie war schließlich die Ältere.

»Und was machen wir mit dem HierBinIch?«, wandte sie deswegen ein. »Wenn wir da keinen Handy-Empfang haben, zeigt uns die App zwar nicht mehr an, aber dann wissen unsere

Eltern und Großeltern erst recht Bescheid und denken, dass wir wieder beim Alten Fluss sind. Was sie ja verboten haben.«

»Da hätte ich eine Idee«, flüsterte Mira lächelnd.

Als sie ihnen von ihrem Plan erzählte, kam Nola aus dem Staunen nicht mehr heraus. Das war nicht nur mutig, das war auch ganz schön ausgefuchst.

Ihnen war klar, dass sie auf diese Weise ihre Eltern und Großeltern schon wieder belogen. Doch das Handy und damit auch das HierBinIch nicht dabeizuhaben, war ein so ungeheuerliches Vergehen, dass noch niemandem eingefallen war, es Kindern ausdrücklich zu verbieten. Wenn sie dabei erwischt würden, gäbe es ernsthaft Ärger.

»Kein Ärger wäre so ernsthaft wie der, den wir kriegen, wenn die Leute wüssten, wo wir wirklich sind«, stellte Thommy fest.

»Aber du bist doch dabei?«, fragte Finn.

»Ich kann euch doch nicht alleine lassen mit diesen irren Gespenstern«, lenkte Thommy ein und fügte an Mira gewandt hinzu: »Auch wenn sie voll nett sind.«

Die kicherte fröhlich.

»Außerdem wüsste ich wirklich gerne, was mit diesen fantastischen Welten gemeint ist«, sinnierte er noch.

Sie grinsten sich an.

»Also, gilt es?« Nola schaute auffordernd in die Runde. »Wir werden lügen, Regeln brechen und noch mal in das seltsamste Haus der Welt einbrechen?«

Die vier kreuzten rundum ihre kleinen Finger und legten dann die Hände übereinander. Sie sahen sich in die Augen.

Abenteuerlust bei Finn. Blitzende Funken bei Nola. Mira zwischen Vorfreude und Verwunderung, warum sie sich das traute. Und Thommy? Ihm war anzumerken, dass er echt Bammel hatte, und gleichzeitig den größten Spaß seines Lebens. Dann nickten sie alle. Es galt.

Nachmittags trafen sie sich bei Mira, vorgeblich um zusammen zu lernen. Miras Mutter war arbeiten, mindestens bis zum frühen Abend. Sie versteckten ihre Handys sorgfältig in der alten Puppenstube, so, wie es Mira vorgeschlagen hatte. So würde das HierBinIch-Programm auf ihren Telefonen sie alle friedlich zusammen in Miras Haus anzeigen, wenn die Erwachsenen auf die Idee kommen sollten, rasch mal auf der App nachzusehen.

»Wir haben vier Stunden«, mahnte Mira. »Dann müssen wir wieder hier sein, weil meine Mutter nach Hause kommt.«

»Und wie sollen wir wissen, wie viel Uhr es ist, wenn wir unsere Handys nicht dabeihaben?«, wandte Thommy ein.

»Oh, Mist«, stöhnte Finn.

Daran hatte keiner von ihnen gedacht.

»Wartet!«, rief Mira und lief aus dem Zimmer.

Als sie zurückkam, hatte sie ein kleines rundes Ding in der Hand, an dem ein Kettchen hing. »Das ist die Uhr von meinem Opa«, erklärte sie. »Er hat mir mal gezeigt, wie die funktioniert.« Sie klappte den Deckel von dem runden Ding auf. Darin waren Zahlen von eins bis zwölf im Kreis angeordnet und zwei Zeiger. »Erst muss man die Uhr an diesem Rädchen aufziehen, damit sie in Gang kommt«, erklärte Mira und zeigte ihren Freunden dann, wie man die Zeit einstellt und ablesen kann.

Niemand von ihnen hatte je auf eine alte Uhr geschaut, sie kannten alle nur die digitalen Ziffern.

»Das ist aber umständlich«, murrte Finn.

»Bist du sicher, dass das funktioniert?«, fragte Thommy.

»Man muss sie nur ab und zu mal aufziehen«, erwiderte Mira. »Dann drehen sich die Zeiger immer fleißig weiter und zeigen uns die Zeit an.«

»Dann ist ja alles roger. Seid ihr bereit?« Nola holte ihren kleinen Rucksack hervor und öffnete ihn. »Ich habe eine Taschenlampe dabei.«

Finn hielt seinen kleinen Turnbeutel hoch. »Ich habe ein Seil und das alte Pfadfindermesser von unserem Uropa.« Er zog ein ziemlich großes Messer heraus, das in einer Lederscheide steckte.

»Solche Messer sind verboten! Willst du jemanden umbringen?« Mira riss entsetzt die Augen auf.

»Hallo?«, gab Finn zurück. »Das ist wegen der Dornenranken.«

Nun schauten alle Thommy an, der eine kleine Umhängetasche aufklappte. »Ich habe an Verpflegung gedacht«, verkündete er. »Vier Schokoriegel, Chips und eine Flasche Saft.«

»Dann sind wir so weit«, sagte Nola. »Auf ins Geisterhaus.«

Diesmal ging es erstaunlich leicht. Den umgestürzten Baum erkletterten sie mühelos. Ebenso leicht fiel ihnen der Abstieg von der Mauer über die Efeuranken. Und seltsamerweise machten ihnen die Dornen kaum Schwierigkeiten. Zwar zückte Finn sein Messer, doch es schien fast so, als wollten die

Ranken sie gar nicht mehr am Betreten des wilden Gartens hindern, sondern öffneten sich bereitwillig vor ihnen, um sich hinter ihnen leise wieder zu verschließen. Nur hoch oben in den Bäumen raschelte es einmal vernehmlich, und durch das Unterholz schien erneut irgendein kleines Tier zu laufen, als begleite es sie.

Sie umrundeten mit gerümpften Nasen den Stinkebusch, wichen respektvoll dem Spinnennetz und seiner Besitzerin aus, die sie erneut unergründlich anstarrte, und verharrten vor der Statue des wild dreinblickenden Kerls mit den großen Augen und der erhobenen Axt in der Faust.

»Also, so sah der komische Kerl aus, der uns letztes Mal verjagt hat. Vor allem diese Telleraugen«, meinte Finn.

»Ja, aber er war viel kleiner«, ergänzte Nola, »und eine Axt hatte er auch nicht.«

Als sie entschlossen die Stufen vor dem Eingang erklommen, lief Finn voraus und wollte gerade beherzt die Klinke herunterdrücken – als die Tür sich von selbst öffnete!

Verblüfft blieben Nola, Mira, Thommy und Finn stehen. Finn hatte die Hand noch ratlos in der Luft, als aus dem Schatten hinter der Tür ein kleines großäugiges Wesen mit hoch aufgerichteten spitz zulaufenden Ohren und einem roten gegürteten Wams auftauchte. Um das Haar ein Lederband, die Beine in den kleinsten Schaftstiefeln, die die Kinder je zu Gesicht bekommen hatten. Das Wesen sah aus wie eine Kriegerin. Allerdings eine wirklich sehr kleine.

»Willkommen, werte Kinder«, sagte sie gemessen und neigte kurz den Kopf. Dann schaute sie zu ihnen hoch.

»Mein Name ist Rebella Buk. Bitte tretet ein. Wir haben euch schon erwartet.«

~ • ~

Geraldine konnte es nicht fassen, dass sie wirklich in diesem Gebüsch hockte. Es war furchtbar heiß und drückend, der Schweiß löste ihre akkurate Frisur auf und ihr schliefen die Füße ein. Und irgendwo juckte sie was, ein piksendes, kitzelndes Jucken, aber immer, wenn sie versuchte, an ihren Rücken zu langen, raschelte der blöde Busch furchtbar laut. Und das war nicht sehr praktisch, wenn man keinesfalls entdeckt werden wollte. Also biss sie die Zähne zusammen.

Geraldine hatte sich hinter Miras Haus versteckt. Von dort aus konnte sie zwar das Fenster von Miras Zimmer sehen, aber nicht, was darin vorging. Was taten die unausstehlichen Zwillinge, dieser verfressene Thommy und die dürre Mira da bloß? Etwa lernen?

Geraldine schnaubte. Finn war keiner, der lernte. Der war einer, der konnte es sowieso. Und Nola? Nola lernte nicht, die boxte sicher so lange auf die Hausaufgaben ein, bis die ihr von selbst sagten, was richtig war.

Wieder das entsetzliche Kribbeln und Jucken am Rücken.

Moment mal. Bewegte sich das Jucken etwa?

Kroch da gerade ein KÄFER oder irgendetwas noch Ekeligeres in Richtung ihrer Unterhose?

Geraldine biss fester die Zähne zusammen, um nicht kreischend aufzuspringen oder hektisch um sich zu schlagen. Oh, sie war so sauer, dass sie hier im Busch saß, von Käfern als Laufstrecke benutzt wurde, und alles nur wegen … wegen …

Wegen meiner Mutter, dachte sie.

Und dem blöden Finn, der neulich fast Klassensprecher geworden wäre anstatt ihr.

Aber am meisten Schuld hatte ihre Mutter.

Geraldine rief auf ihrem Tablet erneut das Radar des HierBinIch-Programms mit dem geheimen Passwort des Ministeriums auf. Damit konnte man alle Handys verfolgen, nicht nur die eigenen Angehörigen. Das Radar verriet ihr, genauso wie vor fünf und vor fünfzehn und auch vor fünfzig Minuten, dass Finn, Nola, Mira und Thommy immer noch genau an derselben Stelle waren: in Miras Zimmer.

Aber dem traute Geraldine nicht. Nicht mehr. SO unendlich bewegungslos wie die vier konnte kein normaler Zwölfjähriger sein. Nur, wie sollte sie das überprüfen? Sie konnte ja schlecht klingeln und fragen: »Hallo, das Radar, das ich eigentlich gar nicht benutzten darf und für das ich das ultrageheime Passwort von meiner Mutter, der Ministerin, gestohlen habe, scheint irgendwie nicht richtig zu funktionieren. Dürfte ich mal eben nachschauen?«

Der Käfer machte sich tatsächlich auf den Weg dorthin, wo er definitiv nicht hinsollte.

»Untersteh dich!«, murmelte Geraldine.

Der Käfer schien sie zu hören, denn er hielt inne.

»Untersteh dich«, das war auch genau das, was ihre Mutter ihr vorgestern Nacht kalt ins Gesicht gesagt hatte.

Geraldine war von einem Donnerschlag erwacht.

Sie hatte mit rasendem Herzklopfen dagelegen, völlig verwirrt. Gewitter hatten ihr immer Angst gemacht, schon als sie ganz, ganz klein gewesen war. Und sie war dann stets zu ihren Eltern ins Schlafzimmer getapst auf windelweichen Beinchen, und ihr Vater hatte sie in seine Arme genommen. Sie konnte ihr Gesicht an seinem Hals verstecken und seine großen ruhigen Hände hatten ihr sanft über den Kopf gestrichen und ihr die Ohren zugehalten.

Merkwürdig, dass sie sich an die Arme und den Geruch ihres Vaters erinnerte, aber nicht an sein Gesicht.

Denn eines Tages war er verschwunden, kurz nach Geraldines drittem Geburtstag musste es gewesen sein; und mit ihm auch kurz darauf alle Fotos von ihm. Es war, als hätte ihre Mutter ihren Mann aus der Vergangenheit getilgt, um sich dafür zu rächen, dass es auch keine Zukunft mehr mit ihm gab.

Vorgestern, in dieser fürchterlichen Orkannacht, war Geraldine zu ihrer Mutter gelaufen, die immer noch in ihrem Arbeitszimmer über den Bildschirmen brütete, einen Kopfhörer über den Ohren, und mit geschlossenen Augen und einer zornigen Falte zwischen den Brauen konzentriert fernem Gemurmel zuhörte. Hörte sie etwa Leute ab? Aber das war Geraldine nicht wichtig gewesen. Denn sie hatte Angst.

Und ihre Mutter hatte nur barsch gefragt, was sie wollte.

»Da draußen ist ein Gewitter, ein Orkan, und …«

»Da ist überhaupt nichts. Der Orkan kommt nicht zu uns.«

»Aber Mama …

»Nenn mich nicht so, wenn wir im Büro sind. Ich arbeite. Und jetzt geh wieder ins Bett.«

Doch aus irgendeinem Grund hatte Geraldine noch leise hinzugefügt: »Aber Papa hat mich immer getröstet, wenn Gewitter war.«

Ihre Mutter hatte den Kopfhörer runtergerissen, ihre Tochter kalt angeschaut, und gesagt: »Untersteh dich, jemals wieder von ihm zu sprechen. Jemals! Und es gibt kein Gewitter. Ist das klar? Hast du verstanden?«

Hatte Geraldine nicht. Und dennoch genickt.

»Ja, Mutter.«

Zu gehorchen war das Einzige, was ihrer Mutter gefiel. Was machte, dass die Zornesfalte aus ihrem Gesicht verschwand.

Der Käfer krabbelte jetzt Richtung Nacken.

Er war genauso ungehorsam wie Geraldine.

Hätte ihre Mutter sie nicht so angefahren und darauf bestanden, dass es keinen Orkan gab. Hätten ihre Freundinnen Cassie und Penny ihr doch einfach nicht verraten, wie Finn und Thommy in der Schule darüber gewitztelt hatten, ihr damals das Furzkissen untergejubelt zu haben. Und wäre Geraldine ihnen dann bloß nicht gestern in den Freistunden in reichlichem Abstand gefolgt, um sie zur Rede zu stellen, oder wenigstens bei etwas furchtbar Schlimmem zu erwischen, um sie gründlich zu melden und ihrer Mutter zu zeigen, dass sie bereit war, zu gehorchen!

Aber zwischen Stadtsaum und Altem Fluss hatte ihre Mutter nichts Besseres zu tun gehabt, als Geraldine anzurufen und ihr aufzutragen, unverzüglich nach Hause zu kommen. Freie Schulstunden wären sicher nicht dazu gedacht, in der Gegend herumzustrolchen.

Als Geraldine später den HierBinIch-Radar geprüft hatte, war da: nichts. Die vier waren weg. Einfach nicht mehr angezeigt.

So wie Geraldines Vater.

Nichts. Weg. Paff.

Um ihn zu finden, hatte sich Geraldine vor Jahren heimlich den Code zum HierBinIch-Radar des Ministeriums besorgt. Aber selbst der hatte die Zwillinge und ihre Freunde nicht gefunden.

Und ihren Vater auch nicht.

Es hatte ihr allerdings viel Gelegenheit gegeben, alle möglichen Kinder über ihre Handys quer durch die Stadt zu verfolgen. Eigentlich schade, dass sie nie hatte herausfinden können, wie die Handys auch Gespräche heimlich belauschten und welches Ministerium-Programm das aufzeichnete. DAS wäre echt ultrapraktisch, aber Geraldine hatte dieses Passwort nie knacken können. Nur ihre Mutter und ein paar Leute im Ministerium kannten es und belauschten manchmal die Mitmenschen. Wozu, hätte Geraldine gern gefragt, aber sie tat so, als wüsste sie es nicht.

Ja, all das war ein furchtbares Geheimnis. Und es gab niemanden, mit dem sie darüber sprechen konnte. Erst recht nicht mit ihren Freundinnen Cassie und Penny, die nicht ihre Freundinnen waren. Also, keine *richtigen*. Das wusste Geraldine, sie hatten nur Angst vor ihr, und an solchen Tagen wie heute war es besonders schwer, an diese unausstehlichen Zwillinge Finn und Nola und ihre beiden besten Freunde, Thommy und Mira zu denken. Und daran, wie vertraut sie miteinander umgingen. Sie teilten bestimmt alle Geheimnisse, so, wie sie in der Pause wieder hinter den blöden Blumen gesessen hatten. Und sicher hatten sie eine Menge Geheimnisse, dachte Geraldine erbost, und noch sicherer war die Hälfte davon verboten und schlimmes Benehmen. Insgeheim wusste sie, dass sie furchtbar neidisch auf den Zusammenhalt der vier war.

Der Käfer hatte es sich inzwischen auf Geraldines Schulter bequem gemacht.

Ihr kam eine Idee. Oh, wie schön gemein! Sie erhob sich, schlich zum Vordereingang und klingelte. Dann versteckte Geraldine sich rasch wieder hinter dem Busch und linste durch die Zweige.

Eine Minute verging. Zwei Minuten. Fünf.

Nichts tat sich. Na toll. Die vier waren also wirklich nicht im Haus. Sie hatten offenbar dort nur ihre Handys gelassen, damit niemand erfuhr, wo sie sich aufhielten. Allein das war ein Vergehen, das gemeldet werden konnte.

Aber war das genug, dass sie sich ein für alle Mal merkten, dass Geraldine sich nicht verscheißern ließ?

Denk nach, denk nach! Wohin könnten sie … aber ja! Der Fluss! Vielleicht waren sie wieder zum Alten Fluss gegangen.

Geraldine wandte sich zu dem Käfer auf ihrer Schulter.

»Schwirr ab«, raunzte sie, schnipste ihn weg, und machte sich entschlossen auf den Weg.

Die Straße war brüchig und elend lang. Was war denn das da vorne? Ein rot-weißer Lkw und direkt von dort kam auch das kreischende Geräusch von Motorsägen.

Als Geraldine näher kam, sah sie, wie Arbeiter mit Helmen und Schutzbrillen an einem Baumstamm herumsägten, der offenbar umgestürzt und gegen eine Mauer gefallen war.

Eine Mauer?! Wieso stand da eine Mauer? Stand die da immer schon?

»Hallo, junge Frau«, rief einer der Stadtgärtner freundlich. »Hast du dich verlaufen?«

»Nein … ja«, gab Geraldine zurück. Kinder waren sonst nicht alleine unterwegs, das war kein gutes Benehmen.

»Meine …«, sie stockte kurz, bevor sie fortfuhr, »… meine Freunde sind schon mal vorausgegangen. Vier Kinder, zwei Jungs, zwei Mädchen, sie sind hier bestimmt vorbeigekommen.«

Der Arbeiter sah seinen Kollegen fragend an. Der schüttelte den Kopf. »Nein«, antwortete er. »Wir sind aber auch erst seit einer Stunde hier.«

Eine Stunde! Das bedeutete, die vier hatten eine Stunde Vorsprung. Wohin auch immer.

Geraldine war müde vom Laufen, sie hatte Durst und die Sonne brannte ihr auf den Kopf. Sollte sie weitersuchen? Grimmig entschlossen setzte sie ihren Weg fort.

An die Mauer verschwendete sie keinen Gedanken mehr.

Rebella Buk ging mit stolz erhobenem Blick voraus. Ab und an drehte sie sich um, um sich mit einem kaum unterdrückten aufgeregten Strahlen im Blick zu vergewissern, ob die vier Besucher ihr auch wirklich folgten.

An der monumentalen Eingangstür, die auf einer Seite über zwei Meter hoch und an der anderen Seite kleiner war, blieb sie stehen.

»Bitte.« Sie öffnete, mit einigen Anläufen, beide Türen weit, und hieß die Kinder, vor ihr einzutreten.

»Ist das eine Falle?«, wisperte Thommy.

»Nein, das nennt sich Galanz«, raunte Mira entzückt.

Und zur Überraschung aller sagte Mira laut: »Vielen Dank, sehr gerne«, und marschierte als Erste in den großen Saal mit den Büchertürmen.

»Galanz, Popanz«, wiederholte Nola leise murrend. Aber sie war viel zu neugierig, um sich noch mehr über Miras seit Neuestem so forsche Art zu ärgern.

Im großen Saal war es jetzt deutlich heller als bei ihrem ersten Besuch. Doch immer noch brannte nirgends ein Licht, und Nola, Finn und Thommy sahen sich verstohlen um, um herauszufinden, woher diese Beleuchtung stammte. Hatte da etwa jemand die Fenster geputzt?

Voller Staunen traten sie andächtig zwischen die hohen Regale und Säulen voller Bücher, mit ihren winzigen Treppen und den schmalen Stegen, die hoch über ihren Köpfen wie Brücken gespannt waren.

Thommy wagte sich nur mit eingezogenem Kopf vor, als erwarte er, dass es gleich wieder von überallher Bücher regnen und sie alle unter sich begraben würde.

»Schaut mal«, flüsterte Nola und zeigte nach oben. Finn, Mira und Thommy legten die Köpfe in die Nacken.

Das Licht erhellte die Decke des Saales scheu, sodass sie schemenhaft erkennen konnten, dass das Gewölbe in mehrere runde Segmente aufgeteilt war. Jedes von ihnen war mit Bildern gefüllt.

»Wie die Sixtinische Kapelle, die wir in der Museums-Holo-Stunde mal besucht haben«, raunte Finn.

»Ja, aber von Gott und Adam, die Fingerhakeln machen, sehe ich da nix«, meinte Nola und kniff die Augen zusammen.

Die Deckengemälde gaben dem Saal etwas Majestätisches. »Das sind Menschen … mit Büchern … und die da, ist das nicht Rebella?«

»Nein, ich glaub nicht, nur die runden Augen, die Ohren sind gleich – aber daneben ist einer mit Hoodiekapuze.«

»Tretet näher«, mischte sich Rebella ein, die die vier aufmerksam beobachtete. Sie führte die Kinder zu dem runden Platz mit den kleinen Stühlen.

»Unser Lesesaal. Er ist auch gleichzeitig der Ratssaal und der Tafelsaal und der Debattiersaal. Habt Ihr Hunger?«

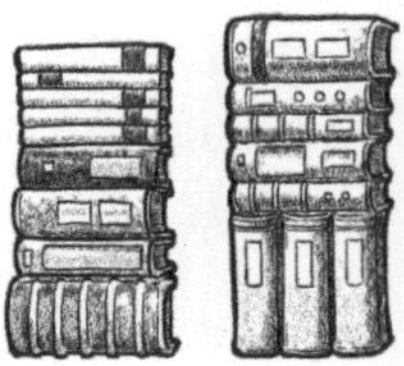

Verblüfft starrten Nola, Finn, Mira und Thommy auf das, was sich ihnen dort offenbarte.

In der Mitte der Sitzrunde war ein langer Tisch aufgebaut, mit einer weißen prächtigen Tischdecke und prall gefüllt mit den leckersten Dingen: riesige Früchtekörbe mit aufgeschnittener Ananas, roten, weißen und gelben Melonen, Erdbeeren und Birnen. Große Schalen mit schaumiger Creme. Da dufteten gebratene und pochierte Fische, glänzten kleine Schnitzel und große Bratenscheiben, lockten Kartoffelpüree und dampfende Nudeln mit roter Soße. Kuchen, der von Sahne und Schokolade überquoll. In hohen gläsernen Karaffen lockten Limonaden und dicke fruchtige Säfte.

Rebella Buk wies auf die gedeckte Tafel. »Wir haben euch zur Begrüßung ein kleines Picknick angerichtet«, sagte sie und verbeugte sich.

»Klein?«, echote Thommy. »Das ist das sensationellste Picknick aller Zeiten!«

Begeistert griff Finn sich ein Melonenstück und biss hinein. »Gigantisch«, seufzte er genüsslich. »So eine Melone habe ich noch nie gegessen, woher kommt die?«

»Du, Finn«, unterbrach Nola seinen Gier-Anfall, »ich glaube, das Picknick ist noch nicht eröffnet.«

»Und außerdem kommt da jemand!«, rief Mira.

Finn legte schuldbewusst das angebissene Stück Melone zurück auf den Teller, schluckte, was er im Mund hatte, und schaute möglichst unschuldig drein.

Erst sahen sie zwei schimmernde, runde Augen, die aus den tiefen Schatten jenseits der Säulen und Regale näher kamen.

»Bitte nicht schon wieder der Kapuzenkerl«, murmelte Thommy. Mira stieß ihm in die Seite.

Mit angehaltenem Atem blickten die vier Kinder der Gestalt entgegen.

Das kleine Wesen, das nun das große Tafelrund betrat, war gänzlich anders. Es trug ein Kleid, das ziemlich altmodisch und leicht verschlissen aussah. Aber das Wesen trug es, als wäre es das schönste Kleid der Welt. Überhaupt machte es einen recht würdevollen Eindruck, mit seinem hoch aufgetürmtem Haar, auf dem doch tatsächlich eine Krone saß. Wenn auch etwas schief. Ihre runden großen Augen ruhten gelassen auf den Kindern. Ihre spitzen Ohren waren stolz aufgerichtet.

Das Wesen blieb auf der anderen Seite der Tafel stehen und musterte sie nacheinander mit ihrem Blick. Ihre Hände hatte sie vor dem Bauch zusammengelegt, sie ruhten auf dem ausladenden unteren Teil ihres Kleides. Es war, als versuche sie, in sie hineinzusehen, sie zu vermessen.

»Ihre Majestät«, ergriff Rebella Buk das Wort, »hier sind die Kinder.«

Rebella wandte sich zu ihnen um. »Werte Kinder, dies ist Queen Buk. Unsere Königin.«

Nola, Finn, Thommy und Mira starrten sie mit offenen Mündern an.

»Müssen wir nicht knicksen, oder so?«, wisperte Mira.

»Willkommen, ihr vier Kinder, in unserem Haus«, sagte die Königin da bereits hoheitsvoll.

Sie waren immer noch etwas eingeschüchtert, aber dann fasste Nola sich ein Herz. »Guten Tag, ähm … Hoheit«, erwiderte sie den Gruß. »Entschuldigen Sie, dass wir hier neulich einfach so reingeplatzt sind, wir …«

Die kleine Königin schaute Nola verwirrt an. »Ihr seid geplatzt?«, fragte sie. »Aber ihr seid doch noch ganz, oder nicht?«

Mira trat vor. Und sie machte tatsächlich einen Hofknicks!

Von irgendwoher hörten man Tuscheln, ein geraunţes »Wie wohlerzogen!« – »Die Wunderbare!« – »Augen wie Sterne so klar!« Und auch Queen Buk hob überrascht und nahezu freundlich die Augenbrauen.

Das wird ja immer schöner, dachte Nola, aber sie war auch dankbar, dass Mira einsprang und die Situation rettete.

»Was meine Freundin meint, Majestät, ist, dass wir einfach so in Ihr Haus gekommen sind. Aber Finn, ihr Bruder, hatte von roten Fäden geträumt, und die Tür war ja auch auf, und da ist ein Baum gegen die Mauer gefallen, bei dem Orkan, von dem alle behaupten, er war gar nicht da, war er aber wohl. Also, jedenfalls sind wir den Baum hochgeklettert. Und dann am Efeu runter und durch die Dornen und am Stinkebusch vorbei. Das Spinnennetz haben wir nicht kaputt gemacht. Aber die Statue mit dem bösen Krieger war ganz schon furchterregend. Und wer füttert eigentlich die Fische im Teich? Jedenfalls wollten wir heute unbedingt wiederkommen, weil, wir haben noch nie Bücher gesehen, und tja, da sind wir.« Mira wurde knallrot, als sie merkte, dass ihre Erklärungen die kleine Königin nur in noch größere Verwirrung stürzten als die Sache mit dem »Reinplatzen«.

Queen Buk wandte den Kopf halb nach hinten. »Adlatus Buk!«, rief sie mit befehlsgewohnter Stimme über die Schulter.

»Subito, Ihre Majestät.« Rasch kam ein weiteres großäugiges Wesen aus den Schatten hervorgetrippelt. Es war sogar noch etwas kleiner als die Königin, die Ohren zuckten leicht hin und her, und es näherte sich seiner Königin mit einem angedeuteten Bückling. Dabei ließ es Nola, Finn, Mira und Thommy nicht aus den Augen.

»Adlatus, weißt du, wovon sie redet?«, flüsterte sie ihm zu.

»Nun ja, offenbar gibt es da einen umgestürzten Baum und einen Stinkebusch und ein Spinnennetz, das …«

»Das habe ich verstanden. Hast du sonst noch irgendetwas Erhellendes dazu zu sagen?«

»Nun, ich denke, dass die Details ihrer Ankunft für den Moment irrelevant sind«, erklärte Adlatus mit gesenktem Kopf. »Vielleicht sollten wir einfach mit der Begrüßungszeremonie fortfahren.«

»Hm«, machte Queen Buk, »das hört sich vernünftig an.«

Sie wandte sich wieder an die Kinder. »Wir haben euch ein kleines Picknick vorbereitet. Bitte greift zu. Auch wenn manche«, jetzt blickte sie streng auf Finn und stellte ihn in das weiße Licht ihrer Augen, »sich schon ohne Einladung bedient haben.«

Nola erlebte zum ersten Mal, dass Finn knallrot anlief.

»Verzeihung. Ehmmm, Majestät«, stammelte er heiser.

Wow, da hatte jemand seine Meisterin gefunden! Aber Nola musste zugeben, dass diese kleine Queen ganz schön einschüchternd sein konnte.

»Ich … ich«, begann Thommy stotternd, »ich habe auch was mitgebracht. Ehm, Ihre Hoheit.«

Er griff in seine Umhängetasche und schob schüchtern die raschelnde Chipstüte und die vier Schokoladenriegel auf die Tafel.

Wieder das Raunen und Tuscheln aus den Regalen neben und über ihnen. »Ein Gastgeschenk, aber wo ist das Getränk?« – »Und so was essen die draußen? Wird man davon satt?« – »Oh, frittierte Erdäpfel, welch kühnes Rezept!«

»Wir nehmen diese Gunstgabe gerne an«, beschloss die Queen. »Und nun zu Tisch.«

»Moment mal«, meldete sich Finn zu Wort. »Aber wer seid ihr eigentlich? Und warum ladet ihr uns ein?«

Nola hätte auch noch ein paar Fragen: Warum habt ihr so große Augen? Und warum können die leuchten wie Scheinwerfer? Aber sie fand Finns Misstrauen unhöflich. Er sprach mal wieder los, ohne nachzudenken.

»Also, vielleicht sollten *wir* uns erst mal vorstellen? Ich bin Nola, und …«, beeilte sie sich deshalb zu erklären.

»Nola!«, quietschte es aus einem der Bücherfächer. »Die kleine Kriegerin! «

»Moment«, unterbrach Nola irritiert, »wieso Kriegerin?«

»Eines nach dem anderen. Halte dich im Zaum, Theologica«, bestimmte die Queen und sah strafend in die Richtung der Stimme aus den Regalen.

»Nola«, sagte sie sanfter, »das bedeutet in der goidelischen Sprache ›kleine Kriegerin‹. Sicher wurde dir der Name mit Bedacht anvertraut.«

Da war sich Nola zwar nicht so sicher und auch nicht, was Goidelisch sein sollte, aber sie fuhr mutig fort: »Und das ist mein Zwillingsbruder Finn.« Sie wartete, hatte niemand eine Erklärung zu diesem Namen?

»Der Wanderer …«, raunte es irgendwo im Dunkeln ehrfürchtig. »Aber nein, es ist der Finder! So muss es sein.«

»Genau so ist es«, bestätigte die Königin. Sie sah immer noch streng aus, aber in ihrem Blick lag nun auch Neugier und Anerkennung. »Und wer begleitet die Kriegerin und den Finder?«

»Mira und Thommy?«, antwortete Nola unsicher.

»Nun, die Wunderbare und das Zwillingsgesicht, auch euch ein Willkommen.«

»Auch wir danken ganz herzlich für die Einladung.«

Und da die vier sich jetzt irgendwie so erhaben fühlten als die Kriegerin, der Finder, die Wunderbare und der Zwilling, verbeugten sie sich.

»Aaaaah …«, seufzte es aus den Schatten und kleine Lichter begannen über die Gestalten der Kinder hinwegzugleiten.

Die Augen. Es waren tatsächlich die Augen, die die Wesen erstrahlen ließen wie Scheinwerfer.

»Nun ist es an uns: Mein Name ist Queen Buk, dies ist mein Berater, Adlatus Buk, und die anderen …« Die Königin klatschte in die Hände und rief: »Buks, tretet hervor!«

Nach und nach traten langsam und die Kinder vorsichtig beäugend weitere winzige Wesen mit runden Augen und spitzen Ohren aus den Schatten zwischen den Büchertürmen hervor, ließen sich aus Regalen herab oder erhoben sich aus Fächern nahe am Saalboden.

Sie alle trugen unterschiedliche Kleidung und die wirkte

so altmodisch, dass sie aus einem Kostümverleih zu kommen schien.

»Rebella Buk habt ihr bereits kennengelernt, und dies ist Romantika Buk.«

»*Börps*«, rutschte es der rundlichen, großäugigen Dame in den weiten wallenden Gewändern heraus. »Ich würde euch am liebsten umarmen!«

»Später vielleicht, Romantika«, mahnte die Queen.

»Attila Buk, bitte.« Der machte den Anschein, als ob er die Kinder weniger umarmen, als mit der Axt in appetitliche Häppchen hauen wollte.

»Der sieht voll aus wie die Statue«, flüsterte Finn Nola zu.

»Ich hörte, ihr seid mutiger als Erwachsene«, grollte der kriegerische Buk. »Doch ich bin da skeptisch.«

»Ich auch«, antwortete Mira spontan, was den großen kleinen Buk verdutzt zu ihr schauen ließ.

»Für das Picknick dürft ihr Schlemmer Buk und Ooht-Kwisien danken.« Schlemmer Buk und Ooht-Kwisien verbeugten sich vor ihnen.

»Also, ich find die super«, flüsterte Thommy, und schielte sehnsüchtig zu der Tafel hinüber.

Ein dünner Kerl in Tweedanzug und mit einem Käppi auf dem Kopf hieß Sherlokko.

»Moment«, flüsterte Finn, »kenn ich den nicht von irgendwo her …?« Sherlokko paffte an einer leeren Pfeife.

Reimling Buk stellte sich selbst vor: »Reimling ich heiß', soviel ich weiß.«

Die Kinder konnten sich kaum alle Namen merken; da gab

es eine Typografica Buk und eine Thea Buk, eine Algebra und einen Astronomus, einen Spielothekus und ... so langsam verloren sie den Überblick.

Ein Buk-Mädchen mit dunklen langen Zöpfen stahl sich an Miras Seite und nahm ihre Hand. »Ich bin Alice«, piepste sie.

Schließlich trat ein Wesen mit einer Kapuze heran. »Und ich muss euch um Verzeihung bitten für den Nachtalb, den ich euch womöglich beschert habe.«

»Den was?«, fragte Nola verdutzt.

»Den Schreck«, wisperte Mira aufgeregt.

»Mein Name ist Thesaurus Buk.« Er schlug seine Kapuze zurück und musterte sie sichtlich nervös.

»So!« Queen Buk klatschte wieder in die Hände. »Nun lasst uns alle speisen.«

»Ja, aber«, meldete sich Finn wieder zu Wort. Seine Stimme klang ein wenig verzweifelt. »Wir wissen nun, wie ihr heißt und was unsere Namen bedeuten. Aber *wer* oder was seid ihr?«

Die kleinen Wesen tauschten ratlose Blicke. Dann sagte Queen Buk einfach: »Wir? Wir sind die Buks.«

Nola fand nicht, dass das etwas erklärte.

~ • ~

Geraldine stand am Alten Fluss. Sie war müde, sie war durstig und sie fühlte sich schrecklich dumm und allein. Sie schaute sich um. Der Weg endete hier. Da war nur noch Wasser, das träge dahinfloss, rechts und links dichtes, struppiges Gebüsch und sonst nichts.

Wozu ist ein Weg gut, wenn er nirgendwo hinführt, dachte sie erbost. Was hatten die Zwillinge und ihre Freunde hier gewollt? Hatten sie ein Boot geklaut, mit dem sie jetzt sonst wo rumschipperten? Das alles ergab keinen Sinn. Mutlos ließ Geraldine die Schultern hängen, als ihr bewusst wurde, dass sie den ganzen weiten Weg würde zurücklaufen müssen. Sollte sie ihre Mutter anrufen, damit die sie abholen käme? Oder ihren Ministerin-Wagen schickte?

Aber Geraldine wusste, was dabei herauskäme.

»Das hast du dir selbst zuzuschreiben«, würde sie sagen und: »Jede Entscheidung hat Konsequenzen. Trag sie gefälligst und verlange nicht von mir, deinen Mist aufzuräumen.«

Geraldine merkte, wie ihr die Tränen in die Augen stiegen.

Sie machte all das doch schon immer. Nach dem Verschwinden ihres Vaters hatte sie bemerkt, dass ihre Mutter nichts anderes von ihr wollte als Perfektion, Gehorsam und möglichst schnell erwachsen zu werden und auf keinen Fall kindisch zu sein. Oder schwach. Oder sonst was, was sich außerhalb der Regeln abspielte.

»Du bist die Tochter der Ministerin. Deswegen reicht es nicht, nur du zu sein, Geraldine. Du musst besser sein als alle anderen.«

Geraldine schniefte und wischte sich zornig eine entkommene Träne aus dem Augenwinkel.

»Heulsuse, hör auf«, befahl sie sich selbst.

Sie pickte eine Handvoll Kiesel auf und schleuderte den ersten weit in den Fluss hinaus.

»Ich hasse mein Leben«, schrie sie beim zweiten Wurf, der

noch weiter flog und in die Welle platschte. Dass sie hier allein und blöde am ollen Fluss stand, daran waren außerdem nur Finn und Nola schuld.

Den letzten Kiesel schleuderte sie noch weiter hinaus, begleitet von einem wütenden: »Freaks!« Geraldine stampfte wütend mit dem Fuß auf. Oh ja, sie würde herausfinden, was die vier heimlich trieben. Dann könnte sie vor ihre Mutter treten und die würde sie loben und Geraldine wäre ein für alle Mal die Bessere.

Entschlossen sammelte Geraldine eine weitere Handvoll Kiesel und wog sie in der Hand. Es war, als könnte sie mit geschlossenen Augen feststellen, welcher der leichteste, welcher der schwerste war. Sie holte aus und zielte auf einen Felsen mitten im Strom.

»Hab ich dich«, knurrte sie, und der nächste Wurf traf ihn genau. Geraldine hatte nie geahnt, dass sie so weit und so zielsicher werfen konnte. Und sie konnte nicht damit aufhören.

Sie saßen gemeinsam an der langen Tafel. Die zierlichen Buks, die kaum so groß waren wie ein Spazierstock, auf ihren Stühlchen und Bänken, während Nola, Finn, Thommy und Mira auf Kissen am Boden hockten. Trotzdem ragten sie immer noch höher in die Luft als die Buks. Die Königin saß in ihrem Thronsessel am Kopfende des Tisches, Mira hatte sich neben Alice Buk niedergelassen, Finn musste übereck neben der Queen sitzen. Thommy war ein wenig eingeklemmt zwischen Schlemmer Buk und Romantika, und Nola saß mit Rebella gegenüber von dem muffig dreinschauenden Kerl, den Queen Buk als Attila vorgestellt hatte.

»Ich muss auf etwas zurückkommen, was die Wunderbare vorhin erwähnte. Mira«, begann Queen Buk. »Ihr habt Bücher vorher nie gesehen, sagte sie«, hakte die Königin besorgt nach. »Ist das wahr?«

»Stimmt. Bei unf gibt's wofas nich'«, antwortete Finn mit vollem Mund. Was ihm sogleich einen tadelnden Blick von Queen Buk einbrachte, der Finn zu Nolas Erstaunen erneut verlegen zu machen schien. Wahnsinn. Ihr Bruder war sonst nie verlegen. Anscheinend beeindruckte ihn die kleine Dame mit ihrer Autorität.

Auf Finns Geständnis, dass es bei ihnen keine Bücher gab,

tuschelten die Buks aufgeregt miteinander. Nola schnappte nur kleine Gesprächsfetzen auf.

»… wie kann das …«

»… was ist denn passiert …«

»… kein Lernen …«

»… all das Wissen …«

»… arme kleine Menschenkinder …«

»… müssen ihnen beibringen …«

»… gefährlich sein …«

Ihr fiel auf, dass der grimmige Attila sie misstrauisch beäugte. Was hat der denn?, dachte sie und beschloss, ebenso grimmig zurückzugucken. Nola kniff die Augen zusammen und fletschte die Zähne.

Attila Buk riss daraufhin erstaunt die Augen auf und machte dabei ein so komisches Gesicht, dass Nola kichern musste.

Das irritierte ihn noch mehr und er beugte sich grummelnd über seine Suppenschale.

»Und warum nicht?«, fragte Queen Buk wachsam. »Wurden sie … alle zerstört?«

Finn schluckte erst artig, bevor er erklärte: »Keine Ahnung. Es gibt sie eben nicht.«

»Und es werden auch keine mehr geschrieben?«

Finn hob hilflos die Achseln. »Von wem denn? Und wie denn? Wir haben halt Filme.«

»Also, meine Großeltern haben mal Bücher gesehen«, warf Mira hilfreich ein. »Aber das ist schon lange her, da waren sie noch selber Kinder. Da wurde ihnen vorgelesen und sie konnten besser schlafen.«

»Und sicher auch besser träumen?«, fragte Theologica Buk nach.

»Träume sind nicht normal«, rutschte es Nola raus. »Also, jedenfalls für die meisten. Wir träumen schon. Also, manchmal. Nicht oft. Aber das dürfen wir nicht erzählen.«

»Da hol mich doch die Lektorin«, murmelte die Königin.

»Aber wenn ihr keine Bücher habt, wie lernen Menschen dann die hohe Kunst der Mathematik?«, mischte sich Algebra sorgenvoll ein.

»Und die Romantik?«, kiekste Romantika.

»Und die Sterne?«, trug Astronomus bei.

»Und kennt ihr noch Sackhüpfen?«, wollte Spielothekus wissen.

»Aber den Weihnachtsmann, von dem habt ihr schon gehört?«

Die Queen ließ ein vernehmbares Hüsteln hören.

»Verzeiht unsere viele Fragen«, sagte sie, »das ist nicht sehr gastfreundlich.« Die Königin schickte einen warnenden Blick in die Runde. »Vielleicht möchtet ihr ja auch etwas erfahren?«

Nola wusste kaum, wo anfangen. Wer hatte das Haus gebaut? Wozu? Warum war alles voller Bücher, woher kam das Essen? Nola platzte damit heraus, was ihr am meisten unter den Nägeln brannte: »Na ja … wo kommen Sie alle eigentlich her?«

»Wir waren schon immer hier«, antwortete Queen Buk, als ob das völlig selbstverständlich wäre.

»Und wie lange ist immer?«, hakte Nola nach.

»Oh, sicher viele Jahrhunderte«, gab die Queen zurück.

»In diesem Haus?«, warf Thommy verblüfft ein.

Die Queen zögerte einen winzigen Moment. »Nicht nur«,

sagte sie dann. »Aber die, die wir hier sind, natürlich schon immer in diesem Haus.«

Nola, Finn, Mira und Thommy sahen sich verstohlen an. Es war klar, dass sie damit nicht weiterkamen. Aber diese Buks waren offenbar sehr, sehr, also wirklich sehr alt.

»Und was machen Sie hier?«, wollte Thommy wissen.

Stille trat ein. Thommy fragte schuldbewusst: »Hab ich etwas Falsches gefragt?«

»Aber nein, Zwillingsgesicht. Ich erkläre dir gerne, was wir hier tun: Wir beschützen die Bücher.«

»Oh. Vor wem denn?«, fragte Mira verblüfft.

»Na, vor den Menschen.«

»Aber wir sind doch auch Menschen und jetzt sitzen wir hier«, wandte Finn ein.

»Ja, aber ihr seid die Kinder.«

Sie hatte das auf eine so merkwürdige Weise betont – *die* Kinder –, dass Nola Luft holte, um genauer nachzubohren. Doch die Queen kam ihr zuvor, lächelte und meinte ohne Umschweife: »Nun, jetzt sind wir wieder an der Reihe.«

Schon feuerte die Buk-Königin eine Reihe von Fragen ab: Wie sie eigentlich hergefunden hatten, ob sie jemals von diesem Haus gehört hatten, wie man überhaupt über die Mauer klettern kann, sie sei doch sehr hoch, also: wirklich, wirklich hoch?

»Wir wussten nichts von dem Haus«, erklärte Finn. »Wahrscheinlich weiß es niemand. Wir haben es erst gesehen, als wir den umgestürzten Baum hochgeklettert sind. Er ist in der Orkannacht auf die Mauer gekracht. So kamen wir über den Wassergraben und auf die Mauer.«

»Ach, in der Sturmnacht ist der also umgestürzt …«, meinte die Queen nachdenklich und tauschte einen Blick mit Thesaurus, dessen Augen kurz unter der Kapuze aufleuchteten.

Auch das entging Nola nicht. Aber bevor sie etwas sagen konnte, mischte sich Sherlokko Buk ein.

»Ich würde gerne auf den nicht ganz unwichtigen Umstand zu sprechen kommen, der …«, begann er.

Aber Queen Buk fiel ihm scharf ins Wort. »Der im Moment vollkommen unwichtig ist.« Dabei bedachte sie ihn wieder mit einem ihrer strengen Blicke.

Sherlokko paffte schmollend an seiner leeren Pfeife.

Na schön, dachte Nola. Da gibt es also etwas, das sie uns noch nicht verraten wollen.

»Und warum genau seid ihr über den Baum und dann über die Mauer geklettert?«, wollte Queen Buk wissen. »Oder macht ihr das da draußen ständig?«

Die vier schauten sich an. Es war ihnen anzusehen, dass sie alle denselben schuldbewussten Gedanken hatten: Sie machten das eben nicht ständig.

Finn ergriff schließlich räuspernd das Wort. »Na ja, wir wollten eben wissen, was dahinter ist.«

»Warum?«, kam es messerscharf von Queen Buk.

Mira biss sich nervös auf die Lippen.

Mit einem Mal kam sich Nola vor wie in der Schule, wenn Herr Stefansson sie beim Tuscheln in Chemie erwischt hatte. Sie war nicht bereit, das hinzunehmen.

»Weil wir uns nicht ständig an Regeln halten wollen«, sagte sie mit deutlicher, aber zittriger Stimme. Sie wünschte, sie würde sich fester anhören. »Vor allem nicht an die, die wir nicht verstehen. Weil wir die ganze Welt erfahren wollen. Weil wir Abenteuer erleben wollen. Weil wir wissen wollen, ob es außer dem, was wir kennen, noch etwas anderes gibt.«

In Queen Buks Augen glomm ein kleines Licht. War sie wütend?

Da lehnte sie sich mit einem strahlenden Lächeln zurück.

»Wohl gesprochen, kleine Kriegerin«, antwortete die Königin. »Wie eine echte Leserin. Ich bin froh, dass ihr dieses Wagnis auf euch genommen habt. Ihr seid die richtigen Kinder, nicht wahr, Thesaurus?«

Der nickte geflissentlich. »Ich denke auch, Majestät.«

»Nicht wahr«, wiederholte sie mit drohendem Unterton, und richtete ihren Blick auf Sherlokko, »Herr Rätsellöser?«

»Ganz wie Majestät belieben«, gab der zurück und verschränkte die Arme. Seine spitzen Ohren, die aus dem Käppi ragten, waren angelegt.

»Greift weiter zu, liebe Gäste«, rief Queen Buk nun gut gelaunt. »Lasst es euch schmecken.«

Nicht nur die Kinder, auch die Buks hatten diesen Wortwechsel aufmerksam verfolgt. Nun entspannten sich alle wieder und langten zu.

Erneut so ein seltsamer Satz: die richtigen Kinder. Wie konnte Nola die Queen dazu ausfragen, ohne dass die gleich wieder das Thema wechselte? Nola fiel plötzlich auf, dass Mira eifrig mit Alice flüsterte. Worüber sie wohl sprachen?

Rebella zupfte Nola am Ärmel. »Du musst mir alles über das Draußen erzählen, kleine Kriegerin«, bat sie sehnsüchtig.

Attila schnaubte verächtlich. »Draußen«, äffte er sie nach.

Also erzählte Nola von der Schule. Aber das gestaltete sich schwieriger als gedacht.

»Wenn ihr keine Bücher habt, was habt ihr dann?« – »Bildschirme.« – »Bilder mit Schirmen?!« – »Nein, eher wie tragbare Minifernseher.« – »Fern-Seher? Du meinst Ferngläser?« Nola versuchte es mit etwas anderem und erzählte von ihren Eltern.

»Ich habe von Eltern schon mal was gelesen«, erwiderte Rebella. »Wir haben keine.« Ihre Öhrchen hingen traurig hinunter.

»Aber wie kommt ihr dann auf die Welt?«, wollte Nola wissen.

Rebella guckte unglücklich aus der Wäsche. »Ich weiß nicht«, wisperte sie. »An einem Tag sind wir auf einmal da.«

Nola kam ihr Alltag, jetzt da sie in diesem verwunschenen Haus mit all den kleinen Buks saßen, eigentlich recht fad vor. Aber Rebella lauschte ihr weiter mit staunenden Augen. Nola spitzte, während sie noch von den verschiedenen Sorten Bildschirmen und Hologrammen erzählte, die Ohren, um mitzukriegen, was Mira und Alice so Wichtiges zu besprechen hatten.

»Und dann kriecht das kleine Mädchen in den Kaninchenbau«, erzählte Alice.

»Wirklich? Und weiter?«

Rebella lenkte Nola ab. »Also, dann kann ein Wal aus so einem kleinen Kasten kommen? Ein echter Wal?«

»Nein, ein Hologramm eben.«

»Also innen hohl?«

»Was soll das denn für ein Wal sein?«, grummelte Attila.

Puh! Als Nola wieder bei Mira hinhörte, erwähnte Alice eine sprechende Grinsekatze. Mira kicherte. Eine Grinsekatze? Die sprechen konnte? Nola kapierte null.

»Gibt es bei euch denn auch Tiere, die nicht hohl sind? So richtig echte, wilde Tiere«, fragte Rebella weiter.

»Hm, nein, eigentlich nicht. Jedenfalls nicht in unserer Stadt.« Jetzt, wo Nola darüber nachdachte, war das schon komisch.

»Alle verweichlicht«, murmelte Attila.

Und auch Rebella schien enttäuscht. Nola schaufelte sich Nudeln in den Mund und versuchte diskret aufzuschnappen, worüber Thommy und Romantika redeten.

»… so ein hübscher Junge, du brichst bestimmt viele Herzen …«, schmachtete die Buk Thommy gerade an. Der schien ziemlich verdattert. Und versuchte sich aus der Affäre zu ziehen, indem er Schlemmer Buk fragte, woher er eigentlich den fabelhaften Melonensalat hatte.

»Oh, aus einem Kochbuch aus dem italienischen 18. Jahrhundert, da waren die Anbau-Methoden für diese alte Sorte einfach am besten«, erklärte der stolz.

Thommy blieb der Mund offen stehen. »Aber … ich meine, wie kommen die Melonen hierher, im Garten da draußen wachsen sie doch nicht?«

Die Buks schauten ihn irritiert an. »Natürlich nicht.«

»Dafür haben wir ja all die Kochbücher«, machte Ooht-Kwisien noch mal deutlich. »Aber man findet auch hervorragendes

Obst und Gemüse in Tausendundeiner Nacht und sogar bei Shakespeare, wenn man weiß, wo.« Er zwinkerte.

»Aha«, machte Thommy und sah etwas verzweifelt aus der Wäsche.

Nola warf ihm einen mitfühlenden Blick zu. Die Buks verstanden einfach nicht, was sie meinten. Und irgendwoher mussten die Sachen doch kommen. Immerhin war nicht anzunehmen, dass die Buks im Supermarkt einkaufen gingen.

Nola versuchte das Gespräch zwischen Finn und Queen Buk zu belauschen.

»Wirklich ein tolles Kleid«, lobte Finn gerade die Aufmachung der Queen.

»Nicht wahr?«, sagte die Queen geschmeichelt.

»Gibt es so einen Stil auch für Männer, äh, Jungs?«

Das konnte doch nicht wahr sein! Sie waren am aufregendsten und merkwürdigsten Ort der Welt und die redeten über Grinsekatzen, Nacht-Melonen und Klamotten. Es war an der Zeit, wieder zum Wesentlichen zu kommen.

»Warum leuchten eure Augen eigentlich?«, rief sie und unterbrach damit die Gespräche der anderen.

Die Buks und auch ihre Freunde wandten sich ihr zu.

»Wie sollen wir denn sonst lesen können?«, meldete sich Adlatus Buk zu Wort.

»Äh, mit Licht vielleicht«, schlug Thommy vor.

»Eben«, bestätigte Adlatus und löffelte sich Pudding auf seinen Teller.

Also, so langsam mussten sie hier aber Klartext reden. Das erinnerte Nola wieder an diese beiden seltsamen Bemerkungen, die ihr zu schaffen gemacht hatten. »Eure Majestät«, begann sie. Sie erhob sich sogar aus ihrer gehockten Position und stand geschmeidig auf. »Bitte, diese Frage ist wichtig. Was meinten Sie mit: Wir sind *die* Kinder. Die *richtigen* Kinder. Gibt es dafür eine Erklärung, die … na ja, die man einigermaßen versteht?«

Die Königin blickte an Nola auf und ab. Und erhob sich ebenfalls von ihrem Thronsessel. »Deinem Begehr kann ich folgen, kleine Kriegerin. Nun: Liebe Kinder«, sagte sie feierlich, »ihr wurdet uns prophezeit.«

»Prophezeit?«, fragte Finn verdutzt. »Von wem denn?«

»Nun, vom Orakel«, antwortete Queen Buk, als wäre das selbstverständlich.

Und jetzt ereiferten sich auch alle anderen: »Ja, ja, genau, das Orakel!«

Es machte Nola wahnsinnig, mit welcher Gelassenheit diese Buks die irrsten Dinge von sich gaben.

»Genauer gesagt, das Verrückte Orakel«, setzte Thesaurus mit erhobenem Zeigefinger hinzu.

»Und es war schon immer verrückt«, ergänzte Theologica.

»Ich kenne da übrigens ein echt verrücktes Spiel, das man bei Tisch spielen kann …«, fiel Spielothekus ein.

»Kommen darin Zahlen vor? Wenn nicht, mach ich nicht mit.« Algebra verschränkte die Arme vor der Brust.

»Das Dessert wäre dann bereit!«

»Attilein, fütterst du mich mit Erdbeeren und Champagner? *Börps.*«

»Ich bin so satt, ich mag kein Blatt.«

»Ich krieg mich nicht mehr ein«, flüsterte Finn. »Wir stehen in einer Prophezeiung. Leute!«

»Eines *verrückten* Orakels«, ergänzte Nola spöttisch.

»Entschuldigung?«, rief auf einmal Mira unruhig. »Ich … es tut mir leid, aber: Die drei Stunden sind fast um«, erklärte sie beklommen. »Wir müssen echt los, wenn wir es noch rechtzeitig schaffen wollen.«

In aller Eile sprangen Nola, Finn, Thommy und Mira auf. »Auf Wiedersehen!« – »Wir kommen wieder« – »Verzeihung, wir müssen wirklich los«, riefen sie durcheinander.

Die Buks waren ziemlich bestürzt über den überraschenden Aufbruch.

»Wartet!« Queen Buk sprang ebenfalls auf. »Wir haben noch gar nicht über den Schlüssel geredet!«

»Was denn für einen Schlüssel?«

»Diesen.« Queen Buk griff in ihr Kleid, zog einen altertümlich wirkenden Schlüssel hervor und drückte ihn Finn in die Hand. »Hier, Finder. Du wirst ihn tragen.«

Finn starrte auf den Schlüssel. »Wofür ist der?«, fragte er.

Queen Buk zuckte mit den Achseln. »Das wissen wir leider nicht. Aber mit ihm wird das Spiel gewonnen. Und du bist der Finder und wirst das Schloss finden. Das ist deine Berufung.«

»Berufung?!«

»Finn, komm schon«, drängte Nola und zog ihn am Arm.

»Wir kommen wieder!«, rief Finn, während sie schon Richtung Ausgang eilten.

»Versprochen!«, fügte Nola hinzu.

»Ganz bestimmt!«, zwitscherte Mira.

»Wirklich!«, betonte Thommy.

»Wann denn?«, rief Queen Buk. »Ihr müsst bald …« Aber das hörten die Kinder schon nicht mehr.

»Ach, verflixter Lektor«, murrte die Queen und ließ sich in den Sessel fallen.

Derweil sprinteten Nola, Finn, Thommy und Mira wie die Kaninchen im Zickzack durch den verwilderten Garten, tauchten unter dem kunstvollen Spinnennetz hindurch und erklommen atemlos die Efeuranken an der inneren Mauer.

»Schaffen wir es noch?«, keuchte Finn an Mira gewandt.

Die prüfte atemlos die Uhr – und nickte. »Ja, ich denke schon.«

Finn und Nola waren als Erste oben.

»Was …?«, kreischte Nola.

»Ach du Mistbacke«, stöhnte Finn.

»Was? Was ist denn?«, hakte Thommy nach.

»Der Baum ist weg.«

»Wie, weg?«

Finn zeigte auf die Reifenspuren, die sich tief in die weiche Erde der Böschung eingegraben hatten, und auf die Sägespäne, die noch im trüben Wassergraben schwammen. »Weg wie weggesägt. Da war ein Aufräumkommando am Werk.«

»Und was machen wir jetzt?«, fragte Mira mit dünner Stimme. »Wie kommen wir denn nach Hause?«

Finn griff in seinen Rucksack. »Na«, grinste er, »war das mit dem Seil eine gute Idee?«

»Alter Angeber«, murmelte Nola, schnaufte aber erleichtert.

Finn band das Seil an einer Efeuranke auf der inneren Seite

der Mauer fest und warf es hinab. »Du zuerst, Nola«, bestimmte er. »Zeig den beiden, wie es geht.«

Nola griff sofort nach dem Seil, schwang sich über die Kante und hangelte sich geschickt hinab.

Thommy war nicht ganz so geschickt. Auf dem letzten Meter rutschte er ab und landete auf dem Hosenboden. Fast schlitterte er dabei in den Wassergraben. »Alles in Ordnung«, rief er und rieb sich den Hintern.

Dann war Mira dran. Sie zögerte. »Ich glaube, ich kann das nicht«, beklagte sie sich. »Ich hab Angst, dass ich falle.«

Finn zog das Seil hoch und band ihr das Ende um den Bauch und ließ die leichte Mira langsam hinab. Ihm lief zwar der Schweiß von der Stirn, aber er schaffte es. Finn kam ebenso schnell runter wie seine Schwester.

»Und was ist mit dem Seil?«, fragte Nola.

Sie starrten alle auf das Seil, das nun gut sichtbar an der Mauer baumelte.

»Wir können es nicht hängen lassen«, beschloss Finn. »Das lockt nur die Neugierigen an. Und dann ist es um das Geheimnis der Buks geschehen.«

Thommy kratzte sich am Kopf. »Wir haben dann aber noch ein anderes Problem. Wie sollen wir wieder reinkommen?«, fragte er.

»Es muss irgendwo einen Eingang geben«, erklärte Nola. »Ein Tor oder eine Pforte. Vielleicht hat die Queen uns dafür den Schlüssel gegeben. Diesen Eingang müssen wir nur finden.«

»Dafür haben wir jetzt aber keine Zeit«, drängte Mira. »Wir

müssen uns beeilen, diese Klettersache hat uns total zurückgeworfen!«

Finn nahm das Seil und versuchte es über die Mauer zu werfen, damit es nicht mehr zu sehen war. Beim dritten Versuch klappte es.

»Wir kommen zurück«, sagte er leise. »Versprochen.«

Einer nach dem anderen sprangen sie über den Wassergraben. Nur Thommy rutschte aus und durchnässte sich seinen linken Schuh.

Dann rannten sie den Weg zurück, so schnell sie konnten.

In Finns Rucksack klimperte der geheimnisvolle Schlüssel.

~ • ~

Geraldine kam hinter dem Baum hervor, hinter dem sie sich mit einem Hechtsprung versteckt hatte, als sie auf ihrem Rückweg ihre vier Mitschüler oben auf der Mauer entdeckt hatte. Verwundert sah sie zu der Kante empor, die weit außerhalb ihrer Reichweite war. Dann richtete sie den Blick auf die Straße, die nun wieder leer vor ihr lag.

Ein Lächeln stahl sich auf ihre Lippen. »Hab ich euch«, sagte sie leise.

Da war schon wieder eines. Typografica Buk schaute traurig auf das Buch herab, in dem die Buchstaben zu verblassen begannen.

Die Buchheilerin unter den Buks saß hoch über dem Lesesaal auf einem der Stege, die sich an den Regalen entlangzogen und über die die Buks jedes Buch erreichen konnten.

Tag für Tag überprüfte Typografica, ob sich die Bleichkrankheit noch schneller in der geheimen Bibliothek ausweitete. Jedes Buch schlug sie auf und untersuchte es gewissenhaft. Diese Pest hatte vor ungefähr zwanzig Jahren begonnen. Erst waren es nur einzelne Buchstaben gewesen, die hier und da dünner wurden. Dann griff es auf die benachbarten Buchstaben über. Irgendwann wurden ganze Sätze und Abätze durchsichtig und waren kaum noch erkennbar. Schließlich verschwanden sie ganz. Bleiche Leerstellen, die sich immer weiter ausdehnten. Am Ende war ein Buch leer. Weiße Seiten, die auf traurige Weise von dem zeugten, was sie einst enthielten.

»Was ist dir nur zugestoßen, hm?«, fragte sie leise.

Natürlich blieb das Buch stumm.

Bisher war das nur bei kaum hundert Büchern so weit gekommen, und sie waren überall in der Bibliothek verteilt. Es war kein Muster zu erkennen, deswegen schloss Typografica direkte Ansteckung aus. Aber man konnte nie wissen und deswegen entfernte sie das Buch aus dem Regal und untersuchte die danebenstehenden Bände sorgfältig, ob sie ähnliche Symptome aufwiesen.

Jedes einzelne Bleichbuch hatte Typografica das Herz zerrissen. Eine ganze Welt verschwand. Eine Welt voller neuer Ideen und seltsamer Ereignisse. Mit Menschen, die nun aufhörten zu existieren. Liebende, die sich nie mehr begegneten. Freundschaften, die nicht mehr geschlossen wurden. Kämpfe, die nun niemand mehr ausfechten würde. Mit jedem verbleichenden Buch verschwand ein ganzes Universum.

Mit einem Seufzer schob Typografica das befallene Buch in ihren Bücherrucksack und machte sich eine Notiz in ihrem Heft. Sie würde auch dieses arme Ding in ihre Werkstatt mitnehmen und untersuchen. Bisher half keine ihrer Künste gegen die Bleichkrankheit. Aber sie würde nicht aufgeben. Es blieb ihr ja nichts anderes übrig, seitdem der Buchmeister verschwunden war. Er hatte einen Verdacht gehabt, aber bevor er ihn der Heilerin verraten konnte, war er verschwunden. Und nicht zurückgekehrt.

Als Typografica behände die Regalwand abwärts kletterte, erwartete die Königin sie bereits.

»Wieder eines?«, fragte die Queen leise.

Typografica nickte knapp.

Queen Buk folgte der Heilerin zur Werkstatt. Sie war penibel aufgeräumt. In Fächern und Regalen lagerten unterschiedliche Materialen wie Leder, Seide, Samt, Pergamente, Papiersorten und Leime, um verletzte Buchrücken zu kurieren, spezielle Fette, um Ledereinbände zu pflegen, ein riesiges

Fach voller Bürstchen, Schwämmchen, Nadeln aller Größen, dazugehörige Fäden, außerdem Scheren, Pinsel und Skalpelle. Da gab es Wachse aller Art, mehrere Farbpaletten und Gläser, in denen Typografica ihre Tinkturen gegen Schimmelpilz, Bücherwürmer und auch gegen Tintenfraß aufbewahrte – wenn Substanzen wie Kupfer aus der Tinte oder Druckerschwärze das Papier zersetzten.

Aber selbst diese hatten nicht gegen die Bleichkrankheit geholfen.

Sorgfältig bettete Typografica ihren neuen kleinen Patienten auf den Tisch und ließ ihre Augen hell und scharf aufleuchten.

Queen Buk zuckte zusammen, als sie die weißen Stellen erblickte. Es war ihr schier unerträglich.

Und gleichzeitig erinnerte es sie an die ausbleichenden Flecken in ihrer Erinnerung. Ob es einen Zusammenhang gab? Die Queen kannte nicht nur jedes Buch der Bibliothek, sie lebte durch sie. Die Bücher waren in ihr, sie bestand aus dem Wissen aller Bücher. Aber wenn diese ausbleichten – wurde dann auch die Königin leer? Dieser Gedanke machte ihr Angst. Wenn ihre Buks wüssten, dass ihre Königin krank war, wenn sie zu krank sein würde, um zu regieren: Sie würden in Panik verfallen. Und das ging nicht. Nicht jetzt, wo sie das Orakel mit einer Aufgabe betraut hatte, die sie immer noch nicht verstanden. Die aber, darauf hoffte Queen Buk, das Unheil abwenden könnte.

»Ich habe mich gefragt«, begann sie vorsichtig, »warum die Kinder keine Bücher mehr kennen. Es gibt sie einfach nicht mehr. Sicher ein halbes Jahrhundert schon nicht.«

»Wir wissen nichts über die Veränderungen draußen«, erwiderte Typografica, während sie testweise ein wenig heilendes Honig-Wachs auf eine Ecke der ausgeblichenen Seite setzte. »Das ist unser Dilemma. Wir wissen nicht, ob die Menschen uns und die Bücher herbeisehnen. Oder ob sie uns den Kopf abreißen und die Bibliothek ausbrennen würden. Ohne den Buchmeister sind wir blind. Und wenn ich dich richtig verstehe, Queen, setzt du deine Hoffnung deswegen auf die Kinder, nicht wahr?«

»Ich setze meine Hoffnung auf das Verrückte Orakel«, gab Queen Buk zurück. »Das diesmal so verrückt war, uns die Kinder zu schicken. Was sie uns erzählen, klingt schrecklich. Nicht nur, dass es dort draußen keine Bücher mehr gibt. Aber offenbar haben die Menschen vergessen, dass es überhaupt je Bücher gab.«

»Mir scheint es so, als ob Bücher nicht mehr existieren, weil niemand mehr sie wichtig findet. Sie sind Menschen egal geworden«, meinte die Buchheilerin.

Queen Buk sah auf. »Das ist grauenhaft. Ja, sogar noch grauenhafter, als wenn Bücher zerstört, verbrannt oder verboten worden wären. Wenn dies wahr ist, dann verändert es alles«, sagte die Queen. »Auch uns. Und unsere Aufgabe. Wir waren immer da, um Bücher zu schützen, vor den Menschen, aber auch für sie. Damit sie wieder träumen können. Damit sie denken lernen und Sehnsucht nach der Wahrheit bekommen. Aber Gleichgültigkeit? Wie kann einem Mensch das Wichtigste egal sein, was er braucht, um Mensch zu sein?«

»Ach, ja«, seufzte Typografica, während sie nun begann,

Zutaten für eine neue, weitere Tinktur zur Heilung der Bleichkrankheit zusammenzuklauben. »Am Anfang war das Wort und kurz danach tauchte einer auf, der es verbieten wollte.« Sie wog eine Handvoll Salz ab.

»Jetzt sag nicht, das waren die guten alten Zeiten und früher war alles besser«, rang sich Queen Buk einen winzigen Scherz ab.

»Wenigstens wussten wir um den Sinn unseres Lebens«, stellte Typografica ungerührt fest. Sie träufelte einige Tropfen Essigessenz in die Tinktur und beugte sich tief über eine wachsende Bleichstelle.

»Schau«, flüsterte sie. »Hier verschwindet gerade eine Figur, die mal jemandem Mut gab, der sie gelesen hat. Und ich kann nichts dagegen tun. Mehr noch: Es ist völlig gleichgültig für die Menschen.« Und noch leiser fuhr sie fort: »Vielleicht ist unsere Ära einfach vorbei.«

Sie blickten einander an. Die Queen und Typografica waren, zusammen mit Adlatus, Schönaufpassa und Thesaurus, die ältesten der Buks in diesem Haus. Sie wussten, dass die allerersten Buks, Tausende Jahre vor ihnen, einst zusammen mit Menschen die Bücher und Schriften gehütet hatten. Vor jenen, die sich vor der Freiheit mit Flügeln aus Papier gefürchtet hatten. Und was diese Bücher anrichten konnten. Ja, anrichten, denn sie konnten Ideen von Widerstand in die Köpfe vieler pflanzen, und daraus konnten Revolutionen und Umstürze erwachsen. Oder Utopien, die Sehnsucht nach einer besseren Welt. Sie konnten Regeln brechen.

Bücher steckten Menschen mit Möglichkeitssinn an.

Insbesondere Kinder: Wenn Kinder lasen, wuchsen sie über sich hinaus.

Es hatte einen stillschweigenden Pakt zwischen Buks und Menschen gegeben, verbannte und bedrohte Bücher unter allen Umständen zu beschützen. Die Menschen hatten ihren Teil getan. Sie hatten die geheime Gilde erschaffen, sie hatten Buchmeister bestimmt, Kuriere, Sammler und Setzer ausgebildet und geheime Bibliotheken wie diese gebaut. Und die Buks hatten das getan, was sie konnten. Sie hatten die Bücher gepflegt und beschützt – sie waren die Schutzgeister der Geschichten. Der Träume. Der menschlichen Fantasie. Es hatte auf der ganzen Welt geheime Bibliotheken gegeben, seit Jahrhunderten, seitdem es Pergament und Tinte oder Blei gab.

Aber nicht nur die Bücher standen unter der Obhut der Buks. Sondern vor allem jene Geschichten, die über Zeiten und Kontinente hinweg Menschen vereinten. Die Buks nannten sie »Die starken Bücher«, oder auch »Die Kraftbücher«. Es waren jene, die die tiefen Gefühle, Träume und Kräfte in den Lesenden heraufbeschworen. Sie knüpften zwischen Menschen auf der ganzen Welt eine unsichtbare tiefe Verbindung, von Herz zu Herz. Diese Bücher waren der Leim, der Menschen über Sprachen und Religionen hinweg einander verstehen ließ. Diese speziellen Bücher hatten, je intensiver sie gelesen wurden, die Macht entwickelt, dass ihre enthaltenen Figuren, Visionen und Ideen Wirklichkeit wurden. Sie konnten die Welt aus den Angeln heben!

Queen Buk nahm sanft Typograficas Hand in die ihre.

»Wir bewachen den größten Schatz der Menschheit. Und jetzt teilen uns diese Kinder mit, dass dieser Schatz bedeutungslos geworden ist. Dass man nicht mehr träumt. Nicht mehr frei sein will.«

Typografica nickte erschöpft. »Was sollen wir nur tun?«, fragte sie kläglich.

»Wir sollten diese Kinder daran erinnern, dass es ein Schatz ist«, erwiderte Queen Buk mit leuchtenden Augen. Sie richtete sich auf. »Wir müssen einen Weg finden, die Bücher wieder zu den Menschen zurückzubringen. Und, ja, die Kinder werden uns dabei helfen.«

»Aber Queen. Es sind Kinder. Was sollen sie denn ausrichten können?«

»Vielleicht ist das Orakel ja gar nicht so verrückt«, meinte die Königin. »Es sind doch immer Kinder, die die Welt retten.«

~ • ~

Ihr Hochgefühl war Geraldine wieder abhandengekommen, bevor sie überhaupt die Haltestelle mit dem fahrerlosen Zirkelbus erreichte. Sie hatte sich beeilen wollen, um ihrer Mutter alles haarklein zu berichten, bevor die Zwillinge und ihre seltsamen Freunde wieder zu Hause waren.

Oh ja, Geraldine hatte sich ganz genau vorgestellt, wie sie ihrer Mutter von der ungeheuerlichen Entdeckung berichten würde: »Stell dir vor, die sind einfach über eine Mauer geklettert! Von einem völlig fremden Grundstück!«

Und dann?

»Welche Mauer«, würde ihre Mutter gelangweilt fragen.

»Na, an dem Weg zum Alten Fluss. Die alte Mauer!«

»Seit wann ist da bitte sehr eine Mauer?«

Was sollte Geraldine darauf erwidern? Ihr selbst war ja auch nie aufgefallen, dass dort eine Mauer war. Erst als sie die Arbeiter gesehen hatte, die den umgestürzten Baum entfernten, hatte sie sie bemerkt. Wie seltsam. Dabei war sie schon vorher mal am Alten Fluss gewesen. An eine Mauer konnte sie sich nicht erinnern.

Geraldine begriff, dass es ihr nicht gelingen würde, ihre Mutter wirklich zu überzeugen. Die Unheil verkündende Stirnfalte würde auftauchen, sie bekäme einen Vortrag über Unehrlichkeit und Wichtigtuerei, und wie enttäuscht ihre Mutter wäre.

Wie immer.

Dieses ›Wie immer‹ musste doch irgendwann mal aufhören!

Geknickt saß Geraldine in dem elektronisch gesteuerten Auto-Bus und biss sich verstohlen in die Faust.

Wenn sie Finn, Nola, Mira und Thommy überführen wollte, brauchte sie etwas Handfestes. Etwas, das unwiderlegbar war. Ein Live-Video, ein Reel. Oder noch besser: Ihre Mutter, neben Geraldine, die es mit eigenen Augen sah.

Gut, das war wirklich Quatsch. Ihre Mutter lebte quasi nur zwischen ihrem Arbeitszimmer zu Hause und dem Ministerium, sie ging sonst nirgendwo hin.

Das Essen, das Marlene, ihre schweigsame ältere Haushälterin, ihr zubereitet hatte, nahm Geraldine kaum wahr. Kartoffelgratin. Pudding. Natürlich aß sie allein, Geraldines Mutter war noch im Ministerium. Marlene hatte in dem großen Esszimmer gedeckt, mit weißer Tischwäsche und Kerzenleuchter, als erwarteten sie Besuch. Der konnte ja kommen, man wusste es nie. »Haltung, Haltung, Haltung«, lautete das Motto ihrer Mutter.

Wie waren die vier eigentlich die Mauer hochgekommen? Es war genau die Stelle gewesen, an der der umgestürzte Baum den Wassergraben überragt hatte … klar. Doch warum? Was gab es so Interessantes hinter einer öden Mauer, die niemand beachtete, ja, nicht einmal wahrnahm: Was hatten ihre Mitschüler da nur stundenlang zu tun?

»Ihre Frau Mutter lässt sich entschuldigen«, unterbrach Marlenes Stimme Geraldines kreiselnde Gedanken. »Ihre Frau Mutter wird noch gebraucht. Eine sehr wichtige Konferenz. Im Ministerium.«

So, wie Marlene immer ehrfürchtig »Ministerium« aussprach, mit dieser unterwürfigen Betonung, machte es Geraldine rasend.

»Sie mögen zu Bett gehen.«

Und noch etwas machte Geraldine rasend: Marlene sagte nie Geraldines Namen, sondern übermittelte ihr die Befehle der Mutter, als sei ihre Tochter ein struppiges Haustier. Es war unglaublich, sogar die Haushälterin sah auf sie herab.

»Vielen Dank, Marlene«, entgegnete Geraldine leichthin. »Sie können gehen. Ich räume selbst ab.«

»Wie Sie wünschen.« Oh, diese Verachtung!

Marlene ließ Geraldine allein zurück. Kaum war die Tür ins Schloss gefallen, eilte Geraldine zum Arbeitszimmer ihrer

Mutter. Sie atmete tief durch, bevor sie die Klinke drückte. Es war ihr strengstens verboten, das Büro zu betreten, wenn ihre Mutter nicht da war.

Aber dies war ein Notfall. Eigentlich mehr: ein sehr, sehr guter Zweck. Außerdem würde Geraldine später sowieso im Ministerium arbeiten. Vielleicht als nächste Ministerin, sie wurde ja jetzt schon ständig überall hingeschickt, wozu ihre Mutter keine Lust hatte. Re-prä-sen-ta-tion und so. Bitte, da war es doch nur logisch, wenn sie sich jetzt schon mal gründlich einarbeitete, nicht wahr?

Aufgeregt setzte Geraldine sich an den Computer, rief die Ministeriumsseite auf und loggte sich unter dem Namen ihrer Mutter ein. Solange die ihre Konferenz hatte, würde sie es nicht bemerken. Also, schnell jetzt!

Pling! Da lag sie vor ihr, die geheime Seite der Welt, zu der nur Auserwählte Zugang hatten.

Wie immer, wenn Geraldine sich heimlich in dieser Datenbank herumtrieb, erfasste sie ein süßes Gefühl von Macht. Hier gab es keine Geheimnisse mehr. Das Ministerium wusste alles von jedem. Schulden, Gewohnheiten, Lebenswege. Und auch, wem welches Fitzelchen Grund gehörte.

Sie begann und rief als Erstes die Seiten des Stadtmessungsamtes für Bauverwaltung auf. Und suchte.

Und suchte.

Und suchte fast eine Stunde, bis sie sich frustriert in den schneeweißen Ledersessel zurückfallen ließ.

»Du kannst doch nicht einfach nicht da sein!«, knurrte sie.

Sie hatte alles durchsucht. Geländepläne, Eigentümerverzeichnisse, ja, sie war sogar die Geschichtsarchive der Stadt durchgegangen – nichts! Null. Nixen. Hinter der Mauer war laut der offiziellen Pläne nichts. Außer Wiesen, Bäumen, Brachland, bis zum Fluss.

Was sie aber völlig fassungslos machte, war, dass nicht mal die Mauer selbst existierte. Auf keinem Plan war sie als natürliche oder auch nur künstliche Landmarke eingezeichnet. Nicht mal beim Straßenverkehrsamt, und die gaben sonst jedem Baum in jeder Straße einen Namen, jedem Zaun, jeder Abgrenzung. Da war nur die Straße zum Fluss, rechts der Wald, links das Brachland.

Aber Geraldine hatte diese Mauer doch mit eigenen Augen gesehen. Sie hatte gesehen, wie die Viererbande sich von der hohen Mauer abgeseilt hatte. Hatte etwa jemand die offiziellen Unterlagen und Dokumente manipuliert?

Einen schrecklichen Moment lang fragte sie sich, ob sie sich das alles nur eingebildet hatte. War sie verrückt geworden?

»Denk klar, Heulsuse«, schalt sie sich. Wie lang hatte sie wohl noch die Chance, ohne erwischt zu werden, in den heiligen, geheimen Seiten herumzusuchen?

Es gab auf der Ministeriumsseite Bereiche, zu denen sie keinen Zugang hatte, weil dafür ein Extrapasswort benötigt wurde. Wenn die Mauer und das Dahinter nirgendwo eingetragen waren, war es vielleicht ein ultrageheimes Regierungsgebäude? Ja. Nein. Vielleicht. Dann gäbe es dort aber auf jeden Fall Wachen. An denen wären die vier niemals vorbeigekommen.

Wütend schaltete Geraldine den Computer aus. Sollte es das etwa gewesen sein? Nein, beschloss sie. Sie würde nicht aufgeben. Sie würde die vier zur Strecke bringen. Ihre Mutter würde sie dann nicht länger wie ein Haustier behandeln. Sie würde sie in den Arm nehmen.

Es würde Geraldine nichts anderes übrig bleiben: Sie musste wissen, was hinter dieser Mauer war.

Thommy hörte auf dem Flur vor seiner Zimmertür seine Großmutter leise umhergehen. Sie konnte nicht mehr so richtig schlafen und geisterte dann in dem kleinen Haus herum, putzte schon Geputztes, sortierte schon Sortiertes, bügelte schon Gebügeltes. Thommy rief die Kurzfilmchen auf, mit denen er sich sonst abends in die Müdigkeit lullte. Oma hatte sich nie mit den zahlreichen Gute-Nacht-Videos anfreunden können und so durchlief sie eben ihre schlaflosen Nächte.

Heute kamen Thommy die Gute-Nacht-Clips unglaublich flach und banal vor. Ja, die ganze Welt kam Thommy auf einmal flach und banal vor! – Kein Wunder, nach diesem Tag. Er steckte in einer Prophezeiung! Na ja, nicht wirklich er, Thommy Silberberg höchstpersönlich. Aber irgendwie ja doch. Und diese Buks – waren es denn nun Geister, die nur sie, die prophezeiten Kinder, sehen konnten, oder wirkliche Wesen? Und was gab es wohl in diesen Büchern zu entdecken?

Er rollte sich auf die Seite und schloss fest die Augen. Dahinter tanzten immer noch die Bilder aus der geheimen Bibliothek. Thommy hatte den besten, aufregendsten Tag seines Lebens hinter sich, und gleichzeitig einen, bei dem er noch nie so viel Bammel gehabt hatte und gleichzeitig null kapierte, worum es ging – aber es war so … ihm fiel das Wort ein, das er dort gelesen hatte: fantastisch. So einen Tag, der alles veränderte, hatte es vorher auch schon gegeben. Ein einziges Mal. Allerdings war der nicht fantastisch gewesen.

Das war, als seine Eltern ihn verlassen hatten.

Seine Eltern. Warum hatten sie ihn Thommy genannt – war das nur eine Laune, oder hatte das eine Bedeutung?

»Zwillingsgesicht«, so hatte diese winzige und dennoch große Queen Buk ihn genannt. Vielleicht hatte das ja auch gar nichts zu bedeuten, und diese Buks, so fantastisch sie auch waren, dichteten in Namen etwas rein, das gar nicht existierte. Er konnte sich lebhaft vorstellen, was passieren würde, wenn er seine Geschichtslehrerin darauf ansprechen würde: »Es ist irrationaler Aberglaube, dass Namen etwas bedeuten. Wir sind eine moderne Gesellschaft, die solche alten Mythen überwunden hat. Namen sollen euch unterscheiden, nichts weiter.«

Thommy schnaufte lauter, als er beabsichtigte.

Draußen auf dem Flur hörte das Hin- und Hergelaufe auf. Dann wisperte seine Großmutter leise hinter der Tür. »Kannst du nicht schlafen, mein Tomek?«

Sie verwendete manchmal allerlei Abwandlungen seines Namens; Tomek, Tomaso, an den fröhlichen Tagen auch Thomschki.

Thommy pellte sich aus seiner verwurstelten Decke und öffnete die Tür einen Spalt. »Nicht so richtig«, sagte er ebenso leise. »Kann ich dich was fragen?«

»Alles, das weißt du doch.«

»Es ist wegen Mama. Und Papa.«

»Oh«, machte seine Großmutter. »Dann sollten wir uns vielleicht lieber setzen, nein?«

Und so saßen die beiden im Dunkeln auf der Bettkante. Er konnte ihr Gesicht kaum erkennen, so war es leichter zu fragen: »Weißt du, warum mich Mama und Papa Thomas genannt haben?«

Seine Oma legte die Hände verschränkt in den Schoß. »Ich weiß noch, wie deine Mama mit meinem Sohn viel diskutiert hat, wie sie dich nennen, bevor du auf die Welt kamst. Sie wollte, dass es sich schön anhört und zu eurem Nachnamen passt. Das war eigentlich alles.« Thommy seufzte enttäuscht.

Da sprach seine Oma weiter, mit einer Stimme, als sähe sie verträumt in ein lang vergessenes Gestern zurück: »Und dann kamst du auf die Welt, du warst so winzig und hattest ganz viele Locken und die freundlichsten Augen. Und der Name, den sie dir geben wollten, war vergessen. Deine Mama guckte dich an und sagte ganz verwundert: »Aber das ist ja ein Thomas.« So, als ob nicht sie das entschieden hatte, sondern es an anderer Stelle längst bestimmt sei … ich weiß nicht. So was darf man ja gar nicht laut aussprechen, wenn man für normal gehalten werden möchte. Aber so war es.«

»Und … weißt du, was Thomas bedeutet?«

»Aber natürlich! Thomas bedeutet auf Hebräisch Zwilling.« Seine Oma lachte leise, als ob sie etwas amüsierte. »Deine Mutter hat sich die Bedeutung des Namens von einer uralten Hebamme erklären lassen. Sie hat deinen Eltern vorausgesagt, sie würden sich noch ganz schön wundern, wenn sich erst mal deine andere Seite ausprägt.«

»Meine … *andere* Seite?«

Seine Großmutter zuckte mit den Achseln. »Na ja. Ein Zwilling ist ja nie allein mit sich, nicht wahr? Er hat immer noch eine zweite Persönlichkeit.« Sie strich ihm sanft über den Kopf. »Und jetzt schlaf, mein Tommschek. Und mach dir nicht zu viele Gedanken, Namen sind manchmal auch einfach nur Wörter.« Sie deckte ihn zu, als wäre er wieder ein Kind, und schloss sacht die Tür von außen. Thommy starrte mit weit aufgerissenen Augen in das Dunkel. Eine *andere* Seite. In ihm? Ein Schauer durchlief ihn. Das war unheimlich, aber auch unglaublich aufregend. Er wollte, nein, er *musste* wissen, was es damit auf sich hatte. Sie mussten zurück in das Buks-Haus, ganz klar.

~ • ~

»Meine Güte, bist du heute zappelig«, beschwerte sich Miras Mutter, während sie ihrer Tochter half, ihre beiden langen dunklen Zöpfe zu entflechten, und Miras langes Haar für die Nacht zu bürsten. Ihre Mutter schaute Mira streng im Spiegel an. »Wie war denn euer Hausaufgabenkreis heute? Habt ihr auch keinen Unfug gemacht, oder weswegen bist du so komisch.«

Weil ich heute einen der allerschönsten Tage meines Lebens hatte! Weil ich eine neue Freundin habe, sie heißt Alice! Weil ich Mauern hoch- und wieder runtergeklettert bin, und da waren Bücher, Mama, so viele Bücher, hast du schon mal eins gesehen, und kennst du die Grinsekatze?

Das sprach Mira natürlich nicht laut aus. Es sprudelte nur so unheimlich süß und köstlich in ihrem Kopf herum, und ja, es machte sie ganz wibbelig. Mira fühlte sich so … so … aufgeladen! Zum Bersten voll. Wenn sie in den Spiegel guckte war es, als glänzten ihre Augen übergroß und fiebrig.

»Wir haben morgen einen Mathetest und ich weiß nicht, ob ich gut genug bin«, behauptete sie stattdessen artig.

»Das ist doch nicht so wichtig. Du kannst auch ohne Mathematik als Bürokraft gut zurechtkommen«, erwiderte ihre Mutter als Trost und bürstete Miras Haar, bis es ziepte.

Das war aber gar nicht tröstlich. Im Gegenteil: Es hörte sich unfassbar grauenhaft an.

Sie, Mira, war doch jetzt die Wunderbare. Seit wann gehörten Wunder ins Büro?

»Muss ich denn Bürokraft werden?«, fragte sie kläglich.

»Was ist denn das für eine alberne Laune heute?« Ratsch, ziep, ihre Mutter war ungehalten. Sie hatte ja auch einen langen Tag hinter sich, wie immer. Sie arbeitete in einer Klinik, in die Leute kamen, die immer sehr, sehr traurig waren. Mira hatte nie genauer nachgefragt. Aber es war wohl anstrengend, und Mira versuchte immer, ihrer Mutter keine zusätzlichen Sorgen zu bereiten. Manchmal sah Mira sie abends nach der Arbeit dasitzen und ohne Regung auf den riesigen Bildschirm starren, der eine ganze Wand einnahm. Ihre Mutter wählte immer einen Zimmerbrunnen.

Was wäre wohl, wenn ihre Mutter auch so eine Geschichte hören würde, wie Mira heute von Alice Buk erzählt bekommen hatte? Mit Schnapphasen, Grinsekatzen und frechen sprechenden Spielkarten. Getränke, mit denen man riesengroß oder winzig klein würde. Das Buch hieß *Alice im Wunderland,* und das würde Mama bestimmt ablenken und vielleicht genauso aufladen, wie es das bei Mira getan hatte.

Man könnte Mama anschließen an so eine Buchbatterie, dachte Mira und konnte nichts gegen ihr breites Grinsen tun. Das wär was!

»Jetzt grins nicht so frech«, sagte ihre Mutter müde.

Sie bürstete verbissen weiter, und Mira tat keinen Mucks, obwohl es wirklich ganz schön wehtat.

»So, fertig, und jetzt ab mit dir.«

»Mama?«, fragte Mira zögernd. »Denkst du …, dass manchmal Wunder passieren?«

»Woher kommt das denn jetzt?«, seufzte ihre Mutter. »Es gibt keine Wunder, Mirabella. Es gibt immer nur logische Erklärungen. Verschwende deine Zeit nicht damit, auf Wunder zu hoffen. Sie werden nicht kommen.«

Am liebsten hätte Mira ihre Mama in den Arm genommen. Sie sah ganz traurig aus, als sie das sagte. So, als ob ihr etwas fehlte. Wunder. Oder Träume.

Oder Bücher, dachte Mira. Oh, sie wollte so dringend bald eins lesen! Sie seufzte. Mira war als die Wunderbare nach Hause gekommen, aber sie ging nur wieder als irgendjemand zu Bett.

Wie gern hätte sie jetzt noch mit den anderen zusammengesessen und ihnen alles, alles erzählt, was sie beschäftigte. Sogar, dass sie völlig, total, megairre Gedanken hatte. Wenn sie die Kinder waren, mit denen irgendein Spiel gewonnen werden musste, was könnte die Wunderbare dabei tun? Würde sie auch in Kaninchenbauten klettern und … auweia, womöglich um ihr Leben kämpfen? Na, vielleicht dann doch lieber nicht, aber wenn sie etwas Besonderes war, sonst wird man ja nicht einfach so prophezeit, dann … aber sie war ja gar nicht besonders, eigentlich. Also, nicht wirklich. Die Zwillinge, klar. Und Thommy auch, der wusste das nur nicht, er war aber witzig und der beste Freund, den man haben konnte. Er hielt immer fest zu einem, egal was passierte. Er musste sich irgendwann nur mehr trauen.

Aber sie selbst?

Mira machte sich auf einmal fürchterliche Sorgen, dass es alles eine grandiose Verwechslung war. Sie waren doch einfach nur Kinder, die sich schlecht benommen hatten und bei Leuten eingebrochen waren. Und besonders Mira würde die Buks enttäuschen. Alice, und diese putzigen beiden Küchenchef-Buks, und die Königin, oh, die Queen …

… und in dem Wirbel der Erinnerungsfetzen glitt Mira hinüber in den Schlaf.

Bevor sie ganz vom Traum umhüllt wurde, schwebte ein letzter Gedanke durch ihren Kopf: »Bitte, bitte, bitte, lass es Wunder geben. Lass es Wunder geben. Und bitte, ein kleines auch für mich, nur ein kleines, das reicht schon …«

~ • ~

Nola und Finn fixierten sich, Zorn in den Blicken.

Sie saßen sich auf Nolas Bett gegenüber, zwischen ihnen den ominösen uralten Schlüssel, und flüsterten im Dunklen aufgebracht miteinander. Ihre Eltern waren noch unten und sie beide hatten sich heimlich zusammen in eines ihrer Zimmer verzogen. Da passte bei beiden nicht viel rein, Bett, Tisch, Stuhl, Schrank und ein bisschen Platz für Nolas Kampf-Yoga.

Es gab tausend Dinge zu besprechen, und eben noch hatte Finn sehnsüchtig gesagt: »Wie schade, dass wir keinem erzählen können, was wir heute erlebt haben …«, und na ja, da war Nola ausgerastet.

»Dass das sonnenklar ist, wir dürfen *niemandem* etwas von dem Haus und den Buks verraten. Niemandem, hörst du? Nicht mal zum Angeben und Wichtigtun!«

»Ja, ist klar, wem soll ich das denn brühwarm auftischen? Geraldine etwa? Und überhaupt, bist du hier jetzt die Chefin, oder was? *Kleine* Kriegerin? Wer macht sich hier denn gerade wichtig!«

»Und was bist du dann, der Königinnenflüsterer, oder was? Die hat dich ja mächtig beeindruckt, Herr Wiederfinder. *Oh, schönes Kleid,* schleim, schleim.«

»Finder, hat sie gesagt, Finder! Du bist doch nur eifersüchtig. Weil ich das Haus gefunden habe.«

»Du?!«, brauste Nola auf. »*Ich* habe …«, da hielt sie inne. Sie atmete geräuschvoll aus. »Puuuuh. Wahnsinn«, flüsterte sie. »Ich glaube, das war eben fast unser erster richtiger Streit. Also so richtig mit fies und allem.«

Auch Finn machte laut »uff«.

»Sorry«, begann er zerknirscht. »Ich weiß auch nicht. In mir drin … da ist auf einmal alles Mögliche, von dem ich gar nicht weiß, was es ist. Ich bin ja gar nicht sauer auf dich, aber ich bin trotzdem wütend. Ich weiß nicht mal, warum.«

Nola gab es nicht zu, aber ihr ging es ähnlich. Sie war aufgewühlt. Nichts stand mehr in ihrem Kopf da, wo es vorher war. Schön geordnet. Wie immer. Als ob ihr Inneres durchgerührt, auf links gedreht, und völlig durcheinander wieder ausgespuckt worden wäre.

»Das machen die Bücher«, sagte sie leise.

»Die Bücher? Wieso, wir haben ja nicht mal eins richtig angeguckt.«

»Aber macht dich das nicht irre, dass es sie bei uns gar nicht gibt? Was ist da passiert? Hat man sie verbannt, weil die Leute dann auch so – ich weiß nicht, auf einmal ganz unsortiert in sich drin sind? Hast du mitbekommen, wie erschrocken die Buks darüber waren, dass es keine Bücher und Träume und so mehr gibt, und man mithilfe von HierBinIch ständig weiß, wo wir sind?«

Nola überlegte. »Und sie verraten uns etwas nicht«, meinte sie dann.

Finn kniff die Augen zusammen. Eben war er noch so entsetzlich wütend gewesen. Vielleicht, weil ihm das hier so … so eng vorkam! Als ob er gezwungen worden war, in eine alte enge Haut zurückzuschlüpfen, unter der er kaum atmen konnte. Er war ganz rappelig und wollte sich unbedingt so ein Buch aus der Nähe anschauen.

»Das ist mir auch aufgefallen«, wisperte er. »Und deswegen hatte ich gedacht, wenn die Queen mich mag, dann spricht sie auch das aus, was die anderen ständig sagen wollten. Aber sie hat sie nicht gelassen. Das muss was echt Schlimmes sein, oder?«

»Vielleicht steht in der Prophezeiung, dass wir leider sterben«, stellte Nola mit Grabesstimme fest.

»Mann, bist du doof!« Finn knuffte sie in den Arm und lachte unterdrückt.

»Du schaust nur in einen Spiegel«, konterte sie. Und wie von selbst fanden sich ihre kleinen Finger, um ihren Zwillingspakt zu bekräftigen.

»Also. Wie kommen wir da wieder rein ohne den Baum?«, fragte Nola. »Was ist das für ein Schlüssel? Zu welcher Tür führt er? Du bist doch hier der Ober-Finder?« Mit verschränkten Armen lehnte sie sich vergnügt zurück. »Also?«

»Also«, begann Finn und hob den Schlüssel hoch. »Das«, flüsterte er genüsslich, »das ist ein gotischer Witwenschlüssel.« Er ignorierte Nolas hochschnellende Augenbrauen. »Ich weiß, du denkst immer, ich denke nie nach. Hab ich jetzt aber mal gemacht, und weißt du was: Das ist gar nicht so übel. Also: In der Fünften haben wir mal in Geschichte Schlüssel und Schlösser durchgenommen. Unglaublich, dass Leute echt mal so ihre Türen und alles abgeschlossen haben. Voll unsicher.«

»Und?«, fragte Nola ungeduldig.

»Diese Sorte Schlüssel war zwischen dem 14. und dem 18. Jahrhundert üblich. Das heißt, wir suchen irgendetwas, eine Tür oder so, was mindestens fünfhundert Jahre alt ist.«

Nola riss ihre Augen auf. »Ist das dein Ernst?«

Finn nickte fest. »Das heißt, es kann eine Tür sein. Irgendwo in der Mauer. Ob die Mauer allerdings so alt ist, weiß ich nicht. Es kann auch etwas sein, was gar nicht an der Oberfläche ist. Sondern …«

»Unterirdisch. Oder einfach da, wo etwas ist, das schon immer da war, schon vor der Mauer, und einen Zugang zum Haus verschließt, wie …«

»Der Fluss!«, sagten beide gleichzeitig.

»Vielleicht«, wandte Finn ein.

»Vielleicht«, bestätigte Nola. »Also, du solltest öfter mal deine graue Zellen einsetzen. Lohnt sich ziemlich.«

Finn verpasste seiner Schwester einen weiteren Knuff.

Da sah sie irritiert hoch. »Gibt es irgendwo ein Feuerwerk?« Sie stand eilig auf und trat ans Fenster.

»Was ist das denn?«, murmelte sie leise.

Vor dem Fenster tanzte ein Funke. Fast schien es, als klopfte er an, um hereingelassen zu werden.

»Ich fass es nicht«, flüsterte Finn. »Verfolgt der mich?«

Zweimal wurde Finn am nächsten Tag in der Chemiestunde, als sie Hologramme von Aminosäuren durchnahmen, ermahnt, nach vorne zu schauen und nicht in die Luft. Thommy erwischte es in Mathematik, er solle gefälligst auf sein Tablet schauen und nicht aus dem Fenster. Und sogar Mira musste sich von der Fluraufsicht sagen lassen, »sie solle hier nicht wie ein Eichhörnchen durchrennen«. Und alles nur, weil sie einfach fröhlich den Gang runtergehopst war.

Nur Nola schaffte es, ihre innere Kribbeligkeit so im Griff zu haben, dass sie wirkte wie alle anderen Kinder: völlig normal. Auch wenn ihr dieses »normal« so langsam echt auf den Keks ging. Es fühlte sich an wie in Bremsschaum gefangen zu sein.

Sie schaute in der Klasse umher, und fragte sich, ob die anderen Kinder sich auch je so gefühlt hatten. So fremd und so schwebend gleichzeitig.

»Wir müssen wieder in das Buks-Haus zurück«, verkündete Thommy, kaum dass sie sich in der Pause in ihrer Blumenkübel-Ecke eingefunden hatten.

»So bald wie möglich«, setzte Mira nach.

Nola und Finn sahen ihre Freunde perplex an. Auf einmal waren die sonst so zögerliche Mira oder Thommy, der einfach immer mittrabte, voller Tatendrang. Wann hatte dieser Rollentausch stattgefunden?

»Leise«, warnte Nola. Sie deutete mit dem Kinn auf Geraldine und ihre Freundinnen Cassie und Penny, die es sich auf dem Hof an einem der Schul-Picknicktische gemütlich gemacht hatten.

»Die ist mir doch schnuppe«, trumpfte Mira auf.

»Mir nicht«, murmelte Finn. »Ich finde, Geraldine hat sich heute ziemlich seltsam verhalten.«

»Wieso seltsam?«, fragte Nola. »Sie hat weder dich beschimpft noch Mira angerempelt, und nicht mal mich eines ihrer berühmten fiesen Blicke gewürdigt.«

»Ja, eben. Und das kommt dir nicht komisch vor? Seit wann sind wir ihr denn egal geworden?« Finn schaute sogar ein kleines bisschen verschnupft aus der Wäsche, als ob ihm eine liebe Gewohnheit genommen würde.

»Du denkst seit Neuestem zu viel«, murrte Nola.

»Aber die kann uns doch auch egal sein«, meinte Thommy wispernd. »Also, wann geht's wieder los?«

»Tja«, meinte Nola, »da gibt es nur ein Problem. Wir kommen nicht mehr über die Mauer. Und wir können nicht mal eben einen Feuerwehrwagen mit Leiter entführen.«

Mira seufzte tief, als hätte sie schon immer genau davon geträumt.

»Was ist mit dem alten Schlüssel?«, fragte Thommy.

»Na ja«, meinte Finn, »ich hab zwar recherchiert, aber wir müssen noch das Schloss dafür finden. Das kann alles Mögliche sein: eine Tür, eine Kellerklappe, ein Tor … aber, puh, das ist nicht ohne.«

»Wieso eiert ihr denn so rum? Vom Reden werden wir es nicht rausfinden. Wir müssen suchen«, verlangte Mira.

»Okay«, meinte Finn nachdenklich. »Wir müssen vielleicht um das ganze Grundstück rum. Aber der Eingang kann ja auch wo ganz anders sein. In einem Keller in irgendeinem Haus, von dem ein Tunnel in den wilden Garten führt. Oder in irgendeinem Abwasserkanal. Keine Ahnung.«

»Oder auf dem Friedhof«, flüsterte Thommy. »In einem Mausoleum. Und davor sitzt ein Skelett und wir müssen durch den Brustkorb hindurch …«

»Igitt!«, machte Mira. »Was spricht denn gegen ein hübsches, nettes Gartentor?«

»Du, was passiert da gerade?«, unterbrach Nola das gezischte Geplänkel und wies zu dem Tisch, an dem eben noch Cassie, Penny und Geraldine gesessen hatten. Sie waren aufgestanden und Frau Direktörchen kam jetzt mit einem strahlenden Lächeln zu ihnen herüber.

»Meine Lieblingsmitschüler«, begann sie so begeistert, dass Thommy die Kinnlade herabsackte. »Ist das nicht ein herrlicher Tag?« Als keine Antwort kam, runzelte Geraldine kurz die Stirn, dann knipste sie wieder die Sonne an. »Ihr seid doch übermorgen bei der Nachtwanderung dabei, oder?«

Nachtwanderung? Die vier schauten sich an. Natürlich, es war eine Nachtwanderung geplant. Das hatten sie in der Aufregung der letzten Tage völlig vergessen.

»Klar«, gab Finn schließlich Antwort. »Wieso?«

»Weil das bestimmt total aufregend wird. Na dann, man sieht sich. Tschüssi!« Sie schenkte Finn noch ein besonders leuchtendes

Lächeln, drehte sich elegant um und ging mit federnden Schritten davon. Ihre spraybetonierte Frisur wippte leicht.

»Äh«, machte Thommy.

»*Tschüssi?*«, wiederholte Nola entgeistert.

»Wieso macht die denn auf einmal auf nett?«

Der Vorwarngong kündigte die letzten fünf Minuten der großen Pause an.

»Also«, bestimmte Mira im Verschwörerton, »heute Nachmittag wieder bei mir?« Es war klar, dass sie damit meinte, ihre Handys erneut im Puppenhaus zu verstecken.

Sie bildeten einen Viererkreis im Kleinfinger-Verhakeln.

~ • ~

Geraldine war sehr zufrieden mit sich. Sie würde diese Betrüger reinlegen. Denn ja, das waren die vier: Betrüger. Sie betrogen alles, was wahr und gut war. Aber sie war nicht so dumm, darauf hereinzufallen. Sie würde die Betrüger betrügen. Sie würde nett zu ihnen sein. Damit die vier aufhörten, ihr zu misstrauen. Oder sogar in ihrer Gegenwart leichtsinnig wurden. Und das konnte nur gelingen, wenn sie Geraldine mindestens »ganz okay« fanden. Beschwingt drückte Geraldine ihren Daumen auf den biometrischen Türschlüssel an der Villa ihrer Mutter.

»Ich bin wieder da!«, rief sie sogar fröhlich, auch wenn sie wusste, dass eh keiner antworten würde, höchstens Marlene, die sich jedoch hüten würde, ihr auch nur ein nettes »Hallo« zurückzurufen.

Umso entsetzter war Geraldine, als sie die Stimme ihrer Mutter kalt sagen hörte: »In mein Büro. Sofort!«

Benommen stand Geraldine wenige Augenblicke später vor dem Schreibtisch ihrer Mutter. Sie wusste, sie durfte sich nicht setzen, erst, wenn diese sie anwies. Was sie nicht tat. Sie ließ ihre Tochter einfach stehen.

»Also«, begann Clarissa van de Vos. »Du weißt, um was es geht.«

»Nein …?«, versuchte Geraldine es schüchtern.

Es geschah so rasch, dass sie nicht damit gerechnet hatte – und weil es auch noch nie zuvor geschehen war: Ihre Mutter schnellte aus dem Stuhl, war mit einem Schritt bei ihr und gab ihrer Tochter eine schallende Ohrfeige, dass Geraldines Zähne schmerzhaft aufeinanderstießen.

»Weder ich noch du sind dumm. Der einzige Unterschied ist, dass du feige bist«, sagte ihre Mutter ruhig, und setzte sich gelassen wieder hin. »Also?«

In Geraldine tobte es. Sie hätte heulen können. Und schreien. Und ihre Mutter schubsen. Und sich gleichzeitig in ihre Arme werfen. Außerdem sagte irgendwas in ihr, dass ihre Mutter sie auf die Probe stellte. Sie wusste, dass Geraldine etwas Verbotenes getan hatte. Aber wusste sie wirklich, was?

»Schön«, quetschte sie hervor. »Ich weiß es, du weißt es, und jetzt?«

»Du hast also keine vernünftige Erklärung für dein Verhalten?«

Geraldine schüttelte den Kopf, trotzig, verschlossen. Oh, wie brannte ihre Wange. Vor Scham und weil der Schmerz einsetzte, brennend wie Feuer.

Ihre Mutter sah ihr scharf in die Augen.

Lange hielt es Geraldine nicht aus, aber lang genug, um zu bemerken, wie einer der Mundwinkel ihrer Mutter zuckte. Was sollte das? Amüsierte sie sich etwa? Machte ihr das Spaß, wenn Geraldine nicht brav, sondern bockig war? Oder erfreute sie sich schon an dem Gedanken an all die kreativen Strafen, die jetzt folgen würden – weil Geraldine in ihren Computer eingebrochen war?

Die Fingerspitzen ihrer Mutter trommelten auf der edlen, weißen Tischplatte. »Reuelosigkeit«, begann sie unvermittelt. »Das war etwas, was ich an deinem Vater mal geliebt hatte. Er blickte nie zurück. Er bedauerte nie, etwas nicht getan zu haben, denn er tat es einfach. Du musst von ihm diese Reuelosigkeit geerbt haben. Und was mich dabei tröstet ist, dass du damit ganz allein wirst fertigwerden müssen.« Sie lächelte ihre Tochter an mit diesem gruseligen, seltsamen Lächeln. »Als er ging, sah er nicht zurück. Ich bezweifle, dass er je einen Gedanken an mich oder dich verschwendet hat.« Ihr Lächeln verschwand. »Du warst in meinem Arbeitszimmer, als ich nicht da war. Und heute, jetzt, ist es das letzte Mal. Dieser Raum wird verschlossen, wenn ich nicht da bin, und du wirst keinerlei Gelegenheit mehr haben, hier herumzulungern. Außerdem hast du Stubenarrest. Jetzt wasch dir das Gesicht, du siehst furchtbar aus. Und, ach ja, du wirst auch nicht mit zur Nachtwanderung gehen.«

Betäubt und wortlos verließ Geraldine das Arbeitszimmer

ihrer Mutter und drehte sich auch nicht um, als diese hinter ihr die Tür schloss.

Als sie ihre brennende Wange mit einem wassernassen Waschlappen kühlte, schloss sie die Augen. Es tat weh, als sie lächelte, aber es überfiel Geraldine ganz automatisch.

Sie lächelte, weil ihr etwas klar wurde: Ihre Mutter wusste nichts davon, dass ihre Tochter nicht nur in ihrem Zimmer gewesen war, sondern in ihrem Heiligsten: ihrem Ministeriums-Computer. Bis zu den Ellenbogen in geschützten Unterlagen und Datenarchiven. Sonst wäre Geraldine nicht einfach so davongekommen mit einer Ohrfeige und einem lächerlichen Ausflugsverbot. Aus unerfindlichen Gründen war Geraldine stolz, dass sie nichts zugegeben hatte. Und ihre Mutter nicht halb so hellsichtig war, wie sie dachte.

~ • ~

Finn, Nola, Mira und Thommy starrten ratlos auf das dichte Unterholz auf der anderen Seite des Wassergrabens. Sie konnten gerade noch die Ecke der Mauer erkennen, die sich von hier aus vom Graben entfernte. Weiter geradeaus würde es zum Fluss runtergehen.

»Hier können wir nicht rüber«, sagte Finn verärgert.

Tatsächlich wucherte das Gestrüpp bis an den Graben heran. Sie würden auf der anderen Seite keinen Halt finden. Außerdem gab es keinen Weg, der an diesem Teil der Mauer langführte. So weit das Auge reichte nur Unterholz, Sträucher und dichte Farne.

»Dann müssen wir eben so eine Stelle finden, an der wir auf die andere Seite kommen«, entschied Nola. Sie ignorierte Finns düsteren Gesichtsausdruck, dem es nicht schmeckte, dass sie mal wieder bestimmte.

Sie verließen den Weg und folgten dem Wasserlauf, der sich an einer wilden Wiese entlangwand. Immer wieder mussten sie anhalten, weil einem von ihnen spitze, piksende Stängel und filzige Pflanzenkügelchen in die Schuhe geraten waren, die sie erst aus den Strümpfen wieder herauspulen mussten.

»Das ist doch merkwürdig«, meinte Thommy, während sie sich zwischen Disteln durchschlängelten, »so ein Haus, vor allem so ein Anwesen muss doch eine Zufahrt haben? Ich meine, wie wurde das sonst gebaut?«

»Keine Chance«, rief Finn über die Schulter zurück, »ich hab auf dem Stadtplan geschaut, da ist gar nichts.«

»Ja, auf dem digitalen Stadtplan von heute. Der hat ja auch keine Ahnung. Aber vielleicht gibt es einen von … von vor zweihundert Jahren oder so? Auf Papier …«

»Wartet mal«, sagte Nola, »ich glaub, da vorne geht's rüber.«

Tatsächlich: Sie fanden eine Stelle, an der sie über den Graben springen konnten.

Finn reichte Mira die Hand, und auch sie schaffte es.

»So. Wo ist die olle Mauer hin?«

»Da oben.« Nola deutete den Abhang hoch, an dessen oberem Ende aus dem dichten Gebüsch Bäume hervorragten. Dahinter war Stein zu erkennen.

»Vielleicht steht einer von den Bäumen so dicht, dass wir rauf- und rüberklettern können«, schlug Finn vor.

»Und was ist mit dem Schlüssel? Und dem Tor?«, fragte Mira.

Finn zuckte die Achseln. »Hauptsache, wir kommen rein. Sonst denken die noch, wir kommen nie wieder«, meinte er nur. Er wischte sich den Schweiß von der Stirn. Sie hatten dummerweise ihre Wasserflaschen vergessen und keiner von ihnen hatte daran gedacht, ein Käppi mitzunehmen. Sie würden sich alle einen Sonnenbrand holen. Konnte denn noch mehr schiefgehen?

Keuchend kämpften sie sich den Abhang hoch, rutschten auf Geröll und Blättern ab, und diesmal schimpfte Nola vor sich hin, weil ihre Turnschuhsohlen viel zu glatt waren.

»Oh nee«, rief Thommy, der mit Finn als Erster oben angelangt war.

Sie würden nicht an die Mauer herankommen, weil ein dichter Brennnesselwald ihnen den Weg versperrte.

»Nehmt dies, ihr tückischen Schurken!« Finn zog das Messer seines Großvaters, um eine Bresche zu schlagen. Aber diese viel zu leichten Pflanzen fanden immer einen Weg, sie mit ihren brennenden Härchen zu ärgern. Bald hatten sie alle Quaddeln an den Händen und Knöcheln.

»Die sind alle gegen uns«, jammerte Mira und kratzte sich den Handrücken.

»Und wenn wir es an einer anderen Stelle versuchen?«, schlug Nola vor.

Also rutschten sie den Abhang wieder hinunter, bis sie am Wasserlauf waren und ihm folgten.

»Ich glaube, wir gehen gerade eher weiter weg als näher ran«, schnaufte Thommy.

Sie drehten sich um und schirmten den Blick gegen die sengende Sonne ab. Doch da war keine Mauer weit und breit. Nach den Brennnesseln versperrten dichte gelb blühende Dornbüsche den Weg und auch die Sicht.

Irgendwann fiel das Gelände sanft ab. Dort wuchs nur noch langes Gras in hubbeligen Büscheln, das sich fast bis zum Fluss erstreckte. Zwischen den Halmen steckten immer wieder rote und gelbe Blüten ihre Köpfe hervor. Am Ende gingen die Gräser und Blüten in hohes Schilf über, das sich im Wind wiegte wie sanfte Wellen.

»Da«, rief Finn. »Die Mauer!«

Sie hatten anscheinend die zweite Ecke passiert, ohne es zu bemerken.

»Von hier aus kommen wir ran«, verkündete Finn und marschierte vorweg in die Grasbüschelwiese. Das wäre doch gelacht, wenn er nicht so einen blöden Pfad finden könnte!

Da fiel er nach unten und verschwand.

»Finn!«

»Ah!«, schrie er entsetzt. »Ich stecke fest! Das ist ein Moor! Kommt hier bloß nicht rein!«

»Beweg dich nicht, sonst saugt es dich noch schneller runter!« Vorsichtig ging Nola näher, prüfte mit jedem Schritt, ob der Boden fest genug war, bevor sie den anderen Fuß nachzog.

Finn steckte bis zur Hüfte mit einem Bein in einem sumpfigen Morastloch. Verzweifelt krallte er sich mit den Händen an Grasbüscheln fest, an denen er immer wieder abrutschte. Sein freies Bein war verdreht.

»Das tut scheiße weh!«, jammerte er.

Mira schlug die Hände vor den Mund. Nola und Thommy zogen Finn aus dem fiesen Moor zurück. Er brauchte einen Moment, bis er sich, das verdrehte Knie reibend, wieder aufrichten konnte.

»Mist«, murmelte er, als er auf seine schlammverschmierte Hose und den ruinierten Schuh hinabsah.

Wieso konnte er sich nicht angewöhnen, einfach mal drei Sekunden nachzudenken, bevor er loslief?

Nola spähte derweil aufmerksam über das Gelände. Dann ging sie ein Stück zurück und suchte dabei den Boden ab. Mit einem größeren Stein kam sie zurück. Sie holte aus und warf ihn weit und kräftig in die Grasbüschel. Er landete mit einem feuchten Klatschen.

»Du hast recht«, seufzte sie. »Das ist ein Sumpf. Da kommen wir nie rüber, wenn wir nicht mal wissen, ob und wo es einen festen Pfad gibt.«

Mit hängenden Schultern standen sie da und schauten zu der für sie unerreichbaren Mauer hinüber.

Mira kratzte an ihren Oberarmen, die inzwischen knallrot von der Sonne waren. Finn wedelte frustriert eine Wolke Mücken weg, die sich aus dem Sumpf erhoben hatte.

»Mann, wir haben's echt drauf«, murmelte Thommy. Er sah mindestens so unzufrieden mit sich aus, wie sich Finn fühlte.

Mira zog die kleine altmodische Uhr hervor. »Wir müssen eh zurück«, sagte sie traurig. Von ihrer forschen Unternehmungslust am Morgen war nichts mehr übrig.

Der Rückweg zog sich endlos hin und sie sprachen nur das Nötigste miteinander. Jeder schien enttäuscht, ob von sich oder allen anderen. Erschöpft, mit juckenden Quaddeln und dreckverschmiert schleppten sie sich mit gesenkten Köpfen zur Hintertür von Miras Haus.

»Wenigstens noch rechtzeitig«, seufzte Mira nach einem Blick auf die Uhr.

Da wurde die Tür von innen aufgerissen. Miras Mutter war offenbar früher als sonst nach Hause gekommen und stand vor ihnen. Heftig atmend, besorgt, empört, und sie hielt Miras Handy hoch. »WO wart ihr!«, rief sie.

Dann schaute sie mit offenem Mund an ihnen auf und ab.

»Und wie seht ihr überhaupt aus?«

Nola saß im Schlafanzug am offenen Fenster und starrte in die Nacht hinaus. Ihr war zum Heulen zumute. Aber Kriegerinnen heulten nicht. Kleine Kriegerin. So hatte Queen Buk sie genannt. Es hatte Nola so wahnsinnig stolz gemacht. Auch wenn sie das nicht gezeigt hatte. Die Kriegerin, der Finder, die Wunderbare und das Zwillingsgesicht. Für eine kurze Zeit waren sie etwas Besonderes gewesen, sogar Teil einer Prophezeiung. Und nun? Nun war alles vorbei.

Sie hatten nicht nur das Tor nicht gefunden, sie waren auch noch erwischt worden. Sie waren so was von normale Kinder und rein gar keine Abenteurer.

»Kein Wort über die Buks oder das Haus«, hatte Finn ihnen noch zugeflüstert, als Miras Mutter ihre Eltern und Thommys Großeltern anrief. Nola hoffte inständig, dass auch Thommy und Mira sich daran hielten. Es machte sie ganz nervös, dass sie nicht wusste, was bei ihnen los war.

Absolutes Bildschirmverbot, lautete bis dahin die Strafe von Finns und Nolas Eltern. Kein Spiel, kein Video, keine virtuellen Ausflüge mit der Gaming-Brille.

Das war klar. Auch wenn es bisher nicht oft vorgekommen war. Ihr Bruder und Nola hatten sich allerdings auch nur selten erwischen lassen.

Früher hatte sie diese Strafe, die für alle Kinder die Schlimmste war, weil sie dann überhaupt nicht wussten, was sie mit sich anfangen sollten, nie groß gestört. Die Zwillinge hatten einfach gemeinsam gespielt. Diesmal wurden ihnen aber noch ein ganzer Tag Zwillingsverbot aufgebrummt. Sie durften sich auch nicht miteinander unterhalten!

Nola fühlte sich aber aus anderen Gründen wie amputiert. Nicht weil ihr das Spieltablet fehlte. Das hatte ihr nie weniger gefehlt. Sie hatten eine unglaublich aufregende Welt entdeckt, tausendmal besser als jedes Video und jede Virtual-Reality-Brille. Und diese Welt war ihnen nun versperrt.

Nola schniefte und wischte sich zornig über die Augen. Kriegerinnen heulen nicht! Aber sie hatte in dieser kurzen Zeit die kleinen Buks so lieb gewonnen. Rebella Buk, die sie bewunderte. Die würdevolle Queen Buk und selbst den grummeligen Attila Buk. Was sie nun wohl machten? Die Prophezeiung war jedenfalls Murks. Sie waren allesamt keine Prophezeiung wert. Bestimmt liefen irgendwo da draußen die richtig-richtigen Kinder rum und waren viel schlauer. Und mutiger. Und überhaupt.

Nola lauschte auf, als nebenan das Fenster geöffnet wurde. Dann vernahm sie leise tapsende Schritte auf dem Vordach. Sie wischte sich noch einmal über die Augen, und da kam Finn auch schon durch ihr Fenster. Ihr Bruder setzte sich ihr gegenüber, zog wie Nola die Knie an und schlang die Arme darum. Beide schauten sie hinaus. Ein leichter Wind raschelte in den Bäumen. Aber sonst war alles ruhig. Ein Tag wie jeder andere.

Grauenhaft.

»Wir haben's verbockt«, flüsterte Finn.

»Sieht so aus.«

Wieder schwiegen sie.

»Was sie jetzt wohl machen im alten Haus?«, überlegte er dann.

»Warten«, schätzte Nola. »Oder Tee trinken. Sackhüpfen. Keine Ahnung.«

»Ich glaube, sie haben Angst«, meinte Finn nach einer Weile.

Nola sah ihn fragend an. »Wegen der Dinge, die sie uns nicht erzählt haben?«

Finn nickte.

»Ich glaube, sie brauchen unsere Hilfe. Sie verlassen sich auf uns.«

»Seltsam, ich dachte eher, sie wollten uns helfen.«

Jetzt war es an Finn, seine Schwester erstaunt anzuschauen. »Wobei denn?«, fragte er.

Sie stützte den Kopf auf die Knie. »Weiß nicht. Sie machen sich jedenfalls Sorgen … um uns.«

Draußen flog ein großer Vogel dicht an ihrem Haus vorbei. Sie hätten schwören können, dass er schneeweiß war.

~ • ~

Thommy saß zusammengesunken auf der Küchenbank, während Miras Mutter seinen Großeltern brühwarm erzählte, was sie Unerhörtes entdeckt hatte. Die Handys mit dem HierBin-Ich-Programm versteckt im Puppenhaus, die Kinder, die sich unbeaufsichtigt herumgetrieben und völlig verwahrlost zurückgekommen waren.

Seine Großmutter reagierte streng wie nie zuvor. »Thomas Silberberg! Ich bin zutiefst enttäuscht! Wie konntest du uns nur so hintergehen?«

»Was hast du dir dabei nur gedacht?«, schimpfte sogar Thommys sonst so friedlicher Großvater. »Hast du überhaupt nachgedacht?«

»Sehen Sie«, meinte Miras Mutter, »genau das habe ich meiner Tochter auch gesagt.«

»Wir werden ihn streng bestrafen«, versprach seine Großmutter Miras Mutter. Die nickte zufrieden.

Als Oma und Opa mit Thommy in ihrem Auto nach Hause fuhren – eines der wenigen, das man noch selbst fahren konnte –, sprachen sie kein Wort. Thommy fühlte sich so entsetzlich schuldig. Er hatte sie belogen, dabei liebte er sie doch. Wie konnte er das nur wiedergutmachen?

Mit einem Mal prustete seine Großmutter laut auf.

»Anna, bitte!«, wies sie sein Großvater zurecht. Aber da war ein kleines Beben in seiner Stimme, und im Rückspiegel beobachtete Thommy, wie sein Großvater sich ein Grinsen verbiss. Was … was war denn jetzt so lustig?!

»Wir müssen dir natürlich Bildschirmverbot erteilen«, bestimmte Thommys Oma dann wieder gefasst.

»Okay«, flüsterte Thommy. Mehr wagte er nicht zu sagen.

»Wasch dir die Hände, wechsel das Hemd und hilf mir dann beim Abendbrot«, befahl seine Oma, als sie bei ihnen waren. Er gehorchte.

Komischerweise stellten sie ihm beim Abendessen keine Fragen. Nicht, wo er gewesen war oder warum er sein Handy versteckt hatte. Oma und Opa plauderten nur über das, was gerade so in der Stadt passierte, während sie alle drei gemeinsam kochten, aßen und Thommy seinem Opa Willem dann beim Abwasch half.

Bevor er schlafen ging, setzte Thommy sich noch draußen auf die Stufen der Veranda, die zu dem kleinen Kräuter-Garten hinabführten. Er dachte an den geheimen Garten, von dem er natürlich kein Wort verraten hatte. An die Buks, an die Bücher und daran, dass er ein Zwillingsgesicht besaß … eine andere Seite. Na, die konnte ja auch nicht so dolle sein.

Hinter ihm klappte die Küchentür leise.

»Weißt du, Thommy«, begann sein Opa im Dunkeln, mit seiner knarrigen Stimme, »der Trick ist, sich nicht erwischen zu lassen. Denk beim nächsten Mal dran.«

Er drückte ihm die Schulter und ging wieder hinein. Thommy saß stocksteif da. Bis er kapierte, dass seine Großeltern ihm nichts übel nahmen. Sie hatten nur so getan mit ihrer Strenge. Sie waren auf seiner Seite! Deswegen hatte seine Oma im Auto so gelacht. Sie hatten Miras Mutter reingelegt.

Wow! Er hatte die tollsten Großeltern der Welt!

Erleichtert atmete er durch. Nun konnte er wieder freier denken. Gäbe es jetzt doch noch die Chance, die Buks wiederzusehen? Aber wie sollten sie einen Weg zu ihnen finden?

Während Thommy noch über diese Fragen nachgrübelte, wurde seine Aufmerksamkeit auf eine Bewegung unter den Rosenbüschen gelenkt. War da ein Tier?

Da bemerkte er zwei knopfgroße Augen, die direkt auf ihn gerichtet waren. Er schaute genauer hin. Da hockte ein Hermelin-Wiesel unter den Büschen und starrte ihn an.

»Ja, wer bist du denn?«, fragte Thommy leise. Das Hermelin richtete sich auf, schnupperte – und rannte davon.

~ • ~

Mira fühlte sich furchtbar. Nicht nur weil ihre Mutter mit ihr geschimpft hatte, sondern weil sie so traurig wurde.

»Ich will doch nur, dass du eine gute Zukunft hast, wenn du erwachsen bist, Mira. Und jetzt machst du dir alles kaputt mit deinen Freunden und hörst nicht auf mich. Du lässt dich viel zu leicht anstiften. Sind die dir wirklich wichtiger als ich?«

Nun lag Mira im Bett und fühlte sich schuldig, weil ihre Mutter traurig war. Und weil das alles so gar nicht stimmte. Mira hatte sich nicht anstiften lassen. Im Gegenteil. Und es war ungerecht, Mira vorzuwerfen, dass sie die Zwillinge und Thommy wichtiger finden würde als ihre Mutter. Es ging doch gar nicht darum! Es ging um … um … Wunder und darum, ihnen eine Chance zu geben.

Aus diesem Grund wollte Mira lieber an etwas denken, das sich nicht so schlimm anfühlte. An Alice Buk, genau! Und die Geschichte von ihrer Namensschwester, Alice im Wunderland. Wenn Mira jetzt die Wahl hätte, würde sie sofort in den Kaninchenbau kriechen. Und dort auf die sprechende Grinsekatze treffen. Bei dem Gedanken musste sie lächeln. Vielleicht würde es ja auch reichen, wieder bei den lustigen Buks zu sein.

In dem großen alten Haus mit den Millionen Büchern. Was es da wohl noch für Geschichten gab? Ach, wenn sie doch nur in das alte Haus gehen könnten. Aber sie konnten nicht. Weil sie es nicht mal schafften, ein olles Tor zu finden.

Jetzt fühlte sich Mira nicht nur schlecht, jetzt war sie auch sehr traurig.

Ein unbekanntes Geräusch ließ sie hochschrecken. Da! Vor dem Fenster bewegte sich ein kleiner Schatten. Auf dem Fensterbrett saß ein Tier, nicht größer als ein junges Kätzchen. Aber das war bestimmt kein Kätzchen, nicht mit dem buschigen Schwanz, oder? Guckte es etwa zu ihr rein? Mira blinzelte: Ja, es starrte *sie* an. Wie unheimlich!

»Hu«, entglitt es ihr, und sie zog sich rasch die Decke über den Kopf. Mit pochendem Herzen wartete sie, dass irgendetwas Schlimmes passieren würde ... bis sie schließlich einschlief.

Am nächsten Morgen fand Mira eine Haselnuss draußen auf der Fensterbank.

~ • ~

»Ja, wo bleiben sie denn?«, fragte Queen Buk zum bestimmt hundertsten Mal und lief dabei unruhig auf und ab. Immer wieder schickte sie nach Rebella Buk, die ihr berichten musste, was sie jenseits der Tür beobachtete, auch wenn ihr weiterhin untersagt war, über die Schwelle zu treten. Was sie auch nicht tat. Das Tageslicht brannte ihr furchtbar in den Augen und sie musste sich ziemlich anstrengen, überhaupt etwas zu sehen. Hören ging besser, und Rebella tat wirklich ihr Möglichstes: Sie guckte, bis ihre Augen tränten, sie sendete leuchtende Signale aus, sie lauschte. Und sie berichtete jedes Detail, wenn sie zur Königin zitiert wurde.

Morgens hatte Rebella gemeldet: »Da war ein Eichhörnchen. Es sprang auf das Haus zu, guckte mich an, und sprang davon, zurück in den Garten. Südseite. Keine Kinder.«

»Ein Eichhörnchen?«, fragte Queen Buk stirnrunzelnd und wechselte einen Blick mit Adlatus Buk.

»Sicher nur ein Zufall«, flüsterte der.

»Hm, mag sein. Aber«, wandte sie sich wieder an Rebella, »das Hörnchen, hat es dir etwas mitgeteilt?«

»Mitgeteilt …?«

»Na ja, hat es *muck-muck* oder *chuck-chuck* gemacht?«

Rebella hob unglücklich die Schultern. Eichhörnisch war ihr nicht vertraut.

Die Queen war nicht zufrieden.

Zur Mittagszeit berichtete Rebella: »Eben war ein Hermelin-Wiesel auf den Treppenstufen. Und die Sonne war sehr heiß.«

»Ein Hermelin? Wirklich?«, hakte Queen Buk nach. Sie schüttelte verwundert den Kopf. »Wie seltsam. Hat das Hermelin denn etwas gesagt?«

»Madame, es ist doch sehr fraglich, dass es sich um *das* Hermelin handelt. Und selbst wenn, dass es sprechen kann, wäre uns doch wohl bekannt.«

»Adlatus, inzwischen habe ich den dringenden Verdacht, dass wir deutlich zu wenig über das Draußen wissen, als dass wir uns auf unsere bisherigen Annahmen verlassen könnten.

Und Tiere können sehr wohl sprechen, nur eben nicht Menschisch. Ich bin mir sicher, sie würden auch nicht ohne Grund vor der Tür auftauchen, wenn sie uns nicht etwas mitzuteilen hätten. Also, Rebella: Machte das Hermelin *kri-kri* oder *keck-keck?*«

»Nein, Queen Buk. Es machte nichts«, sagte Rebella beklommen.

Und in der Abenddämmerung, als sie alle in den Nudeln herumstocherten, die Schlemmer Buk und Ooht-Kwisien aus einem italienischem Kochbuch herausgeholt hatten, fragte die Queen an Rebella gewandt: »Und, was kannst du berichten?«

»Also, da war nur eine weiße Schleiereule in der alten Eiche, die machte immer *Huhu.*«

»Da hol mich doch der Lektor!«, rief Queen Buk. »Sind die denn alle immer noch hier?«

Rebella sah sie ratlos an.

»Schon gut«, meinte die Queen. Sie hatte jetzt keine Lust zu erklären, wie einige sehr bestimmte Tiere des Gartens in diese Welt gekommen waren, und was der verflixte, verschollene Buchmeister und seine heimlichen Manifestations-Experimente damit zu tun hatten.

»Also, eine weiße Eule! Sonst niemand?«

»Sonst machte niemand *Huhu.* Weil, da war auch niemand.«

Die Queen legte die Gabel an ihren Teller. »Verflixte Lektorin«, murmelte sie.

»Sie kommen nicht«, grummelte Attila. »Deserteure.«

»Schnickschnack«, fuhr Queen Buk ihn an.

»Genau …«, piepste Alice, »denn vielleicht können sie grad

nur nicht. Das kommt doch ständig in allen Geschichten vor, man will von hier nach da und unterwegs ist alles Mögliche los. Erdbeben, fiese Zwerge, ein Schnupfen …«

»Oder ein eingewachsener Fußnagel«, warf Algebra Buk hilfreich ein, »ich hatte so was auch mal.«

»Schlimm«, bestätigte Astronomus, »man ist dann völlig hilflos.«

»Oder das Tor ist zu schwer zu finden, vielleicht steht da ein Dornbusch davor oder es wird von einem Zerberus bewacht?«, ergänzte Theologica Buk, die sich natürlich mit Dingen wie Dornbüschen und dreiköpfigen Höllenhunden hervorragend auskannte.

»Hat einer einen Plan, verspätet sich die Bahn.«

»Ihr Herz wird sie sicher leiten … *börps.*«

»Die Sterne sind auch immer da, selbst wenn man sie nicht sieht«, trug Astronomus bei. »Und bestimmt auch die Kinder, die werden uns nicht vergessen.«

»Wir könnten doch Canasta spielen, das lenkt so schön ab von trüben Gedanken.«

»Und dazu frische Kekse, Majestät?«

Es war der Queen anzusehen, wie gerührt sie war von den Versuchen der Buks, jetzt bloß keine miese Stimmung aufkommen zu lassen. Wie sie verzweifelt gute Erklärungen für das eher Offensichtliche suchten: Was war, wenn die Kinder nicht kommen *wollten?*

»Oder es sind nicht die richtigen Kinder«, ließ sich der miesepetrige Sherlokko Buk hören. »Ich meine, es sind ja nicht mal fünf.«

»Das, mein lieber Sherlokko, spricht keinesfalls dagegen, dass vier von ihnen ganz genau richtig sind«, fuhr ihm Queen Buk in die Parade.

»Also, ich geh wieder auf meinen Posten«, sagte Rebella Buk nach einer Weile entschieden. »Weil: Sie werden kommen. So!«

Auf das Dessert hatte dennoch keiner von ihnen Appetit.

»Ich geh mal ein paar Bücherwürmer fangen«, murmelte Typografica. Die anderen Buks blieben trübbuksig im Saal.

~ • ~

Nola hatte das Fenster offen gelassen, um die stickige Luft aus dem kleinen Raum zu vertreiben. Als der kleine Funke reingeflogen kam, schlief sie längst. Er irrte erst ein wenig im Zimmer herum, bevor er sich sachte und ganz, ganz behutsam auf ihrer Stirn niederließ.

Finn traf Thommy und Mira vor der Schule.

»Wo ist denn Nola?«, fragte Mira besorgt.

»Die ist schon vorausgegangen«, gab Finn missmutig zurück. »Wir haben Zwillingsverbot.«

»Zwillingsverbot?«, fragte Thommy. »Was ist das denn?«

»Wir dürfen erst mal nicht miteinander rumhängen oder irgendetwas unternehmen. Mann, waren unsere Eltern sauer. Die denken, dass wir zusammen nur Blödsinn aushecken.«

»Stimmt ja auch«, meinte Mira.

Finn grinste schief.

»Aber ihr seid doch in der Schule im selben Unterricht«, wandte Thommy ein.

»Schule ist okay, da können sie ja nichts dran machen. Aber wir dürfen nicht mal zusammen hingehen. Wahrscheinlich guckt meine Mutter alle halbe Minute auf das HierBinIch.«

»Das ist ja ätzend«, meinte Thommy.

»Ihr habt doch nichts von den Buks erzählt?«, fragte Finn. »Oder dem Haus?«

Beide schüttelten sie mit dem Kopf.

»Seh ich aus wie ein Volldummi?«

»Natürlich nicht!«

»Finn«, Miras Stimme hatte etwas Klägliches, »wie kommen wir denn jetzt wieder zu den Buks?«

Finn stieß einen Seufzer aus. »Ich hab keinen Schimmer.« Ihm war anzumerken, dass er sich über sich selbst ärgerte. Er sinnierte einen Moment: »Kommen wir an Stadtpläne von vor 200 Jahren ran? Vielleicht …«

Der elektronische Warngong unterbrach ihn und erinnerte sie, sich zum Unterricht zu begeben.

Auf dem Weg durch den Flur mit den Nachrichten-Bildschirmen blieben sie vor einem der Plakate zur Nachtwanderung stehen. Mit dem Bus würde es ans andere Ende der Stadt in den Wald gehen. Geführte Wanderung, Grill-Picknick mit Stockbrot und wieder zurück. Mitnahme des Handys zwingend. Anmeldung erforderlich, stand schließlich unter dem Datum vom morgigen Tag.

»Immerhin, angemeldet sind wir«, sagte Thommy.

»Kreuzöde Nachtwanderung«, grummelte Finn. »Aufregend wie eine schnurgerade Straße. Was soll ich da?«

Nola saß schon an ihrem Platz. Sie winkte ihre Freunde heran, als sie den Unterrichtsraum betraten.

»Besprechung in der großen Pause«, raunte sie ihnen zu, während sie das Mikrofon ihres Tablets mit einer Hand abdeckte.

Finn setzte sich an den Nachbartisch und betrachtete seine Schwester stirnrunzelnd. Sie wirkte gar nicht mehr so niedergeschlagen wie gestern Abend. Morgens beim Frühstück war sie still und nachdenklich gewesen. Jetzt sah sie verblüffend entschlossen aus. Seine Wangen wurden heiß. Sie tüftelte an einem Plan!

Da kreuzten sich ihre Blicke. Sie zeigte ein Lächeln, dann

machte sie mit dem kleinen Finger ein Hakelzeichen. Er erwiderte es sofort.

Finn hatte Schwierigkeiten, sich auf den Unterricht zu konzentrieren. Dabei berichtete irgendein Hologramm über die Erfindung der Dampfmaschine im 18. Jahrhundert. Zum trillionsten Mal fragte sich Finn, warum sie nie etwas erfahren hatten über Bücher. Oder die Leute, die sie geschrieben hatten. Was wohl mit denen passiert war. Sollte er fragen? Sich mal ganz unschuldig doof stellen? Aber dann würde er erklären müssen, wie er auf so etwas Unsinniges wie Bücher käme, und darauf wusste er keine Antwort.

Und allein die Möglichkeit, dass Nola einen Weg gefunden haben könnte, wie sie sich aus ihrer misslichen Lage befreien und die Suche nach dem geheimnisvollen Tor fortsetzen könnten, machte ihn ganz rappelig.

»Was ist los?«, flüsterte er seiner Schwester in der kurzen Pause zwischen Geschichte und Geografie drängend zu.

Doch Nola wehrte ab. »Später«, zischte sie nur.

Als der Gong für die große Pause schlug, konnten sie gar nicht schnell genug in ihre Blumenkübel-Ecke kommen.

»Du hast doch eine Idee«, bohrte Finn sofort nach.

Nola schaute sich aufmerksam um. Geraldine stand mit ihren Freundinnen auf der anderen Seite des Schulhofes. Für den Moment war keine Charme-Offensive zu befürchten. Sie beugte sich dicht zu ihrem Bruder, Mira und Thommy.

»Ja«, flüsterte sie, »aber erst hatte ich einen Traum.«

»Einen Traum?«, hakte Finn leise nach. »Etwa auch mit der Stimme? Und den roten Fäden?«

Nola nickte.

»Was hat die Stimme gesagt?«, wisperte Mira.

Nola sprach nun noch gedämpfter. »Sie sagte: Finde mich. Und suche die Wunder.«

Die drei starrten sie ratlos an.

»Suche die Wunder?«, fragte Thommy. »Was denn für Wunder?«

Mira blies die Backen auf. »Wow«, flüsterte sie ehrfürchtig.

»Das frage ich mich seither pausenlos«, gestand Nola. »Es war sehr dunkel in dem Traum, alles war nur schemenhaft, und ich meine, dass da noch ein Wort kam: Suche die Wunder Mmmhh-mhh oder so.«

»Mmmhmmhm? Das ist mal präzise.«

»Die Stimme war da echt undeutlich. Aber das ist nicht das Entscheidende.«

»Was dann?«, kam es von Finn, der trotz des rätselhaften Spruchs an seine Schwester glaubte. Allerdings war er auch neidisch. Warum hatte er das nicht geträumt?

»Dass der Traum wiederkam, heißt, dass wir immer noch dazu bestimmt sind, den Eingang zu finden. Dass wir die Kinder aus der Prophezeiung sind. Darum wird es uns auch gelingen.«

»Also, so richtig viel schlauer bin ich jetzt nicht«, kommentierte Thommy. »So ein Mhmhm kann alles Mögliche sein.«

Finn kratzte sich am Ohr. »Es muss … irgendetwas Ungewöhnliches sein. Etwas, das wir nicht erkannt haben, weil wir ...« Er stockte.

»… nicht wissen, was ein Wunder ist!«, quietschte Mira aufgeregt dazwischen. »Weil wir immer nur zu sehen kriegen, was wir sehen sollen. Denkt doch nur an die Nachrichten! Oder die Schule!«

»Das beschreibt unser Leben ziemlich gut«, kommentierte Thommy trocken. »Aber wie kommen wir überhaupt weg? Ich mein, der Trick mit Miras Puppenstube ist aufgeflogen. Und wir sind wieder unter Beobachtung.«

»Ja«, antwortete Nola, »aber der Traum hat uns einen Hinweis gegeben. Und«, sie machte eine Pause, »ich habe einen Plan, wie wir das sehen, was wir sonst nicht sehen.«

»Raus damit!«, forderte Finn. Er musste sich wohl damit abfinden, dass seine Schwester etwas hatte, was er nicht besaß.

»Keine Sorge, ihr erfahrt ihn. Aber eines muss uns klar sein.« Nola war jetzt sehr ernst. »Es ist ein Wagnis, sogar ein gefährliches. Leute, wir dürfen nicht so unvorbereitet sein wie neulich. Wir dürfen nicht versagen.«

»Hört sich ausgezeichnet an!« Finn grinste.

»Also, zuerst der Hinweis: In meinem Traum war es dunkel. Es war zwar alles, wie Finn es in seinem Traum beschrieben hat, die Landschaft, die roten Fäden, aber es war zappenduster.«

»Und dein Plan?«, drängelte Finn.

Nola zog ein zusammengefaltetes Papier aus der Tasche, klappte es auf und knallte es mit der flachen Hand auf den Steintisch. »Das ist mein Plan«, sagte sie.

Es war das Plakat von der Nachtwanderung!

»Wahnsinn«, flüsterte Finn, als Nola geendet hatte.

»Doppelwahnsinn«, setzte Thommy noch einen drauf.

»Wenn wir dabei erwischt werden …«, murmelte Mira.

»Sind wir am A…«, vollendete Nola den Satz.

Finn grübelte über den Plan nach. »Ich sehe da noch ein Problem«, meinte er schließlich. Er tippte auf den Zettel. »Da steht, dass wir unsere Handys dabeihaben sollen. So zur Sicherheit, falls eines der Kinder sich verläuft. Darum die Frage: Wie kriegen wir unsere Handys in den Bus?«

»Ach, Kack!«, stieß Nola hervor. »Daran hab ich nicht gedacht.« Sie ließ die Schultern sacken. »Ich hasse Details!«

Einen Moment lang herrschte betretenes Schweigen. Dann meinte Thommy: »Es gäbe da eine Möglichkeit ...«

Flüsternd erzählte Thommy seinen Freunden, wie seine Großeltern auf ihren verbotenen Ausflug reagiert hatten.

»Das hat er echt gesagt?«, kicherte Mira, als Thommy vom Ratschlag seines Opas erzählte, sich nicht erwischen zu lassen.

»Ja! Ich dachte, ich höre nicht richtig. Aber jetzt kommt's: Mein Opa hat sich freiwillig als begleitendes Aufsichtspersonal für die Nachtwanderung eingetragen.«

»Und du glaubst, er würde mitspielen und unsere Handys mit in den Bus nehmen?«

»Keine Ahnung. Ich werde ihn fragen müssen. Und glaubt mir, ich mach mir jetzt schon deswegen in die Hose.«

Finn wechselte einen Blick mit Nola. »Eine andere Chance haben wir nicht«, meinte sie leise.

Den Rest des Tages verbrachten sie in unruhiger Ungewissheit. Thommy hatte versprochen, dass er ihnen eine Nachricht schicken würde.

Finn schaute alle paar Minuten auf sein Handy. Er war sich sicher, dass es Nola und Mira nicht anders ging. Es wurde zwei Uhr, drei, vier. Dann gab sein Handy den erlösenden Ton von sich: eine Nachricht von Thommy.

Funzt.

»Uff«, machte Finn. »Opa Silberberg, du bist der Coolste.«

Er kletterte leise aus dem Fenster und schlich über das Dach.

Nola erwartete ihn bereits. »Er macht's«, flüsterte sie aufgeregt.

»Dann läuft es jetzt nach Plan«, wisperte er. »Wir müssen echt supervorsichtig sein.«

»Keine Fehler«, gab sie zurück und hielt ihm den kleinen Finger entgegen. Er ergriff ihn.

»Keine Fehler«, wiederholte er.

Sie wollte sich schon abwenden, als er sie zurückhielt.

»Hey, Nola. Tolle Idee. Toller Plan«, gestand Finn. Sie strahlte. »Aber deswegen bist du noch lange nicht Chefin«, setzte ihr Bruder hinzu und machte auf dem Absatz kehrt. Er sah es zwar nicht mehr, aber er wusste ganz sicher, dass sie ihm ihre ausgestreckte Zunge hinterherschickte.

~ • ~

Thommy hatte lange gezögert, bis er einen Moment abpassen konnte, da er allein mit seinem Großvater war.

Nach dem Mittagessen stutzte er seine Rosen. Opa Willem liebte seine Rosen und schnitt jeden Tag die verwelkten Blüten ab. Mit den Händen in den Hosentaschen stellte sich Thommy dazu. Er war unfassbar aufgeregt und in seinem Kopf war alles weiß.

»Sie nehmen der Pflanze die Kraft«, erklärte sein Großvater und knipste einen abgeblühten Stängel ab. »Ich zeige dir mal, wie man die Rosen im Winter beschneidet. Man muss die Dinge tun, um sie zu lernen. Filmchen gucken reicht da nicht.«

Thommy schwieg und trat von einem Fuß auf den anderen.

Sein Opa sah ihn beiläufig an. »Na, mein Junge«, bemerkte er, »dir liegt doch was auf dem Herzen.«

Das tat es. Aus Thommy sprudelte es ungeordnet heraus, dass er und seine Freunde etwas herausfinden müssten. Etwas Wichtiges. Das sie aber niemandem erzählen dürften. Auch ihm nicht. Und sie könnten es nur während der Nachtwanderung tun. Und dabei müsste er, Opa Silberberg, ihnen helfen.

Sein Großvater schwieg lange und schnitt dabei tote Stängel ab. Schließlich sagte er: »Dein Vater war wie du. Immer wollte er herausfinden, was es noch zu entdecken gab. Er musste immer noch bis zur nächsten Ecke gehen, um zu schauen, was dahinter ist. Und von dort zur übernächsten. Ich habe das lange nicht verstanden. Ich habe ihn gedrängt, doch einfach mal da, wo er ist, zu bleiben, sich was aufzubauen. Zu studieren. Sich an die neuen Regeln zu halten. Er hat mir meist gehorcht, aber seine Natur war stärker. Das wurde noch deutlicher, als er mit deiner Mutter zusammenkam. Die beiden waren …«, Opa Silberberg schaute versonnen in die Luft, »… füreinander gemacht. Immer noch die nächste Ecke. Regeln? Nur die eigenen. Deswegen sind sie nach Afrika gegangen. Du aber solltest deine eigene Entscheidung treffen. Deshalb frage ich dich.« Nun schaute er Thommy direkt an. »Ist das deine Entscheidung, dieses Etwas herauszufinden?«

Thommy schluckte. Dann sagte er fest: »Ja.«

Sein Opa knipste eine weitere verwelkte Blüte ab. »Dann werde ich dir helfen. Ich werde meinen Fehler nicht zum zweiten Mal machen.«

Thommy hatte Mühe, es zu begreifen. Er kapierte den letzten Satz zwar nicht so richtig, er wusste nur: Sein Großvater machte mit. »Danke«, sagte er heiser.

»Ach, ich habe doch noch eine Frage«, setzte sein Großvater nun nach.

Thommy krampfte sich der Bauch zusammen. Was für eine Frage? Etwa: Wo geht ihr hin? Was habt ihr vor?

Doch sein Großvater überraschte ihn erneut. »Habt ihr Taschenlampen?«

»Äh, ja.«

»Ersatzbatterien?«

»Okay, denk ich dran.«

»Wasser? Man sollte immer etwas zu trinken dabeihaben.«

»Okay.«

Sein Großvater hielt im Rosenbeschneiden inne. Er seufzte. »Ich bin stolz auf dich, Thomas. Du traust dich was. Aber pass auf dich auf, Junge. Ich möchte dich nicht auch noch verlieren.«

Thommy fühlte mit großer Wucht die Liebe, die er für seine Großeltern empfand.

»Das wirst du nicht«, sagte er. »Ich verspreche es dir.«

Auf dem Rückweg ins Haus sandte er die Nachricht an seine Freunde: *Funzt*.

Und dann saß er einfach da und glühte vor Stolz. Er traute sich was. Wahnsinn!

~ • ~

Rebella Buk saß auf einem der Hocker an der Eingangstür.

Sie lauschte nach draußen. Ihre Ohren waren wie die aller Buks hyperempfindlich. Rebella hatte festgestellt, dass sie sogar Formen hören konnte – ein kleines Wesen raschelte anders als ein fliegendes, ein Insekt hinterließ eine andere Geräusche-Spur als eine Blindschleiche.

Manchmal machte sie die Tür dennoch einen Spalt weit auf und spähte nach draußen. Die Sonne war bereits untergegangen, nur ein Rest Tageslicht war verblieben. Das war deutlich angenehmer, als gegen die Helligkeit anzublinzeln wie untertags, ihre Augen waren für die Nacht und das Zwielicht gemacht.

Rebella seufzte. Wo blieben sie nur? Was war geschehen? Sie dachte an die tolle Nola, den forschen Finn, die liebe Mira und Thommy, der immer so schlaue Fragen stellte. Die Vorstellung, diese Kinder nicht mehr wiederzusehen, ließ sie erneut schwer aufseufzen. Sie waren so … so rein. Ihre Herzen waren ganz offen und frei. Und mutig. Weil sie Sachen machten, obwohl sie Angst hatten. Wenn alle Kinder so waren, gab es Hoffnung.

Da vernahm sie leise Schritte hinter sich. Queen Buk war in die Eingangshalle getreten. Sie beäugte misstrauisch den offenen Türspalt. Rebella schloss die Tür wieder.

»Immer noch nichts?«, fragte Queen Buk gepresst.

Rebella schüttelte den Kopf. »Nur die Eule war wieder da.«

Sie plinste zu der Königin. Ob sie fragen durfte, was es mit diesen Tieren auf sich hatte?

Rebella atmete aus und gab sich einen Ruck. »Also, diese Eule, das Hermelin und die Eichkatze. Sind das irgendwie magische Wesen?«

Die Königin legte ihre Hände übereinander. Sie sah Rebella nicht an, als sie antwortete: »Ja und nein. Sie kommen aus Büchern, und sind nie wieder in ihre Heimatseiten zurückgekehrt. Offenbar kommen sie gut in dieser Welt zurecht.« Sie seufzte. »Der Buchmeister hat sie einst manifestiert. Und nicht sonderlich gut aufgeräumt.«

»Vielleicht wollen sie uns beschützen«, meinte Rebella.

»Vielleicht. Wir kennen ihre Aufgabe nicht. Vielleicht haben sie sich selbst eine gesucht.«

Sie starrten jetzt beide in die Dunkelheit.

»Ich wünschte, die Kinder würden endlich kommen«, wisperte Rebella Buk.

»Es wird einen guten Grund dafür geben«, sagte Queen Buk mit fester Stimme. »Doch ich bin sicher, dass sie bald kommen.«

»Wir wissen so wenig von der Welt da draußen«, erwiderte Rebella Buk. »Vielleicht … vielleicht … ach, ich weiß nicht. Es ist, als ob wir von zwei Planeten stammen.«

»Das stimmt.« Queen Buk nickte langsam. »Die Menschen und die Buks haben sich viel zu sehr voneinander entfernt.«

Sie atmete einmal tief ein und aus. »Wir müssen wieder zueinanderfinden«, fügte sie hinzu. »Auf allen möglichen Wegen. Oder unmöglichen.«

Jetzt galt es. Und es würde kein Zurück mehr geben, wenn sie diesen ersten Schritt getan hatten.

Mit bebenden Herzen dibberten Nola, Finn, Thommy und Mira auf den Schlussgong der letzten Stunde zu, in der ihr Chemielehrer, Herr Steffanson, ihnen etwas über Aggregatzustände erzählte, während ein Hologramm von Wasser sich munter in Schneebälle, Dampf und Tropfen verwandelte. Ihr Chemielehrer war es auch, der die Nachtwanderung organisierte.

Als alle Schüler den Unterrichtsraum verlassen hatten, stellten sich Finn, Nola, Mira und Thommy mit tief gesenkten Köpfen, genau wie verabredet, vor dem Lehrerpult auf.

»Nun, was gibt es?«, fragte ihr Chemielehrer.

Finn ergriff das Wort: »Wir müssen Ihnen mitteilen, dass wir leider nicht an der Nachtwanderung teilnehmen können.«

»Warum nicht? Seid ihr krank? Ihr seht nicht krank aus.«

An dieser Stelle mussten sie alle beschämt tun. Was ihnen ziemlich gut gelang, denn sie waren es auch. Jetzt begann nämlich die erste große Lüge, und auf die kam es besonders an.

»Als Strafe«, behauptete Nola leise, »weil wir vier etwas sehr Dummes gemacht haben. Und unsere Eltern haben verlangt, dass wir uns persönlich abmelden müssen.«

»Soso«, meinte ihr Lehrer mit strengem Blick. »Das war sehr gut von euren Eltern, denn nur so lernt ihr, dass schlimmes Benehmen Konsequenzen hat, die ihr ganz allein tragen müsst.« Er war so zufrieden mit der vermeintlichen Demütigung der Kinder, dass er mit spontaner Großzügigkeit feststellte: »Ich will mal gar nicht wissen, was ihr angestellt habt. Aber bei dieser Strafe muss es schon etwas wirklich Ungeheuerliches gewesen sein. Ihr versäumt ein tolles Abenteuer. Hoffentlich lehrt euch das, dass ihr in Zukunft vernünftiger seid. Ich werde eure Namen von der Liste nehmen. Und jetzt geht und denkt gründlich über eure Fehler nach!«

»Puh«, stöhnte Thommy, als sie den Schulhof überquerten. »Das lief besser, als ich dachte.«

»Ich habe trotzdem ein schlechtes Gewissen«, klagte Mira.

»Das gibt sich«, erwiderte Nola nur.

»Tolles Abenteuer, pah«, murmelte Finn. »Wenn der wüsste, was ein echtes Abenteuer ist ...«

Den Nachmittag verbrachten Nola und Finn mit unruhiger Warterei. Sie erledigten ungeduldig ihre Hausaufgaben, räumten ihre Zimmer extra penibel auf. Ihre Eltern dachten natürlich, dass sie das wegen der Strafe taten, die sie ihnen aufgebrummt hatten. Dabei hofften sie nur, dass die Zeit schneller verging.

Nach endlosen Stunden kam dann endlich der Moment, aufzubrechen. Dass jeder von ihnen eine Taschenlampe und die Wasserflasche im Rucksack dabeihatte, Stiefel und feste Hosen trug, war vollkommen unverdächtig. Denn ihre Eltern dachten ja immer noch, sie würden zur Nachtwanderung aufbrechen.

»Bleibt schön bei den anderen!«, rief ihre Mutter ihnen nach.

»Klar, Mama«, gab Nola betont munter zurück. Auweia, in ihr drin tobte das schlechte Gewissen.

»Und nicht die Wege verlassen!«, rief der Vater.

»Logo«, bestätigte Finn. Dann murmelte er, nur für Nola hörbar: »Von wegen.«

Nola kicherte, aber beklommen war ihr schon zumute. Wenn es ein Register für Lügen gäbe, wären sie dabei, einen Rekord aufzustellen. Erstaunlich, Finn steckte das einfach weg. Er war wohl doch der bessere Abenteurer.

Thommy und Mira warteten vor Thommys Haus. Als Finn und Nola zu ihnen liefen, kam Opa Silberberg raus. Er musterte die vier bedächtig. Schließlich hielt er ihnen seine alte Ledertasche hin.

Sie steckten alle ihre Handys hinein.

»Ab jetzt seid ihr unsichtbar. Lasst euch nicht erwischen, ja?«

»Das werden wir nicht«, antwortete Finn. »Und wir bringen Thommy heil zurück.«

Opa Silberberg fixierte sie. »Ihr kommt *alle* heil zurück. Verstanden?«

Sie versprachen es.

Opa Silberberg stieg in sein Auto. Ihre Handys würden ihren Eltern nun anzeigen, dass sie an der Nachtwanderung teilnahmen, immer bei den anderen blieben, und keinesfalls die Wege verließen. Bis in die Morgendämmerung.

»Also los«, sagte Finn. »Machen wir uns auf, das Wunder zu finden.«

»Oder *die* Wunder«, ergänzte Nola.

Als sie die letzten Häuser am Stadtsaum hinter sich gelassen hatten, merkten sie, wie dunkel so eine Nacht sein konnte. Der Mond hatte sich hinter einer Wolke versteckt, so waren sie vollständig auf ihre Taschenlampen angewiesen.

»Schaut mal, die Sterne«, rief Mira andächtig. Sie legten die Köpfe in die Nacken und verloren sich im Anblick der funkelnden Punkte über ihnen.

»So viele Sterne hab ich noch nie gesehen«, flüsterte Mira verzaubert. »Also, jedenfalls nicht in echt. Bestimmt könnte uns Astronomus ganz viel über sie erzählen.«

»Los, weiter, bald kannst du ihn fragen«, trieb Finn sie an.

Sie fanden die Mauerecke. Von dort aus suchten sie mit viel »Hier lang« – »Nein, da lang« die schmale Stelle, an der sie den Wasserlauf überspringen konnten. Sie orientierten sich an dem Bach und dem ansteigenden Gelände. Finn lief mit seiner Taschenlampe vorweg, die anderen folgten im Gänsemarsch mit auf den Boden gerichtetem Lichtschein. Nola machte das Ende.

Sie kamen gut voran, und weil sie diesmal die richtige Kleidung trugen, bekamen sie auch keine Schwierigkeiten mit den Piks-Gräsern und Disteln. Aber vielleicht wollten die sie ja auch gar nicht mehr piksen. Schließlich wölbte sich vor ihnen die dunkle Wand der Dornbüsche empor. Weiter hinten würde der Brennnessel-Wald beginnen.

»Also«, meinte Finn, während er die undurchdringlich wirkenden Büsche ableuchtete, »jetzt müssen wir das Wunder suchen.«

»Oder *die* Wunder«, ergänzte Nola erneut.

»Ich wäre schon froh über eines«, erklärte Thommy.

Sie leuchteten wieder über den Dornbusch. Ein Paar Augen blinkte dicht am Boden auf.

»Hu!«, machte Mira erschrocken, und das Augenpaar verschwand augenblicklich.

»War das ein Hermelin?«, fragte Thommy. »Ich hab neulich eins an unserem Haus gesehen.«

»Es macht keinen Sinn, wenn wir alle im Pulk hier rumlaufen und Tiere erschrecken«, erklärte Nola. »Mira und ich gehen voraus. Ihr kommt nach. Blinkt dreimal, wenn ihr was gefunden habt.«

Sie blickten einander an. Es war wundervoll, mitten in der Nacht unterwegs zu sein. Vielleicht war allein das schon ein Wunder. Hier zu sein, allein, und die normale Welt hinter sich gelassen zu haben.

In zwei Gruppen bewegten sie sich langsam am Gebüsch entlang. Manchmal zeigte das Licht einer Taschenlampe auf eine Stelle. Doch wenn sie dann genauer nachschauten, konnten sie keine Lücke entdecken. Und schon gar kein Wunder.

Selbst der Brennnessel-Wald war dicht geschlossen. Nur die Stelle, an der sie versucht hatten, ihn zu durchqueren war ganz zerzaust. Schließlich kamen sie wieder dorthin, wo der Sumpf begann.

Während Nola und Mira auf Finn und Thommy warteten,

wisperte Mira: »Es ist, als ob wir träumen. Ich bin froh, dass du meine Freundin bist, Nola. Egal, was heute Nacht passiert.«

Nola nahm Miras Hand. »Und ich bin furchtbar stolz auf dich. Du bist eine ganz neue Mira.«

Endlich schlossen die Jungs auf.

»Nichts«, sagte Nola.

»Wir haben noch die ganze Nacht vor uns«, versuchte Finn sie alle zu ermutigen. »Bestimmt finden wir was!«

Da begann seine Taschenlampe zu flackern. Finn schüttelte sie. Prompt ging sie ganz aus.

»Was ist denn mit dem blöden Ding los?«, schimpfte er.

»Batterien leer?«, fragte Thommy.

»Kann nicht sein. Die sind ganz frisch.« Er schüttelte die Lampe wieder. Sie ging an.

»Ah! Na also«, machte Finn. Da erlosch sie wieder.

»Komm schon, drei Lampen tun es auch, und ich kann dir später Ersatzbatterien geben«, sagte Thommy und wandte sich an Nola. »Gleiche Formation?«

Die nickte und machte sich mit Mira auf demselben Weg zurück.

Finn passte es gar nicht, dass seine Lampe nicht mehr funktionierte und nun Thommy voranschritt. Immer wieder versuchte er, die störrische Lampe zum Leuchten zu bringen. Dadurch blieb er etliche Meter hinter Thommy zurück und stakste über die hubbelige Wiese. Entnervt blieb Finn stehen und schaute sich um. Es war schon irre, wie fremd und unheimlich die Landschaft in völliger Dunkelheit wirkte. Aber auch total aufregend und schön. Er bemerkte einen Vogel mit weißen Schwingen durch die Nacht gleiten. War das eine weiße Eule? Er folgte ihrem Flug mit den Blicken und seine Augen gewöhnten sich an die Dunkelheit. Und dann legte eine vorüberziehende Wolke den Mond frei, dessen mattes Licht sich sanft auf die Welt ergoss.

Finn stutzte, als er der Eule nachsah, die jetzt dicht über den Pfad glitt, den ihre Wanderung hinterlassen hatte. Ein Schauer durchlief ihn. Da. Da war es!

»Thommy!«, rief er gedämpft. »Komm mal her.«

Thommy hatte die Aufregung in Finns Stimme wahrgenommen und näherte sich rasch. Das Licht seiner Taschenlampe schwankte hin und her.

»Was ist?«, fragte er, als er Finn erreichte.

»Mach mal die Lampe aus«, befahl Finn.

»Was? Wieso?«

»Mach halt. Und schau hin.«

Bewegungslos verharrten sie fast eine Minute im Dunkeln.

»Fantastisch«, flüsterte Thommy auf einmal.

Finn nahm ihm die Lampe ab und blinkte dreimal in Richtung der Mädchen. Die verstanden und kamen zurück.

»Habt ihr was gefunden?«, fragte Nola atemlos.

»Kann man so sagen«, antwortete Finn stolz. »Löscht das Licht, schließt die Augen, wartet eine Weile und macht sie wieder auf. Na los! Vertraut mir.«

Sie taten wie geheißen.

Und da war es!

Ehrfürchtig starrten die vier Kinder auf die matte, grün leuchtende Spur, die sich am Rand des Moores entlang bis ins dichte Gebüsch schlängelte.

»Was ist das?« Mira ging fasziniert vor dem ersten dieser fluoreszierenden Lichter in die Hocke.

»Aber das sind ja die Blumen, die hier wachsen«, sagte Nola staunend. »Wir haben sie neulich gesehen, am Tag sind sie rot und gelb. Aber nun leuchten ihre Blüten grün!« Sie wandte sich aufgeregt Finn und ihren Freunden zu. »Das ist das Wunder«, hauchte sie.

»Das sind *die* Wunder«, korrigierte Finn sie zufrieden.

Und *er* hatte sie gefunden. Er war doch der Finder. Und kein Blender. Ihn durchströmte Erleichterung und das war ganz schön nah am Glück.

»Yipiieh!«, gellte er, und das taten sie dann alle: Und jubelten durch die Nacht.

Die Taschenlampen benutzten sie jetzt nicht mehr. Mit vorsichtigen Schritten folgten Finn, Nola, Mira und Thommy der Spur der grün schimmernden Pflanzen. Ab und an mussten sie warten, bis der Mond sich wieder zeigte.

Der Weg der Wunderblumen führte sie dicht an das Buschwerk heran, allerdings an einer Stelle, die sie sonst nie gefunden hätten. Dort endete die leuchtende Markierung.

Thommy schaute zurück auf die Spur, die ihnen den Weg gewiesen hatte. »Die sind doch nicht zufällig so gewachsen«, meinte er nachdenklich. »Die hat jemand gepflanzt.«

»Jemand, der die Buks kennt«, mutmaßte Mira.

»Gib mal bitte die Lampe«, forderte Finn und nahm sie Thommy aus der Hand. Damit untersuchte er das Buschwerk.

»Ich werd' verrückt«, flüsterte er mit einem Mal. »Da ist ein

Gang!« Nola und Mira knieten sich neben ihn, als Finn in den schmalen Tunnel hineinleuchtete.

»Uh, das sieht schleimig aus«, flüsterte Mira.

Jetzt hockte sich auch Thommy neben sie nieder.

»Da sind flache Steine ausgelegt«, erklärte Finn. »Und die Bretter«, er leuchtete auf die spitz zulaufenden Wände, »wurden aufgestellt, damit der Gang nicht zuwuchert.«

»Hat nicht wirklich geholfen«, kommentierte Thommy trocken.

Da hatte er allerdings recht. Zwischen den Brettern hatten sich Zweige durchgezwängt. Aber sie waren verkümmert, weil sie hier kein Sonnenlicht erreichte. Auch die schrumpeligen Gräser, die sich ihren Weg zwischen den Steinen gesucht hatten, waren eingegangen. Dafür hingen Spinnweben zwischen den toten Pflanzenresten.

»Da sind eklige Krabbeltiere drin«, mutmaßte Mira entsetzt. »Also, ich geh da nicht rein!«

Nola packte sie an der Hand. »Das da«, sie zeigte zu dem Leuchtweg, »war das Wunder.«

»*Die* Wunder«, mischte Finn sich ein.

»Hör auf zu nerven«, fauchte Nola ihn an.

Finn grinste.

»Und das da«, sie zeigte in den Tunnel, »ist der Weg. Und ob wir da jetzt reingehen – schleimig und eklig hin oder her!« Nola schnappte sich Miras kleinere Taschenlampe, klemmte sie sich zwischen die Zähne, und wandte sich an Finn. »Messer«, verlangte sie knapp.

Finn wusste, wann er seiner Schwester besser nicht widersprechen sollte, und gab ihr kommentarlos das Fahrtenmesser. So bewaffnet kroch Nola als Erste in den Tunnel.

Sie hörten eine Menge genuschelter Flüche von Nola, während sie ihnen den Weg freihackte. »Kann hier keiner mal aufräumen, verdammte Hacke?« – »Was glaubst du, wer du bist, nur weil du Dornen hast? Nimm dies!« – »Autsch, verflixte Axt, na warte, Mistkäfer …«, gefolgt von etlichen »Igitt« und »Bäh« von Mira – und ein paar »Oh nein, ich glaub, ich bin in Fuchskacke getreten« und »Ist das normal, dass an Wurzeln so fiese weiße Pickel hocken?« von Thommy.

Nur Finn fühlte sich pudelwohl. Es war dunkel, es war schleimig, es war unheimlich – *das* war ein Abenteuer!

»Ich glaube, wir sind durch«, rief Nola. »Aber der Ausgang ist ziemlich zugewuchert.«

Sie hackte eine Weile schimpfend auf die Ranken ein, die weniger durch das Schimpfen als durch den Einsatz des Messers nachgaben und den Weg öffneten.

Eilig krabbelten sie alle ins Freie, ritzten und ratzten sich dabei die Ärmel auf.

»Du hast da was«, meinte Thommy und zog Mira Spinnweben und Wurzelerde aus den Haaren.

»Sag mir lieber nicht, was es ist«, bat sie, während sie sich staunend umschaute. »Wo sind wir?«

Es wirkte wie eine kleine Kathedrale aus Sträuchern und Bäumen. Aufgeplatzte alte Schiefersteinplatten bildeten einen brüchigen Bodenbelag. Zwischen den zerfurchten Platten wuchsen kleine Farne empor, vertrocknet und dürr.

»Guckt mal«, sagte Finn und leuchtete auf die Stelle, an

der die Schieferplatten unter den Büschen verschwanden, »das war der Weg, der mal hierherführte. Und das«, fügte er hinzu, während er die Lampe auf die gegenüberliegende Seite schwenkte, »ist der richtige Eingang!«

Das schmiedeeiserne Gittertor war bestimmt drei Meter hoch und so breit, dass sicher ein ganzer Wagen hindurchgepasst hätte. Es wurde oben noch von spitzen, rostig aussehenden Dornen gekrönt, damit niemand so leicht hinüberklettern konnte. Links und rechts war die Mauer zu erkennen, sie verlief sich in den Dickichten des Waldes. Dornenpflanzen und Beerenranken hatten das Tor fast restlos erobert. Doch der Weg aus Steinplatten, der auf der anderen Seite weiterführte, war erkennbar.

Finn ging näher ran und leuchtete auf das alte Schloss.

»Wenn wir wirklich die prophezeiten Kinder sind, haben wir den Schlüssel«, meinte Thommy. »Finn, du hast den doch dabei, oder?«

Finn rollte mit den Augen.

»Los, Finn«, sagte Nola, »jetzt bist du dran.«

Vorsichtig hielten Nola, Thommy und Mira die Ranken auseinander, während Finn den antiken Schlüssel aus seinem Rucksack holte und mit angehaltenem Atem ins Schloss steckte.

»Passt«, verkündete er triumphierend und wollte ihn drehen. Doch der Schlüssel bewegte sich nicht einen Millimeter.

»Das Ding ist völlig eingerostet!«, rief er verzweifelt.

»Das war ja klar«, erwiderte Thommy ruhig und nahm seinen Rucksack von den Schultern. »Alter Schlüssel, altes Schloss. Was hast du erwartet? Dass es Hosianna macht? Ich hingegen habe mich gefragt: Was wäre, wenn …?« Er zog eine kleine Dose aus seinem Rucksack. »Und hab Schmieröl eingepackt.«

»Thommy, du bist ein Genie«, sagte Finn und sprühte jede Menge Öl ins Schloss.

Thommys Lächeln strahlte stolz durch die Nacht.

Dann versuchte Finn es erneut. Sachte, nicht dass der Schlüssel brach. Knirschend und unter viel gutem Zureden gab der Mechanismus endlich nach. Klick!

Andächtig zog Finn den Schlüssel wieder heraus.

»Auf drei.«

Gemeinsam drückten sie gegen das schwere Tor. Mit einem schrillen Kreischen öffnete es sich.

~ • ~

Rebella schreckte aus ihrem unruhigen Dösen hoch. Was war das? Ein Schrei? Etwas Schlimmeres? Hatte sie fantasiert? Mit bangem Blick schaute sie auf die Tür. War es von dort gekommen? War jemand in Not? Sie traute sich nicht, die Tür zu öffnen. Was, wenn ein wildes Tier …

Rebella richtete ihre Ohren aus, versuchte zu erlauschen, ob da draußen etwas geschah. Da! Leise tappende Schritte. Schwerer als ein Wiesel. Schwerer als ein Reh, aber nicht viel schwerer. Sie atmete heftig ein und aus. Konnte es sein …?

Nein, sie durfte sich keine Hoffnung machen. Zu groß wäre die Enttäuschung. Rehe. Bestimmt. Ihre Ohrenspitzen zuckten. Als es dreimal gegen die Tür pochte, sprang sie von ihrem Hocker hoch. Rebella Buk riss die Tür des geheimen Hauses auf.

Da standen sie. Zerzaust, schmutzig, aber mit strahlenden Gesichtern. Rebella schluchzte auf. Dann rief sie: »Nola!« und sprang an der kleinen Kriegerin hoch.

Die presste ihre Wange an den Kopf der kleinen Buk.

»Wir sind wieder da«, flüsterte Nola.

Es war die vermutlich großartigste Katzenwäsche, die Nola je erlebt hatte. Queen Buk und Rebella hatten die vier Kinder, gleich nachdem sie verschwitzt und schmutzig vom schleimigen Tunnel vor der Tür gestanden hatten, sanft, aber bestimmt in die »Waschkammer« geleitet. Dort wartete bereits Typografica Buk auf sie, mit einem breiten Lächeln. In der Waschkammer gab es kein einziges Buchregal, nur auf einer Truhe am Fenster lagen fünf dicke Bücher nebeneinander.

»Rebella, assistiere bitte Typografica. Ich rufe derweil den Rat zusammen«, bestimmte Queen Buk. Dann sah sie noch einmal den Kindern nacheinander in die Augen. »Willkommen zurück«, sagte sie bedächtig. Dann nickte sie Typografica zu. »Kümmere dich um sie«, wisperte sie, bevor sie eilig davonschritt.

»Sie hat doch nicht etwa gerade gelächelt?«, fragte Finn leise.

»Ich glaub schon«, antwortete Nola. Sie selbst war ja auch erleichtert.

»So, meine Lieben, gleich sind wir so weit. Rebella, würdest du …?«

Behände schlugen Typografica und Rebella die fünf Bücher nebeneinander auf und blätterten.

»Ah, da ist er ja«, sagte Typografica und murmelte etwas,

tief über die Seiten gebeugt. Einen Augenblick später zog sie einen kupfernen Waschzuber aus dem Buch hervor.

»Äh, was?«, stotterte Thommy.

»Rebella?«, fragte Typografica.

»Kommt sofort!« Die kleine Buk wuchtete einen Eimer heran, und ließ so lange Wasser aus ihm heraus in den Zuber laufen, bis der halb gefüllt war.

»Wie kann denn so viel Wasser aus dem kleinen Eimer kommen?«, flüsterte Mira, halb begeistert, halb fassungslos.

»So, das wird jetzt etwas figgelinisch. Offenes Feuer ist immer eine Herausforderung. Halt zur Sicherheit den Eimer bereit, Rebella.« Typografica wandte ihnen den Rücken zu und machte sich über einem Buch zu schaffen. Und einen Moment später swuschte ein kleiner Funkelball in die Luft. Nach einer weiteren gemurmelten Anweisung der Buchheilerin plumpste er in die Feuerstelle unter dem Zuber und fächerte sich zu einem kräftig lodernden Feuerchen auf.

Mit offenen Mündern sahen die vier Kinder dabei zu, wie Rebella aus einem der Bücher nun noch vier kuschelig weiche Handtücher zog, aus dem nächsten herrlich duftende Seife. Und nach einem Seitenblick auf Mira: »Ich glaub, du hast den halben Garten in den Zöpfen«, blätterte die Buk noch mal weiter, in einer rasenden Geschwindigkeit, dass nur so die Seiten flogen. »Ah, schau. Dich habe ich gesucht.« Und da wuchs ein Schildpatt-Kamm aus den Seiten, mit einer wunderschönen geschwungenen Form.

»Die Wunderbare!«, piepste da eine Stimme von der Tür her, und Alice Buk stürmte herein.

Mira ging auf die Knie, und die winzige Buk und sie umarmten sich inniglich.

Sogleich schnappte Alice Buk sich den Kamm und verkündete heiter: »Ich mach das!« Währenddessen wurden Nola, Finn und Thommy von Typografica eingeladen, sich ganz in Ruhe Gesicht und Hände zu waschen oder was sonst noch nötig war, um sich vom »Staub der Reise« zu befreien, wie sie sich ausdrückte.

Typografica würde mit Rebella draußen warten, sie müssten sich um nichts kümmern, nur das Feuer bitte nicht anfassen.

»Moment mal«, bat Nola, »die … sie … der Zuber … woher kommt …«

»Das kommt alles aus den Büchern, oder?«, rief Thommy dazwischen.

Typografica nickte. »Woher denn sonst?«

»Aber wie geht das denn?«, wollte Nola wissen.

Finn warf sich prustend herrlich warmes Wasser ins Gesicht. Mira hatte sich auf den Boden gesetzt, Alice Buk war dabei, ihr geschwind die Zöpfe zu lösen, um sie durchzukämmen.

»Nun ja. Ich bin mir sicher, Queen Buk wird eure Fragen viel besser beantworten, aber diese kann ich übernehmen. Ja, dies stammt alles aus Büchern. Was wir brauchen, nehmen wir heraus, und danach räumen wir es zurück.«

»Auch das Essen?«, wollte Thommy wissen.

»Speis und Trank haben ihre eigenen Gesetze. Solange wir einen Rest zurücktun, ist es so, als wäre es nie berührt worden, und steht uns immer wieder zur Verfügung.«

»Aber wieso können Buks das? Also, so Sachen … aus

Büchern …«, Thommy suchte nach einem Wort, das passte, und entschied sich für: »… herbeibuksen?«

Da zeigte sich ein feines Lächeln auf dem klugen, offenen Gesicht der Buchheilerin. »Oh, ihr könnt das auch. Gewissermaßen.« Sie legte den Kopf schief. »Ihr habt es vermutlich nur vergessen.«

Und mit diesem rätselhaften Satz verließ sie die Waschkammer, Rebella im Schlepptau.

Alice kämmte Miras langes Haar. »Das ziept gar nicht«, stellte diese fest, »Wie machst du das?«

»Ich frage deine Haare freundlich«, meinte Alice.

»Wow«, meinte Thommy, während er sich Gesicht, Hände, Arme abschrubbte. »Stellt euch das mal vor. Wenn wir auch Sachen herbeibuksen könnten.«

»Was denn für Sachen?«, fragte Finn, der schon beim Abtrocknen war.

»Keine Ahnung. Woher soll ich wissen, was alles in Büchern steht?«

Nola schwieg. Denn genau das würden sie herausfinden, und sie konnte es kaum erwarten.

Es gab warmes, frisch gebackenes Rosinenbrot und dazu kräftigen süßen Tee für alle. Diesmal saßen sie nicht mit den Buks an einer Festtafel, sondern die Stühle im Lesesaal – der gleichzeitig Esszimmer oder Rats-Sitz sein konnte – waren in einem Rund aufgestellt, in zwei Reihen. Im inneren Zirkel saßen die Queen, die Kinder, Adlatus, Typografica und Thesaurus, und in der äußeren Reihe des Stuhlkreises die restlichen Buks.

Alice saß direkt hinter Mira und drückte ihr verstohlen die Hand.

Romantika *börpste* aufgeregt hinter Finn, während Nola das knurrige Schnauben von Attila in ihrem Nacken hörte. Thommys Rückendeckung bestand aus den beiden Küchenchefs der Buks, Schlemmer und Ooht-Kwisien.

Die Queen brach das Rosinenbrot entzwei und teilte die Stücke nach links und rechts aus. »Es heißt«, begann sie, während das Brot weitergereicht wurde, »dass Bücher so nahrhaft sind wie Brot. Man kann ohne sie überleben, aber der Geist wird nie satt.« Sie nippte an ihrem Tee und fixierte danach Finn. »Finder«, hob die Königin an. Ein Blick zu Nola: »Kriegerin.« Zu Mira und Thommy: »Wunderbare. Zwillingsgesicht. Ihr vier wurdet vom Orakel prophezeit als jene, mit deren Hilfe ein Spiel zu gewinnen sei – mit euch Kindern und dem alten Schlüssel, der euch den Weg in diese Bibliothek ermöglicht. Hütet ihn wie euer Leben.«

Von irgendwo aus dem zweiten Stuhlzirkel ertönte ein vernehmliches Räuspern. Nola warf einen Blick über die Schulter. War das dieser miesepetrige Sherlokko gewesen, der immer so beleidigt tat, wenn keiner ihm zuhörte? Was passte ihm denn jetzt schon wieder nicht?

»Das mit dem Schlüssel geht klar. Aber können wir das Orakel mal sehen?«, fragte Finn unschuldig.

»Sehen sie das Orakel, gibt's ein Debakel.«

»SSSSCHT!«

Adlatus beugte sich rasch zur Queen und flüsterte ihr hektisch etwas in ihr spitzes Ohr.

»Im Moment noch nicht«, antwortete Queen Buk. »Das Orakel ist ein heiliges Objekt, dem eine eigene Kraft innewohnt. Auch von uns Buks dürfen sich ihm nur einige wenige nähern. Deswegen befindet es sich auf der Empore.« Sie wies noch oben, wo eine Balustrade einen nicht einsehbaren Raum umgab. Eine schmale Wendeltreppe führte dorthin.

Nola bekam ein Gefühl dafür, wenn Queen Buk ihnen etwas verschwieg. Genau jetzt war so ein Moment.

»Dieses Spiel, von dem das Orakel spricht«, fragte Nola, »was hat es damit auf sich?«

»Wenn wir das nur wüssten«, seufzte Queen Buk. »Leider sind die Sprüche des Orakels oft rätselhaft, deswegen heißt es auch das Verrückte Orakel. Wir haben anfangs auch nicht glauben können, dass ihr Kinder herkommen würdet. Doch nun seid ihr da.«

»Also, ein Spiel hört sich nach einer Menge Spaß an«, warf Finn ein.

»Ich mag den Finder«, meinte Spielothekus.

»Magst du ihn nicht auch, Attilein?«

»Gnarf.«

»Da täusch dich nicht, junger Finder«, gab Queen Buk mit strenger Miene zurück. »Diese Bücher bergen eine große Macht, und Macht ist immer auch gefährlich – und gefährdet. Wir werden dieses Spiel nur gemeinsam gewinnen können, ihr und wir. Und wir müssen voneinander lernen. Denn die Regeln und sein Preis sind so ungewiss wie das Morgen.«

Kauend dachte Nola nach. Sie schluckte und musste es einfach ohne Schnörkel fragen: »Ein Spiel ohne Regeln. Ein Preis, den keiner kennt. Ungewisses Morgen. Das klingt tatsächlich gefährlich. Und was sollen wir dabei tun?«

Nun hörten alle Buks auf, an ihrem Rosinenbrot zu kauen und schauten spitzohrig und mit leuchtenden Augen zu ihrer Königin.

Adlatus wollte Queen Buk erneut etwas zutüstern, diesmal schob sie ihn rigoros weg.

»Esst auf. Die Unterweisung beginnt.«

»Die was? In was sollen wir denn unterwiesen werden?«, fragte Thommy.

Die Queen hob eine Augenbraue. »Im Lesen natürlich. Erst dann werdet ihr fähig sein zu verstehen, um was es geht.«

Von der Empore aus beobachteten die ältesten der Buks – die Queen, Adlatus, Thesaurus und Typografica –, wie die Kinder von Rebella und Alice herumgeführt wurden und die Ordnung der Bücher erklärt bekamen.

»Majestät, es wird der Tag kommen, an dem wir sie ganz einweihen müssen«, wisperte Adlatus neben ihr. »Das fehlende fünfte Kind … die Bleichkrankheit … und was mit dem Buchmeister und der Gilde geschah. Und solange das Orakel uns keinen weiteren Hinweis gibt, können wir nur raten, worin genau der Kampf besteht, der vor uns liegt.«

Thesaurus nickte so heftig, dass ihm die Kapuze über die Augen rutschte.

»Mag sein. Aber der Tag ist nicht heute.«

»Es ist ja sowieso Nacht«, merkte Typografica an.

Alle drei Buks warfen ihr einen vorwurfsvollen Blick zu.

»Ich mein ja nur«, murmelte die Buchheilerin.

Queen Buk deutete zu dem mit grünem Samt bedeckten Orakel hinüber. »Keine weiteren Prophezeiungen?«

Thesaurus schüttelte den Kopf. »Das letzte Mal hat es der Wind geworfen, nicht meine Hand. Aber früher, als es noch mit mir gesprochen hat, da habe ich es gespürt. Es war, als ob die Würfel aus einem Schlaf erwachten. Sie fühlten sich lebendig an in der Hand. Jetzt fühle ich nichts.«

»Hoffentlich verplappert sich keiner von den Buks«, warf Adlatus ein. »Sie alle kennen das Orakel und wissen, dass dort von fünf Kindern die Rede ist.«

Die Queen sann vor sich hin. Dann sagte sie bedächtig: »Das Zwillingsgesicht. Thomas. Wenn er zwei Seiten hat, steckt vielleicht in ihm das fünfte Kind.«

Thesaurus wiegte den Kopf. »Das wäre dem Orakel zuzutrauen.«

»Und was ist mit der Bleichkrankheit?«, fragte Adlatus. »Sollen sie davon erfahren?«

»Das wird sich nicht vermeiden lassen.« Sie wandte sich ihnen zu. »Die Bleichkrankheit ist Teil des Spiels. Vielleicht *ist* sie sogar das Spiel. Schließlich war sie auch der Grund, warum der Buchmeister verschwand. Wir werden ihnen alles erzählen müssen. Aber jetzt sollen sie erst mal die Welt der Bücher erkunden.« Sie blickte wieder über die Balustrade.

Nola, Mira, Thommy und Finn hatten inzwischen jeder einen Berg Bücher in die Arme gedrückt bekommen, die sie aufgeregt zu den Lesesesseln balancierten. Queen Buk hatte die Bücher sorgfältig ausgesucht, um die unerträgliche Warterei der letzten Tage zu überbrücken, und sie hoffte, dass sie die Herzen und Köpfe öffneten. So weit, dass die Kinder mehr Platz in sich hatten. Für mehr Träume. Mehr Denken. Und mehr Mut. Von dem würden sie einiges brauchen.

»Typografica«, verlangte Queen Buk, »ich möchte, dass du dich um das Zwillingsgesicht kümmerst. Finde heraus, was seine zweite Seite ist. Niemand anderes als du vermag es, zwischen den Zeilen auch das zu lesen, was da nicht steht.«

Typografica verbeugte sich. »Ich spüre, dass er einen hungrigen Geist hat«, sagte die Heilerin. »Er denkt über Grenzen. Sein Geist fürchtet nichts, nur seine Seele ist noch angstvoll.«

»Ich verstehe. Adlatus, du musst Attila und Rebella bitten, aus der kleinen Kriegerin eine große zu machen. Krieger müssen Verantwortung tragen. Das soll sie lernen.«

»Na, das wird den krummbeinigen Hunnen aber freuen«, seufzte Adlatus. »Also, eher nicht«, schob er nach, falls die Königin seinen Sarkasmus nicht verstanden hatte.

»Thesaurus, lass Alice wissen, dass sie die Wunderbare in die Welt der möglichen Unmöglichkeiten einführt. Theologica kann ihr zur Seite stehen und ihr die Legenden und magischen Wesen nahebringen. Wenn Mira es will, kann sie mit ihrer Sanftheit Berge versetzen.«

»Und der Finder?«, fragte Thesaurus und kratzte sich nachdenklich an der Kuttenkapuze.

»Um den«, erwiderte die Königin, »um den werde ich mich persönlich kümmern. Er muss mir nämlich dabei helfen, den Weg zu finden, den wir alle zusammen gehen werden. Und dazu muss er sich selbst vertrauen«, verkündete Queen Buk kryptisch.

Als sie die fragenden Blicke ihrer Vertrauten sah, stahl sich ein verschmitztes Lächeln auf ihre Lippen. »Sein Ungestüm wird ihn noch so manche Dummheit begehen lassen. Aber genau so wird er auch neue Wege finden.«

»Aber in den Keller lassen wir sie nicht, oder?«, wollte Adlatus beunruhigt wissen.

»Um des Lektors willen, natürlich nicht!«

Gebannt spähten erneut alle vier Buks über die Balustrade der Empore auf die Kinder im Lesesaal. Sie alle steckten mit der Nase voran zwischen zwei Buchdeckeln. Ihre Gesichter glühten vor Aufregung.

Typografica trat neben die Queen und drückte fest ihre Hand.

~ • ~

Geraldine vermutete, die Zwillinge und ihre beiden Fans hatten gerade das Abenteuer ihres Lebens. Na, toll! Alle waren auf dieser bescheuerten Nachtwanderung, auch die vier – jedenfalls laut des HierBinIchs, das alle vier Handys im Gleichschritt durch den Ausflugswald anzeigte. Und ausgerechnet sie, die sich doch so bemühte, immer die Beste und die Fleißigste zu sein, durfte nicht dabei sein. Das war sooo ungerecht! Aber es gab noch etwas, das in ihr bohrte: Das, was ihre Mutter über ihren Vater gesagt hatte. Geraldine sei wie ihr Vater: reuelos. Was meinte sie damit?

Mit einem Mal platzte ein Fragepickel in ihrem Kopf. Fragen, die Geraldine jedoch aufgehört hatte zu stellen, weil sie nie eine Antwort darauf bekommen hatte – oder stattdessen Ärger. Warum gab es im ganzen Haus keine Fotos von ihrem Vater? Warum gab es nicht einen Gegenstand in der ganzen viel zu großen kalten Villa, den sie mit ihrem Papa in Verbindung bringen konnte? Kein Geschenk, das er seiner Tochter oder ihrer Mutter überreicht hatte? Keine Tasse, aus der er seinen Tee getrunken hat. Hatte er überhaupt Tee getrunken? Keinen Sessel, in dem er abends gesessen und seine Beine hochgelegt hat. Nichts. Keine Erinnerungen. Alles zerstört, weggeschafft. Aber: Warum?

Geraldine lief unruhig in ihrem riesigen Zimmer auf und ab. Dass ihre Mutter ihren Mann einfach nur vergessen wollte, konnte sie jetzt nicht mehr glauben. Denn Mama *hatte* ihn nicht vergessen. Sonst hätte sie ihn ja nicht erwähnt.

Geraldine blieb abrupt stehen, als eine vage Erinnerung sie streifte. Ihr Vater, der eine Treppe herunterkam. Sie lag im Halbdunkel, darum hatte sie sein Gesicht nicht erkennen können. Als er sie hochnahm, schlang sie ihre Arme um seinen Hals. Seine Hände, die sie schützend hielten, wie sonst in Gewitternächten.

Die Erinnerung löste einen Gefühlssturm in Geraldine aus. Sie legte die Hand auf den Mund, da sie aufschluchzte. Doch es war eh niemand da, der sie hören könnte. Ihre Mutter war im Ministerium, und Marlene hatte sich zurückgezogen in ihr Zimmer, mit Kopfhörern auf den Ohren.

Geraldine presste die Fäuste an die Augen und zwang sich

zur Ruhe. Die Treppe? Sie war schmal gewesen … nicht die große im Foyer … ja! Es war die Treppe zum Dachboden gewesen! »Dort ist nichts«, hatte ihre Mutter ihr eingeschärft. »Halte dich davon fern.«

Natürlich hatte Geraldine gehorcht. Und eines Tages nahezu vergessen, dass die Villa auch einen Dachboden haben musste.

Was aber, wenn dort sehr wohl etwas war?

Aufgeregt lief Geraldine auf den Flur hinaus in den hinteren Teil des Hauses. Bis sie vor der Treppe zum Dachboden stand. Sie sah sich um. Lauschte. War da jemand im Untergeschoss? Nein. Langsam und mit heftig klopfendem Herzen stieg sie die Stufen empor. Die Tür war nur mit einem einfachen Schieberiegel verschlossen, aber er war wohl lange nicht mehr benutzt worden.

Sie hielt inne. Was würde sie hier entdecken?

Langsam stieß Geraldine die Tür auf.

Es war dunkel.

Sie tastete mit angehaltenem Atem an der Wand neben der Tür entlang, bis sie den Lichtschalter fand. Und hoffte, dass sie dabei nicht in etwas Ekeliges fasste, ein pelziges Tier oder Spinnweben oder … Da erwachte eine einzige funzelige Lampe flackernd zum Leben.

Mit offenem Mund starrte Geraldine in die weite Leere. Der Dachboden war hoch. Querbalken stützten ihn zusätzlich. Aber es war nichts da. Keine alten Möbel, keine Monitore, keine alten Matratzen oder Kinderkleidung – nichts! Der Dachboden war leer.

Sie lief in die Mitte des Raumes, die Bodenbretter knackten empört unter ihren Füßen. Ihre Schritte waren ein hohles Echo. Sie spähte in jeden Winkel, suchte verzweifelt nach irgendeinem Überbleibsel dessen, was ihren Vater einst veranlasst hatte, hier hochzukommen. Es gab nichts. Nur Staub und Spinnweben.

Geraldine sackte auf den Boden und barg das Gesicht in den Händen. Denn jetzt kamen die verhassten Tränen. Überall stieß sie gegen ein riesiges Nichts. Und ihr Vater war immer noch verschwunden.

Geraldine weinte all die bitteren Tränen, die sie sich immer so tapfer versagt hatte.

Irgendwann ließ ihr Weinkrampf nach und sie hob erschöpft das Gesicht. Sie atmete tief ein. Puh, war das muffig. Geraldine erhob sich, um das Fenster zu öffnen, sie brauchte dringend frische Luft.

Tief atmete sie die seidige Nachtluft ein. Dabei schaute sie über die nächtliche Stadt. Wie geheimnisvoll sie von hier aussah. Die erleuchteten Häuser, der Himmel, an dem gerade eine Wolke den Mond verdunkelte.

Moment.

Was war das für ein tanzendes kleines Licht?

Sie erschrak, als es auf sie zukam. War das ein Leuchtkäfer? Sie duckte sich instinktiv unter die Fensterbank.

Der Funke flog tänzelnd direkt über Geraldine hinweg in den leeren Dachboden.

Staunend verfolgte Geraldine dieses seltsame Gebaren.

Ein Käfer war das nicht. Es war einfach ein fliegender Funke.

Nanu? Er schwebte auf die Wand direkt unter der Dachschräge zu und setzte sich dort fest. Geraldine zögerte, doch ihre Neugier war stärker. Langsam und vorsichtig näherte sie sich dem sanft pulsierenden Feuerpünktchen.

Als sie die Hand nach ihm ausstreckte, flog es fort und zischte durch das Fenster wieder in die Nacht hinaus. Mit aufgerissenen Augen starrte Geraldine ihm nach. So etwas hatte sie noch nie erlebt. Sie richtete ihren Blick auf die Stelle, an der der Funke verweilt hatte. Die Mauer war aus unverputzten Steinen. Und der Stein, den der Funke sich als Ruheplatz ausgesucht hatte, er … sah irgendwie anders als die anderen aus.

Sie rubbelte mit den Fingern darüber. Zwischen diesem Stein und seinen Nachbarn gab es keinen festen Mörtel. Geraldine tippte an den Ziegelstein. Hey! Er saß ja ganz locker! Mit spitzen Fingern versuchte sie ihn herauszuziehen. Es ging ganz leicht. Geraldine legte den rechteckigen Quader auf die Holzdielen und spähte in das Loch. Da war etwas drin.

»Auf drei«, redete sie sich gut zu. »Eins, zwei, drei …« Mit leichtem Gruseln griff sie hinein, hoffte, dass keine Spinne über ihre Finger lief, und zog hervor, was sich verborgen hatte.

Ein Briefumschlag.

Geraldine riss ihn gierig auf, zog das Papier hervor und las mit fliegender Hast und stockendem Atem die handgeschriebenen Worte:

Meine geliebte Tochter, ich hoffe, dass du diesen Brief niemals lesen musst, und ich zurückkehre, um ihn zu vernichten …

Finn saß vor seinem Bücherstapel und nahm vorsichtig ein Buch nach dem anderen in die Hand. Schaute sich Vorder- und Rückseite an, schnupperte daran. Es roch fremd, irgendwie schwach nach Pflanzen. Er klappte eines auf, fasste die Seiten an. Sie waren ein wenig rau. Wahrscheinlich, damit man sie besser anfassen und umblättern konnte, dachte er. Schlau gemacht.

Er wählte schließlich eines aus, das *Der Zauberer von Oz* hieß. Es war reine Neugier. Was war ein Zauberer? Und gab es wirklich einen Ort namens Oz? Doch noch schlug er es nicht auf. Wog es in der Hand, schüttelte es leicht. Queen Buk hatte gesagt, dass Bücher eine Kraft in sich hatten. Was sollte das für eine Kraft sein?

»Willst du es schütteln, bis es dir seinen Inhalt verrät?«, ertönte auf einmal eine Stimme neben ihm.

Er schaute auf. Queen Buk stand nur ein paar Schritte entfernt und beobachtete ihn.

Finn grinste verlegen. »Nein, es gehen mir nur so viele Sachen durch den Kopf.«

Sie nickte, dann setzte sie sich auf einen der kleinen Buk-Hocker. »Was denn für Sachen?«, fragte sie.

Es war schon komisch. Die Buk war so viel kleiner als er und wirkte doch viel größer.

»Na ja, es war ganz schön schwer, den Weg hierher zu finden. Ich hab fast gedacht, ich krieg das nicht hin. Aber dann haben wir es alle zusammen geschafft.«

»Das ist der Zauber der Freundschaft«, sagte die Queen.

»Aber wie geht Zauber?«

»Zauber ist, wenn etwas gelingt, von dem man nicht erklären kann wie. Es ist Magie.«

»Und was ist Magie?«

»Magie ist das, von dem Menschen nicht mehr wissen, dass es sie gibt. Das Unerklärliche. Unsichtbare. Kräfte, die manche als nicht normal bezeichnen würden, vielleicht weil sie Angst haben. Magie ist, was sie dennoch brauchen, um zu leben.«

Das verstand Finn zwar nicht ganz, aber es fühlte sich dennoch so an, als ob er ein großes Geheimnis erfuhr. Ja, als ob er es wert wäre, Dinge zu erfahren, die Kindern sonst nie mitgeteilt wurden. Es fühlte sich ziemlich gut an, dass die Queen Buk mit ihm sprach, als sei er mehr als nur ein Kind.

Finn erzählte ihr, dass sie bestraft worden waren, und vom HierBinIch-Programm, der Nachtwanderung und wie sie ihre Eltern und Lehrer ausgetrickst hatten. Queen Buk hörte sehr aufmerksam zu. Als er vom HierBinIch sprach, schaute sie ihn groß an. Aber vielleicht schaute sie ganz normal, ihre Augen waren nur riesengroß.

»Diese, wie sagst du: diese Äpp, die weiß immer, wo ihr seid?«, fragte sie fassungslos.

»Ja. Es sei denn, man legt das HierBinIch rein.«

»Schlimm«, murmelte sie und ließ ihn weiterreden.

»Und nun sitzen wir hier, und es ist alles so seltsam«, schloss er seinen Bericht.

»Das ist doch noch nicht alles«, sagte sie nach einer Weile. »Erzähl mir von dir. Was beschäftigt dich.«

»Uff«, machte Finn. Dann suchte er nach den richtigen Worten. »Es ist, als ob in meinem Kopf was zusammengestoßen ist. Wie ein Auto, das auf eine Mauer knallt. Dieses alte Haus«, er machte eine Geste, die alles umschloss, »und wo wir herkommen. Es ist beides gleichzeitig da, aber völlig unterschiedlich, und jetzt sind diese beiden Welten aufeinandergestoßen. Ich fühle mich sauwohl hier. Ich brauche nicht mehr aufzupassen, ob das, was ich sage, verboten oder gegen die Regeln ist. Ich kann vielleicht sogar erzählen, was für Träume ich habe und dass ich überhaupt welche habe. Das kann ich … wie sagt ihr? Draußen? Also, im Draußen nicht. Und das Draußen ist so starr. Wie eine Mauer. Hier drinnen ist alles so leicht. Ich weiß nicht. Finden Sie das komisch?«

»Nein, was du erzählst, ergibt durchaus Sinn.«

»Genau das meine ich. Ich kann hier alles Mögliche sagen oder tun, und Sie hören mir zu. Das ist echt … irre! Aber was ich mich andauernd frage, ist, wer seid ihr? Wo kommt ihr her? Warum gibt es euch? Und: Warum sind ausgerechnet wir in einer Prophezeiung? Wir sind doch nur irgendwelche Kids.«

Queen Buk schaute in die Regale mit den Millionen Büchern. Langsam schlossen sich die Lider über ihren großen Augen und öffneten sich wieder. »Es gibt uns«, begann sie, »seit der erste Mensch eine Geschichte erzählte. Von etwas, das die anderen nicht kannten. Und wenn er sie in einer Weise erzählte, dass die Zuhörenden ihm gebannt lauschten, ihm in Gedanken folgten an den Ort, der ihnen unbekannt war, dann haben sie gemeinsam eine neue Welt erschaffen. Dort ist unser Ursprung. Wir sind mit den Geschichten in die Welt gekommen. Damals, an den Lagerfeuern, waren wir noch unsichtbar, aber wir waren da.«

Finn versuchte, das zu begreifen. »Aber wie wurdet ihr … wirklich?«

Queen Buk lächelte schmal. »Als nach dem Geschichtenerzähler einer kam, der sagte, dass das alles nicht wahr sei und man so etwas nicht erzählen dürfte. Da lernten wir, den Menschen zu helfen und wurden wirklich.«

»Davon habe ich noch nie gehört.«

»Das wundert mich nicht. Denn die, die nicht glauben wollten, dass jede Geschichte eine Wahrheit hat, dass jede Geschichte eine neue Wirklichkeit gebären kann, so störend oder unerklärlich sie erscheint, haben immer jene bekämpft, die daran glaubten.«

Finn dachte nach. »Und ihr kommt aus den Büchern wie das Essen und die Waschschüssel?«

»Ja und nein. Es stimmt, dass wir aus den Büchern kommen. Aber sie müssen gelesen werden. Von den Menschen. Wenn sie sich in die Bücher versenken, in die Geschichten eintauchen, dann fließt ihre Vorstellungskraft in die Bücher ein. Das ist anders, als wenn du einen Film schaust. In Büchern siehst du nur Worte, doch deine Vorstellungskraft erschafft die Welt hinter den Worten. Mit jedem Buch, das du liest, wächst diese Kraft in dir. Die menschliche Vorstellungskraft, Finn, ist unerschöpflich und kann tatsächliche Welten erschaffen. Ideen. Sie gibt uns die Möglichkeit hervorzutreten. Du hast mich gefragt, was Magie ist. Das ist die Magie der Bücher.«

»Und was ist, wenn die Menschen keine Geschichten mehr lesen und diese Magie nicht mehr anwenden?«

»Dann vergehen wir.«

Finn schwieg betroffen, dann flüsterte er heiser und entschlossen: »Wir werden die Geschichten am Leben halten. Und die Bücher.«

»Und das ist unsere Hoffnung. Dass es dies ist, was das Orakel uns sagen will: dass ihr uns dabei helft, damit die Bücher nicht vergehen, und auch wir nicht. Dass ihr sie zurück zu den Menschen bringt.«

»Aber wie?«

Queen Buk stand auf. »Ich weiß, dass du noch viele Fragen hast. Aber dazu müsst ihr erst …« Die Königin schien ein Wort zu suchen, und Finn sah für einen Augenblick Sorge und Irritation über ihren Gesichtsausdruck gleiten. Als ob sie etwas suchte, was ihr soeben entfallen war.

Dann fing sie sich. »Lesen. Nur Bücher können euch das beibringen, was Bücher für die Menschheit bedeuten. Sie werden euch auch einen Weg zeigen, der heute noch nicht klar ist.«

»Also gibt es in den Büchern Antworten auf meine Fragen?«

Die Queen lächelte. »Genau. Es gibt kaum eine Frage, die Bücher nicht beantworten können.«

Sie wandte sich zum Gehen. Aber sie hielt noch mal inne und zeigte auf das Buch, das Finn immer noch in den Händen hielt. »*Der Zauberer von Oz* ist dabei genau das Richtige für dich«, sagte sie. »Lies es.«

Und so las Finn sein erstes Buch und in ihm wurde es ganz weit, hell, und groß.

Alice und Theologica Buk berieten sich derweil leise und fieberhaft, wie sie ihre Aufgabe, Mira in die Welt des Wunderbaren und der möglichen Unmöglichkeiten am besten begleiten sollten.

»Sie hat eine große Kraft in sich. Das weiß sie nur nicht, und wir müssen ihr dabei zur Seite stehen, damit sie nicht von sich selbst überwältigt wird«, sagte Thea Buk. »Also, die Klassiker, die die Königin empfiehlt, sind da am naheliegendsten! Engel, Götter, Riesen, Magier, Golems, Sirenen …«

Und Alice piepste dazwischen: »Das sind zu wundergroße Wunder, fangen wir erst mal klein an. Wie wäre es mit einer Zeitreise oder sprechenden Tieren oder netten Vampiren?«

Mira hörte ihnen nur mit halbem Ohr zu. Wenn sie das vorhin richtig verstanden hatte, dann war dieses Regal hier, sicher zehn Meter breit und so hoch, dass sie sein Ende kaum erahnen konnte, das, was die Buks ›Fantastik‹ nannten. Wie hatte Thommy gesagt: Traumgespenster.

Mira nannte es für sich: das Wunderland.

Sie griff in das Regal auf Kopfhöhe und ließ die Finger über die Buchrücken gleiten. Jedes Buch fühlte sich anders an. Mit geschlossenen Augen ging sie langsam die Regalreihe ab und stellte sich dabei vor, dass jedes Buch, das sie berührte, eine eigene Geschichte war. Voller Wunder und Traumgespenster.

So wie die Geschichte von Alice im Wunderland. Ob wohl eines dabei war, das von ihr gelesen werden wollte?

Mit einem Mal hielt sie inne. Das hier fühlte sich anders an. Immer noch mit geschlossenen Augen konzentrierte sie sich auf das Gefühl in ihren Fingerkuppen. Es war ein Kribbeln, sanft und blubberig wie viele kleine Seifenblasen. So als ob es mit ihr sprechen wollte. Mira zog das Buch hervor und schlug die Augen auf. Sie las sich den Titel leise vor: *Matilda*

Dann schlug sie es auf und das erste Kapitel hieß »Die Bücherleserin«. Das war ja toll, ein Buch über eine Bücherleserin! Da hatten sie und diese Matilda schon etwas gemeinsam. Mira ließ sich in den Schneidersitz direkt vor dem Regal gleiten und folgte der Geschichte mit wachsendem Ziehen im Herzen. Ja, es war, als würde sie an einer unsichtbaren Hand genommen und mitgerissen. Was war das für eine Sprache! Sie war traurig und witzig und boshaft zugleich. Mira kannte niemanden, der sich traute, so zu sprechen wie … sie sah rasch auf dem Umschlag nach: wie dieser Herr Dahl. Schon auf den wenigen Seiten verspürte sie Schmerz und dann Dankbarkeit und als nächstes Bewunderung. Vor allem merkte sie, dass sie die Luft angehalten hatte.

»Ohmmpf«, machte sie schnaufend, und das ungewöhnliche Geräusch ließ Thea und Alice zu ihr eilen.

»Du hast dir selbst ein Buch ausgesucht?«, fragte Theologica Buk erstaunt.

»Nein«, schaffte es Mira zu sagen. »Das Buch hat *mich* ausgesucht.«

»Na, das fängt ja gut an«, murmelte Thea verdrossen.

»Also, ich finde das toll«, widersprach Alice. »Ohne Ziel, ohne Plan sich in Bücher hineinverlaufen. Wie in einen wilden Wald.«

»Du weißt«, merkte Thea leise an, »was passiert, wenn man sich zu weit in einen *Wald* hineinverläuft? So fängt es immer an und dann wird's kompliziert.«

Mira entging der bedeutsame Unterton, denn sie war schon längst wieder bei Matilda, und litt mit unter den Demütigungen ihrer Eltern, und begleitete sie zu ihrer heimlichen Freundin, der Bibliothekarin Frau Schilf. Mira berührte immer wieder jene Wörter, die sie noch nie aus dem Mund eines Erwachsenen gehört hatte. Dabei vergaß sie alles um sich herum. Sie bemerkte nicht mal, wie versonnen Alice und Thea sie betrachteten, während sie las, und jede Regung auf Miras Gesicht studierten.

»Menschen lesen so langsam«, wisperte Thea.

»Aber so magisch«, meinte Alice. »Es ist, als ob die Bücher und sie wirklich miteinander sprechen.«

»Wie mitfühlend sie ist«, murmelte Alice.

»Mitgefühl war schon immer die größte Bedrohung der Mächtigen«, seufzte Theologica. »Es wird sich immer über Verbote und falsche Regeln hinwegsetzen. Es ist dem Gedankenlesen zudem nicht unähnlich …«

»Dann ist das Miras große Gabe. Das Mitfühlen.«

»Und eine sehr gefährliche dazu. Sie wird mit anderen leiden, aber andere werden ihr auch immer folgen. Weil sie sich von ihr verstanden fühlen.«

Die Buks betrachteten das Mädchen, das noch nicht ahnte, dass sie Menschen mit sich reißen konnte – wenn sie es nur wollte.

Rebella Buk inspizierte die Bücher, die Queen Buk für Nola als »Einstiegslektüre« herausgesucht hatte. Oh du lieber Schriftsatz, das war ja schwer verdauliche Kost. Henry David Thoreau, puh, Homers *Odyssee*, auweia. Dann noch die Kriegsregeln von Sunzi. Also, nein. Rebella erinnerte sich an ihre Babybuk-Jahre, so vor etwa zwei Jahrhunderten. Und jede Geschichte, die sie gelesen hatte, fühlte sich so an wie ein anderes Leben, das Rebella sich aussuchen und überstreifen konnte. Sie war so mutig geworden wie Jeanne d'Arc oder die Rote Zora. Rebella hatte in jedem Buch danach gesucht, wer sie außerdem sein könnte als nur sie selbst.

Rebella schielte zu der Empore, um sicherzugehen, dass die Königin sie nicht beobachtete, dann flüsterte sie Nola zu: »Möchtest du Geschichten mit mutigen Mädchen, die so sind wie du? Du musst die *Fünf Freunde* lesen, *Mulan*, und außerdem *Ronja Räubertochter* und die *Chroniken von Narnia* und …«

»Aber wer ist denn dieser Henry Thoreau?«, fragte Nola dazwischen und nahm das erste Bändchen hoch.

»Ach, der. Der hat mal im Wald gelebt und danach so Dinge gesagt wie: ›Ungehorsam ist die wahre Grundlage der Freiheit.‹«

»Lusche im Rüschen-Anzug«, murmelte Attila, der steif und verkrampft dabeistand.

»Und die Odyssee?«

»Da hat sich ein Mann namens Odysseus auf dem Meer verfahren. Also, das ist zwar auch spannend, aber vielleicht zuerst lieber so was wie die *Tribute von Panem*, *Momo*, und …«

»Warte! Ich weiß gar nicht, was ich möchte«, sagte Nola kläglich und wandte sich Hilfe suchend an Attila Buk. »Ich weiß ja nicht mal, wie man ein Buch liest.«

Rebella sah Nola verwundert an. Die zwinkerte ihr rasch zu, was so viel bedeuten sollte wie: »Lass uns mal den Grummelkopf ein bisschen verkackeiern.«

»Pah«, knurrte Attila. »Wie kann man denn nicht wissen, wie man liest.« Er schüttelte den Kopf. »Mädchen!«, fügte er hinzu.

Rebella verkniff sich ein Kichern. Attila Buk war voll auf Nola reingefallen.

»Dann mach dich nützlich und such *Fünf Freunde erforschen die Schatzinsel*«, forderte sie den massigen Krieger-Buk auf. Als er missmutig verharrte, setzte sie nach: »Na? Oder ist das eine zu schwierige Mission für den Oberstrategen?«

Attila machte noch mal »Pah« und schwang sich behände die meterhohen Regale hoch.

Nola und Rebella steckten die Köpfe zusammen und giggelten.

Dann sagte Nola: »Komm, ich verrate dir etwas.« Sie hielt ihr den gekrümmten kleinen Finger hin und wies Rebella an, wie sie ihren darin einhaken konnte. »Das ist unser Zeichen, wenn man ein Geheimnis teilt«, erklärte Nola. »Unser Geheimnis ist, dass wir Attila hopsgenommen haben.«

»Hab es!«, rief Attila Buk.

Während Atilla die Regaltreppen wieder herunterkraxelte, fragte Nola: »Und wir können alle Bücher lesen, die hier sind?«

»Alle«, bestätigte Rebella. Dann glitt ein Schatten über ihr Gesicht. Ganz leise wisperte sie: »Also, nicht wirklich alle. Die im Keller zum Beispiel nicht.«

»Im Keller?«

»Hier«, knurrte Attila und hielt Nola das Buch am ausgestreckten Arm hin.

Rebella wechselte rasch das Thema. »Also, es geht darin um vier Kinder und einen Hund, Timmy, deswegen auch fünf Freunde. Zwei Mädchen, zwei Jungs. Und das eine Mädchen heißt Georgina, aber sie will lieber George genannt werden und ist …«

Nola drehte und wendete es und tat ratlos. Rebella hielt sich die Hand vor den Mund, um nicht loszuprusten. Aber Attila durchschaute das Spielchen immer noch nicht.

»Aufschlagen, herrje«, grummelte Attila, nahm es Nola ruppig aus der Hand und führte es ihr vor. »Das ist vorne. So schlägt man es auf. Nicht zu sehr, ja, sonst bricht der Rücken.« Erstaunlich sanft blätterte er die Seiten um.

»Links oben anfangen, rechts unten aufhören, keine Zeile auslassen. Kapiert, Kurzkriegerin?«

Nola schaute ihn unschuldig an. »Kapiert, großer, böser, mächtiger Attila.«

Dann hielten sie und Rebella es nicht mehr aus. Sie brachen in prustendes Lachen aus.

Attila blickte sie finster an, sein Schnurrbart zuckte. Beleidigt wandte er sich ab und stiefelte grummelnd davon. »So ein freches Mundwerk, na warte …«

Nola sah ihm nach, dann sagte sie zu Rebella: »Ich glaub, der mag mich.« Rebella kicherte begeistert.

Nola schlug das Buch auf und vergaß Attila und alle anderen Buks – selbst Rebella, und sogar den mysteriösen Keller. Und in ihrem Kopf war sie auf einmal unterwegs mit den *Fünf Freunden*.

Völlig versunken hatte sich Thommy von Schlemmer Buk und Ooht-Kwisien in der Buks-Küche immer wieder vorführen lassen, wie sie Obst, Gemüse, Braten oder Tee aus Büchern holten. Der Küchenbereich war etwas entfernt vom Lesesaal am Ende eines Flures, und in der Schwingtür war auf etwa einem halben Meter Höhe ein Bullaugenfenster eingelassen. Auf der einen Seite war der Zubereitungsbereich, in der Mitte ein langer Tisch mit Hackbrettern, Schüsseln und Utensilien, und auf der anderen eine Regalwand voller Bücher, die sichtbar oft benutzt worden waren.

»Das ist unsere Vorratshaltung«, erklärte Schlemmer Buk stolz.

»Wir haben auch einen Weinkeller, den benutzen wir aber nur an hohen Feiertagen«, ergänzte Ooht-Kwisien und öffnete eine Kommode, in der zahlreiche Weinführer und Bildbände über Champagner-Anbaugebiete standen.

Wenn man genau hinsah, waren Speis und Trank überall, in Gedichten, Rezepten, in Beschreibungen von Festmahlen oder Picknicken. Im Prinzip wurde in allen Büchern der Welt übers Essen geschrieben. Gut, außer bei den Mathematikern, aber man konnte ja nicht alles haben.

Die beiden Küchen-Buks waren hingerissen von Thommys Interesse, auch wenn manche Fragen zu verwirrenden Antworten führten. Zum Beispiel: »Aber *wie* macht ihr das?«

»Wir manifestieren«, hatte Schlemmer Buk ihm gerade versucht, zu erklären: »Wir verstofflichen. Wir sagen: Heraus, und, na ja, dann kommt es heraus. Manchmal muss man ein bisschen ziehen, aber daran gewöhnt man sich.«

»Und … Leute? Könnt ihr auch Leute herausholen?«

Die beiden Buks wechselten einen Blick. »Na jaaaaaa«, sagte Schlemmer gedehnt. »Können schon. Aber …«

»… das lassen wir lieber bleiben«, ergänzte eine Stimme von der Schwingtür her. Eine leichte Berührung an Thommys Hand unterbrach die Küchenlektion.

»Zwillingsgesicht«, hob Typografica mit ihrer warmen Stimme an. »Ich habe die Ehre, dich zu unterweisen. Wenn die ehrenwerten kulinarischen Buks ihn entschuldigen?«

Der Buchheilerin vermochte man nie zu widersprechen. Sie war jemand, fand Thommy, zu dem man aufschaute, obgleich sie in echt zu ihm, Thommy, hochschauen musste. Ihr Gesicht reichte vielleicht bis zu seinem Ellenbogen.

Seite an Seite schritten sie nun in die Bibliothek, und Thommy war es, als würde es ein immer verwinkelteres Labyrinth, die Flure wurden immer länger.

»Du wusstest als Einziger, was Bücher sind«, begann Typografica, als sie durch die Abteilung für Historie und Weltgeschichte streiften. »Darf ich fragen, wieso?«

»Meine Großeltern haben mal davon gesprochen. Dass es Bücher gegeben hat und, na ja. Ich weiß nicht, wann sie verschwunden sind oder warum. Mein Opa kannte sie noch, aber er redet nicht mehr darüber. Er hat uns übrigens geholfen, heute Nacht überhaupt hier sein zu können.«

»Habt ihr ihm verraten, warum?«

»Nein, nein«, betonte Thommy rasch. »Er hat keine Fragen gestellt. Wir sollen uns nur nicht erwischen lassen.«

»Interessant«, erwiderte Typografica. »Ist dein Großvater also … anders als die anderen Erwachsenen?«

»Auf jeden Fall«, seufzte Thommy. »Meine Oma und er … ich weiß nicht. Manchmal denke ich, sie leben ein geheimes Leben. Sie tun so, als ob sie den Regeln folgen, aber sie denken was ganz anderes, wenn sie allein sind. Vielleicht haben sie mir deswegen mal von Büchern erzählt. Ich glaub', sie vermissen sie.«

»Diese Regeln interessieren mich. Ist es verboten, über Bücher zu sprechen oder sie zu lesen?«

»Nein, nicht wirklich. Man tut es einfach nicht. Bücher, Träume, oder welche Bedeutung Namen haben: über all das wird nicht gesprochen, und wer es macht, hat schlechtes Benehmen. Die Eltern mögen das nicht, und kein Kind spricht daher darüber. Und es gibt keine Bücher, wir gucken nur Filme und spielen auf dem Tablet.«

»Und was ist ein Tablet?«

»Ein tragbarer Mini-Computer. Man kann alles Mögliche damit machen. Im Internet surfen, Spiele spielen, Musik hören, sich mit anderen unterhalten oder auch Filme schauen. Aber die sind nicht so wie das, was ihr von den Büchern berichtet. Darin wird von anderen Kindern und ihren Familien erzählt. Und was passiert, wenn sie sich nicht gut benehmen. In den Filmen wird nichts erfunden und schon gar nicht wird da von anderen Welten gesprochen.«

Von Computern hatte Typografica natürlich gehört – sie kannte die Biografien von den Erfindern Konrad Zuse und Alan Turing, aber während sie nun langsam den Lesesaal umrundeten, ließ sie sich ausführlich das World Wide Web erklären, in dem das Wissen der Menschheit abgelegt sei. Wobei bestimmte Seiten für Kinder nicht erlaubt waren.

Typografica ließ ihren hellen Blick die Regalreihen auf- und abwandern. »Es gab nicht nur Bücher«, sagte sie leise. »Es gab auch die, die sie schrieben. Autoren und Schriftstellerinnen, die Gedichte und Utopien erfanden und niederschrieben. Geschichten über wahre Verbrechen und innige Liebesgeschichten, und sie erzählten von Welten, die unerklärlich waren, wunderschön oder auch bedrohlich, um die Menschheit zu warnen.«

Dieser Gedanke war Thommy noch gar nicht gekommen.

Zu überwältigt war er von der Fülle der Bücher, die diese Bibliothek beherbergte. Aber irgendjemand musste all diese Geschichten ja auch erfunden und aufgeschrieben haben. »Wie erfindet man denn eine Geschichte?«, fragte er.

Typografica lächelte. »Die einfachste Methode ist, sich eine Frage zu stellen. Sie lautet: Was wäre, wenn?«

»Echt? Also, die stelle ich mir ständig!«

»Und was machst du dann?«

»Ich denk dann halt darüber nach. Was wäre, wenn es Wasser-Zombies gäbe? Was wäre, wenn ich fliegen könnte? Was wäre, wenn ich unsichtbar wäre? So was.«

»Siehst du«, sagte Typografica. »Und genau so machen das Schriftsteller. Sie schreiben es dann aber auf.«

»Und daraus wurden Bücher?«

»Genau. Und in einem Buchladen konnte man sie kaufen oder in einer Bibliothek ausleihen. Bücher waren überall gegenwärtig.«

»Aber jetzt hat keiner mehr ein Buch«, meinte Thommy.

»Nein«, erwiderte Typografica. »Der Lauf der Zeit. Wenn etwas verschwindet, nicht wegen Verboten, sondern weil sein Erhalt zu vielen Menschen nicht mehr wichtig ist.«

Thommy gefiel es, dass die Buchheilerin mit ihm redete wie mit einem Erwachsenen. Sie nahm ernst, was er sagte, und sie versuchte nicht, ihm etwas auszureden.

»Sag mal«, fragte Typografica nun, »dein Name und seine Bedeutung interessieren dich sehr, oder?«

Thommy hatte bis eben gar nicht mehr daran gedacht. »Das ist eine Frage, die ich mir früher nie gestellt habe. Aber jetzt will ich wissen, was es damit auf sich hat. Dass es in mir etwas gibt, was ich noch nicht kenne. Ich will die Wahrheit wissen.«

Typografica lenkte sie in einen Gang, an dessen Ende sich eine Büchersäule erhob. »Sich selbst zu erforschen, ist das menschlichste aller Abenteuer«, erwiderte sie dann. Sie deutete umher. »Und Bücher sind dafür die besten Gefährten. Sie urteilen nicht, und wenn du liest, dann reden sie mit dir über alles, es gibt keine Denkverbote. Bücher verraten dir, was du über dich selbst nie wusstest.«

»Ist das wahr?«, fragte Thommy.

»So wahr wie die Welt, die dich ausgespuckt hat.«

Thommy atmete tief ein und aus.

»Also, wo willst du beginnen?«

»Am liebsten würde ich alles gleichzeitig lesen«, gab er zu.

»Dafür brauchst du tausend Jahre, befürchte ich. Ein Mensch schafft etwa fünftausend Bücher in seinem Leben. Wenn er sich ranhält.«

Thommy schaute sich um. »Wie viele Bücher habt ihr?«

»Ach, vielleicht kaum eine Million, wir sind doch eine sehr kleine Bibliothek.«

»Und wie viele schafft ein Buk?«

Typografica rechnete nach. »Alle, denke ich. Ja, doch, die Zeit reicht knapp, aber sie reicht.«

»Wär ich doch ein Buk, dann könnte ich viel mehr lesen«, seufzte Thommy.

Sie nahm seine beiden Hände in die ihren. »Thommy. Ich verrate dir jetzt mal etwas, was du und deine Freunde und alle Kinder uns Buks voraushabt. Wenn ihr lest, dann erschafft ihr unendliche neue Welten. Ihr habt die Kraft unermesslicher Fantasie. Wir können das nicht, wir merken uns zwar alles, aber ein Buk hat keinerlei Fantasie. Wir fragen uns nicht: Was wäre, wenn? Und ich vermute, deswegen seid ihr uns prophezeit worden. Weil eure Gaben entscheidend sind. Ihr müsst sie nur erst entdecken.«

Als die Buchheilerin Thommys zweifelnden Gesichtsausdruck registrierte, fügte sie hinzu: »Ich habe da ein Buch für dich, es heißt: *Der Goldene Kompass*. Darin hat jeder Mensch eine zweite Seite. Und der Autor, ein Sir Pullman, hat diese zweite Seite Daemon genannt und lässt sie als Tiere erscheinen. In der Geschichte gehen Kinder und ihre Daemonen auf ein Abenteuer zwischen den Welten. Neugierig?«

Thommy nickte aufgeregt. Während Typografica sich flink die Säule aufwärtsschwang, um nach dem Buch zu suchen, bemerkte Thommy, dass er von hier aus die Empore sehen konnte. Die Empore mit dem geheimnisvollen Verrückten Orakel. Ob es ihm wohl eines Tages verraten würde, welche Rolle er, das Zwillingsgesicht, in der Prophezeiung spielen würde? Was seine Gabe war – wenn er eine hatte?

In dieser von einem besonderen Zauber erfüllten Nacht war der Lesesaal von neuen Geräuschen erfüllt. Das leise Rascheln von Papier, ein Kichern, ein erschreckter Seufzer und dazwischen die wispernden Stimmen der Buks, die Zeuge wurden, wie die Kinder an verschiedenen Plätzen in der riesigen Bibliothek begannen, das Reich der Geschichten zu erobern.

Die Nacht schritt unaufhörlich dahin, und doch unbemerkt von den Lesenden. Sie reisten im Kopf durch ferne Länder und Inseln, sie flogen in dahinstürmenden Himmelsschiffen und sie vergossen Tränen, sie streiften sich die Haut der Heldinnen und Helden über und kämpften, verloren und standen wieder auf.

Immer leiser waren die Buks geworden, um die Kinder nicht zu stören, und das Licht ihrer kreisrunden Augen hatte einen gedämpften Schimmer angenommen, der den Lesesaal in goldenes Zwielicht tauchte. Auch die Schatten in den schmalen Fluren zwischen den meterhohen Regalen wurden länger und dunkler. Ab und an huschte einer der beiden Küchen-Buks umher und schob einem lesenden Kind einen Tee oder eine Schale Butterkekse zu. Dann sah es vielleicht kurz auf, die Augen tief und fern, da alles um sie herum versunken war. Und sich in ihnen eine ganz neue Welt emporbäumte.

Queen Buk, Typografica, Thesaurus und Adlatus schauten von der Empore aufmerksam zu.

»Sie fallen wie Steine in einen tiefen See«, murmelte Adlatus. Er fragte leise: »Haben wir wirklich dafür Zeit?«

»Alles hat seine Zeit«, erwiderte Queen Buk, genauso gedämpft. »Das Zerstören. Das Aufbauen. Das Lesen. Das Fallen. Das Kämpfen.«

»Die Zerstörung ist dabei aber schneller als wir.« Typografica zeigte auf ihre Tasche und hob geräuschlos ein halbes Dutzend Bücher heraus. »Wir müssen es ihnen bald sagen. Es beschleunigt sich.« Die Buchheilerin forschte in Queen Buks Gesicht. Als ob sie ahnte, dass mit jedem Buch, das ausbleichte, auch etwas in der Königin den Halt verlor.

Queen Buk rang die Hände. »Sie haben so viel Freude. Ich will es ihnen nicht gleich verderben. Und sie müssen erst ganz und gar spüren, was Bücher sind, um bereit zu sein, sich für ihr Überleben zu entschließen. Sie müssen auch erst ihre eigene Gabe entdecken. Und ob diese gegen die Bleichkrankheit etwas ausrichten kann.«

»Wie sollen die Kinder etwas vollbringen, das nicht einmal der Buchmeister geschafft hat?«, mischte sich Thesaurus im Flüsterton ein.

»Der Buchmeister war ein Erwachsener. Wir wissen doch, dass Menschen etwas verlieren, je älter sie werden. Lasst uns trotzdem weiter darauf hoffen, dass er einen Weg findet.«

»Nach all der Zeit, Majestät, erscheint mir die Hoffnung gering, dass er überhaupt noch lebt! Und die Gilde scheint aufgelöst. Niemand ist mehr gekommen, seit der Buchmeister verschollen ist.«

»Gering ist genug, um nicht aufzugeben«, entschied Queen Buk. Die anderen Buks sahen einander zweifelnd an.

»Vertraue dem Orakel, Thesaurus. Du musst es weiter befragen, damit es uns den nächsten Schritt verrä…«

Sie fuhren heftig zusammen, als ein markerschütternder, spitzer Schrei durch den Lesesaal schallte.

Es war Mira.

»Die Zeit«, rief sie panisch, »die Zeit, sie ist … einfach schon vorbei!« Hilflos und mit einem Gesicht weiß wie ein schneebedecktes Feld hielt Mira die Taschenuhr hoch. Die goldene runde Uhr tickte auf halb drei zu.

Finn, Nola und Thommy sprangen erschrocken aus ihren Kissen hoch, in die sie sich eingekuschelt hatten. Sie waren so tief in die Geschichten gefallen, dass Zeit und Raum unfühlbar geworden waren.

»Halb drei?!«, krähte Finn heiser.

Sie hätten vor einer halben Stunde zu Hause sein sollen.

Die Buks ließen sich von der Anspannung und Panik anstecken. Augenblicklich waren alle auf den Beinen, sprangen aus Fächern und von ihren Regalen, auf denen sie mit baumelnden Beinen gesessen und den Kindern beim Fantasieren zugeschaut hatten, und standen ihnen jetzt im Weg, im Versuch, ihnen dabei zu helfen, ihre Sachen zusammenzuraffen.

»Hier, ein Stück Kuchen für den Weg!«, rief Ooht-Kwisien und steckte Thommy etwas in den Rucksack.

»Wir kommen wieder«, flüsterte Nola hektisch Rebella zu. »So schnell es geht. Wir denken uns was aus, wir lassen euch nicht allein, hörst du? Das ist mein Ehrenwort.«

Rasch verhakelten sie ihre Finger.

Währenddessen klammerte sich Mira an ihr Buch. »Ich bin noch nicht fertig«, stammelte sie, als Alice es ihr sanft entwand.

»Ich pass auf Matilda auf«, versprach diese, »bis du wiederkommst.«

»Und ich pass mit auf, nun aber lauf«, meinte der Reimling und guckte ganz verträumt zu Mira hoch.

Queen Buk kam den Kindern entgegen und griff nach Finns Händen. »Kommt wieder«, presste sie hervor. »Kommt bald. Und jetzt lauft wie der Wind.«

»Die Sterne sind euch jedenfalls gewogen«, schniefte Astronomus.

Theologica tätschelte ihm die Schulter. »Und die Engel und Erdgeister auch, Kinder.«

Unbemerkt in diesem überstürzten Aufbruchschaos, in dem jeder der Buks noch ganz rasch ganz wichtige Dinge zu ihnen sagen wollte, tat Thommy etwas, von dem er wusste, dass es gefährlich war. Sehr gefährlich.

Aber er konnte nicht anders: Er steckte das Buch ein. Er musste wissen, wie es weiterging. Und der Gedanke, auf unbestimmte Zeit Lyra und ihren Daemon nicht weiter begleiten zu können, war ihm unerträglich.

Rebella und Attila flankierten die Kinder, die mit hopsenden Rucksäcken und die angeschalteten Taschenlampen im Anschlag durch das Foyer und auf die Tür zuliefen.

Die Nacht war wie eine schwarze Wand, gegen die sie knallten.

In den letzten Stunden war Nebel aufgezogen und der Strahl ihrer Leuchten reichte kaum so weit, wie sie hätten spucken können.

Finn stöhnte auf. »Auch das noch! So kommen wir hier nicht schnell genug weg.«

»Finder!«, rief Rebella da von der Tür hinter ihm. Sie wies auf etwas schräg vor ihm.

»Was ist da?«, fragte Nola.

Da aktivierte die Buk ihre Augen und ihr Licht grub eine Schneise in Nebel und Nacht. Attila stellte sich neben sie, passte aber wie sie gut auf, nicht nach draußen zu treten. Als auch seine Augen aufflammten, wurde es fast so hell wie der Tag. Und da sahen sie es: Eine weiße Eule saß auf dem Mäuerchen, das die Stufen zum Eingang flankierte. Sie sah sie aufmerksam an. Es schien, als ob sie sie erwartet hätte.

»Die weiße Eule«, flüsterte Attila mit rauer Stimme. »Es ist also doch wahr! Die Tiere des Buchmei…«

»Folgt ihr«, unterbrach ihn Rebella und drängte: »Sie wird euch leiten. Und nun los, los, los!«

Vielleicht, weil ihre Herzen noch in den Geschichten waren, vielleicht, weil es keine andere Möglichkeit gab, folgten die vier dem Rat.

Als hätte die weiße Eule nur darauf gewartet, flog sie ihnen voraus, bis sie das Tor erreicht hatten.

Hastig schloss Finn das Tor hinter sich. »Los, durch den Tunnel!« Auf allen vieren und so schnell sie konnten, krabbelten sie durch Dreck und Staub. Finn kroch als Letzter durch den Gang.

Auch auf der anderen Seite brütete der feuchte dichte Nebel über den Wiesen und Ranken, sogar die grün schimmernden Blütenblätter verströmten kaum noch ihr Wunderlicht. Doch immer wieder glitt der lautlose weiße Schatten dicht über sie hinweg und bedeutete ihnen den Weg. Mit den Leuchten der

Taschenlampen auf den weißen, strahlenden Fleck gerichtet, liefen sie eilig durch das schweigende Land, bis sie über den Wasserlauf sprangen und bald den festen Weg erreicht hatten. Die weiße Eule verschwand.

»Ich kann nicht mehr«, klagte Thommy. Er stützte sich mit den Händen auf die Knie und rang um Luft.

»Na, komm schon«, munterte Nola ihn auf. »Ein klein bisschen noch.«

Dankbar nahm er ihre ausgestreckte Hand. Keuchend und mit spitzem Seitenstechen liefen sie weiter. Jetzt überwältigte die Müdigkeit ihre Körper und die Schuhe wurden schwer wie Mühlsteine.

»Es tut mir leid, ich hab nicht auf die Zeit geachtet«, weinte Mira und wischte sich beim Laufen die Tränen vom Gesicht.

»Wir haben alle nicht darauf geachtet«, schnaufte Nola. »Mach dir keine Gedanken.«

Bitte, bitte, bitte, lass Opa noch da sein, lass bloß kein Telefon klingeln, lass bitte alles gut werden, betete Thommy derweil still. Das Gewicht des Buches in seinem Rucksack wurde schwer und brennend. Oder war es sein schlechtes Gewissen?

Finn sagte gar nichts, er biss nur die Zähne zusammen und dachte fieberhaft nach. Sie hätten keine Fehler machen dürfen, aber es war geschehen. Wieso war er nur kein guter Anführer?

Als sie verzweifelt, außer Atem und die Hosenbeine nass von Tau und Nebel in die Straße einbogen, an dessen Ende das Haus von Thommys Großeltern stand, erwartete sie eine Überraschung.

»Thommy«, zischte eine Stimme aus der Dunkelheit eines Baumes. »Hierher.«

Dann trat Opa Silberberg hervor. Er legte den Finger an die Lippen und bedeutete ihnen, ihm außerhalb der Straßenlaternen und im Halbdunkel zur Rückseite des Hauses zu folgen.

Als sie mit klopfenden Herzen das niedrige, kleine Haus betraten, rief Thommys Großmutter: »Na, Gott sei Dank. Da seid ihr ja.«

»Ich hab nicht auf die Zeit geachtet«, sagte Mira kläglich.

Oma Silberberg schüttelte gutmütig den Kopf. »Na, ich habe euren Eltern jedenfalls erzählt, dass ihr erst mal eine warme Suppe und dann einen Berg Pfannkuchen bekommt.« Sie deutete auf den Esstisch: Da lagen ihre Handys, jedes an einer anderen Sitzseite.

»Und dann habe ich sie gefragt, ob ihr hier übernachten könnt, weil der arme Opa Silberberg auch ganz müde ist und wegen seiner schlechten Augen ungern noch nachts durch die Gegend fährt. Das haben eure Eltern glücklicherweise akzeptiert und waren einverstanden.«

Thommy warf sich seiner Oma dankbar in die Arme.

Finn, Nola und Mira standen verlegen lächlend da.

»Und jetzt wascht euch Gesicht und Hände«, sagte Opa Silberberg.

Zu verblüfft, um zu widersprechen, nickten sie, und taten wie geheißen.

»Ich kann's nicht fassen«, nuschelte Nola, als sie sich mit Mira das Bad teilte und eine Zahnbürste geliehen bekam. »Wieso sind Thommys Großeltern so cool? Sie lügen für uns und helfen uns, unser Geheimnis zu bewahren.«

»Vielleicht haben sie ja auch Geheimnisse?«

»Glaubst du?«

Mira bürstete sich die Haare. »Alle Erwachsenen haben Geheimnisse«, meinte sie leise.

»Woher weißt du das?«

»Aus dem Buch. Hatte deins keine Geheimnisse?«

»Doch, die fünf Freunde hatten welche. Kann ich dein Buch das nächste Mal lesen?«

Mira nickte heftig. »Das war schon komisch. Ich war ganz bei Matilda, dem Mädchen aus dem Buch. Und jetzt habe ich das Gefühl, sie zu kennen wie eine Freundin.«

»Genau so ging es mir auch. Die fünf Freunde sind mir jetzt so vertraut. Es war, als wäre ich wirklich bei ihnen gewesen. Und ich brauche nur das Buch aufzuschlagen, um wieder dort zu sein.«

»Vielleicht gibt es deswegen keine Bücher mehr«, sinnierte Mira. »Weil wir darin Freunde finden, die die Erwachsenen nicht kennen. Und die nicht ihren Regeln gehorchen.«

»Ich glaube«, ergänzte Nola, »weil die Erwachsenen nicht wollen, dass wir rausfinden, dass sie nie richtig ehrlich sind und auch immer was verstecken.«

Sie kicherten beide mit ihren Zahnpasta-Lippen.

Zusammen bauten sie mit Oma Silberberg ein Matratzenlager im Wohnzimmer.

Stille senkte sich über das Haus, als sie alle unter den Decken lagen.

»Und jetzt schlaft«, befahl Oma Silberberg und knipste die Lampen aus. »Morgen ist ein neuer Tag.«

Sie hörten von oben noch das Knarren der Bohlen, das Hin und Her der beiden Großeltern, dann war Ruhe.

»Das war Wahnsinn!«, wisperte Nola. »Ich wollte gar nicht weg.«

»Ging mir auch so«, flüsterte Finn zurück.

»Zum Glück wurden wir nicht erwischt. Thommy, du hast die besten Großeltern der Welt, echt«, wisperte Mira.

»Hmm«, murmelte der. Das entführte Buch lag in seinem Rucksack und er fühlte sich furchtbar schuldig.

Und weil sie voller Worte waren in ihren Köpfen, so voll von neuen Gedanken und Gefühlen und Welten und neuen Freunden, die sie in Büchern gefunden hatten, blieben sie alle sprachlos, bis der Schlaf sie endgültig fest umarmte.

Und alle vier träumten sie in dieser Nacht. Von sprechenden Katzen und Daemonen, von klugen weißen Eulen und magischen Nächten, von Welten hinter den Welten hinter den Welten …

~ • ~

Finn wachte auf, weil seine Nase furchtbar juckte. Er kratzte sich verzweifelt und öffnete die Augen. Nola hatte sich über ihn gebeugt und mit einer ihrer Haarsträhnen gekitzelt.

»Na endlich«, sagte sie und ließ sich auf ihrer Matratze nieder.

Thommy und Mira saßen auch schon aufrecht.

»Wie gut, dass heute keine Schule ist«, gähnte Finn.

»Mein Opa und meine Oma sind schon in der Küche. Sie wollten uns wohl ausschlafen lassen.«

»Warum sie uns wohl geholfen haben?«, überlegte Mira. »Ich meine, das war ja nicht einfach nur Schummeln. Das war Lügen und Betrügen.«

»Warum, ist doch egal«, erklärte Finn, »sie haben uns geholfen. Wir können ihnen vertrauen.«

»Nee, gar nicht egal«, insistierte Mira.

»Trotzdem sollten wir ihnen nichts von der Bibliothek und den Buks erzählen«, meinte Nola. »Wir wissen nicht, wie sie reagieren, wenn sie davon erfahren. Wir dürfen die Buks auf keinen Fall in Gefahr bringen.«

»Und die Bücher auch nicht«, ergänzte Mira.

Thommy biss sich auf die Lippen und schielte zu seinem Rucksack mit dem Buch darin. Er würde es gut verstecken.

»Also«, Finn nickte, »dann leisten wir jetzt einen heiligen Eid, dass wir niemandem davon erzählen werden. Selbst wenn wir gefoltert werden.«

»Gefoltert?«, hauchte Mira erschrocken.

»Hör nicht auf ihn«, beruhigte Nola sie. »Es wird niemand gefoltert. Keine Ahnung, was er da gestern gelesen hat.«

»Etwas über ein verrücktes Abenteuer«, sagte Finn.

Dann verhakten sich vier kleine Finger ineinander.

»Also gut«, beendete Nola die Zeremonie. »Wie geht's jetzt weiter? Wir können ja schlecht bis zur nächsten Nachtwanderung warten.«

»Brauchen wir ja auch nicht.« Finn gähnte noch einmal.

Dann erklärte er ihnen, was er sich ausgedacht hatte, während sie alle schon tief geschlummert hatten.

~ • ~

Geraldine erwachte, als die Morgenröte einen schmalen rosaweißen Streifen in den nachtdunklen Horizont schnitt. Es war viel zu früh für einen schulfreien Samstagmorgen, aber sie fühlte sich so ausgeschlafen wie nie zuvor.

Im Nachthemd stellte sie sich ans geöffnete Fenster und tastete zu dem zusammengefalteten Papier, das sie unter dem Brett versteckt hatte. Es war noch da.

Geraldine musste nicht mal die Augen schließen, um seine Handschrift vor sich zu sehen. Die steile Schrift eines Füllfederhalters auf blassweißem grobem Papier.

Meine geliebte Tochter

Meine geliebte Tochter

Meine geliebte Tochter!

Oh, nein, ihr Vater hatte sie nicht vergessen. Und er liebte sie. Geraldine war so glücklich, dass sie am liebsten irgendjemandem alles erzählt hätte. Irgendjemandem? Ach was, der ganzen Welt! Sie wollte es aus dem Fenster hinausschreien!

Geraldine wusch sich, zog sich an und hüpfte dann fröhlich die Treppe hinunter. Die mürrische Marlene sah sie irritiert an, als sie in die Küche kam und ein »Guten Morgen, Marlene«, schmetterte.

»Guten Morgen«, erwiderte die Haushälterin misstrauisch.

»Ich habe fantastisch geschlafen«, teilte Geraldine ihr ungefragt mit, setzte sich an ihren Platz und strahlte ihre Haushälterin an. »Und Sie?«

Marlene, die gerade die Schale mit dem Müsli und einen Teller mit Rührei vor sie auf den Tisch stellte, schaute verdutzt. »Zufriedenstellend«, antwortete sie vorsichtig.

Geraldine schaufelte sich abwechselnd Müsli und Rührei in den Mund. Was sie für einen Hunger hatte!

Marlene wusch die Pfanne aus und warf ihr zwischendurch neugierig-misstrauische Blicke zu, die Geraldine sehr wohl bemerkte. Das war bestimmt, weil sie Marlene noch nie gefragt hatte, wie sie geschlafen hatte. Aber heute war alles anders. Heute hätte sie die ganze Welt umarmen können.

»Wo ist Mama?«, fragte sie zwischen zwei Löffeln.

»Sehr früh schon ins Ministerium.«

Das wunderte Geraldine nicht. Obwohl sie jetzt gerne von dem Brief erzählt hätte. Sie stellte sich vor, wie ihre Mutter reagieren würde. Und mit einem Mal wurde das Müsli in ihrem Mund zäh.

Sie sah die zornige Stirnfalte vor ihren Augen. Den schmallippigen Mund. Sie sah die kalte Wut in ihren Augen. Clarissa van de Vos würde ihre Meinung über Geraldines Vater niemals ändern. Nicht einmal, wenn sie ihr tausend Liebesbriefe zeigen würde. Geraldines Mutter würde den Brief eher verbrennen, als ihre Meinung je zu ändern.

Geraldine legte den Löffel ab. Ein kleiner Schluchzer entfuhr ihr.

»Ist alles in Ordnung?«, fragte Marlene.

»Ja«, Geraldine holte tief Luft. »Absolut!«

Ihr Vater. Geraldines Wangen brannten, als ihr klar wurde, dass ihre Mutter sie belogen hatte. Er hatte sie gar nicht vergessen. Er hatte sie nicht verlassen *wollen*. Er wollte zurückkommen. Es musste ihm etwas passiert sein. Etwas Schlimmes!

Das Hochgefühl, das sie gerade noch beflügelt hatte, schrumpfte zu einem harten Kern zusammen, der sich in ihrem Magen ballte. War er am Ende … tot?

Nein! Das konnte nicht sein. Ihr Vater lebte. Und er liebte sie! Und … und … Sie klammerte sich an diesen Gedanken und zog daraus ihre Hoffnung. Wenn sie doch nur mit jemandem reden könnte.

Sie könnte es Cassie und Penny erzählen. Aber im nächsten Moment wusste Geraldine schon, dass das eine bekloppte Idee war. Sie würden sie nur verständnislos anstarren. Geraldine hatte ihnen nie wirklich erzählt, dass ihr Vater einfach verschwunden war. Geschweige denn, wie sehr sie ihn vermisste.

Ja, sie vermisste ihn. Sie hatte ihn immer vermisst. Das hatte ihr dieser Brief vor Augen geführt.

Aber das würden die beiden Mädchen nie verstehen. Sie würden hilflos kichern oder eine alberne Bemerkung machen. Oder es rumerzählen. Oder sie vorneherum bemitleiden und sich dann hinter ihrem Rücken über Geraldine lustig machen.

Der Kern ihres Glücksgefühls schrumpfte weiter zusammen. Sie schlug die Hände vor die Augen.

»Geraldine?«, flüsterte Marlene.

Geraldine blinzelte durch die Finger.

Die Hausdame lehnte an der Spüle, bereit, die Pfanne wieder in ihr Fach zu legen. Jetzt aber sah sie Geraldine auf eine

Weise an, wie sie es noch nie getan hatte. Besorgt. Und direkt in die Augen.

Und sie hatte ihren Namen gesagt.

Marlene war schon immer da gewesen, seit Geraldine zurückdenken konnte. Sie hatte ihren Vater gekannt.

Wieso hatte sie die Haushälterin nie über ihn ausgefragt?

»Haben Sie jemals …?«, begann Geraldine und musste erst an dem Kloß in der Kehle vorbeischlucken. Dann begann sie erneut: »Wie war er, mein Vater?«

Marlene bedachte sie mit einem langen unbeweglichen Blick. Dann räumte sie ruhig die Pfanne weg, hängte ein Geschirrhandtuch an seinen Platz und schickte sich an zu gehen. Am Tisch blieb sie aber doch noch stehen und flüsterte, den Blick auf die Marmorplatte gerichtet: »Er war ein guter Mann.« Und damit verließ sie die Küche.

Geraldine starrte auf die Reste Rührei und Müsli. Sie hatte keinen Hunger mehr.

Er war ein guter Mann, brannte es in ihrem Kopf. Und gesellte sich zu den Worten in seinem Brief:

Meine geliebte Tochter, ich hoffe, dass du diesen Brief niemals lesen musst, und ich zurückkehre, um ihn zu vernichten. Aber für den unwahrscheinlichen Fall, dass mir das nicht gelingt, sollst du wissen, dass ich, egal wo ich sein werde, egal, was dir irgendjemand erzählt, ich dich nie vergessen werde. Du bist tief in meinem Herzen.

Es gibt eine böse Kraft in der Welt. Und gegen die muss ich kämpfen. Für dich, für mich, für uns alle. Darum werde ich eine Expedition ins Unbekannte unternehmen. Wenn es gelingt, bin ich in wenigen Tagen zurück und werde diesen Brief vernichten. Wenn nicht, bitte vergiss mich nicht.

Geraldine hatte den Brief so oft gelesen, dass sie ihn auswendig kannte.

Als die Erkenntnis sie traf, sackte sie in ihrem Stuhl nach hinten. Sie konnte es niemandem erzählen. Sie war allein mit diesem viel zu großen Geheimnis.

In diesem Moment schreckte sie die Türglocke auf. Richtig, sie war mit Cassie und Penny verabredet. Sie wollten heute das Video für die Schule drehen: »Was ich einmal werden will.« Natürlich hatte Geraldine die beste Kameraausrüstung und deswegen entschieden, dass die beiden zu ihr kommen sollten. Geraldine erinnerte sich, dass sie sie angefahren hatte: »Ihr werdet ja wohl nicht erwarten, dass ich das Zeug durch die halbe Stadt schleppe!« Also waren die beiden gezwungen, mit dem Bus zu ihr zu fahren.

Während Marlene ihnen die Tür öffnete, setzte Geraldine sich wieder aufrecht hin und aß diszipliniert die letzten Löffel ihres Müslis. Als sie zu dritt nach oben in ihr Zimmer gingen, hatte Geraldine Glück, Traurigkeit und Scham bereits in eine kleine Kammer ihres Herzens verschoben.

»Und?«, fragte sie ungeduldig. »Wie war die Nachtwanderung? So ätzend, wie man sich das vorstellt?«

Cassie und Penny erzählten aufgeregt von – wie Geraldine fand – völlig banalen Erlebnissen. Ein Uhu. Knistern im Unterholz. Mond. Ja, crazy. Sie hörte kaum zu, während Cassie und Penny nach Geraldines kurz angebundenen Anweisungen Kamera, Mikro und Licht aufbauten. Als sie fertig waren, fragte sie, als ob es sie nicht die Bohne interessierte: »Und die Zwillinge und ihre Anhängsel? Was haben die angestellt?«

»Hä, die waren doch gar nicht dabei«, sagte Cassie.

»Haben wohl was angestellt und durften zur Strafe nicht teilnehmen«, fügte Penny kichernd hinzu.

Geraldine schaute sie irritiert an. »Seid ihr sicher?«

»Wieso fragst du denn so komisch, bist du verliebt? In Fihinn?«

»Halt den Mund! Ich bin echt froh, dass ich auf diesen Kinderkram nicht mitmusste.«

Das konnte doch nicht sein, dachte Geraldine, während sich Cassie beleidigt ihr Haar für die Aufnahme aufbürstete. Die Handys mit dem HierBinIch waren doch gestern Abend brav im Gänsemarsch durch den Stadtwald marschiert.

Da dämmerte es Geraldine.

Die Handys! Sie hatten sie jemandem gegeben und ... Oh, dieser Finn hatte sie schon wieder ausgetrickst!

Thommy war zu Hause und er war es nicht. Er lag auf seinem Bett, doch gleichzeitig befand er sich auf dem Weg in die Arktis. Wo Lyra mit einem sprechenden Eisbären in Kriegerrüstung unglaubliche Abenteuer erlebte. Thommy ritt mit ihr auf dem Bären über Eisfelder, begleitet von ihrem Daemon, der sie nie verließ. Der Daemon, der verschiedene Tiergestalten annehmen konnte, hatte es Thommy besonders angetan. Einen solchen Begleiter, eine andere Seite, wünschte er sich auch.

»Thommy, Abendessen!«

Er schrak zusammen und konnte gerade noch das Buch unter dem Kopfkissen verstecken, bevor seine Großmutter die Tür öffnete.

»Was machst du denn im Bett?«, fragte sie fröhlich. »Bist du eingeschlafen?«

»Äh, scheint so …«

»Kein Wunder. Warst ja die halbe Nacht unterwegs.«

Dabei beließ sie es. Auch beim Abendessen stellten weder sie noch sein Großvater Fragen zur vergangenen Nacht. Thommy war ihnen zutiefst dankbar dafür. Er hatte einen Eid geschworen, die Buks nicht zu verraten – und er wollte Opa und Oma auch nicht belügen, sollten sie nachfragen.

Nachdem er seinem Großvater geholfen hatte, abzuräumen

und abzuwaschen, gähnte er demonstrativ. »Puh, ich muss wieder ins Bett …«

Doch Thommy ging nicht schlafen. In seinem Zimmer zog er die festen Stiefel an, löschte das Licht und setzte sich auf die Fensterbank. Während er in die Dämmerung hinausschaute, stellte er sich vor, wie Finn, Nola und Mira genau wie er darauf lauerten, dass ihre Eltern zu Bett gingen. In Gedanken war er schon in der geheimen Bibliothek und bei ihren neuen Freunden, den Buks.

Seine Großmutter lief wie immer noch eine Weile hin und her. Schließlich vernahm er Schritte auf der Treppe, das Licht erlosch. Und endlich: das Klappen der Schlafzimmertür am Ende des Flures, Flüstern, das sich bald in schläfrige Stille verwandelte.

Thommy zwang sich, bis 1000 zu zählen, bis er sicher war, dass beide wirklich eingeschlafen waren. Er schnappte sich seinen Rucksack, öffnete die Tür und schlich auf leisen Sohlen aus dem Haus.

Mira wartete schon an der Stelle, wo die Straße zum Alten Fluss abbog. Sie blinkte drei Mal mit ihrer Taschenlampe.

»Alles klar?«, fragte sie leise. Ihr war anzusehen, dass sie froh war, nicht mehr allein im Dunklen rumzustehen.

Er nickte. »Bin nur aufgeregt.«

Kurz darauf trafen Finn und Nola ein.

»Und los geht's«, flüsterte Finn.

Solange sie noch auf der Straße waren, brauchten sie die Taschenlampen nicht. Das Mondlicht zeigte ihnen den Weg durch eine farbenlose Welt, die nun voller Geheimnisse schien.

Das war eine Welt, wie auch Lyra sie erlebt haben musste, dachte Thommy.

Lyra?!

»Ach du Kack!«, murmelte er.

»Was ist?«

»Nichts«, schwindelte er. »Stein im Schuh, oder so.«

Thommy schoss die Hitze in die Wangen. Er hatte das Buch vergessen! Unter dem Kopfkissen. So was Idiotisches! Dabei wollte er es doch rasch wieder in die Bibliothek zurückbringen, damit niemand mitbekam, dass er ein Buch entführt hatte. Sollte er besser umkehren und es holen? Er beugte sich zu seinen Stiefeln hinab und tat so, als ob er die Schnürsenkel festbinden wollte. Seine Gedanken rasten. Oh, wie blöd kann man nur sein!

Er warf Finn, Nola und Mira, die geduldig auf ihn warteten, einen verstohlenen Blick zu. Die ganze Sache war ihm so peinlich, dass er sich entschied, jetzt gar nichts zu machen und den *Goldenen Kompass* beim nächsten Mal zurückzubringen.

»Kann weitergehen«, rief er gedämpft.

Sie kamen sicher bis zum »Wunderweg«, wie sie den Pfad der grün schimmernden Nachtblüten nannten. Nicht einmal Mira beschwerte sich mehr über den schmutzigen Tunnelgang.

Als Finn das knarzige Tor aufschloss, vernahmen sie ein leises *Huhu* von der anderen Seite, und aus einem Wipfel erhob sich ein weißer Schatten.

»Die weiße Eule hat uns erwartet«, flüsterte Nola. »Und Attila wusste etwas über sie. Ich werde ihn nachher mal danach fragen.«

»Der Beginn einer wunderbaren Freundschaft zwischen zwei kleinen Kriegern«, frotzelte Finn gutmütig.

»Haha, du Queens Darling.«

Sie alle waren hellwach und erleichtert, endlich wieder da zu sein.

Rebella stand bereits an der geöffneten Tür. Ihre sanft schimmernden Augen hatten ihnen den Rest des Wegs geleuchtet. Sie blickte ihnen ernst entgegen.

»Queen Buk will sofort mit euch reden«, sagte sie ohne Umschweife.

Thommy fuhr es heiß und kalt durch die Adern. Wusste sie, was er Schlimmes gemacht hatte? Beklommen folgte er seinen Freunden in den großen Lesesaal.

Dort standen Queen Buk, Typografica, Thesaurus und Adlatus zusammen und diskutierten aufgeregt miteinander. Queen Buk sprach auf Thesaurus ein, der wiegte zweifelnd den Kopf. Thommy schaute sich um und entdeckte die anderen Buks. Sie hockten rundum auf oder in den Regalen, so als wollten sie sich nichts von dem, was jetzt geschehen mochte, entgehen lassen.

»Kinder«, begrüßte Queen Buk sie erfreut, aber mit ernster Miene. »Wie schön, dass ihr da seid. Kommt, setzt euch.«

Dann wandte sie sich suchend um.

»Schlemmer, Ooht-Kwisien!«, rief sie. »Bringt Tee und Kekse, hopp, hopp!«

Zwei der kleinen Gestalten hüpften und hangelten sich aus den Regalen und eilten in Richtung Küche. Aufgeregt winkte Schlemmer Thommy zu.

»Was ist denn los?«, fragte Finn, als er sich auf ein Kissen niederließ. »Ist was passiert?«

Queen Buk setzte sich gemessen in ihren Sessel. »Es passiert schon seit Langem etwas«, hob sie an. »Etwas Unheilvolles. Wir glauben, dass das Orakel euch deswegen gerufen hat.«

»Gerufen hat?«, fragte Nola stirnrunzelnd. »Ich dachte, es hat uns nur prophezeit.«

»Vielleicht, kleine Kriegerin. Aber kann man das so genau wissen? Die Welt besteht aus mehr Unerklärlichem als Logischem.«

Thommy bemerkte, wie Finn und Nola einen wachsamen Blick tauschten.

»Dann erfahren wir jetzt die ganze Wahrheit? Haben wir denn schon genug gelesen?«, fragte Nola.

Queen Buk blinzelte einmal langsam. Ehe sie antworten konnte, kamen Schlemmer Buk und Ooht-Kwisien herbeigeeilt, riesige Tabletts balancierend.

Queen Buk wartete, bis sie alle Tee bekommen und sich Kekse genommen hatten. Dann nickte sie Typografica zu. Die hob einen Stapel Bücher auf, der neben ihr auf einem Tisch stand. Sie reichte jedem der Kinder ein Buch.

»Ihr werdet eure Lesereisen noch fortsetzen. Aber ihr müsst dennoch etwas wissen, was keinen Aufschub mehr erlaubt. Blättert«, forderte Queen Buk sie auf.

Thommy schlug sein Buch auf. Es war die Geschichte eines Jungen namens Peter Pan, der … Er stutzte. Blätterte weiter. Da! Wieder. Wie gruselig!

»Da fehlen ja Stellen«, rief Nola. »Ist das Buch nicht fertig geworden?« Sie hielt *Die drei Musketiere* hoch.

Mira sah immer blasser aus, während sie *Momo* durchblätterte. Finn schaute ratlos von *Die drei ???* auf. »Da fehlt ja ganz viel!«

Anscheinend gab es in allen Büchern rätselhafte Lücken. Ganze Absätze fehlten, und an einigen anderen Stellen wirkte die Schrift dünn oder brüchig. Es kam Thommy so vor, als würden die Buchstaben sich auflösen.

»Wir nennen es die Bleichkrankheit«, erklärte Typografica nun. »Es begann vor einigen Jahren, und zuerst dachten wir, dass die Druckertinte verblasst ist oder die Säure in der Tinte sich zersetzt. Aber dann fanden wir es in immer mehr Büchern. Die Schriften, die Typos, werden immer dünner und verschwinden. Am Ende bleibt nur ein leeres Buch übrig. Ich habe alles versucht, aber keinen Weg gefunden, die Bleichkrankheit aufzuhalten. Wir befürchten, dass eines Tages die ganze Bibliothek dieser Krankheit zum Opfer fällt. Denn sie schreitet voran. Immer schneller.«

Die Buchheilerin wechselte einen Blick mit Queen Buk. Die nickte und Typografica atmete tief aus und sagte: »Also haben wir dem Buchmeister davon erzählt.«

»Moment mal«, unterbrach Nola. »Wer ist denn der Buchmeister?«

Nun ergriff die Königin das Wort: »Jede geheime Bibliothek hatte einen Buchmeister, kleine Kriegerin. Einen Menschen, der die Bücher schützt, der neue herbeibringt, der sie studiert oder vor der Zerstörung bewahrt. Und der auch uns schützt und unsere Aufgabe, denn einzig die Buchmeister wussten um die Existenz von uns Buks. Er war gleichzeitig unser einziger Kontakt zu den Menschen und dem Draußen. Finn trägt seinen Schlüssel.«

»Ich?« Finn machte große Augen.

»Wo ist er denn jetzt, euer Buchmeister?«

Wieder senkten sich Queen Buks Augenlider über die sanft leuchtende Iris. »Er ist verschwunden«, gab sie zu. »Schon vor neun Jahren.«

»Genau genommen«, Adlatus beugte sich vor, »vor acht Jahren, zehn Monaten und …«

»Also vor fast neun Jahren«, unterbrach ihn Queen Buk gereizt. Adlatus klappte den Mund wieder zu.

»Aber wie hieß er denn?«, fragte Finn. Seine Wangen waren immer noch ganz rot.

»Das wissen wir nicht«, antwortete Queen Buk. »Für uns war er nur der Buchmeister.«

»Dann wird es eher schwierig, ihn da draußen zu finden«, merkte Finn an.

»Das ist auch nicht eure Aufgabe.«

»Sondern?«, hakte Nola nach.

»Hört erst, was geschah, als wir dem Buchmeister von der Bleichkrankheit erzählten.«

Nun berichtete Typografica, wie sie und der Buchmeister die kranken Bücher untersucht hatten. Keine menschliche und auch keine Buks-Heilerei konnte die Bleichkrankheit umkehren oder stoppen.

»Er geriet ans Ende seiner Macht. Er war erschrocken. Und

wütend. Diese Wut haben wir bei ihm nie zuvor erlebt. ›Dieser Teufel‹, hat er gerufen, ist außer sich in der Werkstatt hin- und hergelaufen. Er schien zu ahnen, was es mit der Bleichkrankheit auf sich hat, im Gegensatz zu uns. Dann machte er sich auf den Weg, um … etwas dagegen zu tun. Aber er hat uns nie gesagt, wen oder was er damit meinte. Mit dem Teufel.«

»Und er kam nicht wieder«, stellte Nola bedrückt fest.

»Und deswegen«, fügte Thommy an, »wisst ihr nicht mehr, was draußen los ist?«

Thesaurus bekam einen Hustenanfall, und während die Queen ihm hilfreich auf den Rücken klopfte, bestätigte sie: »Genau. Seit damals ist er verschwunden. Dann sprach das Orakel, und ihr seid gekommen. Mit dem Spiel, von dem es spricht, muss die Bleichkrankheit gemeint sein. Mit euch können wir den Kampf gegen diese Bedrohung gewinnen.«

»Aber wie denn?«, fragte Finn ratlos. »Wir verstehen doch gar nichts von Büchern.« Er warf Nola einen Blick zu, die die Queen fixierte, als versuche sie abzuschätzen, was trotz aller Offenheit verschwiegen wurde – und unter Hustenanfällen begraben, zum Beispiel.

»Aber ihr könnt etwas, das wir nicht vermögen«, meinte Queen Buk gerade. »Ihr könnt nach Draußen.«

»Aber wir sind doch nur Kinder und keine Buchmeister. Was sollen wir denn tun?«, wollte Mira wissen.

Die Queen gab sich einen tiefen Ruck: »Nun gut. Ich weihe euch ein. Das, was ich euch jetzt sage, ist ein seit Jahrhunderten gehütetes Geheimnis. Versprecht, es zu ehren und zu hüten.«

»Versprochen – Ehrenwort«, sagten die vier gleichzeitig.

»Nun gut. Der Buchmeister hat uns von seiner Gilde erzählt. Menschen, die wie er die Bücher schützen und bewahren wollten und im Geheimen wirkten. Aber nur er kannte den Weg hierher. Der Buchmeister ahnte, was die Bleichkrankheit verursacht hatte. Dann wissen es vielleicht auch andere Mitglieder dieser Gilde. Ihr müsst sie finden und hierherbringen, damit ihr und sie gemeinsam eine Lösung findet.« Sie sah den Kindern in die Gesichter, denen man anmerkte, dass es in ihnen arbeitete. Es waren ja auch schrecklich viele Geheimnisse auf einmal.

»Aber wie sollen wir das denn anstellen?«, fragte Mira als Erste. »Wir haben noch nie von dieser Gilde gehört.«

»Und wenn wir anfangen, rumzufragen, ist das der schnellste Weg, um euch alle in Gefahr zu bringen«, ergänzte Thommy.

Queen Buk ließ sich in ihrem Sessel zurücksinken. Sie wirkte müde und erschöpft. »Findet die Gilde«, sagte sie leise.

Thommy war einerseits erleichtert, dass es keineswegs um ihn und seinen Bücherraub gegangen war. Und doch spürte er den Schmerz tief in sich, der ihn befallen hatte, als er *Peter Pan* angelesen hatte, um dann mittendrin auf den bleichen Buchstabentod zu treffen. Allein die Vorstellung, diese Bleichsache könnte Lyra und ihren Daemon befallen, sie auszehren, auslöschen, war unerträglich. Zu wissen, dass sie für immer verschwinden würde. Er war so versunken in seinen Vorstellungen, dass er Nolas Frage erst registrierte, als diese ihn ungeduldig am Fuß anstupste.

»Hallo? Was denkst du?«

Nola hatte vorhin etwas wirklich Tolles getan, fand er: Sie war aufgestanden und hatte gemeint: »Wenn Ihr erlaubt, ziehen wir uns zur Beratung zurück. In die Küche.«

Wie erwachsen das klang, auch wenn sie mit ihren roten Ponyfransen jetzt wieder so aussah wie das junge Mädchen, das sie war.

»Ähem, zu was?«, fragte Thommy verdattert.

»Was du dazu denkst, dass die Königin«, hier senkte Nola die Stimme und schielte auf die Schwingtür mit dem Bullauge, »Sachen auslässt. Die sie nicht erzählt. Oder noch nicht.«

»Wie zum Beispiel?

Nola hielt den Zeigefinger hoch. »Erstens: Sie hat so komisch gezwinkert, als sie von dem verschwundenen Buchmeister erzählt hat. Das macht sie immer, wenn sie einer Frage ausweicht. Da gibt es etwas, das sie uns nicht verrät. Zweitens: das Orakel. Immer, wenn es darauf ankommt, weicht sie aus. Jetzt auf einmal soll das Orakel uns gerufen haben. Hat es uns auch die Träume geschickt? Und wie lautet die Prophezeiung eigentlich genau? Wie funktioniert das überhaupt? Warum dürfen wir es nicht sehen? Irgendetwas stimmt da nicht.«

»Also, ich würde es gerne mal sehen«, warf Thommy ein.

»Okay«, meinte Finn, »dann sollten wir uns jetzt mal das Verrückte Orakel anschauen.« Er stand auf, hielt aber noch mal inne. »Ach so. Gibt es noch ein Drittens?«

»Ja«, gab Nola augenrollend zurück. »Aber ich weiß nicht, ob das etwas mit erstens oder zweitens zu tun hat. Es gibt einen Keller, in den wir nicht reindürfen.«

»Die Bibliothek hat einen Keller?«, fragte Thommy.

»Rebella hat's mir gesagt, aus Versehen. Er ist verboten. Sogar für die Buks.«

Finn beugte sich mit seinem schiefen Grinsen zu Nola.

»Dann sollten wir uns den *unbedingt* mal anschauen.«

Nola lachte. Sie verhakelten die kleinen Finger.

»Aber als Erstes«, sagte sie munter, »finden wir heraus, was es mit diesem Verrückten Orakel auf sich hat.«

»Ähem«, machte es von der Tür her. »Da trifft es sich ja, dass die Queen fragen lässt, ob eure Beratungen beendet seien.« Sherlokko Buks Blick war es nicht anzusehen, ob er schon länger an der Tür gestanden und womöglich alles mitgehört hatte.

~ • ~

Die Villa schlief, ein kaltes Ungeheuer ohne Träume.

Geraldine kämpfte gegen den Drang, im warmen Bett zu bleiben und sich dem Ziehen des Schlafes hinzugeben. Ihr HalloWach auf dem Nachttisch hatte schon vor Stunden die Augen nach unten geklappt, die Anzeige auf seinem Bauch zeigte kurz vor Mitternacht.

Also los.

»Für dich, Papa«, murmelte sie und schlug die Decke zurück.

Diesmal würde sie es anders machen. Sie würde es nicht noch mal riskieren, in den Computer ihrer Mutter einzubrechen, wenn diese sich jeden Moment gleichzeitig einloggen und erkennen konnte, dass ihr Zugang bereits benutzt wurde. Was bedeutete: Geraldine musste es tun, wenn ihre Mutter weder an ihrem Schreibtisch zu Hause noch in ihrem monströsen Büro im Ministerium war. Sondern im Bett, am Ende des Flures im Obergeschoss.

Es hatte Geraldine den ganzen Tag nicht losgelassen, was Marlene gesagt hatte. »Er war ein guter Mann«. Ihr Vater. Geraldine wusste nichts über ihn, und das galt es nun nachzuholen. Sie hatte es kaum erwarten können, dass sich Cassie und Penny wieder verzogen hatten, um allein zu sein, nachzudenken, und die Suche zu beginnen.

In den ganzen offiziellen Seiten des Internets hatte sie gar nichts gefunden, was seltsam war – als Mann einer Ministerin. Als hätte es Alexander van de Vos nie gegeben. Oder: Als wäre er gelöscht worden!

Also musste sie an jene Daten des Ministeriums, die für normale Menschen unerreichbar waren. Geraldine würde dafür in das abgeschlossene Arbeitszimmer einbrechen, mit dem Generalschlüssel, der zusammen mit Marlenes Arbeitskluft im Dienstboten-Zimmer hing.

Geraldine drückte die Türklinke so langsam herunter, dass der Bolzen lautlos aus dem Schloss glitt. Sie schlüpfte durch den Spalt und warf einen Blick zum Ende des Flurs: Die Tür zum Schlafzimmer ihrer Mutter war geschlossen. Kein Licht schimmerte darunter durch.

Sie hat es so gewollt, dachte Geraldine, als sie in das Untergeschoss huschte. Sie tappte leise an Marlenes Zimmer vorbei, um in der dunklen Kleiderkammer in den Taschen von Marlenes Schürzen nach dem Schlüsselbund zu tasten.

Ja, Mama hätte es auch anders haben können. Aber jetzt, Papa, muss ich dich suchen. Und finden. Wo immer du bist, ich werde dich retten, egal wie.

Doch in den Schürzen war nichts.

Das Schlüsselbund war weg.

Der Puls in ihren Ohren war so heftig, dass sie nicht denken konnte. *In Marlenes Zimmer gehen. Während diese schläft. Unmöglich. Es muss sein.*

Sie versuchte, so lautlos wie möglich, zu atmen, als sie vor Marlenes Tür stand. Unendlich langsam öffnete sie die Tür. Lauschte. Tiefe Atemzüge in der Dunkelheit. Geraldine tastete sich vor, indem sie mit der Hand die Wände, den Schrank, die Regale entlangfuhr. Dann die Kommode.

Schließlich stießen ihre Finger gegen … ja! Das waren Schlüssel, an einem Ring. Geraldine stieß lautlos die Luft aus.

Mit bebendem Bauchgrimmen lief sie die Treppe hinab zum Arbeitszimmer ihrer Mutter, schloss es auf und trat mit pochendem Herzen ein.

Von innen an die geschlossene Tür gelehnt, wartete sie, bis sich ihre Augen an das Dunkel gewöhnt hatten. Sie musste sich alles genau einprägen. Durfte nichts verändern.

Der Computer fuhr hoch. In der Stille der Nacht kam Geraldine jedes Geräusch viel zu laut vor.

Eilig loggte sie sich ein, öffnete die Zugänge zum Staatsarchiv und schrieb den Namen ihres Vaters in die Suchleiste. Und da waren sie: zahlreiche Ordner. Ihr war, als stellten sich alle Härchen auf ihrem Unterarm auf. Sie klickte den ersten an.

Ein Fenster ploppte auf: *Sicherheitswarnung, eingeschränkter Zugang! Geben Sie Ihren persönlichen Sicherheitscode ein.*

Geraldine stöhnte auf. Sie tippte die sechs Ziffern ein, mit denen ihre Mutter sonst an geheime Daten wie alle HierBin-Ichs kam.

Fehler.

Geraldine vergrub ihr Gesicht in ihren Händen.

Persönlicher Sicherheitscode, sechs Ziffern. Sechs Ziffern. Datum. Geburtsdaten. Sie gab ihr eigenes ein.

Fehler.

»Ja, danke«, murmelte Geraldine.

Was war ihrer Mutter wichtig? Außer sie selbst und dass die Stadt, das Land, nach den Ministeriums-Regeln lebte?

Heiß durchströmte es Geraldine. Eine so unlogische Erkenntnis, so absurd, dass sie wahr sein musste.

Geraldine tippte das Datum ein, an dem ihr Vater verschwunden war. Das Datum auf dem Brief.

Das Fenster verschwand und gab den Zugang frei.

In fliegender Hast durchkämmte sie die Dokumente.

Alexander van de Vos, Mathematiker, Jurist … Was? Alexander van de Vos war auf dem besten Wege, Minister zu werden. Nicht seine Frau. Da waren Reden von ihm, sogar ein Bild. Geraldine als Baby, ihre Mutter. Er!

Mit großen Augen starrte sie auf das Foto. Es war das erste, das sie von ihrem Vater sah. Sein Geruch, das Gefühl von Vertrautheit und Wärme bekamen ein Gesicht. Geraldine studierte seine Gesichtszüge. Suchte nach Ähnlichkeiten mit ihr. Sie fand sie, doch da war auch etwas, das sie zugleich erschreckte und faszinierte. Eine Entschlossenheit, ein Selbstbewusstsein, das ihr völlig fremd war. Dennoch liebte sie dieses Gesicht auf Anhieb.

»Ich finde dich«, flüsterte sie.

Sie scrollte durch die Dateien: Presseartikel, Auszüge von Regierungsprogrammen, die ihr Vater geschrieben hatte. Sie öffnete einige, es war nichts dabei, das sie weiterbrachte. Dann stieß sie in einem als *Privat* gekennzeichneten Ordner auf eine Datei mit dem Titel: *Entwurf.*

Es war nicht zu erkennen, von wem er verfasst war. Sie öffnete die Datei. Es ging um Bücher.

Bücher? Was sollte das denn sein?

Neugierig scrollte sie über kurze Texte, die alle als Zitat markiert waren. Sie verstand nichts von alledem. Dann stieß sie auf eine Textstelle, die rot markiert war:

»Keines dieser Bücher stimmt mit dem Leben überein. Keines ist konform mit den Regeln. Diese Leute in Büchern hat es nie gegeben. Sie haben nicht gesagt, was da geschrieben steht. Diese Dinge, von denen erzählt wird, hat es auch nie gegeben. Es sind folglich alles Lügen, Bücher sind Lügner, und sie machen jene zu Lügnern, die sie lesen. Sie verwirren sie. Sie machen sie krank und hilflos und desorientiert. Gegen diese Lüge muss etwas unternommen werden.«

Das war es also! Ihr Vater war im Kampf gegen Lügner verstrickt gewesen? Ihr fiel der Satz aus seinem Brief wieder ein: *Es gibt eine böse Kraft in der Welt. Und gegen die muss ich kämpfen.*

»Bücher«, sagte Geraldine leise. Was immer Bücher waren, sie hatten ihr den Vater genommen.

Geraldine loggte sich aus, löschte gewissenhaft alle Spuren, schob Stuhl und Maus wieder zurecht, und verließ das Büro.

Die Villa schwieg immer noch, während sie sich im Dunkeln zu Marlenes Zimmer zurücktastete, um den Schlüsselbund auf die Kommode zu legen.

Erst als Geraldine die Tür wieder geschlossen hatte, fiel ihr auf, dass sie diesmal Marlene nicht hatte tief atmen hören.

Fünf Kinder?«, fragte Nola. »Wir sind aber nur vier.«

»Darauf erlaubte ich mir bereits, seine Majestät hinzuweisen«, antwortete Sherlokko Buk geziert. Er hatte sich unaufgefordert zu der Verhandlung zwischen den Kindern, der Queen, Thesaurus und Adlatus gesellt, obgleich er sie nur hatte aus der Küche abholen sollen.

»Wir glauben, dass damit Thommy gemeint ist«, erklärte Queen Buk, nachdem sie Sherlokko einen giftigen Seitenblick zugeworfen hatte, »dessen Zwillingsnatur das Orakel dazu veranlasste.«

»Dazu veranlasste, ihn doppelt zu zählen«, fragte Nola zweifelnd. »Echt?«

»Wir haben außerdem in Betracht gezogen, dass das Orakel sich verzählt hat«, warf Adlatus ein, was Thesaurus zu einem empörten Schnauben veranlasste.

»Ein Orakel, das nicht einmal bis fünf zählen kann, scheint mir aber nicht sehr zuverlässig«, wandte Finn ein.

»Oder«, hob Sherlokko an, »es fehlt noch ein Kind.«

Vier Kinder- und vier Buk-Gesichter wandten sich ihm zu.

»Wer soll denn das sein?«, fragte Nola.

»Woher soll ich das wissen? Es muss doch jede Menge Kinder da draußen geben. Könnt ihr nicht eines mitbringen?«

»Sherlokko Buk«, unterbrach Queen Buk den Disput, »das

ist jetzt nicht sehr hilfreich.« Dann wandte sie sich an die Kinder. »Wir sind sehr, sehr froh, dass ihr vier gekommen seid. Das Rätsel um das fünfte wird sich sicher auflösen.«

»Na gut«, antwortete Finn, »dann sollten wir es uns jetzt mal anschauen, dieses Orakel mit der Zählschwäche.«

Thesaurus beugte sich zu Queen Buk. »Majestät, wir sollten wirklich nicht …«

Die unterbrach ihn mit einer Handbewegung. »Ihr habt recht. Ihr solltet das Orakel sehen.«

Thesaurus und Queen Buk stiegen voran die schmale Wendeltreppe empor. Die Kinder, Typografica und Adlatus folgten. Sherlokko kam ebenfalls ungefragt mit, aufgeregt an seiner Pfeife kauend.

Thesaurus führte sie zu einem mit grünem Filz bespannten Tisch, darauf lag ein Haufen Würfel.

Er wandte sich ihnen zu, wies auf den Tisch und verkündete feierlich: »Das ist das Verrückte Orakel!«

Die Kinder starrten ratlos auf die Würfel.

»Ich hatte eher so etwas wie eine Statue erwartet, die mit Grabesstimme spricht«, murmelte Finn.

»Was für eine Statue?«, fragte Thesaurus irritiert. »Und warum soll die mit Grabesstimme sprechen?«

Nola kniete sich vor den niedrigen Tisch und griff sich einen der Würfel. Sie waren aus einem bearbeiteten Material und nicht ganz regelmäßig. »Sind die handgeschnitzt?«

»Natürlich«, antwortete Thesaurus und ließ sich auf einem Hocker nieder, »es ist Oraclineum.«

Auch die anderen Buks setzten sich. Finn, Thommy und

Mira gingen auf die Knie. Jeder von ihnen nahm sich einen Würfel, um ihn zu untersuchen.

»Es gibt natürlich noch andere große Sprachen oder besser Schriften.« Thesaurus wies auf ein Regal, auf dem sich Dutzende ähnliche Würfel-Haufen aneinanderreihten. »Es gibt etwa einhundert verschiedene Alphabete auf der Welt, Kyrillisch, Latein, Phönizisch, Gälisch, Mandarin, dazu noch Runen oder Hieroglyphen. Und über sechstausend Sprachen! Doch das Orakel hat seine letzte Prophezeiung in unserer Sprache und in lateinischen Buchstaben abgegeben. Darum versuche ich es mit diesen Würfeln weiter.«

»Warum andere Sprachen?«, fragte Thommy.

Jetzt ergriff Queen Buk das Wort. »Das erste Orakel wurde vor langer, langer Zeit in Griechenland entworfen, von einem Buk namens Aristosophus und seinem Buchmeister Aesop, einem Dichter und Wissenschaftler. Mit der Zeit kamen dann andere Sprachen dazu. Dieses Orakel mit der lateinischen Schrift hier ist zweitausendfünfhundert Jahre alt.«

Thommy griff sich mehrere der Würfel und wog sie in der Hand. Dann formte er seinen Namen, indem er sie in eine Reihe legte.

»Und wie funktioniert es?«, fragte Finn neugierig.

»Das Orakel sucht sich seinen Meister selbst aus«, dozierte Thesaurus, nicht ohne Stolz. »Nur er kann es zum Sprechen bringen. Ich werfe die Würfel aus und dann formen sich die Worte von selbst.«

»Kannst du es uns zeigen?«, wollte Nola wissen.

»Ähm …« Thesaurus zögerte. »Also, es spricht nicht immer.«

Thesaurus rutschte unbehaglich auf seinem Hocker hin und her. Schließlich murmelte er kläglich: »Eigentlich gar nicht mehr.«

»Ja, aber wie kam es denn dann zu der Prophezeiung?«

Thommy legte sorgfältig das Wort »Prophezeiung«.

Thesaurus gab sich einen Ruck. »Das Orakel hat schon lange nicht mehr zu mir gesprochen. Aber dann …« Er stockte.

Thommy hatte jetzt »Wir sind in einer Prophezeiung« gelegt.

»Neulich, bei dem Sturm«, fuhr Thesaurus fort. »Ich war hier oben, wollte das Orakel wieder befragen. Und dann war dieser Donner. Ich habe mich erschrocken und …« Er atmete tief ein und aus. »Ich habe den Tisch umgestoßen. Tja, und da lag sie auf dem Boden, die Prophezeiung.«

Finn, Nola und Mira starrten ihn ungläubig an. Thommy spielte gedankenversunken mit den Würfeln.

»Also, Moment mal«, bohrte Nola nach. »Der Tisch fiel um, die Würfel purzelten zu Boden und – tadaa?«

»Genau«, bestätigte Thesaurus.

»Na, toll«, machte Nola.

Mira sah auf Thommys Wortspiel herab. Sie stieß ihm den Ellenbogen in die Seite. »Was machst du denn da?«, rief sie ihn zur Ordnung.

»'tschuldigung«, murmelte er verlegen. Er raffelte die Würfel zusammen und wollte sie mit beiden Händen auf den Haufen zurücklegen. Aber mit einem Mal wurden sie ganz warm. Und sie pulsierten in seinen Händen. Vor Schreck ließ Thommy das Oraclineum mitten auf den Tisch fallen.

Gerade wollte er sie zu einem Haufen zusammenschieben, da packte Thesaurus mit festem Griff seine Handgelenke. »Nicht anfassen!«, keuchte er.

Die Buks leuchteten auf den Tisch. Finn und Nola stand der Mund offen. Mira schlug sich die Hand vor die Lippen.

Thesaurus sagte feierlich: »Das Orakel hat gesprochen. Lies es vor, Thommy.«

Thommy schluckte, er war ganz heiser:

»Suchet den Drachen,
doch er birgt Schrecken in seinem Rachen.«

Es war totenstill. Keiner gab einen Laut von sich.

»Was bedeutet das?«, fragte Thommy hilflos.

Thesaurus sah ihn mit einer Mischung aus Unglauben und neuem Respekt an. »Das bedeutet«, verkündete er dann, »dass das Orakel einen neuen Meister gewählt hat.«

~ • ~

Natürlich hatten die Kinder noch tausend Fragen. Doch Queen Buk schickte sie wieder zu ihren Bücherstapeln zurück. Während die Kinder sich erneut in die Geschichten vertieften, rief Queen Buk Typografica zu sich, denn auch sie gehörte zum Inneren Rat.

»Ihr wisst«, begann die Königin leise, »was das Orakel mit dem Drachen meint?«

Typografica nickte kummervoll, Thesaurus nachdenklich

und Adlatus pflichtgemäß. Sherlokko, der sich dazugemogelt hatte, nickte auch, obwohl er absolut keine Ahnung hatte, worum es ging.

»Das dürfen wir auf keinen Fall zulassen«, flüsterte Queen Buk.

Alle schüttelten heftig den Kopf, auch Sherlokko, obwohl er immer noch nicht wusste, was los war.

»Es muss eine andere Möglichkeit geben!« Queen Buk wandte sich an Thesaurus. »Was soll das bedeuten, dass das Zwillingsgesicht der neue Orakelmeister sein soll? *Du* bist doch der Orakelmeister.«

Thesaurus hob resigniert die Hände. »Tja, nun. Das entscheidet das Orakel.«

»Gab es das schon mal? Ein Mensch als Orakelmeister?«, wollte Typografica wissen.

»Ja, allerdings sehr selten. Aber es ist schließlich von einem Buk zusammen mit einem Menschen erschaffen worden, ganz unmöglich ist es also nicht. Es ist nun an mir, Thommy alles beizubringen, was er wissen muss.«

»Und wir?«, fragte Typografica. »Was machen wir nun?«

»Die Kinder beschützen«, gab Queen Buk Antwort.

»Vor dem, was im Keller ist?«

Queen Buk nickte grimmig. »Vor dem, was im Keller ist!«

Sherlokko nickte auch, denn jetzt war es längt zu spät zu fragen, was zum verflixten Lektor da unten in den verschlossenen Verliesen eigentlich los war.

Auf dem Heimweg war das Schweigen zwischen ihnen so tief wie die Nacht.

Wortlos wanderten Finn, Nola, Mira und Thommy durch den Garten, der ihnen jetzt so vertraut vorkam. Sogar die weiße Eule war ein beständiger Begleiter geworden, der ruhig und hell über ihnen kreiste.

Erst als sie wieder durch das Tor geschritten waren und es mit dem Schlüssel des verschollenen Buchmeisters verschlossen und sich nacheinander gebückt durch den Tunnel zwängten, zerfiel die Stille.

»Also, du bist jetzt der neue Würfelmeister, hm?«, sagte Finn.

Thommy war sich nicht sicher, ob er darin so etwas wie Spott oder Verwunderung hörte.

Ihm ging es ja genauso: Er, Thomas Silberberg, ein völlig normaler Junge, hatte etwas Besonderes vollbracht. Und sich dabei maßlos erschrocken.

»War keine Absicht«, murmelte er deswegen.

»Hey, Moment mal!« Nola griff nach Thommys Schultern. »Thommy«, flüsterte sie entschieden. »Das war unglaublich. *Du* bist unglaublich. Ich bin so …«, sie suchte nach Worten, »… ich bin so unglaublich stolz auf dich. Du bist der Hammer!« Sie ließ ihn los und gab ihm einen Knuff auf die Schulter. »Also hör auf, dir in die Hose zu machen.«

»Okay.«

»Und hör auf, so zu gucken wie ein Schaf, wenn's donnert«, meinte Finn und knuffte ihn ebenfalls.

»Okay.«

»Und hör auf, okay zu sagen.« Mira griff mit einem breiten Lächeln nach seiner Hand.

Auch Nola und Finn packten sich jetzt an den Händen und schlossen den Kreis. Das, was ihnen jetzt gerade geschah, war zu groß, als dass ihre verhakelten kleinen Finger gereicht hätten.

Über ihnen wölbte sich das funkelnde Firmament. In der Ferne rauschte strömend der Fluss, ein Nachtkauz rief. Der Wind strich über ihre Gesichter und brachte die Grasbüschel am Rand des Moores zum Rascheln. Ein Moment wie aus einem fernen Traum.

»Lasst uns diese Gilde finden«, sagte Finn feierlich.

»Und den Teufel der Bleichkrankheit«, ergänzte Nola.

Sie sahen erwartungsvoll zu Thommy, den frisch gebackenen neuen Meister des Verrückten Orakels.

»Und einen Weg, wie die Bücher wieder zu den Menschen kommen«, stotterte er.

Nach einer gefühlten Ewigkeit lösten sich die vier Freunde voneinander und machten sich auf den Weg nach Hause, inmitten dieser verklärten Nacht.

Thommy verspürte noch immer ein inneres Glühen, als er die Hintertür des kleinen schiefen Hauses seiner Großeltern erreichte. Doch etwas war seltsam: Da war Licht in der Werkstatt neben der Hintertür. Ein langsam auf- und abgehender Schatten verriet ihm, dass sein Großvater zwischen Werkbank und Fenster hin- und herschritt.

Opa war wach! Hatte er etwa bemerkt, dass Thommys Bett leer war, hatte er … Thommys inneres Glühen verwandelte sich in Eis. Im Schatten der großen Esche stand er stocksteif da.

Er beobachtete, wie sein Opa etwas aus einer Schublade der Werkbank holte. Einige Sekunden später hielt er sich einen altertümlichen Telefonhörer ans Ohr. Seine Lippen bewegten sich. Was tat er da?

Thommy schaffte es, sich nah an die Bretterwand zu schmiegen und hörte Bruchstücke einer einseitigen Unterhaltung.

»Wir müssen uns treffen. Ich habe etwas sehr Interessantes gefunden.«

Thommy schielte vorsichtig durch das Fenster. Bei den letzten Worten hatte sein Opa seine Hand auf etwas gelegt, das vor ihm auf der Werkbank lag.

Und Thommy durchflutete auf einmal Angst, Schuld und Scham: das Buch. Das Buch von Lyra und ihrem Daemon. Sein Großvater hatte es gefunden. Und jetzt rief er irgendwen an, um … ja, was?

Erschrocken zog sich Thommy wieder hinter die Esche zurück, als Opa Silberberg aufgelegt hatte. Wenig später verlosch das Licht der Werkstatt.

Diesmal zählte Thommy nur bis hundert, länger hielt er es nicht aus, und schlich sich leise zurück ins dunkle Haus.

Als er sich zitternd ins Bett legte, spürte er etwas Hartes unter dem Kopfkissen.

Das Buch! Sein Großvater hatte es zurückgelegt. Er wollte nicht, dass Thommy seine Entdeckung bemerkte!

An den Sonntagen bereitete Geraldines Mutter das Frühstück immer selbst zu und zwang ihre Tochter so, mit ihr zu essen. »Mutter-Tochter-Zeit«, nannte es Clarissa van de Vos.

Meist nötigte ihre Mutter Geraldine dann, von der Woche in der Schule zu berichten. Am meisten interessierte sie sich für die Verfehlungen der Schüler, aber die Ministerin fragte sie mindestens genauso häufig über die Lehrer aus und ob ihrer Tochter irgendetwas Missfälliges aufgefallen war. Früher hatte sich Geraldine wie die wichtigste Vertraute ihrer Mutter gefühlt. Heute aber schmeckte es schal.

Marlene war bei den Sonntagsfrühstücken nie dabei. Sie ging an ihrem freien Tag ihrer eigenen Wege, machte Ausflüge, von denen sie nie berichtete. Heute war sie schon früh aus dem Haus gegangen.

Geraldine beobachtete unter gesenkten Augenlidern, wie ihre Mutter hier und da zögerte, bevor sie einen Schrank öffnete. Sie fand sich nicht sonderlich gut in ihrer eigenen Küche zurecht.

»Und?«, fragte ihre Mutter gerade. »Was machen denn deine Lieblinge?« Sie zwinkerte ihr zu.

Lieblinge. Das war Clarissas Bezeichnung für die Zwillinge Nola und Finn, und ihre Freunde Mira und Thommy.

Geraldine zögerte, über die getäuschte Nachtwanderung zu berichten – eine Info, die ihrer Mutter sicher gefallen hätte.

»Selten so aufmüpfige Kinder erlebt«, beschied Clarissa und wandte sich den Spiegeleiern zu, die sie ungeschickt verbrennen ließ. »Und sie haben diese Woche wirklich nichts angestellt? Das kann ich gar nicht glauben.«

Was meinst du, was ich alles nicht glauben kann, dachte Geraldine. Sie bohrte ihre Blicke in den Rücken der Ministerin.

Wieso hast du Vaters Platz im Ministerium eingenommen?

Wieso sind alle Berichte über ihn aus der Öffentlichkeit entfernt?

Was sind Bücher?

Diese Fragen schrien in ihr. Doch dann kam ihr eine Idee, wie sie herausfinden konnte, was Bücher waren.

»Ach«, meinte Geraldine gespielt zögerlich. »Da war nur eine Kleinigkeit, aber ich verstehe sie gar nicht. Ich weiß nicht, ob das wichtig ist oder schlimm.«

Clarissa patschte die missglückten Spiegeleier auf die Teller und legte eine labbrige Scheibe Toast dazu. »So? Erzähl«, forderte sie.

»Ich hab das nur halb mitbekommen, aber sie haben sich über … wie hieß das … über Bücher unterhalten. Keine Ahnung. Was sind Bücher überhaupt?« Geraldine setzte den höchstmöglich unschuldigen Gesichtsausdruck auf. »Hmm, lecker«, machte sie sogar zu dem Ei, das glibberig und verbrannt zugleich war.

Clarissa legte langsam ihr Besteck zur Seite. »Was genau haben deine *Lieblinge* denn gesagt?«, fragte sie wachsam.

»Ich hab's nicht so richtig mitbekommen. Aber Nola hat zu

Finn gesagt, sie fände Bücher total … äh … gut. Mama, was sind denn diese Bücher?«

»Hatten sie eins dabei?«

Schulterzucken. »Woher soll ich das wissen?«

Clarissa seufzte. »Du hast recht. Und es ist gut, dass du es nicht weißt, hörst du? Bücher sind nichts für Kinder, im Gegenteil. Sie sind gefährlich. Und wir haben dafür gesorgt, dass sie niemanden mehr in Gefahr bringen. Inzwischen sind Bücher jedem anständigen Erwachsenen zum Glück völlig egal. Sie sind immun. Aber Kinder wissen noch nicht, was gut und was schlecht für sie ist.«

»Aber was ist, wenn sie mal eines dabeihaben. Wie soll ich erkennen, dass es ein Bücherding ist? Wie sieht das denn aus? Ich mein, ich muss dir doch davon erzählen, oder?«

Clarissa schob ihren Teller weg. Sah aus dem Fenster, dachte nach. »Ich hätte nie geglaubt, dass es eines Tages doch passieren könnte«, sagte sie leise.

»Was meinst du?«

Ihre Mutter stand auf. »Komm mit.«

Geraldine folgte ihr. Ihr Plan funktionierte!

Clarissa ging zielstrebig zu ihrem Computer, winkte ihre Tochter ran. »Hier«, und mit wenigen Klicks rief sie Seiten aus dem gesicherten Staatsministerium auf.

Bilder von rechteckigen Gebilden. »So sehen Bücher aus: außen Pappe oder Leder, innen Papier, harmlos, nicht? Doch darauf darf man nicht hereinfallen.«

Es erschienen kurze Berichte auf dem Monitor, die überschrieben waren mit: *Studie: Lesesucht führt zu Hysterie, Schi-*

zophrenie und Melancholie. Der Werther-Effekt: Selbstmord nach Buchlektüre oder *Report: Gefährliche Experimente: Wenn die Realität verschwindet.*

»Bücher und jene, die sie unter die Leute brachten, haben viel Unglück über Familien und Länder gebracht«, erklärte Clarissa ruhig. »Es hat Geschwister voneinander entfernt, es machte gleichgültig gegenüber der Gemeinschaft und es pflanzte absurde Fantasien und erfundene Fakten in die Köpfe jener, die es nicht besser wussten. Menschen hörten auf, sich nach Gesetzen und Regeln zu richten, und wussten nicht mehr, was richtig ist und was falsch.«

Geraldine saugte ein, was dort geschrieben stand. Das war es also, was ihr Vater zu verhindern suchte!

»Und dann?«, flüsterte sie. »Wurden Bücher verboten?«

»Aber nein, wir leben schließlich in einem freien Land«, zischte ihre Mutter schmallippig. »Wenn man das Böse austreiben will, muss man beständig das Gute als Alternative bieten. Und das haben wir getan. Die moderne Technik erlaubt uns Lehre und Forschung, Freizeit und Wahrheit. Bücher spielen deswegen keine Rolle mehr. Jeder hat irgendwann eingesehen, dass sie keinerlei Wert für das Zusammenleben haben.«

»Und die Leute, die vorher die Bücher verteilt haben?«

Die Zornesfalte auf Clarissas Stirn erschien. »Manche haben im Verborgenen gegen uns gearbeitet. Sie nannten sich: die Gilde. Aber sie wurde aufgelöst.«

»Und das hast du ganz allein geschafft?«, fragte Geraldine.

»Aber nein«, sagte die Ministerin bescheiden. »Es war eine gemeinschaftliche Anstrengung. Und es hat sich gelohnt. Denn ist es nicht schön, dass du und alle Kinder sich darauf verlassen können, immer mit Wahrheit und Fakten zu tun zu haben? Immer zu wissen, was falsch und richtig ist?«

Geraldine fühlte sich außerstande, etwas zu erwidern, so hypnotisch und intensiv war der grünäugige Blick ihrer Mutter. Also nickte sie nur.

»Daher ist es wichtig, dass du mir sofort Bescheid gibst, wenn du eins dieser Bücher bei deinen Lieblingen siehst. Ich werde mich dann sofort darum kümmern. Und jetzt mach dir einen schönen Tag, ich werde noch mal ins Ministerium fahren.«

Mit diesen Worten war Geraldine entlassen. In ihrem Kopf summten die Gedanken kreuz und quer. Doch ein Gedanke leuchtete immer wieder aus diesem Durcheinander hervor: *Dein Vater war ein guter Mann.*

Sie musste raus! Gehen, laufen, ganz egal, sie musste ihr neues Wissen sortieren, das sich in einer gigantischen Waschmaschine im Kopf um sich selbst drehte.

Sie warf sich eine Jacke über und stürmte aus der Villa. Ganz von selbst fanden ihre Füße den Weg Richtung Stadtpark.

Als Geraldine, die Hände in den Jackentaschen vergraben, den Kopf tief in Gedanken gesenkt, quer über den Rasen zum Pavillon trabte, bemerkte sie auf einmal jemanden, der ihr bekannt vorkam: einer ihrer *Lieblinge.*

Na warte, dachte sie. Jetzt bist du fällig! Und sie setzte ihr strahlendstes Lächeln auf.

Thommy ging mit einem dumpfen, mulmigen Gefühl im Bauch zum Frühstück hinunter. Seine Großeltern hatten ihn wieder ausschlafen lassen, bis fast zehn Uhr. Das war auch gut so. Er war so fix und alle gewesen, dass er keinen klaren Gedanken mehr an die Ereignisse der Nacht aufbringen konnte. Nicht daran, dass er zum Orakelmeister geworden war. Und auch nicht, dass Opa Willem sein Buch entdeckt und es jemandem erzählt hatte.

Thommy machte sich auf unangenehme Fragen gefasst. Es tat ihm weh, dass er seinen Großeltern, die er doch so sehr liebte, offenbar nun misstrauen musste.

»Na, mein Tommschki?«, begrüßte ihn Oma Anna fröhlich. »Hast du gut geschlafen?«

»Äh, ja«, nuschelte er. »Hab gar nicht gemerkt, wie spät es schon ist.«

»Ach was«, gab sie zurück. »Kinder brauchen Schlaf und ordentlich was zu essen.« Sie schaufelte ihm duftendes Käse-Rührei auf den Teller, mit krossem Speck und Ketchup.

Großvater Willem saß in seinem Sessel und las auf dem Tablet die neuesten Nachrichten. »Also wirklich«, murmelte er kopfschüttelnd, »die Welt ist verrückt geworden.«

Der Geruch des Rühreis machte Thommy bewusst, was für einen Hunger er hatte. Gierig schaufelte er die delikate Masse in seinen Mund. Schob perfekt geröstetes Brot hinterher und die kleinen würzigen Tomaten, die seine Oma immer dazu servierte.

»Aah«, machte er befriedigt, als er auch das kleinste Fitzelchen von seinem Teller verputzt hatte.

»Und?«, fragte Oma Anna. »Was willst du heute unternehmen?«

Sofort erwachte Thommys Misstrauen wieder. »Ich denke, ich gehe in den Park«, antwortete er vorsichtig.

»Deine Freunde treffen?«, hakte Oma nach.

»Na ja, alle gehen heute in den Park, also, alle aus der Schule, glaub ich«, wich er aus. Er vermied es, seinen Großvater anzuschauen, der ihn über seine Lesebrille hinweg beobachtete.

Thommy machte sich eilig auf den Weg. Wie er es in seinem Kopf auch drehte und wendete – es nutzte nichts: Er musste Finn, Nola und Mira alles erzählen. Und ihnen natürlich auch gestehen, dass er das Buch aus der Bibliothek entführt hatte. Oh Mann, das war echt so doof!

Von der nächtlichen Freude, zum Orakelmeister geworden zu sein, blieb nicht mehr viel übrig.

Thommy war so in Gedanken versunken, dass er Geraldine erst bemerkte, als sie am Pavillon vor ihm stand.

»Hallo, Thommy«, begrüßte sie ihn mit diesem komischen strahlenden Lächeln, das sie neuerdings an den Tag legte.

»Äh, hallo Frau Direk… ich meine, Geraldine«, stotterte er verdutzt. Sie hatte ihn noch nie direkt angesprochen.

»Wo sind denn deine Freunde?« Sie schaute sich um. »Ihr seid doch sonst immer zusammen unterwegs.«

Darauf fiel Thommy keine Antwort ein.

Geraldine schien auch keine zu erwarten. Denn sie fuhr gleich fort: »Genau wie auf der Nachtwanderung. Wie war sie denn so? Ich konnte leider nicht dabei sein.«

Immer noch lächelte sie, als wäre sie in einem Grinsekatzen-Wettbewerb.

»Tja, also, wir auch nicht«, gab er zurück.

»Ach, wie schade. Wieso denn nicht?«

»Ehm … wir durften nicht.«

»Ach? Das ist ja schlimm. Aber ich kann dich so gut verstehen, ich durfte auch nicht.«

Thommy zuckte die Achseln. Wollte sie sich gerade bei ihm einschleimen?

Geraldine lächelte immer noch, aber jetzt sah es ein bisschen fieser aus. »Es gibt nur einen Unterschied«, sagte sie dann zuckersüß. »Euer HierBinIch hat euch nämlich auf der Nachtwanderung gezeigt. Alle schön brav nebeneinander. Meins dagegen war genau da, wo ich auch war: zu Hause.«

Thommy wurde warm, seine Zunge fühlte sich sandig und riesengroß an. »Das … das kann nicht sein«, brachte er mühsam heraus.

»Das dachte ich mir«, meinte Geraldine leichthin und legte ihm ihre Hand auf die Schulter. »Dafür gibt es sicher eine einfache technische Erklärung, nicht wahr? Weil: Wenn es die gäbe, dann brauche ich ja auch niemandem davon zu erzählen, was meinst du? Also: Hast du eine Erklärung?«

In diesem Moment kam eine zierliche Gestalt über den Rasen gerannt und unterbrach das beunruhigende Gespräch.

Geraldine sagte nur eilig: »Tschü-hüss und grüß die anderen« und zog ihres Weges.

Thommy sah der Tochter der Ministerin mit offenem Mund nach. Jetzt hatten sie aber wirklich Stress!

Mira war traurig. Sie wusste gar nicht warum. Sie hatten in der magischen Bibliothek so tolle Dinge erlebt. Neue Freunde gefunden. Lustige Wesen, die seltsame Dinge tun konnten. Sie hatten Bücher entdeckt mit Geschichten, wie sie sie noch nie gehört hatten. Und viele Tausend der Geschichten warteten auf sie. Alles war so aufregend, so aufregend wie noch nie. Warum war sie nur so bedrückt?

War es wegen ihrer Mutter, die immer so erschöpft und leer war, wenn sie aus der Klinik mit all den unglücklichen Leuten nach Hause kam? Doch das war auch schon vorher so gewesen. Und Mira hatte sich nie davon anstecken lassen. Vielleicht hing es auch mit dem Berufswunsch-Video zusammen, das sie für die Schule machen sollten? Und das sie immer noch nicht gemacht hatten. Mira wusste ganz genau, was sie *nicht* werden wollte: Krankenschwester, wie ihre Mutter. Und auch nicht eine Bürokraft. Sie wollte nicht müde und leer sein. Aber was wollte sie dann?

Mira dachte an Alice und Queen Buk, die sie die Wunderbare genannt hatten. Aber was war denn schon an ihr wunderbar? Thommy hingegen … Thommy war Orakelmeister geworden. Das war wunderbar! Sie fand es großartig, aber es zeigte Mira auch, dass an ihr so gar nichts Wunderbares war. Und das machte sie innerlich ganz grau-blau.

Als sie den Park betrat und zwischen den hohen Bäumen in Richtung Pavillon ging, umhüllte sie diese Traurigkeit wie Nebel. Da ließ eine raschelnde Bewegung sie aufmerken werden. Mira blieb stehen und spähte genauer hin. Ein kleines rotbraunes Tier huschte den Stamm einer Buche empor. Ja, ein

Eichhörnchen! Es kletterte auf einen Ast, hockte sich dort hin und putzte mit den Vorderpfoten sein Schnäuzchen. Das sah zu niedlich aus. Erst jetzt fiel Mira die Begebenheit von vor ein paar Tagen ein. Der Schatten am nächtlichen Fenster – und am nächsten Morgen hatte eine Haselnuss auf der Fensterbank gelegen. Ob es wohl dasselbe Eichhörnchen war?

»Hey, Hörnchen!«, lockte Mira vorsichtig.

Das Tierchen hielt mit dem Putzen inne, es schien zu lauschen.

»Hast du mir neulich eine Nuss gebracht?«

Das Eichhörnchen kletterte in Windeseile den Ast entlang … und sprang ins Leere!

Mira hielt erschrocken die Luft an. Doch dann landete der kleine Nager auf einem anderen, viel schmaleren Ast, nicht weit von ihr und wippte auf und ab.

»Na, du bist ja ein Akrobat«, rief Mira lachend.

Das Eichhörnchen blieb sitzen. Es hatte den Kopf etwas seitlich gelegt, sodass Mira nur ein Auge sehen konnte. Aber dieses eine schwarze Auge schaute sie direkt an.

Mira stand ganz still. Und in ihr wurde es auch still.

Das. Genau das. Das war ein ganz wunderbarer Moment. In ihr stieg ein Kribbeln auf: Es war doch völlig egal, ob sie selbst wunderbar war oder nicht! Es gab tausend Dinge in der Welt, die einen Zauber besaßen. Und auf einmal wusste Mira ganz genau, was sie werden wollte. Sie wollte eine Sehende werden. Sie wollte die wunderbaren Dinge in der Welt sehen und erkennen. Ja! Sie würde eine Sammlerin des Wunderbaren werden.

Das Eichhörnchen kam wohl zu dem Schluss, dass seine Aufgabe erfüllt sei, kletterte den Ast hoch und verschwand im Geäst der Buche.

»Danke schön, Hörnchen«, rief Mira ihm nach.

Beschwingt spazierte sie weiter. Der blau-graue Traurigkeitsnebel in ihr hatte sich gelichtet. Sie drehte sich im Kreis, lachte und rannte jetzt quer über die Wiese. Da bemerkte sie Thommy. Er stand am Pavillon und unterhielt sich … mit Geraldine!

Noch während Mira näher kam, verabschiedete sich die Tochter der Ministerin von Thommy.

»Thommy«, sagte Mira außer Atem, als sie ihn erreichte. »Was wollte *die* denn?«

Thommy war so erschüttert, als hätte er einen Geist gesehen. Einen sehr, sehr bösen Geist.

»Ärger machen«, gab er Antwort. »Aber richtig. Komm, suchen wir Nola und Finn. Wir haben ein echtes Problem! Oder«, korrigierte er sich dann, »wir haben zwei. Mindestens!«

Die Zwillinge kamen ihnen bereits entgegen, Finn mit den Händen in den Hosentaschen, Nola mit Schattenboxerei. Als sie Thommys ernstes Gesicht sah, hörte sie auf mit den Faxen.

»Oh, oh«, machte Finn.

Sie suchten sich ein ungestörtes Plätzchen.

Als sie sich ins Gras setzten, fragte Finn: »Hast du ein mieses Orakel geworfen?«

»Von wegen.« Thommy berichtete ihnen von der Unterredung mit Geraldine. Alle drei sahen ihn fassungslos an.

Dann legte Finn wütend los: »Diese Trulla hat Zugriff auf

das Netz aller HierBinIchs? Das darf doch nicht wahr sein! Diese …« Er verkniff sich den Kraftausdruck, der ihm auf der Zunge lag. Sein Gesicht war puterrot.

Nola hatte den Kopf auf die Fäuste gestützt, sie starrte ins Leere vor sich hin.

»Wir müssen ihr irgendeine Erklärung liefern«, schlug Thommy vor. »Nur nicht die Wahrheit.«

Finn zog eine Grimasse. »Mit etwas Harmlosem können wir nicht kommen. Sie will uns bei etwas Verbotenem ertappen. Selbst wenn wir ihr gestehen, dass wir nachts mit einem Boot auf dem Alten Fluss waren, wird sie uns damit weitererpressen. Die wird nicht lockerlassen.«

»Dann sind wir geliefert«, stieß Thommy verzweifelt hervor.

»Sind wir nicht«, sagte Nola ruhig.

»Nicht?«, fragte ihr Bruder.

»Nein, überlegt doch mal. Unsere Eltern können uns auf dem HierBinIch sehen, niemand sonst.«

»Anscheinend doch«, warf Thommy ein.

»Richtig. Aber das können nur die sein, die das HierBinIch installiert haben und irgendwie alle Handys damit anzapfen.«

»Das Ministerium?«, riet Finn.

»Genau. Und was macht das Ministerium? Es achtet darauf, dass keiner gegen die Regeln verstößt. Dass alles superkorrekt verläuft. Glaubt ihr wirklich, dass die eine Zwölfjährige in ihrem System herumschnüffeln lassen?«

»Aber Geraldine ist die Tochter der Ministerin«, gab Mira zu bedenken.

»Eben«, bestätigte Nola. »Die ist doch die Korrekteste von

allen. Wenn bekannt würde, dass sie ihrer Tochter Zugriff auf das System des HierBinIch gegeben hat, wäre sie nicht mehr lange Ministerin.«

»Und wie hat Geraldine es dann geschafft?«, fragte Thommy.

Nola fletschte die Zähne. »Ich schätze, sie hat ihrer Mutter das Passwort geklaut.«

»Wow«, murmelte Finn. »Die hat ja echt Nerven.« Er hörte sich fast bewundernd an.

Mira musste das erst mal verdauen. »Das heißt, Geraldine wird uns nicht verraten?«

Nolas Augen funkelten, als sie antwortete. »Das heißt sogar, sie *kann* uns gar nicht verraten. Weil sie dann zugeben müsste, dass sie selbst gegen eine Regel verstoßen hat. Und zwar eine, die viel schwerere Konsequenzen nach sich ziehen würde als alles, was wir tun. Ich meine, wir könnten damit die Ministerin stürzen.«

Mira schaute Nola bewundernd an.

Schließlich zeigte Finn auf Nola und sagte stolz: »Meine Schwester.« Und zwar in einem Ton, als ob Nolas Existenz allein sein Werk wäre.

Nola stieß ihm die Faust in die Rippen.

Während die beiden sich balgten, blieb Thommy still.

»Leute, ich will euch ja nicht die Laune verderben«, verkündete er dann. »Aber es gibt da noch ein Problem.«

Du hast ein Buch geklaut?«, hakte Finn ungläubig nach.

»Nein, nur … geliehen. Ich wollte es gestern Abend zurückbringen, aber dann hab ich es vergessen.«

Finn klatschte sich auf die Schenkel. »Ganz schön dreist, hab ich mich nicht getraut.«

»Aber wen hat dein Opa angerufen?«, sinnierte Nola. »Und warum hat er dir das Buch wieder unter das Kopfkissen gelegt?«

»Ich weiß es nicht«, sagte Thommy verzweifelt. »Vielleicht weil er nicht wollte, dass ich das mitbekomme? Wie kann ich ihnen denn jetzt noch vertrauen?«

»Ich kann mir das nicht vorstellen, dass deine Großeltern uns an das Ministerium verraten«, meinte Mira. »Sie haben uns doch immer geholfen.« Plötzlich kam ihr ein Gedanke: »Und was ist, wenn sie …«

»… zur Gilde gehören!«, vervollständigte Nola den Satz.

»Genau!« Mira war ganz begeistert von der Idee. »Das würde auch den altmodischen Apparat erklären.«

»Wäre möglich«, gab Finn zu. »Wir dürfen aber kein Risiko eingehen.«

»Sehe ich auch so«, pflichtete Nola ihm bei. »Thommy, du musst mehr in Erfahrung bringen. Aber ohne ihnen etwas zu verraten.«

»Moment mal. Ich soll sie *ausspionieren?*«, fragte Thommy entgeistert.

»Nun ja. Du kannst es auch Erkundigungen einholen nennen«, bestätigte Finn. »Aber nur so können wir sicher sein, was los ist.«

Thommy fühlte sich sichtlich unwohl bei dem Gedanken, dass er seine Großeltern bespitzeln sollte.

Mira legte ihm freundschaftlich die Hand auf den Arm. »Ich bin überzeugt«, sagte sie, »dass sie uns nicht verraten wollen. Aber wir müssen trotzdem vorsichtig sein. Wir dürfen die Buks nicht in Gefahr bringen.«

Thommy nickte und lächelte kläglich. »Okay«, murmelte er.

»Und wenn du irgendetwas mitkriegst, das dir verdächtig vorkommt«, ergänzte Finn, »dann gib uns sofort Bescheid.«

»Ja, aber achte darauf, was du schreibst«, bemerkte Nola. »Ich traue unseren Handys nicht mehr.«

»Schick uns ein Smiley«, schlug Finn vor. »Wenn es lacht, ist alles okay. Wenn's weint, wissen wir, dass etwas nicht in Ordnung ist.«

»Gute Idee«, stimmte Thommy zu.

Sie sprachen sich noch ab, wann sie sich treffen wollten.

»Ihr müsst immer auf Verfolger achten«, ermahnte Finn sie. Dann fiel ihm noch ein: »Und was unternehmen wir wegen Frau Direktörchen?«

Nola setzte ein Killerlächeln auf. »Die nehme ich mir vor.«

Er sollte seine Großeltern ausspionieren. Thommy war regelrecht schlecht bei dem Gedanken. Sie waren immer gut zu ihm gewesen. Es hatte nicht einen Moment gegeben, an dem er sich nicht sicher und geborgen bei ihnen gefühlt hatte. Bis jetzt!

Aber Finn, Nola und Mira hatten recht. Sie durften die Buks nicht gefährden. Und natürlich auch nicht die vielen Bücher. Dabei fiel ihm das Buch unter seinem Kopfkissen wieder ein. Lyra und ihr Daemon mussten zurück in die Bibliothek, wo sie sicher waren. Sicher vor seinen Großeltern?!

Thommy hoffte so sehr, dass sie tatsächlich der geheimnisvollen Gilde angehörten. Dann könnte er ihnen vertrauen, und alles wäre wie vorher. Nein, sogar besser, denn dann könnten sie ihr Geheimnis mit ihnen teilen und gemeinsam Wege finden.

An diesem Gedanken hielt Thommy sich fest. Ja, er würde beweisen, dass seine Großeltern nicht mit dem Ministerium zusammenarbeiteten. Da war nur eine Kleinigkeit: Wie spionierte man bitte sehr jemanden aus? Als er in seine Straße einbog, ging er gerade die verschiedenen Möglichkeiten durch: Er könnte sich dieses altmodische Telefon mal anschauen. Oder Opas Werkstatt durchsuchen … oder …

In diesem Moment sah er, wie Opa Willem gerade das Haus verließ. Ohne darüber nachzudenken, sprang Thommy auf das Nachbargrundstück und versteckte sich hinter einem üppigen Busch. Sein Großvater ging munter pfeifend direkt an ihm vorbei. Seltsam! Es war Mittagszeit. Seine Großeltern waren immer sehr auf ein pünktliches gemeinsames Mittagessen bedacht. Da fiel ihm ein, was sein Opa letzte Nacht am Telefon gesagt hatte: Wir müssen uns treffen!

Aufgeregt machte Thommy sich klar, dass seine Zeit als Spion genau jetzt begann. Er ließ seinen Großvater ein Stück vorauslaufen und folgte ihm. Dabei achtete er darauf, sich jederzeit verstecken zu können, falls sein Opa umkehrte oder sich umdrehte. Als er um eine Ecke bog, lief Thommy schnell vor, um ihn nicht aus den Augen zu verlieren, wartete dann aber ab, bis der Abstand wieder groß genug war. Er fand, er machte sich gar nicht schlecht als Beschatter.

So näherten sie sich der Innenstadt, die jetzt, am Sonntag, leer war. Als sie den Marktplatz erreichten, wartete Thommy gespannt ab, in welche Richtung es weitergehen würde. Doch sein Großvater steuerte direkt den Brunnen in der Mitte des Platzes an. Auch dort war nichts los, nur eine Frau saß auf der niedrigen Mauer, die das Becken umrundete. Sie erhob sich, als Thommys Großvater auf sie zutrat.

Jetzt habe ich ein Problem, dachte der frisch gebackene Meisterspion. Er konnte unmöglich bis auf Hörweite an die beiden herankommen, ohne entdeckt zu werden. Thommy überlegte fieberhaft, wie er das Gespräch belauschen könnte. Und wenn er sich dem Brunnen von der anderen Seite näherte?

Thommy umrundete den Platz und schlenderte möglichst unauffällig zum Brunnen. Sein Großvater und die Frau hatten sich mittlerweile auf der Mauer niedergelassen. Die Köpfe einander zugeneigt, schienen sie in ihr Gespräch vertieft. Thommy setzte sich so auf die Mauer, dass die Löwensäule, aus der das Wasser sprudelte, ihn vor den beiden verbarg. Er bemühte sich, trotz des Wasserplätscherns etwas von dem Gespräch aufzuschnappen, aber das war unmöglich. Er beugte sich etwas zur Seite, um wenigstens die Frau etwas genauer in Augenschein nehmen zu können. Schon wollte er aufgeben – als die beiden aufstanden.

Thommy duckte sich tief hinter die Brunnenmauer.

»Gut«, hörte er seinen Großvater sagen, »wir halten uns auf dem Laufenden.«

Thommy spähte über die Kante. Sein Großvater und die Frau gaben sich die Hand und gingen in entgegengesetzter Richtung davon. Was sollte er jetzt tun? Sein Großvater marschierte in die Richtung, aus der sie gekommen waren, also nach Hause. Aber was war mit der Frau? Er musste herausfinden, wer sie war. Also entschied Thommy kurzerhand, ihr zu folgen.

An einer Bushaltestelle blieb sie stehen und schaute auf die Handyuhr. Dann wartete sie. Thommy stellte sich einfach zu den Wartenden. Dabei musterte er die Fremde unauffällig. Sie stand sehr gerade, fummelte nicht wie die anderen auf dem Handy herum, sondern wartete einfach. Kurz darauf kam der automatische Bus angezischt.

Thommy setzte sich auf einen Platz weit hinter ihr und behielt sie im Auge. Der Bus verließ den Innenbereich der Stadt und fuhr Richtung Villenviertel. Eigenartig, sie sah gar nicht aus wie eine typische Villenbewohnerin …

Nach einer halben Stunde stand sie auf und ging zur vorderen Tür. Im letzten Moment sprang Thommy auf und verließ den Bus durch den hinteren Ausgang. Sie beide waren die

Einzigen, die hier ausstiegen, und er wollte verhindern, dass die Fremde auf ihn aufmerksam wurde. Tatsächlich hatte sie sich schon zügig auf den Weg gemacht. Thommy folgte ihr in sicherem Abstand und verbarg sich hinter den Bäumen, die den Weg säumten.

Schließlich blieb sie vor einem imposanten Tor stehen und drückte den Daumen auf ein Bedienfeld. Daraufhin klickte eine Tür neben dem Tor auf.

Mit pochendem Herzen zählte Thommy bis fünfzig. Dann hielt es seine Neugier nicht mehr aus. Er ging in normalem Tempo weiter wie ein zufälliger Passant. Vielleicht gab es ja eine Kamera. Dabei schaute er beiläufig auf das glänzende Metallschild, auf dem in geschwungenen Buchstaben der Name der Bewohner stand.

Wie eine heiße Wassersäule stieg der Schreck in ihm empor. Das konnte doch nicht sein! Unwillkürlich blieb Thommy stehen, um zu begreifen, welcher Name dort stand.

Van de Vos

Der Name der Ministerin!

Geraldines Mutter!

Wie von tausend Teufeln gejagt, rannte Thommy davon.

~ • ~

»Weißt du, was mir nicht aus dem Kopf geht?«, fragte Finn seine Schwester auf dem Nachhauseweg.

»Dass du auch gerne ein Buch geklaut hättest?«, spöttelte Nola.

»Pffh«, machte Finn, lachte aber dabei. Dann wurde er wieder ernst. »Nein, dieser Buchmeister, der verschwunden ist.«

»Ja, über den habe ich mir auch schon den Kopf zerbrochen. Es gibt da irgendetwas, das Queen Buk uns nicht sagen will. Ich meine, findest du es nicht auch seltsam, dass sie uns aufträgt, diese Gilde zu finden, von der sie keinen Einzigen kennt? Wäre es nicht viel besser, den Buchmeister zu finden? Den könnte sie uns beschreiben oder zumindest Hinweise geben. Dass er nicht mehr in die Bibliothek kommt, muss ja nicht heißen, dass er in der Draußen-Welt auch verschwunden ist. Vielleicht hatte er einen Unfall und kann nicht mehr kommen.«

»Dann hätte er bestimmt jemanden aus dieser Gilde geschickt.«

»Von der wir so rein gar nichts wissen.«

»Außer dass sie geheim ist.«

Eine Weile schwiegen sie nachdenklich. Dann meinte Nola: »Ist trotzdem seltsam, dass Queen Buk da so ein Geheimnis draus macht.«

»Na ja«, gab Finn zu bedenken. »Vielleicht weiß sie es wirklich nicht, und das ist ihr peinlich. Aber wir haben einen Hinweis, wie wir ihn finden könnten.«

»Schieß los«, forderte Nola.

»Der Buchmeister war ein Mensch, vielleicht sogar hier aus der Stadt. Und Menschen verschwinden nicht einfach sang- und klanglos. Die werden gesucht, die Polizei wird eingeschaltet. So etwas steht doch auch in der Zeitung.«

Nola blieb stehen. »Finn, du hast vollkommen recht. Warum bin ich da nicht draufgekommen?«

»Weil ich diesmal drei Minuten schneller war als du«, grinste Finn.

Sie boxte ihm in die Rippen.

»Ich muss irgendwann mal meine blauen Flecken zählen und dir in Rechnung stellen«, murmelte er. »Dafür haben wir jetzt wenigstens einen Hinweis«, setzte er hinzu.

»Dass das vor neun Jahren geschehen ist«, nahm Nola seinen Gedanken auf. »Und selbst wenn er einen Unfall hatte oder sogar gestorben ist, dann müsste irgendeine Meldung zu finden sein.«

»Richtig. Wie wäre es, wenn wir uns heute Nachmittag mal durch das Onlinearchiv unserer Stadtzeitung wühlen.«

»Hach«, seufzte Nola mit seligem Lächeln und wies theatralisch mit der Hand auf ihn. »Mein Bruder!«

Finn streckte ihr die Zunge raus.

Nach dem Mittagessen nahmen sie beide ihre Tablets zur Hand. Daran war nichts Verdächtiges, und ihre Eltern ließen sie in Ruhe. Wenn sie allerdings gesehen hätten, was ihre Zwillinge sich da so anschauten, hätten sie sicher einige Fragen gestellt. Finn und Nola durchforsteten das Archiv der Stadtzeitung, suchten nach Berichten über verschwundene Personen, nach Unfällen und studierten die Todesanzeigen von vor neun Jahren. »Fehlanzeige«, murmelte Finn enttäuscht.

»Totale Fehlanzeige«, stimmt Nola zu.

Da plingten gleichzeitig ihre Handys. Es war ein Emoji von Thommy, aber es lachte nicht, und weinen tat es auch nicht. Er war feuerrot und schnaubte vor Wut!

»Auweia«, stieß Finn hervor.

»Das sieht nicht gut aus«, murmelte Nola.

»Wir dürfen heute auf keinen Fall in die Bibliothek«, vervollständigte Finn ihre Gedanken leise.

»Nicht bevor wir wissen, ob wir wirklich aufgeflogen sind«, ergänzte Nola.

Finn gab eine Nachricht an Thommy und Mira ein:

Keine Aktion heute. Alles Weitere morgen.

»So ein Mist!«, schimpfte Finn leise.

»Ich vermisse sie alle so«, flüsterte Nola traurig.

»Die Buks?«

»Und die Bücher.«

~ • ~

Sherlokko Buk fand, dass er allen Grund hatte, misstrauisch zu sein. Das ausweichende Verhalten von Queen Buk hatte ihn stutzig gemacht. Der Buchmeister war nicht einfach nur *verschwunden*. Er war *hier* verschwunden, in der Bibliothek. Genauer gesagt: im verbotenen Kellergewölbe.

Sherlokko stand vor der Tür zum Keller. Das Schloss befand sich etwas oberhalb seines Kopfes. Den Schlüssel besaßen nur Queen Buk und die anderen Altvorderen, die immer so herablassend taten. Das Schloss war aber nicht das Problem, sondern das, was auf der anderen Seite war!

Sherlokko erinnerte sich noch gut an den Abend vor fast neun Jahren. An das Geschrei und das Entsetzen, als Queen Buk, Thesaurus und Typografica wieder nach oben kamen.

Den anderen Buks wie ihm war schon vorher der Zugang zum Kellergewölbe verboten gewesen. Dort gäbe es gefährliche Bücher, wurde als Begründung genannt. Pah, lächerlich. Als ob er, der größte Schnüffler aller Zeiten, je vor einer Gefahr zurückgeschreckt wäre. Er hatte … er hatte … jedenfalls viele Gefahren überstanden. Also, lesend. Bei dieser Gefahr gab es allerdings einen Haken. Das war ihm nach dem zweiten Orakelspruch, den das Zwillingsgesicht geworfen hatte, klar geworden.

Ein Drache! Drachen hatten unangenehme Nebenwirkungen. Zum Beispiel Appetit auf Grillfleisch. Mundgeröstet. Hatte der etwa den Buchmeister aufgefressen? Also, wenn da irgendwo ein Drache war, der mal eben so einen Menschen verschluckte, dann war ein Buk wahrscheinlich nur eine Vorspeise. Sherlokko zog seine Pfeife hervor und sog nervös daran.

Also: Er war ein Genie, und für Genies war es unwürdig, als Vorspeise zu enden. Sherlokko Buk durchdachte die Angelegenheit gründlich. Die Antworten auf das Problem, dass der Buchmeister verschwunden war, dass die Bleichkrankheit die Bücher befallen hatte; dass fünf Kinder prophezeit wurden, von denen immer noch eines fehlte – die Antworten auf diese Fragen waren offensichtlich dort unten zu finden.

Er konnte dort aber definitiv nicht alleine runter.

Also?

Also kam das Genie auf eine geniale Idee.

Für Thommy wurde der Nachmittag zur Qual. Er konnte die Gegenwart seiner Großeltern kaum ertragen. Die warm gehaltene Lasagne, die Oma Anna ihm servierte, schlang er hastig runter und verzog sich dann in sein Zimmer. Verfolgt von den besorgten Blicken seiner Großeltern. Als Erstes überprüfte er, ob das Buch noch da war. Das war es. Doch was bedeutete das schon? Sein Großvater kannte Thommys Geheimnis. Und er hatte es einer Vertrauten der Ministerin verraten. Würde nun jemand kommen und ihn zur Rechenschaft ziehen? Jemand, den seine Großeltern einließen, um dann dem Strafgericht traurig und schuldig beizuwohnen?

Er überlegte, ein anderes Versteck für das Buch zu finden. Doch sie würden alles durchsuchen. Es gab kein Versteck, das sicher war. Entmutigt ließ Thommy sich auf sein Bett sacken. Wenn er doch nur mit Finn, Nola und Mira sprechen könnte. Doch sowohl bei den Zwillingen als auch bei Mira war am Sonntagnachmittag Familienzeit. Aber gerade jetzt hätte er den Beistand seiner Freunde gebraucht.

Er tat das, was ihm als Einziges noch blieb: Er las in dem Buch weiter und träumte sich in ferne Welten. Folgte Lyra und ihrem Daemon durch die grausame Eisfestung bis hin zum Nordpol. Lesend merkte Thommy kaum, wie die Zeit verstrich und seine Sorgen für eine Weile von ihm wichen.

Doch sie kamen sehr schnell zurück, als er durch ein Rumpeln unten im Garten aufgeschreckt wurde.

Er trat nervös ans Fenster. Sein Opa fluchte, weil sich der Gartenschlauch, mit dem er die Rosen bewässern wollte, heillos verheddert hatte. Thommy musste über die Unbeholfenheit seines Großvaters lächeln.

In diesem Moment fasste er einen Entschluss. Er würde Opa Willem zur Rede stellen! Egal, was das für Konsequenzen hätte. Aber diese Ungewissheit ertrug er nicht mehr. Also, los! Lyra hatte auch keine Furcht gezeigt, selbst wenn sie Angst hatte.

Als er in den Garten lief, kämpfte sein Großvater immer noch mit dem Schlauch.

»Opa, ich muss …«

»Ah, Thommy, hilf mir doch bitte mal mit diesem renitenten Schlauch.«

Gemeinsam entknoteten sie das Gewirr. Dann schickte Opa Willem ihn los, den Wasserhahn anzudrehen. Als er wieder zurückkam, wässerte sein Großvater schon mit sanftem Sprühstrahl das Erdreich rund um die Rosen. Ehe Thommy etwas sagen konnte, meinte Opa Willem: »Weißt du, mein Junge, wir sollten uns unterhalten.«

Sofort wurde Thommy vorsichtig. »Sich unterhalten«, bedeutete das, dass sein Opa ihn ausfragen wollte?

»Ich habe mich heute«, fuhr der fort, während er sich den nächsten Rosenbusch vornahm, »mit einer alten Freundin getroffen, Marlene. Sie arbeitet als Haushälterin bei den Van de Vos.«

»Der Ministerin!«, brach es aus Thommy hervor.

»Genau der. Clarissa van de Vos.« Er lachte kurz auf. »Eine sehr strenge und harte Person.«

»Du kennst sie?«

»Nicht persönlich. Ich war früher mit ihrem Ehemann befreundet. Der hatte es wirklich nicht leicht mit ihr. Aber er war auch kein einfacher Mensch. Temperamentvoll und tatenlustig und manchmal sehr impulsiv. Dennoch, wir mochten ihn alle sehr.«

»Wer? Wer ist ›Wir alle‹?«

Sein Großvater warf ihm einen forschenden Seitenblick zu. Dann schaltete er den Wasserstrahl eine Stufe höher. Thommy musste nah zu ihm treten, um seinen Opa zu verstehen. Ohne auf Thommys Frage einzugehen, meinte der jetzt: »Clarissas einzige Tochter, Geraldine, die geht mit euch zur Schule, oder?«

»Ja, aber befreundet sind wir nicht.«

»Das hoffe ich, denn sie erzählt komische Sachen über euch. Und jetzt sind sie ihretwegen sogar im Ministerium auf euch aufmerksam geworden. Ihr müsst nun sehr vorsichtig sein bei euren … nächtlichen Aktivitäten.«

Thommy schluckte schwer, er brachte kein Wort raus.

Sein Opa ließ seinen Blick schweifen, die Straße auf und ab. »Vielleicht ist das ja alles harmlos, was ihr so macht. Aber vielleicht habt ihr auch etwas entdeckt. Einen besonderen Ort mit besonderen Dingen darin. Vielleicht.«

Jetzt wurde es Thommy richtig warm. Sein Großvater wusste von der geheimen Bibliothek! Das konnte doch nur bedeuten … dass Opa Willem zu der Gilde gehörte!

Thommy merkte, wie die schwere Last des Misstrauens von ihm abfiel. Seine Großeltern waren keine Spione für das Ministerium. Sie waren auf ihrer Seite!

Es drängte ihn, sich seinem Opa zu offenbaren. Doch er hatte einen Schwur geleistet. Erst musste er mit den anderen reden. Außerdem, und dieser Gedanke fuhr ihm heiß in die Knochen: Was, wenn dieses Gespräch nur ein ganz besonders mieser Trick war, um Thommy alle Geheimnisse zu entlocken? Und Willem nicht für die Gilde war, sondern dagegen?

Ein Stachel Misstrauen war geblieben.

»Wenn das so wäre«, fuhr sein Opa fort, »müsstet ihr doppelt vorsichtig sein. Das Ministerium darf niemals davon erfahren. Nicht einmal, dass es diesen Ort überhaupt gibt. Und es hat seine Augen und Ohren überall.«

Waren sie deswegen hier draußen im Garten und wässerten laut und rauschend die armen Rosen zu Tode?

»Thommy«, raunte ihm sein Opa zu. »Traut niemandem!«

Niemandem? Nicht einmal dir? Oder dieser Marlene, die offenbar im Herzen der Finsternis sitzt als Spionin?

Sein Großvater drehte sich um und wässerte den nächsten Busch. War das Gespräch jetzt beendet? Da murmelte er auf einmal: »Schau, diese Rose hier wurde nach Roald Dahl benannt.« Er wies auf eine gelbe üppige Blüte.

Was? Hatte Mira in der Bibliothek nicht ein Buch mit dem Titel *Matilda* gelesen, geschrieben von einem Roald Dahl?

»Da drüben habe ich Amélie Nothomb gepflanzt, und dort Colette, zusammen mit Shakespeare und Austen.«

»Sind das alles Leute, die Bücher geschrieben haben?«

Sein Opa nickte leicht. »Ja. Man nennt sie Schriftsteller. Man hat diese alten Rosen-Sorten aber eines Tages umbenannt.«

Wahnsinn, dachte Thommy. Der ganze Garten war voller Rosen mit alten, vergessenen Schriftstellernamen. War das Opa Willems stiller Widerstand gewesen?

Da seufzte sein Großvater. »Hier, hilf mir mal und heb den Strauchzweig hoch.«

Sie beugten sich dicht zueinander, als Thommy tat, wie ihm geheißen. »Armer Alexander«, flüsterte sein Opa nun.

»Alexander? Ist das auch eine Rose?«

»Nein. Das war der Mann der Ministerin. Mein Freund.«

»Ich wusste gar nicht, dass es einen Alexander van de Vos gibt.«

»Das weiß kaum noch jemand. Er ist eines Tages verschwunden und gilt seitdem als verschollen. Oder tot.«

»Verschwunden?« Jetzt lief Thommy ein Schauer über den Rücken. »Wann denn?«, fragte er heiser.

Sein Großvater musste nicht einmal nachdenken. »Vor fast neun Jahren«, sagte er leise. »Und weißt du, was daran so seltsam ist?«

Thommy schüttelte den Kopf.

»Er kannte auch einen besonderen Ort. Dorthin wollte er an dem Tag gehen. Aber er ist nie mehr zurückgekehrt.«

In Thommys Kopf drehte sich ein Karussell aus den immer gleichen Gedanken, sie wirbelten herum wie bunte Rosen: Willems Freund, den »wir alle« mochten, die Gilde, Alexander van de Vos, der verschwundene, verschwiegene Mann der Ministerin, Geraldines Vater …

Konnte es sein, dass Geraldines Vater der verschollene Buchmeister war?

~ • ~

Es dauerte bis kurz vor Schulbeginn, bis sie endlich wieder miteinander sprechen konnten. Aber Thommy wühlte an »ihrem« Platz auf dem Hof erst mal in den Blumenkübeln herum, hob hier und da Blätter an und strich mit der Hand an den Kästen entlang.

Finn, Nola und Mira starrten Thommy mit großen Augen an.

»Was machst du da?«, zischte Nola.

Er hob den Zeigefinger an die Lippen als Zeichen, dass sie still sein sollte. »Ich weiß es zwar nicht hundertprozentig, aber ich glaube, wir sind hier einigermaßen sicher.«

»Sicher vor was?«, fragte Finn.

»Oder vor wem?«, wollte Mira wissen.

Rasch und im Flüsterton fasste Thommy ihnen sein gestriges Gespräch mit seinem Großvater zusammen. Inklusive der Warnung, dass es ab jetzt überall Augen und vor allem Ohren geben könnte.

Sie sahen auf. Zwar saßen sie wieder in ihrer vertrauten Ecke zwischen den Blumen. Aber ab diesem Moment war ihnen nichts mehr vertraut.

»Wow!«, raunte Nola so leise, dass sie es kaum verstehen konnten. »Alexander van de Vos, der Buchmeister? Geraldines Vater?! Ausgerechnet. Das wäre ja die reinste Katastrophe.«

»Das hat Opa nicht direkt gesagt«, gab Thommy ebenso gehaucht zurück. »Aber zwei Leute, die zur selben Zeit verschwinden? Und dieses Gerede von dem verborgenen Ort. Mein Großvater war mächtig vorsichtig mit dem, was er erzählt hat. Und hat dabei auch noch das Wasser immer weiter aufgedreht.«

Es war unheimlich zu wissen, dass sie und ihre Familien unter staatlicher Beobachtung stehen könnten. Was genau hatte das Ministerium herausgefunden und vor allem wie?

»Geraldine hat vermutlich ihre Mutter auf uns angesetzt«, fuhr Thommy fort. »Das zumindest hat mein Großvater von Marlene, also der Haushälterin, gehört.«

»Meinst du, man kann dieser Marlene trauen? Vielleicht spielt sie ein doppeltes Spiel.«

Thommy zuckte mit den Achseln.

»Glaubst du, die Gilden-Leute wissen wirklich nicht, wo die Bibliothek ist?«, fragte Nola.

»Anscheinend nicht, laut der Queen«, gab Thommy zurück. »Und sonst hätten sie dort bestimmt nach ihrem verschwundenen Freund gesucht.«

»Was machen wir denn jetzt?«, fragte Mira.

Ratlos schauten sie sich an. Wie konnten sie es jetzt noch riskieren, zum alten Haus zu gehen?

Auf einmal war es Finn, Nola, Thommy und Mira, als ob es keinen sicheren Ort mehr gäbe. Ihre Tablets waren in den Schließfächern verstaut. Aber was war mit ihren Handys? Die Sicherheitskameras auf den Straßen und in den Schulfluren. Sie alle konnten sie heimlich belauschen.

Beklommen verließen sie ihre Blumenecke, als sich Unruhe auf dem Hof verbreitete.

»Schaut mal!«, rief jemand.

Und als sie sich umwandten und zum Eingang sahen, brausten eine Limousine und ein Geländewagen mit verdunkelten Scheiben heran. Vorne und hinten flankiert von je zwei Motorrädern mit uniformierten Fahrern. Die Limousine kam direkt vor dem Schultor zum Stehen.

Und keine Sekunde später eilte auch schon die Direktorin aufgekratzt aus dem Gebäude.

»Die Ministerin – cool, dass sie sich gerade unsere Schule für ihren Bildungsbesuch ausgesucht hat«, murmelte jemand andächtig.

»Was will die hier?«, meinte Finn alarmiert.

Die Chauffeurin hielt die Tür auf. Und tatsächlich tauchte erst Clarissa van de Vos aus dem Fond auf und dicht hinter ihr Geraldine, mit verschlossenem Gesicht.

Die Ministerin winkte hier hin und dort hin, als sie auf das Gebäude zuschritt und knapp die eilfertig hingestreckte Hand der Direktorin drückte.

»Zeigen Sie mir doch als Erstes mal die Klasse meiner Tochter. Ich habe gehört, heute ist die große ›Was ich einmal werden will‹-Vorstellung, die will ich mir keinesfalls entgehen lassen.«

Während die Direktorin antwortete, winkte die Ministerin Geraldine heran und fragte sie flüsternd etwas. Ihre Tochter deutete als Antwort mit dem Kinn in die Richtung, in der Finn, Nola, Mira und Thommy standen.

Als Clarissa van de Vos sich lächelnd zu ihnen umdrehte, lag ein eiskalter Ausdruck in ihren Augen.

»Lächeln und winken«, quetschte Nola aus dem Mundwinkel hervor. Sie erhoben alle simultan die Hände, winkten und lächelten gespielt breit.

»Es geht doch nichts über eine offene Kampfansage«, sagte Nola. »Meinte jedenfalls Attila. Und der weiß Bescheid.« Ihre Augen funkelten.

»Apropos Bescheid«, murmelte Finn. »Glaubt ihr, die Ministerin weiß, dass ihr Mann vielleicht der Buchmeister war? Oder dass Geraldine etwas ahnt?«

Sie sahen zur Ministerin, die jetzt, gefolgt von ihrer Tochter und zwei mäßig unauffälligen Personenschützerinnen, ins Gebäude schritt.

»Vielleicht hat die Ministerin ihn genau deswegen um die Ecke gebracht«, mutmaßte Nola.

»Das ist ja ein scheußlicher Gedanke!«, empörte sich Mira.

»Ich hab dagegen immer noch das scheußliche Gefühl, das alles hier ist meine Schuld. Weil ich das Buch mitgenommen hab und …«, begann Thommy zerknirscht.

»Halblang, Orakelmeister«, unterbrach Finn resolut. »Wir finden einen Weg da raus, okay? Ich meine, wir haben bestimmt schon jeder drei Bücher gelesen, die bringen einen auf Ideen, oder?«

»Apropos Idee«, meinte Nola. »Habt ihr irgendeinen Schimmer, was ihr nachher sagen wollt von wegen ›Was ich werden will‹?«

»Berufsabenteurer«, platzte Finn heraus.

»Lese-Kriegerin!«, rief Nola vergnügt.

»Lebend rauskommen wär auch ein Anfang«, murmelte Thommy. »Leute, ich versteh ja, dass ihr es allen am liebsten zeigen wollt. Aber wäre es jetzt nicht besser, den Ball flach zu halten?«

»Du meinst lügen und behaupten, ein Job als dritte Büroassistentin von links wäre total supi?«, murrte Mira.

»Oder Hologramm-Manager mit Beamtenstatus?«

»Es ist doch völlig egal«, beharrte Thommy. »Aber wir müssen uns ja nicht gleich auf dem Silbertablett servieren. Die Ministerin darf keinen Verdacht schöpfen. Und wenn das bedeutet, uns normaler zu geben, als wir sind, dann ist das eben so. Ich werd' einfach behaupten, ich will Schulkoch werden.«

»Schulkoch! Sag mal, wann bist du eigentlich so erwachsen geworden?«, fragte Nola und knuffte ihren Freund in die weiche Seite. »Aber hast ja recht. Wir werden total normal sein.«

Nur Mira schwieg. Angst und Lampenfieber hatten ihre Zunge gelähmt.

~ • ~

Geraldine ärgerte sich die Krätze. Ja, es war eine gute Idee gewesen, Finn und den Rest der Bande vorzuschieben, als sie mehr über diese ominösen Bücher hatte erfahren wollen, gegen die ihr Vater in den Kampf gezogen war. Aber jetzt war der falsche Pfad gelegt, und ihre Mutter hatte das volle Programm eingeleitet: Digitale Überwachung der Familien und Verwandten, und als ob das nicht reichte, wollte sie sich »diese

Herzchen« mal persönlich ansehen und hatte sich selbst kurzerhand zur Schule eingeladen.

»Wehret den Anfängen«, hatte die Ministerin Geraldine erklärt. »Das ist wie bei einer Viruserkrankung. Man muss den Ausbruch gleich am Krankheitsherd eindämmen, wenn man keine Epidemie, oder gar eine Pandemie riskieren will.«

Ihre Mutter war so in Fahrt gewesen, dass es ausgeschlossen war, Geraldines kleine Schwindelei zurückzunehmen, ohne sich gleichzeitig selbst zu verraten.

Und auf der anderen Seite: Finn hatte es verdient, dass man ihm mal eine Portion Schiss einjagte. Er und seine Schwester trieben sich nachts heimlich sonst wo rum, und garantiert war das schlimm genug, vielleicht sogar noch schlimmer als diese grauenhaften Bücher.

Das Dumme war nur: so richtig ängstlich guckten die vier überhaupt nicht.

Mit einem Schnauben drückte sich Geraldine an Penny vorbei, um mit hoch erhobenem Kopf in die Klasse zu marschieren und sich in die erste Reihe zu setzen.

Rasch wurde für die Ministerin ein Tisch bereit gemacht. »Keine Umstände«, rief diese, »ich gehe ganz nach hinten.«

Von wegen, dachte Geraldine. Wie ihre Mutter es liebte, wenn alle ganz aus dem Häuschen wegen ihr waren.

»Ach, stellen Sie mir doch den Tisch hier in diese Ecke.«

Und auf einmal saß die Ministerin direkt hinter Finn und Nola.

Befriedigt lehnte sich Geraldine zurück.

Eine Personenschützerin postierte sich neben der Ministerin, die andere schloss die Tür von außen. Die Schüler sahen sich schüchtern zu der Erscheinung um, bis die Lehrerin mahnte, sich an das gute Benehmen zu erinnern.

Alle saßen sie schweigend da, angespannt wartend – bis auf Nola und Finn, die sich entspannt in ihre Stühle fläzten.

»Ich freue mich, dass fast jeder von euch rechtzeitig sein kurzes Video zu ›Was ich einmal werden will, wenn ich groß bin‹ produziert und eingereicht hat«, hob die Lehrerin an. »Es sind ganz großartige Sachen dabei herausgekommen, die wir wunderbar zu einem Gesamtwerk schneiden konnten. Nun ja – nur Thommy, Mira, Nola und Finn haben sich offenbar entschlossen, frei vor der Klasse zu sprechen. Was sehr, sehr schade ist, weil alle anderen sich so viel Mühe gegeben haben, ihre Videos zu produzieren.« Spitzer Blick zu den vier Delinquenten.

»Sprachlicher Ausdruck und Logik eures Berufswunsches werden eine Teilnote eurer Vokabular-Bewertung ausmachen, das wisst ihr. Nun dann!«

Die Lehrerin klickte routiniert auf ihrem Tablet herum, das Licht wurde gedimmt, die Jalousien fuhren lautlos herunter, und auf dem großen Tafelbildschirm erschien, mit knalliger Musik und Farbexplosionen untermalt, der Titel: *Was ich einmal werden will, wenn ich groß bin.*

»Dann schauen wir uns das doch einmal an!«

Nacheinander wurden die kurzen Sequenzen eingeblendet. Geraldine konnte auf Anhieb erkennen, dass ihr Video das technisch beste sein würde, natürlich! Und bestimmt käme es aufgrund ihres Nachnamens als Letztes, es würde das absolute Highlight sein.

Zwanzig Kindergesichter erschienen nacheinander auf dem Schirm. Zwanzig Mal wurden schüchtern gestammelte Berufswünsche geäußert: »Ich möchte Lehrerin werden«, »Pfleger«, »Was mit Büro, weil auch das wichtig ist«, »Hologramm-Optimierer«, »Ich will Menschen die Schönheit geben, die ihre Avatare im Internet verdienen.« Und jedes Mal gab es einen kleinen Applaus, auch von der Ministerin. Geraldine fand die meisten Videos fade und peinlich, alle hatten sie so brave, kleine Wünsche.

Aber vielleicht war das genau gut so; wer mit wenig glücklich war, war besser kurzzuhalten. Das sagte jedenfalls ihre Mutter immer.

Und dann kam Geraldine. Sie wusste genau, wie ihre Augen mit dem fantastischen Licht wirkten, als sie in die Kamera sagte: »Ich will mich der Verantwortung stellen, eine Gesellschaft in ihrem Inneren zusammenzuhalten. Ich bin bereit für die nötigen Lehrjahre, um mit Demut und Struktur die Aufgaben einer Entscheidungsträgerin zu durchdringen und mich dafür einzusetzen, dass die Regeln und Gesetze zum Wohle aller gefestigt werden …« Oh, wie gefiel Geraldine ihr leichtes bescheidendes Senken ihrer Augenlider! Und die schönen schwierigen erwachsenen Worte! Die Bestnote war ihr sicher!

Als das Licht wieder anging, gab es immer noch Applaus; aber als Geraldine sich umdrehte, erhaschte sie das unverschämte Augenrollen von Finn, und wie Nola sich hochrot auf die Lippen biss, um nicht loszuprusten.

Da erhob sich die Ministerin. »Liebe Kinder!«, rief sie energisch, »was für hervorragende Pläne ihr alle habt! Eure Eltern können stolz auf euch sein, dass ihr euch bereit macht für ein Leben in Gemeinschaft und Zusammenhalt. Ich bin dankbar und sehr zuversichtlich, was die Zukunft dieser Gesellschaft angeht. Diese Generation kann nichts anderes als glücklich werden.«

Als sich Nola, Finn, Mira und Thommy bereit machten, sich vor die Klasse zu stellen, lehnte sich die Ministerin gespannt und mit verschränkten Armen zurück.

Vielleicht wäre alles anders gekommen, wenn er, Thommy, nicht zufällig mit Nachnamen Silberberg heißen würde, und damit erst nach Mira und den Zwillingen drankäme.

So aber rief die Lehrerin Mira auf, und hieß sie, nach vorne zu kommen.

»Tut mir leid«, murmelte Mira Thommy noch zu, »aber ich kann nicht lügen.« Mit gesenktem Kopf lief sie ans Pult der Lehrerin.

»Nun, dann erzähle uns doch, was du werden willst, wenn du groß bist. Wir sind schon alle sehr gespannt, nicht wahr?«, sagte die Lehrerin, und es war ihr anzuhören, dass sie es missbilligte, dass Mira kein Video gedreht hatte.

Miras Stimme zitterte, als sie begann. »Ich weiß noch nicht, was ich werden will.«

Als vereinzeltes Kichern ertönte, räusperte sich Mira unsicher.

»Ruhe!«, mahnte die Lehrerin. Und zu Mira: »Ein bisschen lauter, bitte, ja?«

Thommy fixierte Mira und hoffte, ihr auf irgendeinem magischen Weg ganz viel Kraft und Mut zu senden. Denn das würde sie brauchen, nach der Einleitung!

»Aber ich weiß, was ich tun will. Nicht erst wenn ich groß

bin«, begann Mira, den Blick fest auf ihr Tablet gerichtet. »Denn das ist von hier aus gesehen unendlich weit weg. Ich möchte herausfinden, wer ich wirklich sein kann.«

»Yeah«, rief Nola leise.

Mira schaute dankbar zu ihr hin.

»Ich habe viel darüber nachgedacht«, redete Mira weiter, »was es heißt, groß zu sein. Und dann habe ich mir die Erwachsenen genau angesehen. Meine Mutter«, hier stockte sie und schluckte, »aber auch die Lehrerinnen, die Menschen auf der Straße und im Nachbarhaus. Sie sind alle groß, aber sind sie wirklich das, was sie sein könnten?«

Ihre Lehrerin ballte die Fäuste und legte die Beine übereinander. Auf ihrem Gesicht erschien ein zutiefst irritierter, angespannter Ausdruck.

Mira, Mira, dachte Thommy, das ist aber so gar kein flacher Ball! Er schaute sich verstohlen zu Nola und Finn um, die sich beide nach vorne gebeugt hatten und fasziniert auf ihre Freundin schauten.

Jetzt war es ganz still in der Klasse. Vierundzwanzig kindliche Augenpaare und zwei erwachsene starrten auf die zierliche, doch immer so unauffällige Mira.

»Ich glaube, sehr viele Menschen sind traurig. Ihnen fehlt etwas und sie haben vergessen, was es sein könnte. Sie haben keine Träume mehr.« Mira schaute auf. »Das hat man auch gemerkt, eben. Bei den Videos. Kein einziger Traum.«

Hier sog die Lehrerin scharf die Luft ein und beugte sich vor. »Das ist ungeheuerlich«, murmelte sie, »Mira, was erlaubst du …«

Da meldete sich eine scharfe, befehlsgewohnte Stimme von hinten: »Lassen Sie sie weitersprechen. Ich bin sehr gespannt.«

Die Ministerin.

Miras Gesicht färbte sich vom Hals aufwärts in Rosenrot. Sie blickte jetzt auf und schaute tapfer jeden einzelnen der Schüler vor ihr nacheinander an. Sogar Geraldine.

Thommy musste sich auf seine Hände setzen, so angespannt war er. Es war kaum auszuhalten, wie sich Mira da vorne mutterseelenallein abkämpfte.

»Träume sind nicht schlimm«, sagte Mira leise, aber da es so still war, hallte ihre Stimme laut im Raum wider. »Träume zu haben ist ein richtiges Wunder. Und auch Wunder sind nicht schlimm. Schlimm ist, wenn man nicht mehr weiß, wo seine Träume und Wunder sind. Wenn man sie nirgends findet. Nicht hier«, sie hielt das Tablet hoch, »nicht dort«, sie deutete nach draußen, »und nicht hier drin.« Jetzt legte sie ihre schmale Hand auf ihr Herz.

Mira ließ das Tablet sinken und sprach jetzt völlig frei. »Deswegen will ich träumen und Wunder suchen. Und wenn ich groß bin, will ich anderen davon erzählen, vor allem den Kindern. Damit sie es nicht vergessen und keine Angst davor haben. Denn nur so weiß man, was man wirklich will.«

Es schien, als hätte sie den letzten Satz nur für die Ministerin gesprochen. Die betrachtete Mira gelassen.

Es war immer noch still, niemand bewegte sich, keiner wagte einen Laut.

Mira hatte mal eben eine Bombe gezündet, so kam es Thommy vor. Träume. Wunder! Wow. Alles, über was niemand mehr sprach, schon längst nicht mehr, weil es peinlich war und verrückt und gegen die Regeln.

Und wie auf Kommando fing Geraldine an, hysterisch zu kichern, Penny und Cassie stimmten mit ein, und bald lachte die ganze Klasse.

Endlich kam Bewegung in das vor Wut gefrorene Gesicht der Lehrerin. »Das ist ja wohl das Bodenloseste, was sich hier jemals ein Schüler erlaubt hat. Setz dich sofort hin, Fräulein … Wundersam!«, rief sie über das Gelächter hinweg. »Du hast nicht nur dich lächerlich gemacht, sondern alle hier. Frau Ministerin, bitte verzeihen Sie, dieses Kind wird zur Rechenschaft gezogen!«

Mira biss sich auf die bebende Unterlippe. Eine einzelne Träne rollte aus ihrem Auge und über ihre Wange. Sie wischte sie nicht mal weg. Sie stand nur da, unfähig, sich zu rühren, während sie mit verlorenem Blick auf die Kinder vor sich sah, die lachten. Obgleich sie vielleicht nicht mal wussten, warum.

Da hielt es Thommy nicht mehr an seinem Platz. Er sprang auf und rief: »Ich will auch Wunder suchen!«

»Setzt dich sofort hin, Thomas Silberberg!«

»Ich auch! Ich will träumen!«, donnerte Nola, und sie stand nicht nur auf, sondern stieg auf ihren Stuhl und verschränkte die Arme.

»Hinsetzen!«, keifte die Lehrerin. »Was ist das nur für ein Benehmen, ich werde euren Eltern …«

»Und ich auch. Ich will träumen und Wunder suchen und, ach so, und Berufs-Abenteurer werden«, rief Finn und stieg nicht nur auf den Stuhl, sondern gleich auf den Tisch.

Das Lachen verebbte. Und vielleicht sahen sogar einige heimlich voller Bewunderung auf die vier, die so kerzengerade und entschlossen von Träumen und Wundern sprachen.

»Hinsetzen, hab ich gesagt! Siehst du, was du angerichtet hast? Ist es das, was du willst, Chaos und Entzweiung? Aufmüpfig bist du, Fräulein, man sollte dich …«

Da ertönte ein einzelnes »Klatsch«.

Die Lehrerin verstummte.

Die Ministerin war aufgestanden und schaute Mira mit einem zutiefst spöttischen Lächeln an. »Bravo, Mira«, sagte sie, und ihre Stimme war voller Hohn, der dieses »Bravo« vergiftete.

Noch ein »Klatsch«, als die Ministerin ein weiteres Mal ihre Hände zusammenschlug. »Und auch bravo: Finn. Nola. Und Thomas war der Name, nicht wahr? Habt ihr uns allen doch mal gezeigt, für wie besonders ihr euch haltet, und für wie beschränkt die anderen. Bravo.« Clarissa van de Vos' Verachtung war überdeutlich.

Thommy widerstand der Versuchung, sich wieder hinzusetzen und ganz klein zusammenzurollen. Er blieb stehen, genauso wie Mira, Finn und Nola.

»Und doch tut ihr mir von Herzen leid. Mir ist jetzt jedenfalls absolut klar, was ihr werden wollt: Jemand, der sehr zu bedauern ist und wirklich dringend unsere Hilfe und unser ganzes Mitgefühl braucht. Ich habe für heute genug gesehen.«

Und dann rauschte sie davon.

Die Lehrerin entließ alle Kinder erschöpft frühzeitig in die große Pause; natürlich nicht ohne Mira, Finn, Nola und

Thommy mitzuteilen, dass sie alle vier im Vokabular-Test durchgefallen waren.

Thommy fand, sie sah dabei traurig und wütend zugleich aus. Auf dem Weg nach draußen nahm er still Miras Hand und hielt sie ganz fest.

~ • ~

Geraldine war begeistert und empört zugleich. Begeistert, weil ihre Mutter es diesen Freaks so richtig gezeigt hatte. Sie hatte sie als bemitleidenswerte Kreaturen abgestempelt – wie fies! Und wie geschickt! Die Begeisterung für die Taktik ihrer Mutter überdeckte sogar die Wut, die Geraldine gegen sie wegen ihres Vater in sich trug.

Noch mehr aber erfüllte Geraldine tiefe Empörung. Wie konnten diese abscheulichen Kinder nur solche unerhörten Dinge von sich geben – noch dazu in Anwesenheit ihrer Mutter? Träume, Wünsche, wirklich-werden – das hörte sich doch verdächtig nach Sachen an, die sie aus diesen Lügenbüchern haben könnten!

Immerhin wäre jetzt Schluss mit den Heimlichkeiten. Ihre Mutter würde mit ihrer ganzen Macht von nun an genauestens darauf achten, was die vier trieben. Und sie, Geraldine, würde ihren Teil dazu beitragen.

In der großen Pause suchte Geraldine auf dem Schulhof nach ihnen. Bestimmt hockten sie wieder zwischen den Blumenkübeln herum und tuschelten. Doch nein, der Platz war verwaist. Hatten sie sich im Klo eingeschlossen und heulten?

Geraldine tigerte suchend über den Schulhof. Da, auf der anderen Seite, ganz in der Nähe des Eingangs klumpten die vier tatsächlich wie immer zusammen.

Während die Tochter der Ministerin quer über den Platz auf sie zustrebte, fiel ihr etwas Seltsames auf. Sie war nicht die Einzige, die die vier Aufmüpfigen beobachtete. Überall standen Kinder, auch die älteren, in Grüppchen zusammen und unterhielten sich flüsternd. Dabei schauten sie immer wieder zu den Zwillingen und ihren Freunden hinüber. Und zu Geraldines Befremden waren das oftmals neugierige, ja sogar bewundernde Blicke. Schäumender Zorn keimte in ihr auf. Es war schlimmer als gedacht. Ihre Mutter hatte recht gehabt. Der Drang zum Zerstörerischem war ein Virus. Schon das, was bisher geschehen war, hatte die Nächsten infiziert. Es war wirklich höchste Zeit, diese Krankheit entschieden zu bekämpfen. Und zwar mit allen Kräften.

Finn und Nola standen mit dem Rücken zu ihr.

Da stieß Thommy, der sie bemerkt hatte, Finn an. Die Zwillinge wandten sich zu ihr um. Unwillig registrierte Geraldine, dass die beiden nicht im Mindesten verstört wirkten. Im Gegenteil, sie blickten ihr so frech grinsend wie immer entgegen. Sie baute sich vor ihnen auf.

»Ich hoffe, das wird euch eine Lehre sein«, stieß sie hervor, merkte aber, dass sie unter den Blicken der Zwillinge nicht ganz so selbstbewusst klang, wie sie vorgehabt hatte.

Finn nickte ernst. »Ja«, meinte er dann, »wir haben etwas Wichtiges gelernt. Sollen wir es dir erklären, oder hast du es ganz von selbst gemerkt?«

Nola und Finn schauten sich an und fingen an zu prusten.

Geraldine stieg die Hitze den Hals empor in die Wangen. Mit zusammengebissenen Zähnen sagte sie: »Hat Thommy euch gebeichtet, was ich weiß? Dass ihr bei der Nachtwanderung betrogen habt? Dass ihr gar nicht dabei wart? Also, wo wart ihr? Was habt ihr gemacht? Entweder, ihr sagt mir jetzt, was ihr verbrochen habt, oder …«

»Oder was?«, fragte Nola neugierig.

Geraldine blieb die Luft weg. Was für eine Mistbiene!

»Du, Nola«, wandte sich Finn an seine Schwester, »fällt dir auf, dass Geraldine gerade gar nicht mehr so freundlich ist wie die letzten Tage? Da hat sie sich immer so gefreut, uns zu treffen.« Dann richtete er seinen Blick auf Geraldine und sagte leichthin: »Geht's dir nicht gut, Gerry-Schatz?«

»Mein Name ist Geraldine«, quetschte sie wütend hervor, »und ich werde euer Vergehen dem Ministerium melden!«

Nola nickte betrübt.

»Ja«, seufzte sie, »wir wissen, was du weißt. Weil du unseren HierBinIchs gefolgt bist, nicht wahr?«

»Ganz genau, und die zeigten …« Geraldine stockte. Wie ein eiskaltes Händchen erfasste sie ein böser Gedanke. Das HierBinIch!

»Und das konntest du *weswegen* genau verfolgen?«, fragte Nola in tückischer Sanftheit.

Und da erkannte Geraldine das perfide Dilemma, in dem sie steckte. Sie hätte die HierBinIchs der vier gar nicht aufrufen dürfen.

»Was wird wohl deine Mutter dazu sagen, dass du ihr das

Passwort des Ministeriums geklaut hast?«, säuselte Nola lächelnd. »Bist du dann auch so bedauernswert wie … wir?«

Geraldines Wangen glühten jetzt, sie bekam kaum noch Luft.

»Ich glaube«, sagte Finn leise, ohne Geraldine aus den Augen zu lassen, »Geraldine wird gar nichts sagen. Sonst bekäme sie echt Schwierigkeiten.«

»Ach, ja. Genau!« Nola tat so, als ob sie es erst jetzt begreifen würde. »Tochter der Ministerin hackt sich ins Ministerium. Das sieht übel aus. Und wer weiß, wen du da alles verfolgt hast? Und wie deine Mutter dasteht, wenn die Leute erfahren, dass sie auf Schritt und Tritt überwacht werden, hm?«

Geraldine atmete heftig ein und aus. Ihre Unterlippe zitterte, als sie hervorstieß: »Ich werde … ich werde euch …« Dann versagte ihre Stimme.

»Jaaa?«, fragte Nola unschuldig.

Geraldine wandte sich abrupt ab und stapfte davon. In ihr tobte es, in ihr schrie es. Sie bebte vor Zorn und da kamen schon die ersten sauren Wuttränen.

Ihr Vater, ihre Mutter, die vier verlogenen Rebellen, die sie verhöhnten. Die Kinder auf dem Schulhof, die auf sie deuteten und tuschelten. Alle guckten sie an, und sie konnte nichts dagegen tun.

In ihr wirbelte alles durcheinander. Sie wollte ihre Wut herausschreien. Doch sie blieb stumm. Sie war immer noch die Tochter der Ministerin!

Und sie würde sich rächen.

Sie trafen sich am Nachmittag im Park. Hier, im Schutz einer großen Buche, fühlten sie sich sicher. Ihre Handys hatten sie ein Stück entfernt in eine Jacke gewickelt. Alle vier waren sie besorgt. Selbst Finn und Nola schauten nicht mehr so selbstbewusst drein, wie sie sich vor Geraldine gegeben hatten.

»Wir sind ziemlich am Arsch«, eröffnete Finn das Krisengespräch. Dass diese gnadenlose Einschätzung ausgerechnet von ihm kam, war alles andere als ermutigend für Mira und Thommy.

Nola saß nur still da, den Kopf auf die Fäuste gestützt.

»Sie werden jeden unserer Schritte überwachen«, fuhr er fort. »Und auch wenn Geraldine nichts verraten kann, werden sie uns wegen dem HierBinIch irgendwann auf die Schliche kommen.«

»Sie bräuchten nur einmal nachts an unsere Tür klopfen und nach uns fragen«, stimmte Thommy mit dumpfer Stimme zu. Von dem stolzen Orakelmeister von gestern war nicht viel übrig geblieben.

»Wieso sollte jemand so etwas tun?«, fragte Mira. »Sie wissen doch nicht, dass wir nicht da sind.« Sie sehnte sich furchtbar danach, Alice wiederzusehen und die anderen Buks. In der magischen Bibliothek gab es keine Traurigkeit. Jedenfalls nicht die Sorte leere Traurigkeit, die ihre Mutter mit sich schleppte. Eher eine warme, tröstliche.

»Da bräuchte Geraldine ihrer Mutter nur einen kleinen Hinweis zu geben, ohne sich zu verraten«, erwiderte Finn. »Den Verdacht hat sie ohnehin. Ich glaube nicht, dass sie lockerlässt. Und ihre Mutter auch nicht. Tja, Leute, wir haben uns heute echt Feinde gemacht.«

»Es tut mir leid«, klagte Mira und gab einen großen Seufzer von sich. »Ich hätte die Klappe halten und irgendetwas Langweiliges sagen sollen.«

»Nein, Mira«, erklärte Finn entschieden. »Das war echt großartig. Mann, ich war so stolz auf dich.«

»Ich auch«, sagte Nola lächelnd. »Du hast es dem verlogenen Pack richtig gezeigt.«

»Das stimmt«, gab auch Thommy zu. »Den Mut hätte ich nicht gehabt.«

Mira lächelte zaghaft bei diesen Worten. »War vielleicht der falsche Zeitpunkt für einen solchen Mutausbruch.« Dann erlosch das Lächeln aber wieder. »Außerdem hilft uns das jetzt auch nicht weiter«, meinte sie leise.

»Was, wenn wir uns jetzt eine Weile bedeckt halten und nicht in die Bibliothek gehen«, schlug Thommy vor. »Wenn sie nichts finden, legt sich der Ärger bald wieder.«

Finn schnaubte verächtlich. »Du meinst, wir sollen die braven Kinder spielen? Nee, Thommy, schick mich mit einem Paddelboot auf den Amazonas. Aber verlange nicht so etwas von mir. Das schafft ja nicht mal Mira.«

»Aber in einem Punkt hat Thommy recht«, griff die den Gedanken auf. »Wir dürfen erst mal nicht mehr in die Bibliothek. Damit würden wir die Buks gefährden und die vielen Tausend Bücher.«

»Im Gegenteil«, sagte Nola fest und setzte sich auf. »Wir müssen *unbedingt* in die Bibliothek. Und zwar noch heute Nacht.«

Finn blickte sie irritiert an. »Hast du nicht zugehört, was wir gerade besprochen haben? Das Risiko ist zu hoch.«

»Und es wird mit jedem Tag höher«, hielt sie dagegen. »Wenn wir aber alle Vorsicht walten lassen, können wir sie heute Nacht noch einmal reinlegen. Danach brauchen wir die ganze Trickserei nicht mehr.«

»Und wieso nicht, wenn ich fragen darf?«

Nola sah erst ihrem Bruder in die Augen, dann Mira und Thommy. »Weil wir nicht mehr zurückkommen werden«, sagte sie schlicht.

Ein paar Sekunden war es still.

Schließlich beugte Thommy sich vor und flüsterte: »Du meinst, wir sollen …«

»Abhauen!«, vervollständigte Finn den Satz. Seine Augen begannen bereits wieder zu funkeln.

»Aber … aber …«, stammelte Mira.

Nola unterbrach sie. »Das muss natürlich jeder von euch selbst entscheiden. Aber ich will nicht in einer Welt leben, die mir die Träume nimmt. Und die Bücher. Überlegt mal, in der Bibliothek gibt es genug zu essen. Und es ist der geschützteste Ort, den man sich denken kann. Wir können lesen, was wir wollen. Wir lernen mehr als je zuvor. Wir können uns überlegen, was wir gegen die Bleichkrankheit tun und wie wir den Buks sonst noch helfen können. Und in ein paar Monaten oder einem Jahr oder zwei kommen wir zurück. Vielleicht fahren wir aber auch weiter zum Amazonas.«

»Nola«, stieß Finn hervor, »du bist ein Genie.« Dann runzelte er die Stirn. »Aber da wir Zwillinge sind, muss ich dann ja auch ein Genie sein.«

»Ich weiß nicht«, warf Thommy ein, »meine Großeltern …«

»Stimmt, deine Großeltern«, bestätigte Nola. »Was passiert mit denen, wenn wir auffliegen? Dein Großvater hat uns geholfen, der hängt mit drin.« Sie wandte sich an Mira. »Und ich weiß, dass du deine Mutter nicht allein lassen willst. Aber auch sie würde Schwierigkeiten bekommen. Genau wie unsere Eltern. Wir bringen sie alle in Schwierigkeiten, wenn wir *bleiben*. Aber nicht, wenn wir gehen.«

Sie machte eine Pause, wechselte einen Blick mit ihrem Bruder, der jetzt schon voller Tatendrang war. Dann richtete sie sich erneut an Mira und Thommy.

»Überlegt es euch. Niemand muss mitkommen. Aber wenn ihr heute Nacht am Weg zum Fluss erscheint, dann nur, wenn ihr euch wirklich dafür entschieden habt.«

Der Wind trieb Wolkenfetzen über den Nachthimmel, die vor der kristallklaren Mondsichel hell aufleuchteten. Die Brise zischelte in den herabhängenden Zweigen der Trauerweide und kühlte die vor Aufregung erhitzten Gesichter von Finn und Nola, die gut verborgen auf ihre Freunde warteten.

»Glaubst du, sie kommen?« Finns Stimme war so leise, dass der Wind sie fast verwehte.

Nola zuckte mit den Achseln. »Weiß nicht. Ja?«

»Und wenn nicht?«

»Sie werden kommen.«

Sie waren so vorsichtig gewesen wie nie zuvor, waren den Kameras an den Ampeln und vor den öffentlichen Gebäuden ausgewichen, hatten nach verdächtigen Personen oder Fahrzeugen Ausschau gehalten. Die Handys lagen auf den Nachtschränkchen, daneben jeweils ein Brief. Sie fingen beide mit dem gleichen Satz an: *Liebe Mama, lieber Papa, bitte macht euch keine Sorgen …*

»Da!«, flüsterte Finn und zeigte nach vorne. Eine zierliche Gestalt bewegte sich auf sie zu.

Mira hatte, ebenso wie die Zwillinge, die Taschenlampe im Rucksack gelassen. »Ich bin furchtbar aufgeregt«, raunte sie, als sie durch den Blättervorhang der Trauerweide getaucht war.

»Wo ist Thommy?«

»Vielleicht kommt er ni…«, setzte Finn an, doch da stieß Nola ihm in die Seite.

Eine weitere Gestalt näherte sich, so leise, dass sie ihn nicht hatten kommen hören.

»Meine Großeltern wollten einfach nicht zu Bett gehen«, entschuldigte Thommy sich atemlos.

»Ich war mir sicher, dass du kommst.« Nola konnte sich ein Grinsen nicht verkneifen.

»Da wusstest du mehr als ich. Aber das hier machen wir zusammen«, antwortete Thommy entschieden.

Sie hakelten die kleinen Finger ineinander. Vier Kinder. Vier Freunde. Und die Nacht, die sie tief in sich verbarg.

Nur durch das schmale Mondlicht geleitet, nahmen sie schweigend den Weg in Richtung des Alten Flusses. Dabei schauten sie sich immer um. Als sie vom Weg abbogen, um am Graben entlang und über das Feld zu pirschen, verließen sie sich nur auf das fahle nächtliche Graulicht, an das sich ihre Augen mittlerweile gewöhnt hatten.

Und so verschwanden die Kinder der Prophezeiung aus der Welt.

~ • ~

Zuerst war es unheimlich gewesen, allein nachts draußen zu sein. Geraldine hatte das noch nie zuvor gemacht, niemand trieb sich draußen rum nach den Abendnachrichten. Nur Gesindel und solche, die Ärger suchten. Wie Finn und seine Freunde.

Und jetzt sie selbst, lauschend vor jedem unbekannten Geräusch, jedem Knacken. Wie fremd die Stadt ohne Menschen wirkte. Instinktiv war Geraldine den roten Lichtern der Überwachungskameras ausgewichen. Aber bald hatte sie es vergessen und ging wie unter Wasser durch die grau und stumm daliegenden Straßen.

Dann suchte sie einen guten Platz und wartete.

Als Geraldine die Zwillinge kurz vor Mitternacht aus dem Haus schleichen sah, hätte sie beinah einen kleinen Triumphschrei ausgestoßen. Sie hatte recht behalten! Diese grässlichen Zwillinge konnten es nicht lassen. Geraldine blieb still und unsichtbar in ihrem Versteck und beobachtete, wie Finn und Nola sich aufmerksam umsahen und schließlich im Schutz der Bäume, von Schatten zu Schatten, die Wohnstraße mit den schlafenden Häusern hinunterliefen. Immer wieder wandten sie sich um, so als ob sie ahnten, dass sie verfolgt würden. Geraldine musste sich alle Mühe geben, um nicht entdeckt zu werden. Gleichzeitig durfte sie Finn und Nola auch nicht aus den Augen verlieren. Aber ihre Sorgfalt zahlte sich aus.

Auf einmal blieben die Zwillinge stehen und zogen sich unter die tief herabhängenden, dichten Zweige einer Trauerweide zurück, die den Weg Richtung Fluss säumte.

Tief im Schatten eines Busches hockend, beobachtete Geraldine, wie sich erst Mira, dann Thommy dazugesellte. Als die vier lostrabten und den Weg zum Alten Fluss einschlugen, jubelte Geraldine innerlich.

Jetzt würde sie endlich herausfinden, wohin sie gingen und wie man hinter diese verflixte Mauer gelangte.

Doch nun musste sie sich noch mehr vorsehen. Der Weg bot auf einer langen Strecke keinerlei Gesträuch oder Bäume mehr. Geraldine ließ sich ein ganzes Stück zurückfallen. Die Silhouetten der Kinder verschwammen mit den Schatten der Nacht. Das beunruhigte Geraldine. Sie ignorierte ihren rasenden Puls und spähte angestrengt nach vorne.

Da! Da bog der Weg ab, um an der Mauer entlang zum Alten Fluss zu führen. Sie ging ihn ein Stück weit, aber sosehr sich Geraldine anstrengte, es war nichts von den anderen zu sehen. Sie schaute frustriert zu der Mauer empor. Sie waren ihr schon wieder entwischt. Sie stampfte mit dem Fuß auf. Nein! Und wieder: Nein, nein, nein! Oh, sie war so wütend. Verzweifelt schaute sie sich um. Aber nirgendwo ein Hinweis auf die vier. Vor Wut und Verzweiflung traten ihr wieder die Tränen in die Augen. Sie legte schwer atmend den Kopf in den Nacken. Und sah Sterne durch den Tränenschleier. Ihr Blick verlor sich darin. Es war fast, als saugten sie sie ein, ja, als atmeten die Sterne. Als bewegten sie sich. Nein, es bewegte sich nur einer. Geraldine wischte sich über die Augen, schaute wieder auf. War das eine Sternschnuppe? Aber warum verlosch sie nicht?

Die Sternschnuppe fiel immer noch und machte dann etwas sehr, sehr Seltsames: Sie beschrieb eine Kurve und sauste direkt auf Geraldine zu.

Panisch ging diese in die Hocke und legte schützend ihre Hände und Arme über den Kopf.

Aber es passierte nichts. Geraldine spähte durch die Finger. Vor ihr tanzte ein Fünkchen.

Das Fünkchen, das ihr erst vor wenigen Tagen das Geheimversteck ihres Vaters gezeigt hatte!

Als der Funke vor ihr einige Meter weiterflog, weg vom Weg, und in Richtung des Wassergrabens und des unheimlichen, im Nachtwind wogenden Wiesenfelds, da lief Geraldine ihm mit entschlossener Wut hinterher und mitten in das fremde Grün hinein.

~ • ~

»Ihr wollt bitte was?«, fragte Queen Buk fassungslos.

»Hierbleiben«, wiederholte Nola. »Wir müssen. Da draußen sitzt uns das Ministerium im Nacken. Entweder wir bleiben hier, oder wir können nicht mehr herkommen.«

Eilig hatten sie den Buks von ihren Schwierigkeiten erzählt. Jedenfalls so viel, dass sie verstehen konnten, welchen Bedrohungen sie ausgesetzt waren.

Sie saßen im Rund des Lesesaals mit Queen Buk, Adlatus, Typografica und Thesaurus, die alle noch aufgeregter schienen als all die anderen Buks, die aus und von den Regalen ihrer Unterhaltung lauschten.

Queen Buk rieb sich die Stirn. Sie suchte nach Worten, nach Sinn, und es wirkte, als fiele es ihr immer schwerer, sich zu konzentrieren.

Typografica beobachtete sie sorgenvoll.

»Aber was ist mit der Gilde?«, rief die Königin. »Ihr müsst sie finden.«

»Wir glauben«, antwortete Nola, »dass wir zwei oder sogar drei Mitglieder gefunden haben. Aber genau das ist Teil des Problems.« Sie schaute Thommy an und nickte ihm zu.

»Anscheinend sind meine Großeltern Mitglieder der Gilde«, ergriff er das Wort. »Aber sie waren sehr vorsichtig in dem, was sie mir erzählt haben. Und in einem Punkt war mein Opa deutlich: Das Ministerium darf die Bibliothek niemals entdecken.«

»Warum hassen die Menschen Bücher nur so sehr?«, fragte Queen Buk verzweifelt und ließ sich in ihrem Sessel zurücksacken.

»Nicht *die* Menschen«, erklärte Finn, »sondern einige. Wir glauben, sie fürchten sie. Weil sie dann die Kontrolle über diejenigen verlieren, die zu viel träumen oder auf Wunder hoffen. Oder mehr werden wollen, als sie sollten.«

»Solche Dinge hat der Buchmeister auch immer gesagt«, murmelte Queen Buk.

Nola wurde hellhörig. »Vielleicht kennen wir den Namen des Buchmeisters. Hat er sich euch mal als Alexander vorgestellt?«

Queen Buk winkte müde ab. »Keine Namen. Und was hat das noch für eine Bedeutung? Er ist schon vor langer Zeit verschwunden.«

Nola fand schon, dass das eine enorme Bedeutung hatte. Aber sie schwieg, weil sie fürchtete, dass Queen Buk ihr wieder ausweichen würde.

»Wenn vier Kinder verschwinden«, fuhr Queen Buk fort, »gibt es einen fürchterlichen Aufruhr. Sie werden jeden Winkel des Landes nach euch durchsuchen. Und die Gefahr, dass sie die Bibliothek, dass sie *uns* finden, wird dadurch viel größer. Habt ihr daran denn nicht gedacht?«

Beklommen schauten die Kinder auf ihre Stiefelspitzen.

Die Königin atmete einmal tief durch. »Nun aber seid erst mal willkommen, ihr Lieben«, setzte sie nach. »Geht und schaut in der Küche bei Schlemmer und Ooht-Kwisien nach etwas zu essen, ihr seid sicherlich hungrig. Wir werden uns beraten, und dann kommen wir erneut zusammen. Jetzt freut euch, dass ihr hier seid, auch unsere Herzen sind erfüllt von Freude, euch zu sehen.«

Nola und Finn wechselten einen Blick. Sie dachten beide das Gleiche: War das jetzt ein Ablenkungsmanöver?

~ • ~

Queen Buk schaute sich prüfend um. Sie, Thesaurus, Adlatus und Typografica standen allein unter der Empore. Die anderen Buks hingen oben in den Regalen, und die Kinder waren in der Küche. Queen Buk war froh, dass der pfeifesaugende Schnüffler nicht bei ihnen war. Sherlokko wäre ihr nur wieder auf die Nerven gegangen.

»Wenn die Kinder hierbleiben wollen, Majestät, können wir ihnen nicht auf ewig verschweigen, was im Keller geschah.«

»Papperlapapp«, erklärte Queen Buk, »die Kinder können nicht hierbleiben. Ich mag mir den Kummer ihrer Eltern wahrlich nicht vorstellen!«

»Sie sind verständige Kinder«, unterstützte Typografica

die Queen, »und die vier haben uns nicht nur schlechte Nachrichten gebracht: Die Gilde existiert noch.«

»Obwohl es ja eigentlich fünf Kinder …«, hob Adlatus an, aber Queen Buk unterbrach ihn abrupt: »SSCHT! Nicht jetzt!«

Adlatus klappte den Mund beleidigt wieder zu. Also, die Queen war seit einiger Zeit nicht sie selbst. Streng war sie immer gewesen, aber nicht so … so … tyrannisch.

»Doch sag, Thesaurus: Ich dachte, das Zwillingsgesicht Thommy, der wäre der neue Orakelmeister«, wandte Typografica nun ein. »Was denkst du, wie hoch ist die Gefahr, dass das Orakel weitere Prophezeiungen gebiert, die die Kinder in Gefahr bringen?«

Thesaurus breitete in hilfloser Geste die Arme aus. »Ich weiß es nicht. Aber ich muss ihm beibringen, wie er es zu nutzen hat, damit wir das Richtige tun können. Auch wenn es uns als falsch erscheinen mag.«

»Ja, wie etwa den Drachen zu suchen, beim Lektor und zugedruckt!«, knurrte Queen Buk. »Du kannst das nicht auch … anders deuten?«

Thesaurus straffte sich. »Also bitte! Das würde ich niemals tun. Das Orakel ist heilig, da kann man nicht schummeln.«

»Ist gut, ist gut«, gab Queen Buk mit einem müdem Blick nach. Sie fühlte sich schon den ganzen Tag nicht recht wohl und ihre Gedanken zerfaserten. Was für ein Dilemma: Da setzen sie all ihre Hoffnung auf die Kinder. Und brachten sie gleichzeitig damit in Gefahr. Es hatte aber auch wirklich niemand damit rechnen können, dass diese jungen Menschen einem so lieb werden könnten.

»Also, wir machen jetzt Folgendes: Thesaurus, ordne die Steine, bevor du das Zwillingsgesicht mit nach oben nimmst. Wenn er nach dem Drachen fragt, deute es ihm so weit wie möglich weg von der Wahrheit, ja? Und wir müssen auf sie aufpassen. Ihnen darf nichts geschehen.«

»Das heißt, wir lassen sie hier?«, fragte Typografica.

Queen Buk nickte. Sie spähte missmutig zur Empore hoch. »Vielleicht liegt das Orakel ja auch falsch. Immerhin ist es das Verrückte Orakel.«

»Besonders, wenn es um Zahlen geht«, schob Adlatus nach. Was ihm einen finsteren Blick von der Queen einbrachte.

~ • ~

Obwohl die Freunde am liebsten wieder in den Büchern gestöbert hätten, hielten sie in der Küche erst mal eine Beratung ab.

Schlemmer Buk und Ooht-Kwisien waren hocherfreut über den illustren Besuch und boten alles auf, was die Bücher hergaben. Rebella und Alice hatten sich zu ihnen gesellt.

Nola saß auf dem Tisch, Rebella mit baumelnden Beinen neben ihr. Gemeinsam naschten sie aus einer Schale Quark mit Himbeeren. Mira und Alice saßen übereck an der anderen Seite des Tisches, schlürften dampfenden Tee und knusperten Schokokekse. Finn hatte sich in einem der kleinen Stühle zurückgelehnt und die Füße auf den Tisch gelegt. Mit der einen Hand hangelte er Schinkenstreifen in seinen Mund, die andere schob Melonenstückchen hinterher. Thommy saß auf dem Archivtisch mit den Büchern und ließ sich von Schlemmer

Buk die leckersten Gerichte zeigen. Dabei mampfte er warmes Rosinenbrot mit gesalzener Butter.

Ab dem Moment, da sie durch das Tor geschritten waren und in die mittlerweile vertraute Halle mit den hohen Regalen kamen, war die Anspannung der vergangenen Tage von ihnen abgefallen. Hier gab es niemanden, der ihnen hinterherschnüffelte. Kein Ministerium, das ihre Schritte überwachte. Keine Erwachsenen, die ihr Anderssein rügten. Hier, in der magischen Bibliothek, konnten sie ganz sie selbst sein. Und das auch noch in der besten Gesellschaft, die sie sich wünschen konnten.

»Sehr begeistert schien Queen Buk ja nicht zu sein, als wir meinten, dass wir hierbleiben wollen«, sagte Finn jetzt zwischen zwei Schinkenstreifen.

»So ganz unrecht hat sie ja nicht«, wandte Thommy ein. »Das wird einen ganz schönen Aufruhr geben.«

»Aber sie werden uns doch hier nicht suchen?«, fragte Mira besorgt.

»Pah«, meinte Finn, »die finden uns nie.«

Klopf, klopf, machte es an der Küchentür. Gleich darauf steckte Thesaurus sein bärtiges Gesicht durch den Spalt.

»Es ist so weit«, kündigte er an. »Deine ersten Lektionen, Orakelmeister Thomas, stehen nun an.«

Mit glühendem Gesicht rutschte Thommy vom Tisch.

»Wirf keinen Mist«, rief ihm Finn lässig nach.

»Jetzt sind wir erst mal hier«, verkündete Nola entschieden, nachdem sie einen Moment abgewartet hatte, bis sich die Schritte von Thesaurus und Thommy weit genug entfernt hatten. »Und ich werde nicht gehen, bevor wir nicht herausgefunden haben, was es mit dem Buchmeister auf sich hat.« Sie wandte sich an Rebella. »Wisst ihr etwas darüber?«

Rebella schaute sie mit ihren großen sanft leuchtenden Augen an. Dann wechselte sie einen Blick mit Alice und auch mit Schlemmer Buk und Ooht-Kwisien. Sie alle wirkten auf einmal verlegen.

»Darüber dürfen wir nicht sprechen«, antwortete Rebella schließlich. »Es ist uns strengstens verboten.«

Das machte Nola nur noch neugieriger. Sie lächelte ihre kleine Freundin an. »Aber du bist doch Rebella«, meinte sie. »Rebellen halten sich nicht immer an Verbote.«

Rebella seufzte laut, bevor sie rasch antwortete: »Wir haben Angst um euch. Es ist zu gefährlich. Darum können wir nichts verraten.«

Nola runzelte die Stirn. Das wurde ja immer toller. Sie wollte gerade nachbohren, da sagte eine näselnde Stimme im Eingang zur Küche: »Aber ich kann euch sehr wohl etwas dazu erzählen.« Dort lehnte Sherlokko Buk und schien äußerst zufrieden mit sich.

~ • ~

Geraldine war mittlerweile stinkesauer!

Erst hatte sie sich auf der Wiese die Beine zerstochen. Mücken, Disteln, gemeine Brennnesseln. Dann war sie in ein Matschloch gefallen, weil der dusselige Funke sich nicht entscheiden konnte, wo er hinwollte. Immerhin hatte sie eine grüne Leuchtblumenspur bemerkt, die zu einem ekligen, glitschigen Tunnel führte. Und jetzt stand sie völlig zerzaust vor einem verschlossenen Gittertor. Und sosehr Geraldine daran rüttelte, es wollte sich nicht öffnen.

Sie versuchte durch die Gitterstäbe zu erkennen, was hinter dem Tor war. Machte sogar kurz die Taschenlampe dafür an. Doch alles, was sie erkennen konnte, waren wilde Ranken und wucherndes Gebüsch, aus dem sich ein paar Bäume erhoben. Ein Albtraum! Immerhin hatte sie den schmalen Weg aus Schiefersteinen entdecken können, der sich dort hindurchwand. Den mussten die Kinder genommen haben. Nur wie sollte sie ihnen folgen?

Wieder rüttelte sie zornig an den Stäben. »Blödes Tor!«, schimpfte sie. Dann sah sie daran hoch. Und wenn sie versuchte, drüberzuklettern?

Geraldine schaltete die Taschenlampe an und leuchtete nach oben. Sollten die vier sie doch bemerken. Das war ihr mittlerweile so was von schnuppe. Sie hätte jetzt gerade nicht übel Lust, sie alle einzeln zu erwürgen!

Auweia. Das Tor war ganz schön hoch. Und oben ragten metallene Spitzen in die Luft, die bestimmt nicht nur scharf, sondern auch rostig waren. Sie könnte ausrutschen, fallen, die Knöchel brechen oder gleich das Genick, sich aufspießen – alles Mögliche. War es das wert?

»Ich werde hier nicht aufgeben«, quetschte Geraldine mit zusammengebissenen Zähnen hervor. Dann packte sie mit jeder Hand einen Stab, setzte den Fuß auf eine Querstrebe und begann, sich heftig atmend hochzuziehen.

Himmel, war sie wütend!

»Wie kamen dieser Aristo…, also dieser alte Buk und sein Menschenfreund eigentlich auf die Idee, ein Orakel zu erfinden?«, fragte Thommy, während er mit Thesaurus die winzigen, für Buksfüße gemachten Treppen emporstieg.

»Aristosophus Buk. Und sein Menschenfreund hieß Aesop«, vervollständigte Thesaurus Thommys Frage. »Abgesehen von deinem schlechten Namensgedächtnis ist das eine gute Frage.« Er führte Thommy zu den säuberlichen Würfel-Haufen. »Ehrlich gesagt, weiß ich das nicht. Es gab ja damals noch kein Papier. Und Papyrus war teuer. Man ritzte in Tontafeln oder zeichnete in Sand. Vielleicht kam es ihm aber auch einfach in den Sinn. Aesop war nämlich ein Geschichtenerzähler. Kein Wunder, dass ein Buk bei ihm eingezogen ist.«

»Menschen und Buks haben zusammengelebt?«

»Zusammengelebt, gearbeitet, diskutiert. Bis sie sich nur noch im Geheimen um die Bücher kümmern konnten.«

Sie ließen sich am Tisch nieder, Thommy auf den Knien, Thesaurus auf seinem Buk-Hocker. Dann drückte er Thommy einen der Steine in die Hand.

Der alte Buk blickte ihn direkt an. »Es wird immer jemand Bücher bekämpfen wollen, Thomas. Erst waren es Religionsführer, dann Landesführer und manchmal sind es auch ganz normale Menschen, denen zu viel frische Luft im Gehirn von Kindern unheimlich ist.«

Thommy drehte den Stein in den Fingern. »Aber wie kann dieses Orakel von selbst ganze Sätze formen? Die dann auch noch zu einer Prophezeiung werden?«

»Zwllingsgesicht, du fragst viel auf einmal. Nun gut: Du hast es selbst erlebt, dass Bücher eine eigene Kraft haben. Sie haben dich schon verändert. Sie haben Zeit und Raum unwichtig gemacht. Du hast Freundschaften in Büchern geschlossen, mit ihnen gefroren, gelitten und gehofft. Du hast in dir den Wunsch verspürt, mehr zu lesen und Bücher zu beschützen.« Er wartete Thommys Nicken nicht ab, sondern sprach gleich weiter. »Diese Alchemie bildet sich nicht im Papier. Es sind die Worte, die Geschichten und es ist die Schrift. Schrift kann sehr viel Macht haben. Es heißt nicht umsonst: Am Anfang war das Wort. Die australischen Aborigines wussten noch, dass die Welt herbeigedichtet wurde. Erst die Worte riefen alles herbei, die Landschaften, die Tiere, die Menschen und am Ende auch die Gefühle.«

»Das heißt, wenn man die Worte wegnimmt … dann hört auch das auf zu existieren, was sie beschreiben?«, fragte Thommy.

»Nicht ganz so einfach. Manifestiertes ist sehr hartnäckig. Aber im Prinzip, ja, nach einer Weile vergeht, was nicht mehr in der Sprache, im Denken benutzt wird.« Thesaurus nahm eine Handvoll Würfel auf und legte sie zu Wörtern. »Als Aristosophus Buk mit Aesop die Würfel schnitzte und sie mit Buchstaben versah, verströmten die Worte schon ihre erste Kraft. Aesop und er haben sich Wörter, Sätze, Weisheiten erdacht und sie gelegt. So haben die Würfel mehr Kraft gewonnen. Und eines Tages, da hat sich diese Kraft des Oraclineums selbstständig gemacht. Wieso sie in die Zukunft schauen können oder sie vielleicht erst herbeirufen, kann ich dir nicht sagen. Das ist ihr Geheimnis.« Thesaurus schaufelte mehrere Würfel in Thommys offene Hände. »Schließ die Augen«, befahl er dann ruhig. »Bevor du ein Orakel wirfst, musst du bereit sein. Es gibt drei wichtige Regeln, die du dafür kennen solltest.«

Thommy spürte die kleinen klickernden Quader in den Händen. Das letzte Mal war er nicht bereit gewesen, das Orakel hatte sich seiner bemächtigt.

»Die erste Regel«, raunte Thesaurus jetzt, »lautet: Wolle nichts. Egal, ob du eine Frage hast, ob du in die Zukunft schauen willst, du darfst nicht die Antwort erwarten oder erzwingen, die dir am besten gefällt. Wolle nichts. Erst dann wird das Orakel bereit sein und du wirst seine Wärme spüren.«

Das fand Thommy außerordentlich schwierig. Und gleichzeitig war es genau so beim ersten Mal gewesen. Er hatte rein gar nichts gewollt, dann hatten die Würfel begonnen, warm zu pulsieren, er hatte sie fallen gelassen, und das Orakel hatte gesprochen.

»Die zweite Regel«, hob Thesaurus an, »lautet: kein Ja, kein Nein. Wenn du dem Orakel eine Frage stellst, auf die es nur Ja oder Nein antworten soll, wird es sich verweigern oder dir eine Antwort geben, die beides ist.«

»Verstanden«, murmelte Thommy. »Und drittens?«

»Drittens: Deute es mit allen drei Augen.«

»Drei?«

»Aber ja. Das Auge, das sieht, was liegt. Das Auge, das fühlt. Und das dritte Auge, das sieht, was nicht liegt.«

»Ich glaube, den Teil versteh' ich nicht.« Thommy sah sich einem Thesaurus gegenüber, der innerlich mit sich zu ringen schien. Sich aber am Ende einen Ruck gab und meinte: »Nicht nur das, was gesagt wird, ist wichtig. Sondern auch das, was nicht gesagt wird. Versuch's einmal.«

Thommy tat, wie ihm geheißen.

Wolle nichts. Kein Ja, kein Nein.

Ihm fielen nur Sachen ein, an die er genau nicht denken sollte: Würden seine Großeltern verhaftet? Hatten sie richtig gehandelt? Konnte das Orakel bitte etwas Nettes sagen?

Er versuchte, sich auf etwas in sich zu konzentrieren, was dem »Nichts Wollen« so nah wie möglich kam. Ein weiter Himmel. Sterne. In ihm wurde es ganz ruhig. Und dann spürte er es. Die Würfel pulsierten! Rasch ließ er sie los, und sie kullerten auf den grünen dicken Samt.

Als er die Augen öffnete, sah Thesaurus Buk aschfahl aus.

~ • ~

Sie achteten peinlichst darauf, nicht von einem der anderen Buks entdeckt zu werden, als sie von der Küche zu jener verschlossenen Tür schlichen, die zum Kellergewölbe führte. Schließlich standen sie vor der schweren Eichentür, von der Sherlokko berichtet hatte.

»Hier ist also der Buchmeister runtergegangen und nie mehr zurückgekehrt?«, fragte Nola leise.

»Vor fast neun Jahren«, bestätigte Sherlokko tüsternd.

»Und du sagst, du kannst die Tür öffnen?«

»Kinderspiel«, antwortete der mit einer wegwerfenden Handbewegung.

»Und warum hast du dann nicht schon längst selber nachgeschaut?«, fragte Finn.

»Weil …«, Sherlokko wirkte auf einmal nervös, »weil es besser ist, dieses Unternehmen als Gruppe … also nicht allein … äh, zu unternehmen.«

»Ich glaube, der Herr Meisterdetektiv hat Schiss«, wandte sich Nola an Finn.

Der nickte. »Hmhm, sehe ich auch so.«

»Also, das ist nicht wahr«, wehrte sich Sherlokko empört, »ich bin mutiger als alle anderen …«

»Ist schon gut.« Finn klopfte ihm beruhigend auf die Schulter. »Wir kommen mit dir, dann sind wir zu viert.«

»Zu fünft«, sagte Rebella und stellte sich an Nolas Seite.

»Zu sechst.« Entschlossen griff Alice Buk nach Miras Hand.

Nola fasste sie scharf ins Auge. »Euch ist das verboten. Ich will nicht, dass ihr bestraft werdet.«

»Die größte Strafe wäre, wenn euch etwas geschieht«, widersprach Rebella. »Wir lassen euch nicht alleine.«

»Was für mutige Buks ihr seid«, lächelte Nola.

»Dann los!«, forderte Finn Sherlokko auf. »Zeig mal, was du draufhast.«

»Tja«, machte der und kratzte sich am Kinn, »das Problem ist, dass das Schloss ein wenig weit oben für mich ist.«

Finn und Nola lächelten sich an.

»Leitertrick«, sagte sie.

»Du oder ich?«, fragte er.

Sie machte eine großzügige Geste. »Ich lasse dir den Vortritt.«

»War klar«, meinte Finn und ließ sich auf alle viere nieder. »Reicht das als Hocker?«, fragte er Sherlokko.

»Äh, ja, aber ich habe noch nie auf einem Menschen …«

»Nun mach schon.«

Also stieg Sherlokko vorsichtig auf Finns Rücken. Als er sich sicher war, dass der einen stabilen Hocker darstellte, zog Sherlokko zwei Metallstäbchen aus seiner Innentasche. Sie hatten beide einen Griff und ein gebogenes Ende, das wie ein Haken aussah. »Das sind Dietriche«, flüsterte er. »Ich habe sie aus einem Detektiv-Roman.« Er steckte beide Sperrhaken ins Schloss und stocherte konzentriert darin herum.

»Wird das heute noch was?«, fragte Finn von unten.

»Nicht ungeduldig werden, junger Finder«, murmelte Sherlokko. »Dafür braucht man Geschick und sehr viel Gefüüühl.«

Da klickte es im Schloss. Sherlokko drehte die beiden Dietriche einmal und stieg dann von Finn herunter.

»Bitte«, näselte er in gewohnter Arroganz.

Während Finn sich noch den Staub von der Hose klopfte, zog Nola an der Tür, die geräuschlos aufschwang.

»Gut geölt«, wisperte sie.

Alle sechs schauten nun im Licht von Finns Taschenlampe

die gewundenen Treppenstufen hinab. Bis zu einem Absatz, dort schwenkte die Treppe nach rechts.

»Ich gehe voran«, flüsterte Finn. »Buks zum Schluss.«

Nola nickte. Dann stiegen sie aufgeregt und leise die Treppe hinab.

Auf dem Absatz hielten sie inne. Finn leuchtete nach unten auf einen Boden aus blanken Steinquadern. Als er den Strahl weiterwandern ließ, verlor sich dieser in einer diffusen Weite.

»Unheimlich«, flüsterte Mira.

Alice hielt ihre Hand fest umklammert.

»Alle Keller sind ohne Licht unheimlich«, gab Finn unbeeindruckt zurück.

Vorsichtig tasteten sie sich die Stufen hinab. Finn versuchte, je mehr sie sich dem Boden näherten, mit der Taschenlampe die Ausdehnung des Gewölbes zu erfassen. Doch das war schwierig, weil dicke Säulen den Strahl immer wieder in mattem Schimmern zurückwarfen und sie einfach nicht klar erkennen konnten, was sich dahinter verbarg.

Unten angekommen, machten sie halt.

»Hier ist ja gar nichts«, flüsterte Nola.

Da vernahmen sie ein leises fernes Grollen, das im Gewölbe ein schauerliches Echo widerhallen ließ und das ihnen augenblicklich Schauer über den Rücken jagte.

»Was war das?«, fragte Nola. Ihre Stimme bebte.

Das dröhnende, tiefe Knurren erklang erneut. Nun schon etwas lauter. Was immer das auch sein mochte, es kam näher!

»Lasst mich vorausgehen!«, forderte Rebella Buk. Sie hatte ihren kleinen Dolch gezogen und sah entschlossen aus.

»Kommt nicht infrage«, presste Nola hervor. Dann griff sie nach Finns Arm. »Das kam von da«, flüsterte sie.

Finn richtete den Strahl in die Richtung, in die Nola wies.

Dort war zwischen zwei Säulen ein hohes Eisengitter angebracht, das bis hinauf zur Decke reichte und eine kleine Tür in der Mitte besaß.

Im Dunkel hinter diesem Gitter glommen zwei Lichter.

»Das sind Augen!«, quietschte Mira. Sie und Alice klammerten sich fest aneinander. Sherlokko versteckte sich sicherheitshalber hinter ihnen.

Das waren keine Buk-Augen: Sie leuchteten rotorange, besaßen senkrecht geschlitzte Pupillen und standen viel zu weit auseinander für einen Buk.

Wieder füllte ein tiefes Knurren das Gewölbe, als die Augen aus der Schwärze rasch und wütend funkelnd näher kamen. Als sich ein gewaltiger schuppenbedeckter Schädel abzeichnete, als ein gigantisches Maul sich öffnete, in dessen Rachen hinter Hunderten spitzen Zähnen eine fauchende Flamme züngelte, schrien alle panisch auf: Buks und Kinder.

Sofort sprang der riesige Drache mit infernalischem Gebrüll und weit geöffnetem Maul auf sie zu und schickte einen tödlichen Feuerstoß auf sie herab.

~ • ~

Thesaurus und Thommy starrten beide auf das, was das Orakel durch Thommys Wurf prophezeite.

»Was … was soll das bedeuten?«, fragte Thommy heiser.

Ein Kind geht verloren.
Eine Heldin wird geboren.

»Das bedeutet«, stieß Thesaurus keuchend hervor, »dass deine Freunde in großer Gefahr sind. Lauf schnell und warne sie. Sie sollen sich nicht von der Stelle rühren. Ich werde Queen Buk alarmieren.«

So schnell sie konnten, hasteten er und Thommy die enge Wendeltreppe hinab.

Thesaurus wies in Richtung Küche. »Rasch!«

Während Thommy davoneilte, sah der alte Orakelmeister sich suchend um. Wo waren bloß Queen Buk und der besserwisserische Adlatus? Thesaurus lief die Regale entlang, rief immer wieder: »Queen Buk. Queen Buk!«

Rundäugig strahlten die Buks aus allen Fächern. »Was ist passiert?« – »Was rufst du, oh weh, sagen wir dem Glück Ade?«

»Fällt uns der Himmel auf den Kopf?«

»*Börps!*«

Doch die Königin war nirgends zu finden.

Da vernahm Thesaurus das unverkennbare Krächzen der Eingangstür. Und kurz darauf ein scheußliches Krachen. Offenbar war die Tür heftig gegen die Wand geknallt. Waren die Königin und ihr Berater in der Eingangshalle? Aber warum? Was hatten sie dort zu suchen?

Thesaurus durchquerte schnaufend den Lesesaal in Richtung Foyer. »Majestät!«, rief er atemlos.

Fast wäre er ungebremst in die Gestalt hineingelaufen, die keuchend und mit geballten Fäusten auf ihn zukam.

Das war keine Buk, sie war viel zu groß! Thesaurus richtete das scharfe Licht seiner Augen auf die Gestalt, die geblendet stehen blieb.

Der Buk erblickte das zerzausteste Kind, das ihm je begegnet war. Das blonde Mädchen war über und über mit Dreck bedeckt. Pflanzenreste hingen in den Haaren. Ihre Hose war an einer Stelle zerrissen, ihre Hände und ihre Wangen zerkratzt. Außerdem fehlte ihr ein Schuh, an der Schulter klebte eine schleimige Schnecke.

Jetzt verzerrte sich das schmutzige Gesicht. »Was ist das hier für eine Abscheulichkeit?«, rief das Mädchen voller Widerwillen und zeigte mit dem ausgestreckten Finger Richtung Lesesaal. »Und hör auf, mir in die Augen zu leuchten, du … du … Troll!«

Da sie in seine Richtung deutete, wandte Thesaurus sich um, um zu sehen, welche Abscheulichkeit sie meinte. Aber da war nichts, außer Büchern. In diesem Moment ging Thesaurus ein Licht auf.

»Bist *du* etwa das fünfte Kind? Sei willkom…«

Weiter kam er nicht, weil das Mädchen jetzt mit vor Wut gefletschten Zähnen und ausgestreckten Krallenfingern einen entschlossenen Schritt auf ihn zu machte. »Du kleiner Teufel, dir werde ich …«

Mit einem beherzten »Nix da!« sprang Thesaurus zurück und hetzte davon, so schnell ihn seine alten Beine trugen.

Wo war nur die Queen?

Der Drachenkopf knallte mit Wucht an die Eisenstäbe. Ein zweiter gleißender Feuerstrahl zischte in ihre Richtung, augenblicklich roch es nach angekokeltem Haar.

Vor Entsetzen schreiend liefen Kinder und Buks in alle Richtungen davon. Finn und Nola duckten sich hinter eine der dicken Säulen. Ihr Atem ging stoßweise, ihr Herz schlug wie verrückt in der Brust.

Hinter ihnen, auf der anderen Seite der Säule, brüllte und tobte der Drache und stieß wieder mit aller Macht gegen das Gitter.

»Mira! Alice! Rebella«, rief Nola.

»Wir sind hier«, piepste es aus dem Dunkeln.

Sofort wendete der Drache den Kopf und spuckte Feuer in die Richtung, aus der die Stimme gekommen war.

»Wahnsinn«, stieß Finn hervor. »Ein echter Drache!«

»Ich kann's nicht fassen«, gab Nola abgehackt zurück. »Der Drache im Orakelspruch, der war wörtlich gemeint. Ein verdammter Drache!«

»Ja«, presste Finn hervor. »Jetzt wissen wir, was dem Buchmeister zugestoßen ist.«

Ein dumpfer Aufprall ertönte, begleitet von einem metallischen Scheppern, als der Drache sich erneut gegen das Eisen warf.

»Ob das Gitter hält?«, fragte Nola besorgt. Und dann, gezischter: »Sherlokko! Lebst du noch?«

Vorsichtig spähten sie um die Säule herum. Das gewaltige Drachenmaul hing direkt am Gitter, kleine Wölkchen stiegen aus den geweiteten Nüstern auf. Aus dem offenen Maul züngelte schlangengleich immer wieder eine schlanke Flamme durch die Gitterstäbe, als ob sie ihre Opfer suchte. Die tückischen Augen hielten spähend Ausschau und wandten sich lauernd in die Richtung, aus der Nolas Stimme gekommen war.

Sie verbarg sich wieder hinter der Säule. »Es liegt keiner am Boden«, raunte Nola.

»Ob sie schon zur Treppe zurück sind?«

»Ich weiß nicht. Wir müssen die anderen finden, bevor wir hier rausgehen. Und diesen verflixten Pfeifenmann aufsammeln, der uns das eingebrockt hat.«

»Da können wir jedenfalls nicht lang.« Finn wies in die Richtung, aus der sie geflohen waren. Dort züngelten die Flammen des Drachen über den Steinboden.

»Dann müssen wir einen anderen Weg finden«, flüsterte Nola. »Und die Taschenlampe sollten wir auslassen. Sonst ziehen wir nur seine Aufmerksamkeit auf uns.«

»Besser auf uns als auf Mira und die Buks.«

Die Züngelflammen warfen gespenstische Lichtreflexe in das Gewölbe, während Nola und Finn von Säule zu Säule huschten. Immerhin spendeten sie genügend Licht, dass sie nicht mit dem Kopf dagegenrannten.

Als das Grollen und Brüllen hinter ihnen leiser wurde, hielten sie an einer Säule inne. Während Nola überlegte, wie sie die anderen finden und zur Treppe gelangen konnten, spähte Finn zu dem Drachen zurück.

Als er sich seiner Schwester zuwandte, hatte er die Stirn gerunzelt. »Du«, raunte er, »das solltest du dir mal anschauen.« Er wies mit dem Daumen um die Säule herum.

Gemeinsam beugten sie sich vor und schielten zu dem Tor, das der Drache bewachte.

Erstens war das Tor nicht nur ein Tor, sondern eher ein halber Käfig, dessen Stäbe die Seiten links und rechts des Tores bildeten.

Und zweitens … Sie hatten auf ihrer Flucht von Säule zu Säule ganz klar die Richtung zum Ausgang verloren. Nun befanden sie sich seitlich des Käfigs, in dem der Drache wütete. Von hier aus konnten sie die ganze Länge des Drachenleibes erblicken.

Und Nola konnte zwar sehen, was ihr Bruder meinte. Aber ihr Kopf weigerte sich, es zu glauben.

Der Drache war gewaltig. Ein Monster aus Wut und Feuer.

Nur das, was sich an seinem hinteren Ende befand, das konnte einfach nicht wahr sein!

~ • ~

»Wo sind sie?«, flehte Thommy Schlemmer Buk und Ooht-Kwisien an, nachdem er die Küche leer vorgefunden hatte.

»Keine Ahnung, Orakelmeister!«, antwortete Schlemmer besorgt. »Sherlokko Buk wollte ihnen unbedingt etwas zeigen, aber wir wissen nicht, was!«

Thommy hetzte verzweifelt durch das Labyrinth der Regalgänge. »Finn!«, rief er laut. »Nola, Mira!« Wo steckten sie bloß? Er hörte auch Thesaurus nach Queen Buk rufen und sah ihn in Richtung Eingangsfoyer hasten. Gleichzeitig prasselten aus allen Regalen Fragen der anderen Buks: »Was rennt ihr so rum, sucht ihr den Mumm?« – »Warum ist Thesaurus so erschrocken?« – »Hat das Orakel gesprochen?« – »Halt mich ganz fest, Attilein, es ist alles so herzzerreißend!«

Doch sie alle verstummten, als ein dumpfes, knurrendes Grollen aus den Tiefen der Bibliothek zu ihnen heraufschallte. Ein durch dicke Mauern gedämpftes, fauchendes Brüllen folgte. Und danach ein Chor aus ängstlichen Schreien.

Nach einem Moment erschrockener Stille bewegten sich Thommys Beine von ganz allein. Er lief in die Richtung, aus der er das furchterregende Donnern gehört hatte.

Vor einer massiven Eichentür traf er auf Queen Buk, Adlatus und Typografica, die aus der anderen Richtung angelaufen kamen.

»Wo sind deine Freunde?«, rief Queen Buk aufgebracht.

»Ich weiß nicht, ich suche sie auch. Das Orakel …«

Wieder ertönte das Brüllen, jetzt schon viel deutlicher. Alle vier schauten auf die Tür.

»Oh nein, oh nein!«, rief Queen Buk, stellte sich auf die Zehenspitzen und riss heftig an der Klinke. Die Tür schwang mühelos auf. »Sie ist offen!« Jetzt klang die Queen panisch. »Wieso ist sie nicht verschlossen?«

Ohne zu zögern, eilten sie, Adlatus und Typografica die Treppen hinab. Als Thommy die ersten Stufen genommen hatte, vernahm er wütende Schreie hinter sich. Aber was immer im Lesesaal gerade passierte, war ihm gleich. Seinen Freunden war etwas Furchtbares zugestoßen und er musste zu ihnen!

In Nolas Kopf setzte sich das, was sie sah, endlich zusammen: Der Leib des Drachen war riesig. Er endete in einem langen Schwanz. Und dessen Spitze hatte sich eine kleine Buk-Frau mit putziger Frisur und in einen gemütlichen Hausmantel gekleidet, lässig unter den Arm geklemmt.

Nola wechselte einen ungläubigen Blick mit ihrem Bruder.

Die Buk wirkte völlig tiefenentspannt. Der schuppige Schwanz lag locker in ihrem Arm, und sie gab ihm sogar von Zeit zu Zeit einen kleinen Schubs. Jedes Mal brüllte der Drache auf. Dabei wirkte die Buk so wenig angestrengt, als hielte sie ein Kätzchen im Arm. Vor ihr, auf dem Boden, lag ein aufgeschlagenes uraltes Buch mit einem festen Ledereinband.

»Ich glaube …«, meinte Finn.

»… das sollten wir uns mal genauer anschauen«, vollendete Nola seinen Satz.

Trotzdem näherten sie sich nur vorsichtig der Buk im Bademantel und schritten auf leisen Sohlen näher an das Seitengitter.

Als sie nur noch ein paar Schritte entfernt waren, war das Gemurmel der Buk zu hören: »Ja, mein kleiner Musch-chuschschu, so ist es recht. Nun noch mal.« Sie gab ihm einen kleinen Klapps, woraufhin der Drache erneut ordentlich brüllte und Feuer spuckte.

»Ganz ein Feiner bist du.« Die Buk streichelte liebevoll die Schuppen.

»Äh, hallo«, begrüßte Finn sie.

Die Buk-Frau wandte sich ihnen erstaunt zu. »Oh-oh«, machte sie nur.

»SCHÖNAUFPASSA! SCHÖNAUFPASSA!«, gellte jetzt die Stimme von Queen Buk durch den Keller. »Es sind die Kinder. Nicht den Drachen … Oje, es ist schon passiert!«

»Ihr seid die Kinder?«, wiederholte die kleine Buk. Den sich windenden Drachenschwanz hielt sie immer noch im Arm.

»Ja«, antwortete Finn. »Zumindest zwei davon. Die anderen haben sich versteckt. Wenn sie nicht verkohlt sind.«

»SCHÖNAUFPASSA, WÜRDEST DU JETZT BITTE DIESE BESTIE WIEDER VERSCHWINDEN LASSEN!«, forderte eine aufgebrachte Queen Buk.

»Also, wenn du *so* nett darum bittest«, reagierte Schönaufpassa auf den Befehl ihrer Queen ein wenig schmollend. Sie klopfte auf den Drachenschwanz und befahl: »Musch-chusch-schu! Husch! Husch! Zurück.«

Gehorsam wandte sich der Drache um und tauchte kopfüber in das vergleichsweise winzige Buch ein. Zuletzt zappelte noch seine Schwanzspitze zwischen den Seiten hervor.

Schönaufpassa tippte noch einmal dran, dann war auch die verschwunden, und sie klappte das Buch zu.

Jetzt sahen Finn und Nola, dass Queen Buk am Tor des Gitters stand, neben ihr Adlatus, Typografica – und ein ziemlich erschütterter Thommy.

»Hey, Thommy! Du hast das Barbecue verpasst«, rief Finn und winkte ihm zu.

Thommy, dem der Schrecken noch anzusehen war, machte »Puh« und hob die Hand zum Gruß.

»Was ist denn das für ein Durcheinander?«, fragte Schönaufpassa kopfschüttelnd. »Ihr wärt beinahe gegrillt worden!« Sie deutete auf das Buch, dessen verschlungen getuschter Titel lautete: *Mušḫušḫu – Die Legende der Drachenschlange. Bibliothek des Aššur-bani-pal*

Zögernd kamen nun Mira, Alice, Rebella und Sherlokko aus ihren Verstecken hervor. Rauchwölkchen stiegen aus Sherlokkos angesengter Pfeife empor, sein Gesicht und die Tweed-Mütze waren leicht schwarz.

Als Queen Buk die verlegen dreinblickende Truppe erspähte, stemmte sie empört die Fäuste in die Hüften. »Wer zum verflixten Lektor hatte bitte sehr diese grandiose Idee, hier herunterzuschleichen?« Dann erkannte sie Sherlokko. »Du«, grollte sie.

»Majestät, ich kann das erklären«, stammelte der. Von seiner einstigen Arroganz war nur Asche geblieben.

»Ich finde, hier gibt es einiges zu erklären«, rief Nola und trat vor. »Aber von euch.«

»Du hast ja recht, kleine Kriegerin«, seufzte Queen Buk und sagte dann zu Schönaufpassa: »Mach doch mal bitte dieses Schloss auf. Ich habe keine Lust, durch ein Gitter zu sprechen, und muss mich außerdem dringend setzen.«

»Und diese scheußlichen Dinger hier«, kreischte das verrückte Mädchen, während es hinter Thesaurus herrannte. »Sind das etwa diese Bücher?«

Mitten im Lauf riss sie eines aus dem Regal und warf es wütend zu Boden.

Die anderen Buks flüchteten blitzschnell in enge Verstecke oder kletterten so weit nach oben, dass sie außer Reichweite dieser zerzausten Furie kamen.

Nur Thesaurus hatte Pech. Auf ihn hatte sie es abgesehen. Der uralte Buk hatte redlich Mühe, ihr auf seinen kurzen Beinchen zu entkommen. Er rannte von einem Gang in den nächsten in der Hoffnung, sie auf diese Weise abhängen zu können. Dabei verwirrte ihn das Gekreische außerordentlich. Das, und das fauchende Gebrüll aus dem Verlies. Er ahnte, was im Keller vor sich ging!

»Wo sind die Kinder?«, rief die Verrückte. »Was habt ihr mit meinem Vater gemacht?«

Wieder griff sie in ein Regal, zog ein Buch hervor und schleuderte es im Lauf zielsicher nach Thesaurus. Es pfiff knapp über seinem Kopf hinweg und klatsche heftig gegen eine Regalwand.

Thesaurus duckte sich unwillkürlich. Das brachte ihn allerdings aus dem Gleichgewicht. Er stolperte, konnte sich aber gerade noch abfangen, bevor er fiel und mit dem Gesicht auf den Boden schlug.

Schon meinte er den heißen Atem der Furie in seinem Nacken zu spüren.

Da sprang Romantika in die Schusslinie und rief: »Aber

Kind! Lass dich umaaaaa…«, bevor sie von der Verfolgerin umgeschubst wurde.

Mit letzter Kraft bog Thesaurus scharf um eine Ecke. Seine Verfolgerin schaffte die Kurve nicht so schnell und rammte gegen eine Wand. Dadurch gewann er einige Meter Vorsprung. Aber Thesaurus wusste, dass er dieses Gerenne nicht mehr lange durchhalten würde. Da entdeckte er am Ende des Ganges die sperrangelweit offene Tür zum Kellergewölbe. In heller Panik spornte er noch mal all seine Kräfte an.

~ • ~

»Was wir hier bewahren und schützen, sind die wertvollsten Bücher der Welt«, erklärte Queen Buk den Kindern und zeigte auf die hohen Regale, die sich an der Rückwand dieses halboffenen Drachenkäfigs aufreihten. Erst jetzt bemerkten sie, dass dieses Verlies ziemlich behaglich eingerichtet war. Es gab einen flauschig weichen Teppich, zwei gemütliche Sessel und auf dem niedrigen Tisch lagen einige Bücher gestapelt. Andere waren sorgsam in massiven Regalen und auf Kommoden deponiert.

»In diesen Büchern«, fuhr Queen Buk fort, »hat sich so viel Kraft angesammelt, dass sie lebensbedrohlich sind. Für Menschen und auch für Buks. Nur wenige können sie meistern. Schönaufpassa ist eine von ihnen.«

»Und auch der Buchmeister?«, fragte Nola.

Queen Buk schüttelte unendlich traurig den Kopf. »Das dachte er. Aber er hat die Kraft und Eigensinnigkeit der Bücher unterschätzt. Der Buchmeister wollte ihre Macht nutzen, um Bücher wieder in eure Welt zu bringen. Und um die Bleichkrankheit zu stoppen. Er hat … Experimente gemacht. Und sogar einige Tiere manifestiert, die bis heute noch irgendwo da draußen herumstreunen. Wir haben ihn gewarnt, aber er war nicht von seinem Plan abzubringen, dass die Antwort auf all unsere Sorgen in diesen Büchern hier verborgen ist.«

»Was ist mit ihm passiert?«, fragte Nola.

»Das ist sehr schwer zu erklären, kleine Kriegerin. Und noch schwerer zu glauben. Doch nun sollt ihr die Wahrheit erfahren. Diese Bücher … was ist denn da los?«

Jetzt vernahmen sie alle das Gekreische, das von oben zu ihnen drang und polternd näher kam.

Im nächsten Moment stolperte ein keuchender, hochroter Thesaurus die Treppe herab.

»Queen Buk«, rief er außer Atem und humpelte auf sie zu. »Da ist eine verrückte Furie. Sie will mir die Augen auskratzen. Das fünfte Kind! Und das Orakel hat …«

»Na warte, du Troll!«

Verblüfft starrten Buks und Kinder auf das Wesen, das hinter Thesaurus die Treppe hinuntergelaufen kam.

Es blieb schwer atmend auf der letzten Stufe stehen, als es sie erblickte. Erst jetzt, da die Augen der Buks sie anleuchteten, erkannte Nola, wen sie vor sich hatten.

»Geraldine?«, fragte Finn verdutzt.

»Aha!«, zischte Geraldine. »Endlich hab ich euch!« Dann schaute sie auf die Buks herab. »Da sind ja noch mehr von diesen Trollos.« Sie marschierte entschlossen auf sie zu. »Was sind das?«, fragte sie schrill. »Roboter? Habt ihr hier eine Roboterarmee gezüchtet?«

»Hey, warte mal, bleib cool …« Finn ging ihr mit erhobenen Händen entgegen.

»NEIN!«, schrie sie mit vor Wut verzerrtem Gesicht. »Ihr alle werdet büßen.« Speichel sprühte von ihren Lippen. »Ihr werdet alles verlieren. Ihr verhöhnt alles, was gut und schön ist. Aber das ist vorbei. Diese abnormalen Scheußlichkeiten«, sie zeigte auf die Buks, »landen in der Schrottpresse. Jeder Stein dieser stinkenden Bruchbude wird zermalmt. Und das da …« Sie ging entschlossen zu dem Tisch mit den Büchern. Bebend und mit einem teuflischen Lächeln fuhr sie zischend fort: »Wir werden sie verbrennen. Jedes einzelne wird BRENNEN! WEIL SIE MIR DEN VATER GENOMMEN HABEN.« In einer wilden, wütenden Bewegung fegte Geraldine mit dem Arm den Stapel vom Tisch, sodass die Büchern klatschend zu Boden krachten. »WO IST MEIN VATER?«, schrie sie aus vollem Hals in das hohe Gewölbe, dass es von den Wänden zurückechote: *Vater. Vater. Vater.*

Mit offenen Mündern starrten die Kinder auf die durchdrehende Geraldine, die glühend vor Raserei zwischen ihnen stand.

Da fiel ihr Blick auf eines der Bücher, das beim Runterfallen aufgeklappt war. Die offenen Seiten glommen pulsierend. Ein Herzschlag aus Licht.

»Was soll das?«, fragte Geraldine tonlos. »Ist da ein Bildschirm drin?« Sie beugte sich vor.

»Nein!«, riefen Queen Buk und Schönaufpassa gleichzeitig und sprangen auf sie zu.

»Fasst mich nicht an, ihr widerlichen Zwerge«, kreischte Geraldine so laut, dass die beiden Buks zurückschraken.

»Bitte nicht, liebes Kind«, sagte Schönaufpassa beruhigend. »Nicht reinschauen. Nicht lesen!«

Mit vorsichtigen Schritten näherten sich Schönaufpassa und Queen Buk nun von zwei Seiten Geraldine.

»Ihr wollt wohl nicht, dass ich eure dreckigen Tricks durchschaue?«, fragte sie hämisch. »Zu spät.« Sie beugte sich vor. Die Schrift leuchtete stärker auf, das Pulsieren des Schimmers beschleunigte sich. Geraldines Lippen bewegten sich, als sie murmelnd, mit den Fingern den Buchstaben folgend, die Schrift entzifferte und las, was dort geschrieben stand.

»NEIN!«, riefen Queen Buk und Schönaufpassa gleichzeitig und sprangen erneut zu ihr. Wollten sie an den Armen festhalten. Doch da geschah es schon: Geraldine fiel.

Sie fiel kopfüber in das Buch. Sie schrie auf, voller Entsetzen. Doch sie wurde einfach so hineingesaugt und verschwand immer schneller darin. Ihre Schreie erstarben.

»Nein! Heraus, heraus«, kreischte Schönaufpassa, und bekam gerade noch ihren Schuh zu fassen. Sie umklammerte ihn mit beiden Händen. »Helft mir doch!«, rief sie entsetzt.

Zeitgleich setzten sich Finn, Nola und Rebella in Bewegung. Doch sie kamen um einen Herzschlag zu spät. Der Schuh rutschte von Geraldines Fuß.

Schönaufpassa plumpste ungebremst nach hinten, den Schuh in beiden Händen. Und das Buch klappte mit einem lauten Knall zu.

Geraldine war fort.

Queen Buk sackte auf die Knie, verbarg das Gesicht in den Händen und murmelte mit tränenerstickter Stimme: »Nicht schon wieder. Das darf nicht sein. Nicht schon wieder.«

Keiner wagte, das Buch anzurühren.

Queen Buk hob den Kopf und atmete einmal schwer durch.

»Jetzt wisst ihr«, sagte sie, »was mit dem Buchmeister geschehen ist.«

Stumm vor Entsetzen starrten sie alle auf den Ledereinband.

»Er ist in einem Buch verschwunden?«, fragte Thommy ungläubig. Mira und Alice nahmen einander fest in den Arm.

Sherlokkos Mund stand offen und mochte sich kaum mehr schließen.

Queen Buk nickte. »Wir haben ihn gewarnt, doch er wollte nicht auf uns hören.«

»Wie seine Tochter«, sagte Thommy.

»Was?«, platzte es aus Queen Buk und Schönaufpassa heraus.

»Wir sind uns ziemlich sicher, dass der Buchmeister ihr Vater ist. Und sie nichts davon wusste. Aber ihre Mutter, die Ministerin. Sie hat auch dafür gesorgt, dass Menschen Bücher einfach vergessen.«

Nola versuchte immer noch zu begreifen, was eben geschehen war. »Aber was ist mit Geraldine?«, fragte sie drängend. »Ist sie jetzt … tot?«

»Nein«, gab Schönaufpassa Antwort. »Sie ist in diesem Buch.«

»Woher wisst ihr das?«, hakte Nola nach.

Schönaufpassa wechselte einen Blick mit Queen Buk. Die nickte müde. »Sie ist nicht die Erste, der das

widerfahren ist«, gab Schönaufpassa Antwort. »Manche kommen zurück, manche nicht. Warum der Buchmeister nicht zurückgekommen ist, ist uns bis heute ein Rätsel.«

»Ich kapier das nicht.« Finn schüttelte verwirrt den Kopf. »Wie kann man denn in einem Buch sein? Das sind Seiten mit Buchstaben und Wörtern. Da kann doch kein richtiger Mensch drin sein.«

»Ach, ihr wisst noch so wenig über Bücher.« Queen Buk wirkte verzweifelt. »Ich wünschte, wir hätten die Zeit gehabt, euch behutsam in diese für euch fremde Welt einzuführen. Doch wisset«, nun richtete sie ihren sanften Leuchtblick auf die Kinder, »Bücher sind die Manifestation einer Geschichte. Damit sind sie die Tore zu einer anderen Welt, die im Lesen betreten wird. Was dort geschieht, kann euch beim Lesen beeinflussen und so real werden. Darum hassen die Mächtigen eurer Welt die Bücher. Sie gebären neue Ideen. Dass dieser Planet nicht der Mittelpunkt des Universums ist, sondern um eine Sonne kreist mit anderen Planeten. Dass Könige nicht für Götter sprechen, sondern sich ihren Rang brutal erobert haben. Dass jeder Mensch frei sein darf und niemandes Sklave ist.« Die Königin der Buks atmete zweimal tief durch, als ob sie außer Atem wäre.

»Manche Bücher enthalten auch verborgene Wahrheiten. Sie kommen als Märchen daher oder sie erzählen eine Geschichte von Dingen, die es gar nicht geben kann. So sickert die verborgene Wahrheit in die Gedanken der Menschen ein. Das sind die gefährlichsten aller Bücher. Die Mächtigen der Welt nennen sie Lügenbücher. Und sie verbieten und verbannen sie.

Manchmal verbrennen sie sie sogar. Doch die Wahrheit kann man nicht verbrennen.« Queen Buk machte eine Geste, die das geheime Archiv umfasste. »Diese hier gehören zu den letzten ihrer Art. In ihnen hat sich all die Kraft der verbotenen Bücher gesammelt. Diese Kraft ist unberechenbar geworden und kaum zu beherrschen. Bücher sind nicht böse, sie wehren sich nur.«

Typografica und Adlatus nickten bestätigend.

»Das beantwortet meine Frage nicht«, wandte Nola ein. »Wo ist Geraldine?«

»Sie ist gefangen«, antwortete Schönaufpassa an Queen Buks statt.

»Dann steht sie da jetzt drin?«, fragte Finn. »Also wenn wir es lesen könnten, ohne darin zu verschwinden.«

»Nein, die Welt, in der die Geschichte sich ereignet, ist viel größer als das, was wir lesen. Es heißt sogar, dass es eine Welt gibt, aus der alle, alle Geschichten entspringen. Man nennt sie Phantásien.«

»Phantásien!«, wiederholte Thommy leise.

»Aber wie können wir sie da rausholen?«

»Warum willst du sie denn rausholen?«, fragte Finn. »Ich find's gut, dass wir sie los sind.«

»Mein lieber Zwillingsbruder«, reagierte Nola streng auf diesen Einwand, »Geraldine van de Vos ist die Pest. Sie geht uns seit Jahren auf die Nerven. Sie hat uns an das Ministerium verpetzt. Sie hat uns verfolgt. Sie hat uns angeschrien und angespuckt. Aber das da«, sie wies auf das alte Buch auf dem Boden, »hat sie nicht verdient. Sie ist verrückt, aber sie ist ein Kind wie wir. Da drin hat sie keine Chance.«

»Okay«, machte Finn nur und wandte sich an Schönaufpassa. »Also, wie kriegen wir sie da wieder raus?«

Die schüttelte ratlos den Kopf. »Das ist kompliziert.«

»Wieso hat eigentlich«, merkte Queen Buk verärgert an, »das verdammte Verrückte Orakel uns nicht vor diesem Desaster gewarnt?«

»Äh«, meldete sich nun Thesaurus zu Wort und trat dabei vor, »das hat es.«

»Und wieso hast du nichts gesagt?«, zischte Queen Buk ihn an.

»Weil mich eine verrückte Furie verfolgt hat«, antwortete Thesaurus trotzig.

»Soso.« Queen Buk wedelte den Einwand fort. »Also, was hat es gesagt?«

»Unser neuer Orakelmeister«, er verneigte sich kurz in Thommys Richtung, »hat die Offenbarung geworfen. Ich sollte anmerken, dass …«

»Kurzfassung, Thesaurus«, befahl Queen Buk, »wir haben keine Zeit für langatmige Erzählungen.«

Thesaurus straffte sich. »Der Orakelspruch lautet:

Ein Kind geht verloren.
Eine Heldin wird geboren.«

Queen Buk starrte ihn lange an. In ihr schien es zu arbeiten. Dann schnaufte sie und rief: »Nein!« Sie sprang aus dem Sessel hoch und lief aufgeregt hin und her. »Das werde ich nicht zulassen«, murmelte sie. »Das werde ich nicht zulassen.«

»Was?«, fragte Nola und wandte sich an Schönaufpassa. »Was will sie nicht zulassen?«

Schönaufpassa sah nicht gerade glücklich aus. Sie hatte ihren Blick auf Queen Buk gerichtet. »Queenie«, sagte sie sanft, »wir müssen es ihnen erzählen.«

»Ja!«, meldete sich Nola entschieden zu Wort. »Ich bin es leid, dass ihr ständig irgendwelche grausamen Wahrheiten vor uns versteckt. Um uns zu schützen?« Sie zeigte auf das Buch auf dem Boden. »Das ist dabei rausgekommen, als ihr versucht habt, uns zu beschützen. Ein Mädchen, das keine Ahnung von nichts hat, ist in dieser Buchwelt verschwunden. Sie ist dort verloren. Also sagt uns jetzt, was dieser beschissene Orakelspruch bedeutet!«

Queen Buk atmete wieder tief durch. Dann wandte sie sich an Nola. »Es bedeutet, dass jemand ihr folgen muss«, presste sie hervor.

Die Stille nach diesem Satz dröhnte in Finns Ohren.

»Was heißt das: jemand?«, fragte er. »Jemand muss da rein? In das Buch? Wer ist dieser Jemand? Ein Buk?«

Schönaufpassa schüttelte den Kopf. »Wir Buks können dort nicht hinein. Wir würden uns auflösen. Wir wären nicht einmal mehr Schrift oder Buchstaben. Wir würden einfach aufhören zu existieren.« Ihr Gesicht drückte ihren ganzen Kummer aus, als sie Finn in die Augen sah und leise fortfuhr: »Es muss ein Mensch sein.«

»Ein Mensch? Aber woher sollen wir denn … Moment. Du meinst: Einer von uns?« Finn war fassungslos.

»Genauer gesagt: *eine* von euch«, gab Schönaufpassa zurück. »Denn so prophezeit es das Orakel: Eine *Heldin* wird geboren.«

Alle Augen richteten sich auf Mira. Die wurde kreidebleich.

Und Nola? Sie hatte sich auf dem Teppich niedergelassen, den Kopf auf die Fäuste gestützt und die Augen geschlossen.

In Finn krümmte und verknotete sich alles. Beherzt trat er einen Schritt vor. »Nix da«, beschied er entschlossen. »Ich bin der Finder. Wenn einer in das Buch muss, um Geraldine zu finden, dann ich. Wenn das Orakel sich in der Zahl der Kinder täuschen kann, dann kann es sich auch damit irren, ob es eine Heldin oder einen Helden geben muss.«

»Aber das Orakel hat sich nicht verzählt«, wandte Thesaurus ein. »Dieses wilde Mädchen ist ganz offensichtlich das fünfte Kind. Die Tochter des Buchmeisters. Die wir brauchen, um das Spiel zu gewinnen. Wie heißt sie, sagtet ihr?«

»Geraldine«, piepste die immer noch totenblasse Mira.

»Schau an. Die Herrscherin des Speeres«, murmelte Typografica.

»Deswegen konnte sie so gut werfen«, meinte Thesaurus brummig und rieb sich den Schädel.

»Das ist mir alles völlig egal. Ich will nicht«, Finns Brust hob und senkte sich heftig, und er fühlte, wie sich ein Schrei in ihm zusammenballte, »dass meine Schwester Nola da reingeht! Was, wenn sie nicht rausfindet? Wenn sie verloren geht? Wie der Buchmeister. Na, was ist dann? Glaubt ihr ernsthaft, ich werde das dulden?« Den letzten Satz hatte Finn tatsächlich herausgebrüllt.

Nola schlug die Augen auf und lächelte ihren Bruder schief von unten an. Dann erhob sie sich geschmeidig und stellte sich vor ihn hin. Unendlich sanft nahm sie sein Gesicht in beide Hände.

Finn spürte ihre Finger auf der Haut und fragte sich, wieso diese nicht zitterten? In ihm zitterte alles.

»Mein lieber Finn«, begann seine Zwillingsschwester sanft. »Ich danke dir, dass du mich beschützen willst. Das hast du schon immer getan. Aber wir wissen beide, was zu tun ist. Du und ich, wir sind wie eins, und deswegen weißt du es.«

Als sie bemerkte, wie geknickt Finn war, fügte sie mit einem kleinen Lächeln hinzu: »Ich habe eben drei Minuten Vorsprung.«

Finn schluckte schwer. Die Geschwister legten ihre Stirnen aneinander und schlossen die Augen. Die kleinen Finger ihrer beiden Hände verhakelten sich.

»Nun hör schon auf mit dem sentimentalen Zeugs«, raunte Finn sehr leise. »Ich will nur nicht, dass du mir verloren gehst!«

Jetzt umschlangen sich die Geschwister. »Das werde ich nicht«, raunte Nola an Finns Schulter. »Also mach dir keine Hoffnung auf mein Zimmer.«

Jetzt traten noch Mira und Thommy an die beiden heran, und legten ebenfalls die Arme um sie. So standen sie da, die vier Freunde, und hielten einander fest.

Als sich die Umarmung gelöst hatte, wandte Nola sich an Queen Buk und Schönaufpassa, die diesen Moment mit kummervollem Blick betrachteten.

»So. Und jetzt werdet ihr mir alles erzählen, was ich wissen muss. Oder gibt es so was wie ein Handbuch der Heldin für den Fall?«

Queen Buk fügte sich der Situation. Vielleicht weil sie wusste, dass es keinen anderen Weg gab. Aber sie sah aus, als würde sie Schmerzen leiden, als sie Nola erklärte:

»Wie du hineingelangst, hast du ja gerade mitbekommen. Du liest und wirst von der Geschichte absorbiert. Und auch wenn Geraldine geschrien hat, so tut es nicht weh. Es ist, als ob du in einen anderen Raum gehst. Wenn du dort bist, musst du die Speerkönigin so schnell wie möglich zurückbringen. Wir werden das Buch bewachen, damit es dort aufgeschlagen bleibt, wo ihr gerade seid. So kommst du wieder heraus.«

»Und woher wisst ihr, wo sie gerade ist? Ihr sagtet doch, sie wird nicht Teil der Geschichte«, fragte Thommy misstrauisch.

»Wir erkennen es an kleinen Anomalien«, antwortete Schönaufpassa. »Abweichungen, Fehlern, die wieder vergehen, wenn der Besucher diesen Teil der Geschichte verlässt. Am einfachsten ist es, wenn du zu dem Teil zurückgehst, an dem du in die Geschichte gelangt bist. Doch falls das nicht möglich ist, werden wir darauf achten, wo du, hoffentlich ihr beide, euch aufhaltet.«

»Moment«, hakte Thommy nach. »Abweichungen, heißt das, da steht auf einmal so was wie: Und Nola sattelte das Pony?«

»Nein, Orakelmeister«, erklärte Typografica. »Eher: Das Pony schreckte vor etwas zurück, was es draußen gehört hatte. Wenn in der geschriebenen Geschichte vorher das Pony einfach ruhig dastand, wissen wir: Solche Kleinigkeiten sind Anomalien, dort bewegt sich gerade ein Besucher.«

»Kennt ihr das Buch denn so genau, dass ihr diese winzigen Abweichungen findet?«, wollte Finn wissen.

»Wir sind die Buks«, stellte Queen Buk fest. »Wir kennen jedes Buch, das wir gelesen haben, bis ins letzte Detail. Jeden Satz. Jedes Wort. Und manche von uns haben alle Bücher, die hier sind, gelesen.«

»Und wie komme ich dann zurück? Also, falls das Pony sich wegen der Speer-Direktorin und mir in die Hufe macht«, fragte Nola forsch.

»Du brauchst das hier.« Schönaufpassa ging zu einer länglichen lackierten Schatulle und öffnete sie mit einem Schlüssel, der ihr um den Hals hing. »Schaut«, lud sie die Kinder zu sich ein.

Nola, Finn, Thommy und Mira traten neugierig näher. Auf einem purpurnen Samttuch lagen drei schlichte Anhänger, jeweils an einer einfachen Kette befestigt. Schönaufpassa nahm einen heraus.

»Komm schon, bück dich ein bisschen«, verlangte die Kellerwächterin, stellte sich auf die Zehenspitzen und hängte Nola die Kette um den Hals. »Das ist ein Kristallmedaillon«, erklärte Schönaufpassa. »Du kannst ja nicht erkennen, ob das Buch an der Stelle, an der du dich befindest, offen liegt. Doch das Medaillon kann es. Siehst du den Stein dort in der Mitte?«

Nola betrachtete das Medaillon. Es sah ziemlich unscheinbar, sogar billig aus. Ein kleines Holzplättchen, in das Linien hineingeschnitzt waren. In seiner Mitte war ein blasses Steinchen eingefasst.

»Das Ding soll Nola aus dem Buch herausbringen ?«, fragte Finn ungläubig.

»Das tut es«, bestätigte Schönaufpassa. »Der Stein ist aus Pinakidium. Das leitet sich von dem altgriechischen Wort Wegweiser ab. Pinakidium leuchtet auf, wenn du an eine offene Seite kommst. Du umfasst das Medaillon mit einer Hand, schließt die Augen und denkst an diese Bibliothek. So bist du bereit und kommst zurück. Ab diesem Moment können wir dir sogar helfen, dich hier zu manifestieren. Das sollte aber nicht nötig sein.«

»Und Geraldine?«, fragte Mira. »Braucht Nola nicht ein zweites Medaillon für sie?«

»Nein, es reicht, wenn Nola sie an der Hand nimmt und auch sie die Augen schließt. Du kannst euch beide zurückholen.«

Queen Buk wies auf die offene Schatulle. »Einst gab es zwölf Kristallmedaillons. Sieben sind auf Reisen in Bücher hinein in den letzten tausend Jahren verloren gegangen. Und der Buchmeister hat zwei genommen.«

»Zwei?«, wunderte sich Finn. »Wieso? Er brauchte doch nur eines.«

»Wir wissen es nicht.« Schönaufpassa schüttelte ratlos den Kopf. »Aber nachdem er verschwunden war, fehlten zwei Medaillons.«

»Seltsam«, meinte Nola.

»Ist der Buchmeister denn im selben Buch eingetaucht wie Geraldine?«, wollte Thommy wissen.

»Nein«, gab Schönaufpassa zurück und ging zu einem dunklen Vorhang, der zwischen zwei Regalen angebracht war. Als sie ihn zurückzog, kam ein niedriges Podest mit einem aufgeschlagenen Buch zum Vorschein.

»Anfangs haben wir ihn noch hier und da in dem Buch anhand der Anomalien bemerkt«, erklärte Schönaufpassa. »Aber er machte nie Anstalten zurückzukommen. Und irgendwann war er überhaupt nicht mehr auszumachen.«

»Aber … woher wisst ihr, dass er nicht tot ist?«, fragte Mira besorgt.

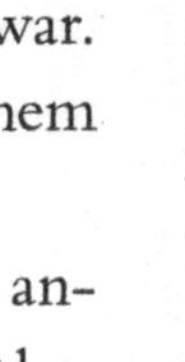

Die Queen strich ihr liebevoll über die Wange. »Das wissen wir nicht, Wunderbare. Aber wenn einer in den Büchern überlebt, dann der Buchmeister.«

»Es sei denn«, grummelte Typografica, »die

Geschichte verschwindet, weil das Buch von der Bleichkrankheit befallen ist.«

Queen Buk sandte ihr einen warnenden Blick.

»Wir werden später sehen, wie wir den Buchmeister finden«, entschied Nola. »Jetzt müssen wir erst mal Geraldine zurückholen, bevor sie da allzu viel Schaden anrichtet.«

»Ich werde versuchen, sie auszumachen. Tretet zurück.« Schönaufpassa klappte das Buch auf, in das Geraldine hineingefallen war.

»Hört zu«, Nola wandte sich an Finn, Mira und Thommy, »ich werde versuchen, so schnell wie möglich, zurückzukommen. Aber ihr wisst ja, wie Geraldine ist. Vielleicht macht sie Schwierigkeiten.«

»*Vielleicht?* Bestimmt!« Finn zog zweifelnd die Augenbraue hoch. »Wir sollten uns weniger Sorgen um sie als um das arme Buch und all die unschuldigen Leute darin machen.«

Mira kicherte, Thommy grinste und Nola knuffte ihrem Bruder in die Rippen. Aber Finn hatte es geschafft, dass die Anspannung wenigstens kurz von ihnen gewichen war.

»Falls es mir heute Nacht nicht gelingt«, fuhr Nola nun wieder ernst fort, »müsst ihr nach Hause zurückgehen.«

»Was!?«, rief Finn. »Auf gar keinen Fall!«

»Doch«, beharrte Nola auf ihrem Standpunkt. »Dass wir vier verschwinden, wird schon genug Aufsehen erregen. Aber die Tochter der Ministerin? Clarissa van de Vos wird Himmel und Hölle in Bewegung setzen, um sie wiederzufinden. Ihr müsst sie von der Bibliothek ablenken. Wenn sie das hier finden, werden sie ein furchtbares Chaos anrichten. Und auch

Bücher zerstören. Dann schaffe ich es vielleicht gar nicht zurück. Ihr *müsst* mir den Rücken freihalten.«

Finn gefiel das ganz und gar nicht. Aber die Möglichkeit, dass das Ministerium die Bücher zerstören könnte, ließ tatsächlich keinen anderen Weg zu.

»Hier muss es gewesen sein!«, rief Schönaufpassa jetzt. »Wahrscheinlich ist sie noch am selben Ort, wo sie hineingestürzt ist. Eine Wiese, zwischen einem Wald und einem Fluss. Aber du musst dich beeilen, kleine Kriegerin.«

»Na gut«, sagte Nola entschlossen und umfasste das Medaillon. »Dann los!«

»Nola!«, rief Rebella noch panisch. »Warte!« Sie zog den winzigen Dolch in seiner Lederscheide aus ihrem Wams und überreichte ihn ihrer Menschenfreundin. In deren Hand sah er zwar eher wie ein Taschenmesser aus, aber es war besser als nichts. Die beiden umarmten sich kurz.

»Ich … könnte nur das anbieten«, meldete sich der leicht verkohlte Sherlokko und gab Nola eine kleine Lupe. »Kann man immer gebrauchen«, meinte er verlegen.

Alice Buk löste eines der violetten Bänder, mit denen ihre Zöpfe zusammengehalten wurden.

Gehorsam beugte Nola erneut den Kopf, damit Alice ihr einen Pferdeschwanz binden konnte.

Queen Buk schwieg. Es schien, als wüsste sie, dass es die hilflosen Gesten von Freunden waren. Talismane, die ihre kleine, große Kriegerin beschützen sollten.

»Okay. Also dann …« Nola trat neben Schönaufpassa. Die scheuchte Finn, Thommy und Mira fort.

»Kommt nicht zu nahe. Stellt euch dahinten hin! Nein, noch weiter weg!«

Finn schnürte es den Hals zu, als er aus sicherer Entfernung die pulsierenden Seiten erblickte, die jetzt, da Nola tapfer auf sie herabschaute, stärker zu leuchten begannen. So, als wären sie ganz gierig darauf, noch ein Kind zu verschlucken.

Nola lächelte ihren Freunden noch einmal zu. Sie sah dabei so jung aus, so jung und so alt zugleich. Dann beugte sie sich über das Buch und begann, murmelnd zu lesen. Die Seiten leuchteten hell auf. Nola fiel vornüber und verschwand lautlos in dem Buch. Auch diesmal klappte es vernehmlich zu.

Finn war hundeübel, er sackte auf die Knie. Mira schlug schluchzend die Hände vor ihr Gesicht. Thommy legte Finn die Hand auf die Schulter.

Behutsam öffnete Schönaufpassa das Buch wieder und schlug die Seiten auf, in denen Nola verschwunden war.

»Jetzt können wir nur noch warten«, flüsterte sie.

»Und hoffen«, fügte Queen Buk hinzu.

»Es tut mir so leid«, hauchte Sherlokko, aber es antwortete ihm niemand.

~ • ~

Finn lief unruhig in dem Verlies hin und her. Alle paar Minuten fragte er Schönaufpassa, die konzentriert das Buch im Auge behielt: »Und? Siehst du schon was? Hast du auch auf der nächsten Seite geschaut? Oder auf der davor? Was dauert das denn so lang?«

Da wurde es Queen Buk zu viel. »Ihr geht bitte jetzt nach oben«, entschied sie. »Hier könnt ihr nichts tun. Schönaufpassa und ich werden uns abwechseln. Wir sind die Einzigen, die der Absorbierung widerstehen können. Und wir werden über die Kriegerin wachen.«

Dann wandte sie sich an Rebella, Alice und Sherlokko Buk, die sich möglichst unauffällig an die Wand gedrückt hatten.

»Und ihr geht auch!«, befahl sie. »Wir unterhalten uns später.«

Widerstrebend folgte Finn den bedrückten Buks und seinen Freunden die Treppe hoch. Dort hockte er sich dem Gang zum Verlies gegenüber an ein Regal, schlang die Arme um die Knie und brütete finster vor sich hin.

Ein paar Meter weiter standen Thommy, Mira, Rebella und Alice beisammen und unterhielten sich leise. Sherlokko Buk hatte sich verzogen. Wahrscheinlich war er der Ansicht, dass er fürs Erste genug Unheil angerichtet hatte.

»Der arme Kerl«, flüsterte Thommy und schaute zu Finn hinüber. »Er und Nola waren noch nie getrennt.«

»Er tut mir so leid«, wisperte Rebella. »Können wir irgendetwas für ihn tun?«

Thommy schüttelte den Kopf. »So habe ich ihn noch nie erlebt. Ich weiß nicht, wie Finn das da draußen«, er wies in eine unbestimmte Richtung, in der sie bisher gelebt hatten, »durchhalten soll.«

»Hoffen wir, dass Nola bald wieder zurück ist«, raunte Alice.

»Sonst geht sich Finn verloren«, ergänzte Mira.

Zäh verrann die Zeit. Alice Buk blieb bei Mira.

Auch Rebella wich nicht von ihrer Seite. Aber sie schaute selbst verloren aus. »Sie kommt zurück«, murmelte sie immerzu. »Sie kommt bestimmt zurück.«

Nach und nach tauchten in den Regalen sanft schimmernde Augenpaare auf. Leise tuschelnd berieten die Buks, wie sie den Kindern beistehen konnten. Schließlich wagte Romantika sich vor, um Finn in den Arm zu nehmen. Aber vor Aufregung rülpste sie und wagte sich dann doch nicht an den finster dreinblickenden Jungen heran.

Attila Buk war mutiger. Er legte Finn die Hand auf die Schulter und brummte: »Sie ist tapfer. Die schafft das schon.«

Finn reagierte nicht.

»Dem Tapferen winkt das Glück«, reimte Reimling in seinem Regal, »zumindest ein ganzes Stück.« Dann merkte er, dass dieser Reim nicht wirklich ermutigend klang und zog seinen Kopf wieder zwischen die Buchreihen zurück.

Schlemmer Buk und Ooht-Kwisien brachten heißen Kakao und Kekse, doch niemand mochte etwas essen.

Algebra Buk murmelte etwas von Gleichungen, die immer aufgehen müssen. Und Adlatus lief nervös auf und ab und schaute immer wieder händeringend die Treppe zum Verlies hinab.

Eine quälende Stunde verging.

Spielothekus schlug ihnen »Ich sehe was, was du nicht siehst« vor, aber das war nicht gerade das, was nötig war. Alice streichelte Miras Hand. Theologica betete stumm für die Mädchen, die im Buch verloren gegangen waren.

Die zweite Stunde brach an.

Thommy und Mira ließen die Köpfe hängen, und auch die Buks in den Regalen waren immer stiller geworden.

Schließlich schleppte sich Queen Buk die Stufen hoch.

Finn sprang sofort auf.

Doch die Queen schüttelte nur den Kopf. »Geht jetzt nach Hause, Kinder«, sagte sie müde. »Schönaufpassa und ich werden weiter Wache halten.«

Finn war still, als er mit Thommy und Mira, begleitet von Rebella und Alice zur Eingangstür der Bibliothek schritt.

Mira hatte Tränen in den Augen, als sie sich von Alice verabschiedete. Keiner sprach es aus, aber sie waren nicht sicher, ob sie tatsächlich würden zurückkommen können.

»Lass bitte die Tür unverschlossen«, bat Finn Rebella.

»Keine Sorge«, erwiderte die. »Für euch ist sie immer offen.«

Dann drückte sie das Portal sanft zu.

Thommy und Mira waren schon die Stufen hinuntergegangen und liefen in Richtung Pfad, als Finn sie einholte.

»Wartet!«, rief er mit gedämpfter Stimme.

Die beiden wandten sich erstaunt um.

»Ich komm' nicht mit.«

»Was?«, fragte Thommy bestürzt. »Wieso? Wir hatten doch besprochen …«

»Wir haben gar nichts wirklich besprochen. Es war Nolas Idee, und die von diesem Verrückten Orakel, aber ich bin damit nicht einverstanden.«

»Was willst du denn machen? Du kannst doch nichts tun außer warten.«

»Ich weiß, wie ich Nola helfen kann«, meinte Finn nur.

»Aber wir sollen doch aufpassen, dass niemand die Bibliothek findet«, wandte Mira verzweifelt ein. »Wir brauchen dich. Und eure Eltern, sie werden uns fragen, ob wir wissen, wo ihr seid!«

Finn legte jedem der beiden eine Hand auf die Schulter.

»Das müsst ihr alleine schaffen. Und das werdet ihr auch.« Er sagte es so bestimmt, dass Thommy und Mira nicht widersprachen. Irgendetwas war mit Finn passiert. Da war nichts Leichtfertiges mehr an ihm. Kein Hoppla-jetzt-komme-Ich. Dies war ein Finn, den Thommy und Mira noch nicht kannten.

»Hier.« Finn holte den Schlüssel aus seiner Hosentasche und überreichte ihn Thommy. »Du bist jetzt der Träger des Schlüssels. Achte gut auf ihn. Und sprich mit deinen Großeltern. Wir brauchen die Hilfe der Gilde. Mehr denn je.«

Thommy schluckte. »Finn, du wirst doch keinen Ärger suchen?«

Jetzt grinste Finn sein altes Finn-Lächeln. »Hey, ich bin der Finder! Ich kann alles Mögliche suchen und finden. Ärger inklusive.«

Mira warf sich in seine Arme und drückte Finn, so fest sie konnte. »Kommt bitte alle wieder«, weinte sie.

Thommy nahm Finns Hand. »Du kannst dich auf uns verlassen.« Noch ein letztes Mal verhakelten die drei Kinder ihre kleinen Finger miteinander. Dann drehten sich Mira und Thommy um und gingen den Pfad hinunter.

Finn schaute ihnen nach, bis er sie auf dem schmalen Weg durch den verwilderten Garten nicht mehr erkennen konnte. Als er aus einem Impuls heraus nach oben blickte, bemerkte er im Geäst zwei runde Augen, die hell im Mondlicht schimmerten.

»Hallo, Eule«, raunte er. Er nahm es als gutes Omen, eines der Tiere zu sehen, die offenbar der Buchmeister manifestiert hatte. Dann wandte er sich wieder zur Tür.

Dadurch entging ihm, dass aus dem Gezweig ein kleines Fünkchen herangetanzt kam und ihm eilig folgte.

Leise öffnete Finn die große Tür.

Rebella starrte ihn durch den Spalt erschrocken an. »Finn, was …«

Doch er legte den Finger an den Mund. Sofort verstummte sie. Er zwängte sich durch den Spalt, um kein Knarren der Tür zu verursachen. Das Fünkchen huschte unbemerkt über ihren Köpfen ins Innere der geheimen Bibliothek.

»Was willst du denn?«, hauchte Rebella.

Er beugte sich zu ihr und flüsterte ihr in das spitz zulaufende Öhrchen, was er vorhatte.

Rebella schnappte erschrocken nach Luft. »Aber das Orakel?«, wandte sie heiser ein.

»Das verdammte Orakel kann mich mal«, knurrte Finn leise. »Du sorgst dich doch auch um Nola. Sie ist deine Freundin.«

Rebella nickte heftig mit dem Kopf.

»Dann hilf mir«, drängte er. »Ich lasse sie dort nicht allein. Du würdest auch gehen, wenn du könntest. Also?«

Rebella zögerte nur kurz. Dann forderte sie ihn mit einer Geste auf, ihr leise zu folgen.

Sie schlichen an der Wand entlang in Richtung Kellergewölbe. Aus der Tiefe des großen Saales vernahmen sie Stimmen.

Rebella hielt inne, bedeutete ihm mit einer Handbewegung dazubleiben und verschwand im Dunkel zwischen den Regalen. Finn dachte an Nola. Ausgerechnet wegen dieser durchgeknallten Speertante begab sich seine Schwester in diese Gefahr.

Es war ihm unmöglich, sie das allein durchstehen zu lassen. Der Entschluss dazu war in den Stunden des Wartens in ihm gereift. Als Queen Buk sie fortschickte, hatte er sich bereits entschieden.

Kurz darauf kam Rebella zurück. Er beugte sich zu ihr, damit sie ihm ins Ohr flüstern konnte.

»Queen Buk erklärt gerade den anderen, was passiert ist und schimpft Sherlokko aus.«

Er nickte. Darauf hatte er gehofft. Jetzt war nur noch Schönaufpassa im Verlies. Er würde sie überzeugen müssen.

Lautlos traten sie durch die offene Tür zum Gewölbe und stiegen auf leisen Sohlen die Treppe hinab. Weder Finn noch die kleine Buk bemerkten, dass ihnen der Funke tänzelnd folgte.

Rebella leuchtete mit ihren Augen nur so viel voran, dass Finn erkennen konnte, wohin er seine Füße setzte.

Unten war alles dunkel. Nur das offene, leicht pulsierende Buch gab einen Lichtschimmer ab. Auf Zehenspitzen näherten sie sich dem Gitter. Auch dessen Tür hatte Queen Buk offen gelassen.

Rebella Buk ließ ihre Augen ein klein wenig mehr aufleuchten, gerade so weit, dass sie Schönaufpassa in einem der Sessel erkannten, das Buch auf den Knien. Das Licht ihrer

Augen flackerte, während sie auf die schimmernden Seiten herabsah.

Finn nahm seinen Rucksack ab, holte geräuschlos sein Fahrtenmesser heraus und reichte den Sack Rebella. Mit der Hand gab er ihr zu verstehen, dass sie zurückbleiben sollte. Dann bewegte er sich auf leisen Sohlen langsam durch den abgesperrten Bereich des Gewölbes. Hinterrücks vorbei an Schönaufpassa, die ganz im Lesen versunken schien, und es wirkte, als versuche das Lichtschimmern des Buches immer wieder zornig gegen das Licht ihrer Augen anzukämpfen. Aber Schönaufpassa ließ sich nicht absorbieren, sie wendete ihre ganze Konzentration auf, dem Kraftbuch zu widerstehen.

Finn fand die Schatulle mit den Medaillons. Er nahm eines heraus und hängte es sich um den Hals.

Als er sich zu Schönaufpassa umwandte, erschrak er: Sie sah ihn direkt an.

»Ich habe mich schon gefragt, wann du wohl kommst«, sagte die Kellerwächterin gelassen.

»Ich … woher wusstest du …«

»Ach«, meinte sie wegwerfend, »was glaubst du, was man alles weiß, wenn man Bücher liest? Da kann einen wenig überraschen, was Menschen so anstellen. Insbesondere Kinder.« Behutsam bettete sie das Buch auf den Teppich vor ihr.

Rebella starrte von jenseits der Gitterstäbe auf die Szenerie. »Du allerdings«, meinte Schönaufpassa zu ihr, »solltest lieber nicht hier sein. Es reicht, wenn Queenie mir den faltigen Hals umdreht. Ach so, und dir natürlich, Finder.«

Nach einem Blick zu Finn, der nickte, zog sich Rebella mit

einem halb unglücklichen, halb hoffnungsvollen Gesichtsausdruck zurück und lief leichtfüßig die Treppe hinauf.

Es waren nur wenige Schritte zu dem pulsierenden Buch. Täuschte Finn sich oder war sein Leuchten stärker geworden, als es bemerkt hatte, dass ein Mensch anwesend war?

»Also«, dozierte Schönaufpassa. »Du weißt, dass ich das nicht zulassen darf.«

»Aber du wirst mich dennoch hineingehen lassen.«

»Allerdings.«

»Warum? Wenn doch das Orakel eine Heldin prophezeit hat?«

»Ach, das Orakel.« Schönaufpassa machte eine wegwerfende Handbewegung. »Alle tun immer so, als seien seine Sprüche der Weisheit letzter Schluss. Dabei vergessen sie etwas sehr Wichtiges: dass wir es sind, die über unser Leben entscheiden. Und nur wir sind dafür verantwortlich. Für das, was wir tun, und das, was wir nicht tun. Darum frage ich dich: Ist es deine Entscheidung, diesen Schritt zu tun?«

»Ja!«, antwortete Finn mit fester Stimme.

»Dann werde ich dir nicht im Wege stehen, Finder. Geh und suche deine Schwester. Im Übrigen«, jetzt lächelte sie spitzbübisch, »hat das Orakel nicht gesagt, dass du nicht auch gehen darfst.«

Finn nickte und sah auf das Buch herab, dessen leichtes Pulsieren ihn zu erwarten schien. »Was ist das eigentlich für ein Buch?«, fragte er. »Also, in was für einer Geschichte lande ich?«

Schönaufpassa griff nach dem aufgeschlagenen Buch und hielt es so, dass Finn das Deckblatt erkennen konnte.

»*Die abenteuerliche Reise des Quentin Tauros*«, las er. »Na ja, wenigstens was mit Abenteuer.«

Schönaufpassa legte das Buch wieder aufgeschlagen auf den Boden. »Viel Glück, Finder.«

Vor dem Buch ging Finn auf die Knie. Das Pulsieren wurde stärker. Er spürte den Sog, der von diesem Herzschlag-Leuchten ausging, so als würde die Geschichte ihn rufen. In ihm wuchs ein unbekanntes, warmes Sehnen heran. Er wollte dem Ruf folgen. So schön war er, wie die schönste Musik der Welt, wie die großartigste Freude. Wie Glück. Die Schrift lebte. Die Buchstaben wanden sich in einem Bad aus Licht. Er brauchte ihnen nur nachzugeben.

Finn merkte nicht einmal, wie er leise die Worte murmelte, die sein Geist aufnahm. Er las, umschwirrt von einem einzelnen winzigen Lichtlein.

Die Buchstaben umkreisten ihn. Sie zogen ihn mit sich, schneller, dann saugte es ihn hinterher. Verzweifelt sah er, dass die Buchstaben in der Ferne erloschen. Das Licht schwand, nur ein Fünkchen blieb ihm.

»Nola!«, rief er den Buchstaben nach. Und dann, inbrünstig: »NOLA!«

Finn fiel, er strömte, er flog – und dann wurde mit einem Schlag alles dunkel.

Typografica war nicht mit in die Versammlung gegangen, in der Queen Buk die anderen von den scheußlichen

Ereignissen unterrichtete und Sherlokko zur Rede stellte. Sie wusste ja, was geschehen war. Wieder war ein Kind, nein, sogar zwei, in den Kraftbüchern verschwunden. Wer wusste schon, was die beiden Mädchen jetzt durchmachten?

Immer wieder hatte es Menschen gegeben, die, sobald sie entdeckten, was Bücher sein konnten, diese Schwelle hatten übertreten wollen. Gute Menschen, wie der Buchmeister. Aber es hatte auch andere gegeben, die hofften, dadurch Macht zu gewinnen. Sich an der Magie der Bücher zu bereichern. Fast alle waren gescheitert, die guten wie die schlechten. Doch wie auch immer dieses neue Abenteuer ausgehen würde, die Bleichkrankheit würde keiner von ihnen besiegen. Und dort lag der Ursprung von Typograficas Traurigkeit.

Sie war in ihre Werkstatt gegangen und nahm eines nach dem anderen ihre vertrauten Werkzeuge in die Hand. Gute Werkzeuge, und ihre Finger waren die geschicktesten aller Buks. Doch auch diese heilenden Hände hatten nichts ausrichten können.

Da fiel ihr Blick auf das Regalbrett mit den Verlorenen. Bücher, in denen jede Zeile, jedes Wort, jeder Buchstabe erloschen war. Typografica hatte es nie über sich bringen können, sie fortzuwerfen. Vielleicht wäre es nun langsam an der Zeit, sich von den Verlorenen, den Toten zu trennen. Sie hatte sie schon seit Jahren nicht mehr berührt.

Zögernd trat die Buchheilerin an das Regal. Nahm eines in die Hand. Strich mit den Fingern zärtlich über den Einband. Ihr Herz wurde schwer. Nur um dem Buch noch einmal die Ehre zu erweisen, blätterte sie ein letztes Mal durch die Seiten.

Sie stutzte!

Blätterte zurück. Blätterte verblüfft weiter. Da! Und da, noch mal.

Aufgeregt trug sie das Buch zu ihrem Arbeitstisch. Ließ ihre Augen aufleuchten und suchte gründlich Seite für Seite ab.

Tatsächlich! Dort war ein halber Satz neu erschienen. An einer anderen Stelle ein ganzer Absatz. Auf anderen Seiten waren dünne, kaum erkennbare Buchstaben aufgetaucht.

Typografica eilte wieder zum Regal und hob jetzt gleich einen ganzen Stapel der Verlorenen auf den Tisch. Nahm ein Buch nach dem anderen zur Hand und blätterte es durch. Im fünften entdeckte sie ebenfalls Fragmente von Schrift. Bei einem weiteren Dutzend war die Suche jedoch erfolglos. Dann nahm sie das letzte Buch: Ja! Dort bildeten die Zeichen sich wieder und brachten die Geschichten zurück.

Typografica legte ihren Kopf in den Nacken. Das war unglaublich. Es war …

Hoffnung!

Sie musste unbedingt Queen Buk …

Da drang der Schrei eines Jungen an ihr Ohr: »NOLA!«

Das Abenteuer geht weiter
mit einem zweiten Teil der
»MAGISCHEN BIBLIOTHEK DER BUKS«
im Frühjahr 2025

George, Nina / Kramer, Jens J.:
Die magische Bibliothek der Buks – Das Verrückte Orakel
ISBN 978 3 522 50822 3

Gesamtausstattung: Hauke Kock
Umschlagtypografie: Stephanie Reis
Innentypografie und Satz: Julia Astrup

Reproduktion: DIGIZWO GbR, Stuttgart
Druck und Bindung: GGP Media GmbH, Pößneck

FSC www.fsc.org MIX Papier | Fördert gute Waldnutzung FSC® C014496

7. Auflage 2025

Dieses Werk wurde vermittelt durch die Agentur Keil & Keil Literatur-Agentur GbR

Attila Buk
Queen Buk
Romantika Buk
Adlatus Buk
Sherlokko Buk
Ooht-Kwisien Buk